中国古典英雄传奇小说

﹝清﹞如莲居士 著

唐

河海大学出版社
HOHAI UNIVERSITY PRESS
·南京·

图书在版编目（CIP）数据

说唐 ／（清）如莲居士著. -- 南京：河海大学出版社，2025.6. --（中国古典英雄传奇小说）. -- ISBN 978-7-5630-9585-8

Ⅰ．I242.4

中国国家版本馆 CIP 数据核字第 2025YQ6363 号

丛 书 名 ／ 中国古典英雄传奇小说
书　　名 ／ 说唐
　　　　　　SHUO TANG
书　　号 ／ ISBN 978-7-5630-9585-8
丛书策划 ／ 未来趋势
责任编辑 ／ 齐　岩
特约校对 ／ 黎　红
装帧设计 ／ 未来趋势
出版发行 ／ 河海大学出版社
地　　址 ／ 南京市西康路 1 号（邮编：210098）
电　　话 ／（025）83737852（总编室）
　　　　　／（025）83722833（营销部）
经　　销 ／ 全国新华书店
印　　刷 ／ 三河市元兴印务有限公司
开　　本 ／ 880 毫米 ×1230 毫米　1/32
印　　张 ／ 8.625
字　　数 ／ 281 千字
版　　次 ／ 2025 年 6 月第 1 版
印　　次 ／ 2025 年 6 月第 1 次印刷
定　　价 ／ 69.80 元

前言

　　《说唐》全称《说唐演义全传》，又名《说唐前传》，清代长篇历史演义小说，全书共六十六回，作者如莲居士。

　　《说唐》以瓦岗寨群雄的风云际会为中心，从隋文帝平陈写起，到李世民削平群雄登基称帝为止，叙述了瓦岗寨好汉聚义反隋、辅唐开国的故事，再现了十八路反王、六十四路烟尘的动乱时代。

　　《说唐》是清初历史演义向英雄传奇演变的代表作。小说广泛吸取了民间传说并加以敷演，不拘泥于史实，具有鲜明的民间文学色彩。小说发挥了民间传说善于铺叙的特点，以主要笔墨描叙瓦岗寨聚义英雄劫王杠，劫囚牢，反山东，起马取金堤，三斧取瓦岗，建立起义政权的故事，情节曲折，描叙也较为生动。在塑造人物形象方面，则注意突出个性，使其神态各异，颇具特色，如秦琼的宽厚善良、任侠仗义，罗成的年少气盛，尉迟恭的威猛果敢，徐茂公的智谋神算等。其中单雄信豪爽暴烈的性格富于悲剧色彩，他誓不降唐，面临强敌而别妻抛子，单骑踹营，视死如归的一段描写颇为悲壮。对程咬金的描绘尤为传神。他出身微贱，几经患难，由流浪要饭的穷汉而成为瓦岗寨的"混世魔王"，直爽暴躁的性格中带有机智诙谐。书中人物形象多具传奇色彩，但以夸张的笔调写他们的神力勇武，不免有凭空构撰、脱离真实之弊。全书善于以粗犷的线条勾勒人物，铺叙故事，构建了许多好看的热闹情节，充满了生龙活虎的战斗气氛和浓郁的浪漫主义色彩，许多人物形象至今家喻户晓。

　　《说唐》在思想内容上具有一定的进步意义。小说用相当的篇幅揭露了隋炀帝荒淫无道，大兴徭役，宇文氏恃宠骄横，残暴凶狠，给人民带来了深重的苦难。统治阶级内部的倾轧矛盾，又加剧了隋王朝的分崩离析之势。书中着力塑造了一群瓦岗寨起义英雄的形象，这些人中既有来自下层的城市贫民、捕差马夫，又有位居要津的勋戚贵胄、功臣名将，也有浪迹江湖的豪杰义士、绿林好汉。这些人物聚集在反隋的旗帜下，在一定程度上揭示了隋末起义队伍广泛的社会基础。李世民则是被歌颂的"真命天子"，在他身上寄寓着"仁政"的理想，对他归顺与否是群雄成败的根本条件，也是作者评定褒贬的基本标准，渲染出浓厚的封建正统观念和宿命论色彩。

《说唐》在民间影响甚大，流传颇广。其后在此书的基础上，又陆续出现了《说唐后传》、《征西说唐三传》及《反唐演义传》等续书，可见其影响之深。

此次再版，我们对原书中的笔误、缺漏和难解字词进行了更正、校勘和释义，对原书原来缺字的地方用□表示了出来，以方便读者阅读。由于时间仓促，水平有限，其中难免有所疏失，望专家和读者予以指正。

编者

2024 年 11 月

目录

第 一 回　战济南秦彝托孤　　破陈国李渊杀美……001
第 二 回　谋东宫晋王纳贿　　反燕山罗艺兴兵……006
第 三 回　造流言李渊避祸　　当马快叔宝听差……010
第 四 回　临潼山秦琼救驾　　承福寺唐公生儿……014
第 五 回　秦叔宝穷途卖骏马　单雄信交臂失知音……020
第 六 回　樊建威冒雪访良朋　单雄信挥金全义友……024
第 七 回　打擂台英雄聚会　　解幽州姑侄相逢……027
第 八 回　叔宝神箭射双雕　　伍魁妒贤成大隙……034
第 九 回　夺先锋教场比武　　思乡里叔宝题诗……037
第 十 回　省老母叔宝回乡　　送礼物唐璧贺寿……041
第 十一 回　英雄混战少华山　　叔宝权栖承福寺……044
第 十二 回　李药师预言祸变　　柴郡马大耍行头……048
第 十三 回　长安士女观灯行乐　宇文公子强暴宣淫……052
第 十四 回　参社火公子丧身　　行弑逆杨广篡位……055
第 十五 回　雄阔海打虎显英雄　伍云召报仇集众将……061
第 十六 回　麒麟关莽将捐躯　　南阳城英雄却敌……064
第 十七 回　韩擒虎调兵二路　　伍云召被困危城……068
第 十八 回　焦芳借兵沱罗寨　　天锡救兄南阳城……072

第十九回	太行山伍天锡鏖兵	关王庙伍云召寄子	076
第二十回	韩擒虎收兵复旨	程咬金逢赦回家	080
第二十一回	俊达有心结好汉	咬金学斧闹中宵	084
第二十二回	众马快荐举叔宝	小孟尝私入登州	089
第二十三回	杨林强嗣秦叔宝	雄信暗传绿林箭	095
第二十四回	秦叔宝劈板烧批	贾柳店拜盟刺血	099
第二十五回	庆寿辰罗单相争	劫王杠咬金被捉	104
第二十六回	劫囚牢好汉反山东	出潼关秦琼赚令箭	107
第二十七回	秦叔宝走马取金隄	程咬金单身探地穴	112
第二十八回	茂公智退两路兵	杨林怒摆长蛇阵	117
第二十九回	假行香罗成全义	破阵图杨林丧师	121
第三十回	降瓦岗邱瑞中计	取金隄元庆扬威	125
第三十一回	裴元庆怒投瓦岗寨	程咬金喜纳裴翠云	129
第三十二回	王世充避祸画琼花	麻叔谋开河扰百姓	133
第三十三回	造离宫袁李筹谋	保御驾英雄比武	137
第三十四回	众王盟会四明山	三杰围攻无敌将	141
第三十五回	冰打琼花昏君扫兴	剑诛异鬼杨素丧身	145
第三十六回	众将攻打临阳关	伯当偷盗呼雷豹	149
第三十七回	叔宝戏战尚师徒	元庆丧身火雷阵	153
第三十八回	打铜旗秦琼破阵	挑世雄罗成立功	157
第三十九回	创帝业李渊举兵	锄反王杨林划策	161
第四十回	罗成力抢状元魁	阔海压死千金闸	164
第四十一回	甘泉关众王聚会	李元霸玉玺独收	167
第四十二回	遭雷击元霸归天	因射鹿秦王落难	170
第四十三回	改赦书世民被释	抛彩球雄信成婚	174

第四十四回	尉迟恭抢关劫寨	徐茂公访友寻朋……178
第四十五回	秦王夜探白璧关	叔宝救驾红泥涧……181
第四十六回	献军粮咬金落草	复三关叔宝扬威……185
第四十七回	乔公山奉命招降	尉迟恭无心背主……189
第四十八回	程咬金抱病战王龙	刘文静甘心弑旧主……192
第四十九回	刘文静惊心噩梦	程咬金戏战罗成……198
第五十回	对虎峪咬金说罗成	御果园秦王遇雄信……201
第五十一回	王世充发书请救	窦建德折将丧师……206
第五十二回	尉迟恭双纳二女	马赛飞独擒咬金……210
第五十三回	小罗成力擒女将	马赛飞勘破迷途……214
第五十四回	李药师计败五王	高唐草射破飞钹……217
第五十五回	斩鳌鱼叔宝建功	踹唐营雄信拼命……221
第五十六回	秦琼建祠报雄信	罗成奋勇擒五王……226
第五十七回	众降将金殿封官	尉迟恭御园护主……230
第五十八回	挂玉带秦王惹祸	入天牢敬德施威……234
第五十九回	尉迟恭脱祸归农	刘黑闼兴兵犯阙……239
第六十回	紫金关二王设计	淤泥河罗成捐躯……242
第六十一回	罗成托梦示娇妻	秦王遇赦访将士……247
第六十二回	尉迟恭诈称疯魔	唐高祖敕赐鞭锏……249
第六十三回	报唐璧叔宝让刀	战朱登咬金逞斧……254
第六十四回	四王洒血紫金关	高祖庆功麒麟阁……257
第六十五回	升仙阁奸王逞豪富	太医院冷饮伏阴私……260
第六十六回	天策府众将敲门	显德殿太宗御极……263

第一回

战济南秦彝托孤　破陈国李渊杀美

诗曰：
　　繁华消长似浮云，不朽还须建大勋；
　　壮略欲扶天日坠，雄心岂入驽骀[1]群；
　　时危俊杰姑埋迹，运起英雄早致君；
　　怪是史书收不尽，故将彩笔补奇文。

上古[2]历史，传说有三皇五帝，历夏、商、周、秦、汉、两晋，又分为南北两朝。南朝刘裕代晋，称宋；萧道成代宋，号齐；萧衍代齐，称梁；陈霸先代梁，号陈。那北朝拓跋称魏，后又分东西两魏，高洋代东魏，号北齐；宇文泰代西魏，称周。其时周主国富兵强，起兵吞并北齐。封护卫大将军杨忠为元帅，其弟杨林为行军都总管，发大兵六十万，侵伐北齐。

这杨林生得面如傅粉，两道黄眉，身长九尺，腰大十围。善使两根囚龙棒，每根重一百五十斤，有万夫不当之勇，在大隋称第八条好汉。逢州取州，逢府夺府，兵到济南，离城扎寨。当时镇守济南的是武卫大将军秦彝，父名秦旭，在齐授亲军护卫。夫人宁氏，妹名胜珠，远嫁勋爵燕公罗艺为妻。宁夫人只生一子，名唤太平郎，是隋唐第十六条好汉。其时年方五岁。

齐主差秦彝领兵镇守济南，父旭在晋阳护驾。因周兵大至，齐主出奔檀州，只留秦旭和高延宗把守。与周兵相持月余，延宗被擒，杨林奋勇打破城池，秦旭孤军力战而死。周兵得了晋阳，起兵复犯济南，探子

---

[1] 驽骀（nú tái）：驽、骀都是能力低下的马，劣马。比喻才能平庸。
[2] 上古：三古之一，较早的古代，《易·系辞》《礼记·礼运》中称伏羲时代为上古，亦有称上古为夏以前的时代，有时亦兼指史前时代。

飞报入城，秦彝闻报，放声大哭，欲报父仇，点兵出战。有齐主差丞相高阿古，协助守城，他惧杨林威武，急止道："将军勿忙，晋阳已破，孤城难守，为今之计，速速开城投降。"秦彝道："主公恐我兵单力弱，故令丞相协助，奈何偷生无志？"阿古道："将军好不见机，周兵势大，守此孤城，亦徒劳耳！"秦彝道："我父子誓死国家，各尽臣节。"遂传令紧守城门，自己回私衙，见夫人道："我父在晋阳，被难尽节，今周兵已至城下，高丞相决意投降。我想我家世受国恩，岂可偷生？若战败，我当以死报国，见先人于地下。儿子太平郎，我今托孤于汝，切勿轻生。可将家传金装锏[1]留下，以为日后存念，秦氏一脉，赖你保全，我死瞑目。"

正在悲泣之际，忽听外面金鼓震天，军声鼎沸，原来高阿古已开城门投降了。秦彝连忙出厅上马，手提浑铁枪，正欲交战，只见周兵如潮水涌来。部下虽有数百兵，怎挡得杨林这员骁[2]将，被他大杀一阵，秦彝部下十不存一。杀得血透重袍，箭攒遍体，尚执短刀，连杀数人。被杨林抢入，把他刺死，杨林遂得了秦彝盔甲。

此时城中鼎沸，宁夫人收拾细软，同秦安走出私衙。使婢家奴，俱各乱窜，单剩太平郎母子二人，东跑西走，无处安身。走到一条僻静小巷，已是黄昏时候，家家闭户，听得一家有小儿啼哭，遂连忙叩问。却走出个妇人，抱着三岁孩儿，把门一开，见夫人不是下人，连忙接进，关了门，问道："这样兵荒马乱，娘子是哪里来的？"夫人把被难实情，哭诉一遍。妇人道："原来是夫人，失敬了！我家丈夫程有德，不幸早丧，妾身莫氏，只有此子一郎，别无他人。夫人何不在此权住，候乱定再处？"宁夫人称谢，就在程家住下。

不几日，杨忠收拾册籍，安民退兵。宁夫人将所带金珠变换，就在离城不远的斑鸠镇上觅了所房子，与莫氏一同居住。却喜两姓孩子，都是一对顽皮，甚是相合。太平郎长成十五岁，生得河目海口，燕项虎头。宁夫人将他送入馆中攻书，先生为他取名秦琼，字叔宝。程一郎名咬金，字知节。后因济南年荒，咬金母子别了夫人，自往历城去了。这是后话。

---

[1] 锏：古代兵器，长条形，有棱无刃，下端有柄。

[2] 骁(xiāo)：勇猛。

第一回　战济南秦彝托孤　破陈国李渊杀美

且说杨忠获胜班师，周主大喜，封杨忠为隋公，自此江北已成一统。这杨忠所生一子，名杨坚，生得目如朗星，手有奇文，俨成"王"字。杨忠夫妇，知他是个异人，后杨忠死了，遂袭了隋公之职。周主见杨坚相貌瑰奇，十分忌他，杨坚知道，遂将一女，夤缘[1]做了太子宠妃。然周主忌他之心，亦未尝忘。不幸周主晏驾[2]，太子庸懦，他倚着杨林之力，将太子废了，竟夺了江山，改称国号大隋。正是：

莽因后父移刘祚[3]，操纳娇儿覆汉家；
自古奸雄同一辙，莫将邦国易如花。

杨坚即了帝位，称为隋文帝，立长子杨勇为太子，次子杨广为晋王，封杨林为靠山王，独孤氏为皇后，勤理国政。文有李德邻、高颎[4]、苏威等，武有杨素、李国贤、贺若弼、韩擒虎等，一班君臣，并胆同心，渐有吞并南陈之意。

且说陈后主是个聪明之人，因宠了两个美人张丽华、孔贵妃，每日锦帐风流，管弦沸耳。又有两个宠臣孔范、江总，他二人百般迎顺，每日引主上不是杯中快乐，定是被底欢娱，何曾把江山为念？隋主闻之，即与杨素等商议，起兵吞陈。忽次子杨广奏道："陈后主荒淫无度，自取灭亡，臣请领一旅之师，前往平陈，混一[5]天下。"你道晋王如何要亲身统兵伐陈？盖因哥哥杨勇慈懦，日后不愿向他北面称臣，已有夺嫡[6]之念，故要统兵伐陈，可以立功。又且总握兵权，还好结交英雄，以作羽翼。

那隋主未决，忽报罗艺兵犯冀州，隋主着杨林领兵平定冀州。又差晋王为都元帅，杨素为副元帅，高颎、李渊为长史司马，韩擒虎、贺若弼为先锋，领兵二十万，前往伐陈。晋王等领命，一路进发，金鼓喧天，干戈耀日，所到之处，望风而降。

---

[1] 夤缘(yín yuán)：攀附上升。比喻拉拢关系，向上巴结。
[2] 晏驾：古时帝王死亡的讳称。
[3] 莽：指王莽。后父：王莽是西汉平帝皇后的父亲。移刘祚：公元8年莽篡汉，建立"新"朝。
[4] 颎（jiǒng）。
[5] 混一：统一。
[6] 嫡(dí)：宗法制度下指家庭正支。

陈国边将，雪片告急，俱被江总、孔范二人不奏。不想隋兵已到广陵，直犯采石[1]。守将徐子建，见隋兵强盛，不敢交战，弃了采石，逃至石头城[2]。又值后主醉倒，自早候至晚，始得相见，细奏隋兵形势强盛。后主道："卿且退，明日会议出兵。"过了数日，方议得二将出兵拒战，一个贲武将军萧摩诃，一个英武将军任忠。二人领兵到钟山，与贺若弼会战，两下排成队伍，萧摩诃出马当先，贺若弼挺枪迎敌，两人战不十余合，贺若弼大喊一声，把萧摩诃挑于马下，陈兵大败。任忠逃回见后主，后主并不责他，说道："王气在此，隋兵其奈我何哉！"反与任忠黄金二柜，叫做重赏之下，必有勇夫的意思。这任忠只得再整兵马出城，到石子岗，却撞着韩擒虎的人马前来，任忠一见，不敢交兵，倒戈投降，反引隋兵入城，以作初见首功。

这时城中百姓，乱窜逃生，可笑后主还呆呆坐在殿上，等诸将报捷；及至隋兵进城，连忙跳下御殿便走。仆射袁宪上前扯住道："陛下衣冠御殿，料他不敢加害。"后主不从，走入后宫，谓张、孔二妃道："北兵已来，我们一处去躲，不可失落！"左手挽了孔贵妃，右手挽了张丽华，慌忙走到景阳井边。忽听一派军声呐喊，后主道："去不得了，同死在一处吧！"一起跳下井去。喜是冬尽春初，井中水只打在膝下，不能淹死。隋兵抢入宫中，获了太子与正宫，单不见后主，隋兵擒一宫女，吓逼他说。宫人道："适见跑至井边，想是投井死了。"众人听说，都到井边探望，见井中黑洞洞，大呼不应，军士遂把大石打下。后主见飞石下来，急喊道："不要打，快把绳子放下，扯起我来便了。"众军急取绳子放下井去，一霎时众军把绳子拖起，怪其太重。及拖起来，却是三个人束在一堆，故此沉重。众人簇拥去见韩、贺二人，后主见二人作了一揖，贺若弼笑道："不必恐惧，不失作一归命侯耳！"着他领了宫眷，暂住德教殿，外面添军把守。

这时晋王领兵在后，闻得后主作俘，建康[3]已破，先着李渊、高颎进城安民。不数日，晋王遣高颎之子记室高德弘，来取美人张丽华，营

---

[1] 采石：中国古代长江下游江防要地，亦名牛渚山。
[2] 石头城：我国古都之一，今南京市的一部分，梁时称石头城。
[3] 建康：我国古都之一，即今南京市。

后听用。高颎道:"晋王为元帅,伐暴救民,岂可以女色为事?"不肯发遣。李渊道:"张丽华、孔贵妃,狐媚[1]迷君,窃权乱政,陈国灭亡,本于二人。岂可留下祸根,再秽隋主?不如杀了,以正晋王邪念。"高颎点头道:"是。"德弘道:"晋王兵权在手,若抗不与,恐触其怒。"李渊不听,叫军士带出张丽华、孔贵妃双双斩了。

这一来弄得高德弘有兴而来,没兴而去。回至行宫,参见晋王,竟把斩张丽华、孔贵妃之事,独推在李渊身上,对晋王说了。晋王大惊道:"你父亲怎不做主?"高德弘道:"臣与父亲三番五次阻挡他,只是不依,反说我们父子备美人局,愚媚大王。"晋王闻言大怒道:"这厮可恶,他是个酒色之徒,定是看上这两个美人,怪我去取他,故此捻酸吃醋,把两个美人杀了。我必杀此贼子,方遂吾愿!"遂立意要害李渊不题[2]。

且说李渊乃成纪人,后来起兵太原,称号唐主。他系李虎之孙,李炳之子。李虎为西魏陇西公,李炳为北周唐公。李渊夫人窦氏,乃周主之甥女。曾在龙门镇破贼,发七十二箭,杀七十二人,其威名远近皆知。当下灭陈,杀了张、孔二妃,与晋王结下深仇。那晋王兵到,勉强做个好人,把孔范等尽行斩首,以息建康民怨。收了图籍[3],封好府库,将宫内之物,给赏三军,班师回朝,献俘太庙。隋主大喜,封晋王为太尉,封杨素为越国公,其子杨元感封为开府仪同三司,贺若弼封宋公。韩擒虎纵放士卒,淫污陈宫,不与爵禄,封上柱国[4]。高颎为齐公,李渊为唐公。随征将士,俱各重赏。

自是晋王威权日盛,名望日增,奇谋秘策之士,多入幕府。重用一个宇文述,叫做小陈平,晋王曾荐他为州刺史,因欲谋议密事,故留在府。又有左庶子张衡,一同谋议。这宇文述有一子,名叫化及,后篡位灭隋于扬州,称许王。当时晋王与一班心腹,谋夺东宫之事。宇文述道:"大王要谋此事,还少三件大事。"晋王忙问道:"是哪三件大事?"欲知宇文述说出什么事来,且听下回分解。

---

[1] 狐媚:用阴柔谄媚的手段迷惑人。
[2] 不题:不写,不表述。
[3] 图籍:地图和户口册,常指疆土、百姓。
[4] 上柱国:自春秋起为军事武装的高级统帅。隋代有"上柱国",以封勋臣。

第二回

谋东宫晋王纳贿　反燕山罗艺兴兵

宇文述道："大王，那第一件：皇后虽不深喜东宫，然还在两便[1]；必须大王做个苦肉计，动皇后之怜，激皇后之怒，以坚其心。第二件：须要一位亲信大臣，言语足以取信于上，平日间进些谗言[2]，临期一力撺掇[3]。这便是中外夹攻，万无一失。第三件：废斥东宫，是件大事，若没罪恶，怎好废斥？须是买他一个亲信，要他首发。无事认有事，小事认大事，有了此证见，他自分辩不得。大王行了这三件事，即不怕他不废。"晋王道："我自准备，只要足下为我谋之，他日功成，富贵共享。"自此晋王不惜资财，从朝中宰相起，下至僚属，皆有厚赠，宫中宦官世侍，皆赏重赐，只有唐公说人臣不敢私交，不受晋王礼物。

时有大理寺卿杨约，乃越公杨素之弟，与宇文述是厚交好友。一日，宇文述往拜杨约，将奇珍异宝，许多礼物送上。杨约把礼物看了，问道："仁兄这礼物从何处得来？小弟从未尝见这等异宝。"宇文述道："弟乃武夫，如何有这些宝贝？此是晋王有求于兄，故托弟送上。"杨约道："晋王之物，弟如何敢领？"宇文述道："仁兄且收入，还有一场大富贵送与令兄，肯容纳否？"杨约道："请教。"宇文述道："仁兄知东宫不欲令兄久矣！他日得登大位，自有所用的臣，岂肯使令兄专权乎？况权高招谮，今之低首于昆玉[4]之下者，安知他日不危及贤昆玉乎？今幸东宫失德，主上有废立之心，若贤昆玉在主上面前肯进言语，废东宫而立晋王，则晋王当铭于肺腑，才算得永远悠久的富贵。仁兄以为何如？"杨约道："兄言固是，容弟与家兄图之。"言讫，宇文述辞去。

---

[1] 两便：对双方都有好处；对两件事都有好处。
[2] 谗言：毁谤的话；挑拨离间的话。
[3] 撺掇：从旁鼓动人；怂恿。
[4] 昆玉：称他人兄弟的敬词，如贤昆玉。

第二回　谋东宫晋王纳贿　反燕山罗艺兴兵

到次日，杨约来见杨素，假作愁容，杨素忙问为了何故，杨约道："前日东宫护卫苏孝慈道：'兄长过傲太子，太子道，必杀老贼。'我愁兄长者，恐遭危耳！"杨素道："他怎奈何我？"杨约道："太子乃将来人主，若有不测，身命所系，岂可不作深虑？"杨素道："据你意思，还是谢位避他？还是改心顺他？"杨约道："谢位失势，顺他不能释怨。只有废他，更立一人，不惟免祸，还有大功。"杨素抚掌道："不料你有此奇谋，出我意外。"杨约道："这事宜速不宜迟，若太子一旦用事，祸无日矣！"杨素点头会意。

于是杨素在隋主面前，说晋王好，东宫歹，一起搬出。隋主十分听信，皇后亦为晋王所惑，他认晋王为孝顺，时时进些谗言，使太子如坐针毡。宇文述又打听东宫有个幸臣[1]，唤作姬威，与段达相厚。宇文述将金宝托段达买嘱姬威，要伺[2]太子动静。自此积毁成山，按下不表。

且说靠山王杨林，统兵五万，直抵冀州。那领兵前来攻打冀州的大将罗艺，字廉庵，父名允刚。北齐因他功高，远封在燕山，世袭燕公。罗允刚中年早亡，罗艺年少，就袭了燕公之职。他为人刚勇，能使一杆滚银枪。夫人秦氏，乃亲军护卫秦旭之女，结发二十年，尚未生子，甚是忧闷。当时罗艺夫妇，闻秦旭父子被杨林所困，尽忠死节，夫人一哭几绝。后闻杨坚篡位，灭了周主，罗艺得了此报，正欲复仇，遂起兵十万，进犯河北冀州等处。忽报隋主着杨林领兵五万前来，罗艺遂领兵前来迎敌。

那杨林的先锋是四太保张开、七太保纪曾，二人正行，忽报罗艺兵马挡住去路。张开闻报，飞马向前，见阵前一员大将，面如满月，髯须甚美。张开知是罗艺，便举蛇矛，分心就刺，罗艺挺枪来迎，战不数合，罗艺逼开蛇矛，扯起银花锏打来，正中后心，张开吐血伏鞍而走。纪曾大怒，举斧劈来，罗艺回马便走，纪曾在后追赶，罗艺看得亲切，将坐骑一磕，那马忽失前蹄，纪曾舞斧砍下，罗艺举枪一晃，向纪曾咽喉一枪，挑于马下。这是罗家"回马杀手独门枪"。罗艺挥兵杀来，有数里之遥。杨林大军已到，闻得锏打张开，枪挑纪曾，登时大怒。催兵前进，到了九龙山，扎下营寨。

---

[1] 幸臣：得宠的臣子（贬义）。
[2] 伺（sì）：探察。

次日摆齐队伍，亲出营前对阵。

罗艺见杨林白面黄眉，髭须三绺，勒马横枪，立于旗门之下，遂叫道："杨林，你如何贪心不足，灭北齐，废周主？今必欲灭你邦家，吾之愿也。"杨林道："罗将军，你之所论，但知其一，不知其二。古云：'天下非一人之天下，唯有德者居之。'而今天时在隋，故一战而定北，再战而平陈，四海咸[1]平，边疆敬服。将军虽有旧仇，亦只好待时而动，料不能再兴齐室，何不归我大隋，老夫自当保奏将军，永镇燕山，世守此职。不知将军意下如何？"罗艺闻言，想了一想，就说道："你要俺顺隋，必依俺三件事，俺就顺隋；如若不依，俺誓死不降。"杨林道："将军，是哪三件事？"罗艺道："我虽降隋，第一件：是俺部下兵马，须听俺调度，永镇燕山；第二件：俺名虽降隋，却不上朝见驾，听调不听宣；第三件：凡有诛戮，得以生杀自专。"杨林笑道："将军，此三件乃易事耳，都在老夫身上。"遂令三军退回十里。罗艺见杨林退兵，亦令三军退十里。杨林道："将军不放心，老夫同将军到燕山府，动表奏闻圣上，候旨下然后回去。"

罗艺大喜，同杨林并辔而行，及到燕山府，请杨林入城，大排筵宴，款待杨林。杨林忙修表章，令差官至长安奏上，隋主闻奏，即差窦建德赍[2]诏到燕山府来。罗艺闻之，出城迎接天使，窦建德入城，开读诏书：

奉天承运皇帝诏曰：今据靠山王所奏，燕公罗艺，廉明刚勇，堪为冀北屏藩。今加封为靖边侯，统本部强兵，永守冀北，听调不听宣，生杀自专，世袭所职，无负朕意。钦哉！谢恩！

罗艺接过圣旨，大排筵宴，厚待天使，又赠杨林、窦建德金银彩缎，次日排酒长亭，与杨林饯别，亲送十里而回。

那杨林、窦建德二人回朝，尚在路中，忽报登州海寇作乱，上岸抢劫居民。杨林闻报，对窦建德道："汝且先回复旨，老夫亲往登州，剿灭海寇。"遂领兵望登州而来。那海寇闻知杨林兵到，不敢交战，各各散去，杨林只扑个空。但见那里人烟稀少，城池倒坏，杨林十分叹息。就上表奏闻，

---

[1] 咸：全；都。
[2] 赍（jī）：持；带；送。

自愿镇守登州。叫军士招集民工，整治府库，修筑城垣，不一年，把登州修得十分齐整，不在话下。

再说李渊当日不受晋王礼物，晋王不喜道："我已内外都谋成，不怕你怎的！若我如愿，必杀此老贼，方消我恨。"那杨素得了晋王厚礼，百般谤毁太子，又知文帝惧内[1]，最听妇人谗言，每每乘内宴时，在皇后面前，称扬晋王贤孝，挑拨独孤皇后。妇人见识浅薄，认以为真，常在文帝面前，冷言冷语，弄得文帝十分猜疑，常常遣人打听太子消息。

到开皇三年十月，有东宫幸臣姬威出首[2]太子，说："东宫叫师姥卜吉凶，道圣上忌在十八年，此期速矣！又于厩中养马千匹，欲谋悖逆[3]之事。"文帝闻言，料事已真，不觉大怒。即召太子，太子跪在殿下，宣读诏书，废太子为庶人，立晋王为太子，宇文述为护卫。东宫旧臣唐令臣、邹文胜等，皆被杨素诳奏斩首。朝廷侧目[4]，无敢言者。大夫袁旻[5]，与文林郎杨孝政同奏道："父子乃天性至亲，今陛下反听谗言，有伤天性。况太子这事，又无实据，今依臣奏，将杨素、姬威以诬罪太子之事反坐，伏乞陛下速斩杨素等，朝野肃清，臣等幸甚。"文帝闻奏大怒，将杨、袁二臣，并皆拿下，再无敢言者。

只有李渊上疏道："太子所谋事情，俱无实据，又无对证。今既废黜[6]，不可加罪，还宜悯恤。"文帝览疏[7]，虽不全听，却给太子五品俸禄，终养于内苑。晋王见李渊这疏，一时大怒，即召宇文述、张衡计议道："这李渊明明是为斩张丽华之故，恐我怀恨，怕我为君，故上这疏。必须杀此老贼，你我方得安稳！"张衡道："杀李渊有何难哉！"欲知后事如何，且听下回分解。

---

[1] 惧内：怕老婆。
[2] 出首：检举、告发别人的犯罪行为。
[3] 悖逆：指违反正道，犯上作乱。
[4] 侧目：斜眼看，怒目而视。形容怒恨。
[5] 旻（mín）。
[6] 黜：罢免；革除。
[7] 疏：臣下向君主分条陈述事情的文字。条陈。

第三回

造流言李渊避祸　当马快叔宝听差

　　晋王忙问道："欲杀李渊，如何不难？"张衡道："主上素性猜忌，常梦洪水淹没都城，心中不悦。前日郕[1]公李浑之子，名唤洪儿，圣上疑他名应图谶[2]，叫他自尽。如今可散布流言，说渊洪从水，却是一体，未有不动疑者！主上听信谣言，恐李渊难免杀身之祸。"晋王大喜。自此张衡暗布流言，道："李子结实并天下，杨主虚花没根基。"又道："日月照龙舟，淮南逆水流，扫尽杨花落，天子季无头。"初时乡村乱说，后来街市传喧，巡城官禁约不住，渐渐传入禁中[3]。

　　晋王故意奏道："里巷妖言，大是不祥，乞行禁止。"文帝听了，甚是不悦，但心中疑在李浑身上，不以李渊为意。登时发下圣旨，把李浑合家五十二口，拿赴市曹斩首。又有晋王心腹方士安伽佗奏道："李氏当为天子，皇上可尽杀姓李之人。"丞相高颎奏道："主上若专务杀戮，反致人心动摇，大为不可。如主上有疑，可将一应姓李的不用便了。"此时蒲山公李密，与杨素相交最厚，杨素要保全李密，遂赞美高颎之言，暗叫李密退避（按：李密后兵反金墉，称魏公）。其时在朝姓李者，皆解兵权归田里，李渊也趁这势乞回太原，圣旨准行，令他为太原留守，克日起程。

　　晋王闻李渊解任，谓张衡道："计策虽好，只是不能杀他。"宇文述道："殿下若不肯饶他，臣有一计，把他全家不留一个。"晋王大喜道："计将安出？"宇文述道："只须点东宫骠骑[4]，命臣子化及，悄悄出城，到临潼山埋伏，扮作强人，把他父子一起杀绝，岂不干净！"晋王拍掌道：

---

[1] 郕（chéng）。
[2] 图谶（chèn）：古代关于宣扬迷信的预言、预兆的书籍。
[3] 禁中：宫中。帝王宫殿的代称。
[4] 骠骑：古代将军的名号。

"如此甚妙,但他是个武官,必须一个勇士方好。"宇文述道:"臣子足矣!若殿下亲行,何愁这事不成?"晋王欢喜,依计而行。

且说唐公见圣旨允奏,心中大喜,收拾起程。着宗弟李道宗,长子建成,带领了四十名家将,押着夫人小姐车辇[1]。虽夫人身怀六甲,将及分娩,也顾不得。遂一起上路,望太原进发,不表[2]。

且说秦叔宝久居山东历城县,学得一身好武艺,有万夫不当之勇,专打不平,好出死力,不顾口舌,宁夫人屡次戒他。幸家中还有积蓄,叔宝性情豪爽,济困扶危,结交好汉,因此人称为"小孟尝"。他祖上传留下来一件兵器,是两条一百三十斤镀金熟铜锏。娶妻张氏,贤德无比。最和他相好的是济南捕快都头,姓樊名虎,号建威,也有三五百斤气力。与叔宝结交往来,如一个人相似。又一个豪杰,姓王名勇,字伯当,此人胸襟洒落,器宇轩昂,且武艺绝伦,时时与叔宝议论,辄[3]自叹服。还有两人,就是历城东门头开鞭杖行的贾闰甫、伙计柳周臣,他两个不但全身武艺,还有一桩好处,就是过往豪杰,无不交结,叔宝每每与他们往来。

当时青齐一带,连年荒旱,又兼盗贼四起,本府刺史刘芳,出了告示,招募有勇谋的充当本府捕快。这一日,叔宝正在贾闰甫家闲话,只见樊虎忽走来对叔宝道:"今日州里发下告示,新招有勇谋的充当捕快,小弟在本官面前,赞哥哥做人慷慨,智勇双全。本官欢喜,就着小弟奉屈[4]哥哥,不知哥哥意下如何?"叔宝道:"我想身不役官为贵。况我累代将门,若得志斩将搴[5]旗,开疆拓土,也得耀祖荣宗。若不然,守几亩田园,供养老母,村酒野蔬,亦可与知己谈心。奈何充当捕快,听人使唤,拿得贼是他的功,起得赃是他的钱。至于尽心竭力,拿着贼盗,他暗地得钱卖放了,反坐个诬良的罪名。若一味掇臀捧屁[6],狐假虎威,诈害良民,

---

[1] 辇(niǎn):古代用人拉的车,后来多指皇帝坐的车。
[2] 不表:小说中用作结束上文另启下文之词。犹言不说。
[3] 辄(zhé):总是,就。
[4] 奉屈:屈尊。奉,敬辞。
[5] 搴(qiān):拔。
[6] 掇臀捧屁:形容巴结谄媚的丑态。

这便是畜生所为。你想这捕快，劝我当他则甚。"言讫，遂怫然[1]回去。

樊虎见叔宝去了，自想："在官府面前，夸了口，不料他不肯。我今再往他家去说，且看他如何。"遂走到秦家来。只见宁夫人在堂前，樊虎作了揖，把前事一一告诉，又把叔宝推辞的话，述了一遍。宁夫人道："做官也非容易，祖上有甚荫[2]袭，也想将就靠他。"樊虎道："一刀一枪的事业，谁不愿为？奈时机未至，只得将就从权[3]，哥哥偏偏不肯！"忽叔宝从里面走出来道："母亲不要听他。"宁夫人道："你虽志大，但樊哥哥的话，我想也是。且由此出身，也未可知。况你祖也是东宫卫士出身，从来人不可料，不宜固执。"叔宝是个孝顺的，只得诺诺连声道："是。"樊虎见允了，道："如此，明日我来约会哥哥同去。"次日两人同见刺史，刺史问道："你是秦琼么？"叔宝道："小人就是秦琼。"刺史又道："我闻你是个豪杰，今就与你做个都头，你须小心任事。"叔宝叩谢了出来。

樊虎道："哥哥当差，须要好脚力。"叔宝道："如此，我们就到贾闰甫行中去看看。"二人径到行内，贾闰甫拱手道："恭喜，恭喜，还不曾奉贺。"叔宝道："何喜要贺？不过奉母命耳！但今新充差役，恐早晚有差，要寻个脚力，故特专到你这边来。"闰甫道："昨日新到了四百匹马，就凭秦兄选择便了。"言讫，就引二人到后面来看，果然到了四百匹好马。贾闰甫、樊虎两个道这一匹好，那一匹强。叔宝只不中意，踱来踱去。忽听后边槽头马嘶，叔宝举目观看，却是一匹羸[4]瘦黄骠马，身子虽高八尺，却是毛长筋露。叔宝问道："此马如何这般瘦？"闰甫道："这马是关西客贩来，到此三月，上料喂养，只是落膘不起，谁肯要它？那客人不肯耽搁，小弟这里称了三十两马价与他，两月前起身去了。此马又养了两月，仍是这样羸瘦。"

叔宝就到槽边细看，那马一见叔宝，把领鬃毛一搐，双眼圆睁，卓荦[5]之状，如见故主一般。叔宝知是一匹好马，就对闰甫道："此马待弟

---

[1] 怫然：形容不满的样子或愤怒。
[2] 荫：封建时代由于父祖有功而给予子孙入学或任官的权利。
[3] 从权：依从权宜之计。
[4] 羸（léi）：瘦。
[5] 卓荦（zhuó luò）：超绝。

牧养了吧？"樊虎笑道："哥哥如何要这匹瘦马？"叔宝微笑不言。贾闰甫道："既然叔宝兄爱此坐骑，即当相赠。"遂备酒与叔宝相贺，尽醉而散。

叔宝带这匹黄骠马回家，不上半月，养得十分肥润，人人皆夸奖叔宝好眼力。叔宝奉公缉盗，远近谁不羡慕，都愿和他结交，因此山东一省，皆知叔宝是个豪杰。

一日刘刺史发下一起盗犯，律该充军，要发往平阳驿、潞州府收管。恐山西地面有失，当堂就点了叔宝、樊虎二人押解，樊虎解往平阳驿进发，秦琼解往潞州投递。叔宝忙回家中，收拾行李，拜别母亲妻子，同樊虎将一起人犯，解到长安司挂号[1]，然后向山西进发。

这时正值暮秋天气，西风飒飒，一日行到长安道上，离长安五十里，有一山名临潼山，十分险峻，上有伍相国[2]神祠。叔宝对樊虎道："我闻伍子胥，昔日身为明辅，挟制诸侯，临潼会上，举鼎千斤，名震海宇。今山上有祠，我欲上去瞻仰一番，你可代我押着人犯，到临潼关外等我。"樊虎应诺，就把人犯带过岗子，自到关口去了。不知叔宝在临潼山上又作何事？且听下回分解。

---

[1] 挂号：编号登记。
[2] 伍相国：伍子胥，春秋时吴国大夫。

第四回

临潼山秦琼救驾　承福寺唐公生儿

那叔宝见樊虎去了，就行到临潼山上，见殿宇萧条，人烟冷落。下马进庙，拜了神圣，站起来，见神像威仪，十分钦仰。闲玩之际，不觉困倦，就在神像前打睡片时，不表。

且说李渊辞朝起程，来到临潼山楂树岗地方，日方正午，李道宗和李建成行到林中，忽听林中呐喊一声，奔出无数强人来，都用黑煤涂面，长枪阔斧，拦住去路，高声叫道："快留下买路钱来！"建成吃了一惊，回马跑往原路。还是李道宗胆大，喝道："你这般该死的男女，岂不知咱家是陇[1]西李府，敢来阻截道路！"说罢，拔出腰刀便砍，那些家丁都拔短刀相助。那建成骤马跑回，对唐公道："不好了！前面尽是强人，围住叔父要钱买路。"唐公道："怎么辇毂[2]之下，就有盗贼？"一面叫家将取过方天画戟，又令建成护着家眷，却要上前。不料后面又有强人杀来，唐公不敢上前，先自保护家眷要紧，那贼人一起逼近，唐公大吼一声，摆开画戟，同家将左冲右突，众贼虽有着伤，死不肯退。那晋王与宇文父子，闪在林中，见唐公威武，兵丁不敢近身，晋王就用青纱蒙面，手提大刀，冲杀过来。宇文父子随后夹攻，把李渊团团围住，十分危急，这话慢说。

且说叔宝在伍员庙中正要睡去，忽听庙外有人马喊杀之声，好生惊异。他自己平时乘坐的黄骠马在一厢[3]嘶鸣不已，似有奔驰之势。叔宝上马，奔至半山，山下烟尘四起，喊杀连天。叔宝勒马一望，只见无数强人，围住了一起官兵，在那边厮杀。叔宝一见，把马一纵，借那山势冲下来，厉声高叫道："响马[4]不要逞强，妄害官员！"只这一声，恰似迅雷一般，

---

[1] 陇（lǒng）：甘肃的别称。
[2] 毂（gǔ）：车轮的中心部分，有圆孔，可插轴。
[3] 厢：边，旁，多见于早期白话。
[4] 响马：古时指拦路抢劫的强盗。

众强人吃了一惊。回头一看,只见是一个人,哪里放在心上?及到叔宝来至垓心[1],方有三五个来抵敌,叔宝手起锏落,一连打死十数人。那唐公正在危急,听得一声喝响,有数人落马,见一员壮士,撞围而入,头戴范阳毡笠[2],身穿皂色箭衣,外罩淡黄马褂,脚蹬虎皮靴,坐着黄骠马,手提金装锏,左冲右突,如弄风猛虎,醉酒狂狼。战不多时,叔宝顺手一锏,照晋王顶上打来,晋王眼快,把身一闪,那锏梢打中他的肩上,晋王负痛,大叫一声,败下阵去。宇文化及见晋王着伤,忙勒回马,保晋王逃走。众人见晋王受伤,也俱无心恋战,被叔宝一路打来,四散逃散。

叔宝拿住一人问道:"你等何处毛贼,敢在此地行劫?"那人慌了道:"爷爷饶命!只因东宫太子与唐公不睦,故扮作强人,欲行杀害。方才老爷打伤的,就是东宫太子。求爷爷饶命。"叔宝听了,吓出一身冷汗,便喝道:"这厮胡言,饶你狗命,去吧!"那人抱头鼠窜而去。叔宝自思太子与唐公不睦,我在是非丛里,管他怎的,若再迟延,必然有祸。遂放开坐骑,向前跑去。

那唐公脱离虎口,见壮士一马跑去,忙对道宗道:"你快保护家小,待我赶去谢他。"遂急急赶去,大叫道:"壮士,请住,受我李渊一礼。"叔宝只是跑。李渊赶了十余里,叔宝见唐公不舍,只得回头道:"李爷休追,小人姓秦名琼。"把手摇上两摇,将马一夹,如飞去了。唐公再欲追赶,奈马是战乏的,不能前进。只听得风送銮铃[3]响处,他说一个琼字;又见他把手一摇,错认为"五",就把它牢牢记在心上。

正要回马,忽见尘头起处,一马飞来。唐公道:"不好!这厮们又来了!"急忙扯满雕弓,飕的照面一箭射去,早见那人双脚腾空,翻身落马。又见尘头起处,来的乃是自家家将。唐公对道宗道:"幸亏了壮士,救我一家性命,此恩不可忘了!"言讫,又见几个大汉,与种庄稼的农夫,赶到马前啼哭道:"不知小人家主,何事触犯老爷,被老爷射死?"唐公道:"我并未射死你家主。"众人道:"适喉下拔出箭来,现有老爷名

---

[1] 垓心:战场中心。
[2] 毡笠(qú lì):用毛编成的帽子。
[3] 銮(luán)铃:古代一种铃铛,常装饰帝王的车。

号。"唐公想道："呀！是了！方才与一班强盗厮杀方散，恰遇你主人飞马而来，我道是响马余党，误伤你家主人。你主人姓甚名谁？我与你白银百两，买棺收殓回籍，待我前面去，多做功德，超度他便了。"家人道："俺主人乃潞州单道便是，二贤庄人，今往长安贩缎回来，被你射死，谁要你的银子？俺还有二主人单二员外，名通，号雄信，他自会向你讨命的。"唐公道："死者不能复生，教我也无可奈何。"众人不理，自去买棺收殓，打点回乡，不表。

唐公行至车辇下，问说："夫人受惊了！贼今退去，好赶路矣！"遂一起起行。夫人因受惊恐，忽然腹痛，待要安顿，又没个驿递[1]。旁边有座大寺，名曰承福寺，只得差人到寺中说，要暂借安歇。本寺住持法名五空，忙呼集众僧，迎接进殿。唐公领家眷在附近后房暂住，叫家将巡哨，以防不虞[2]。自己带剑观书。到三更时候，忽有侍儿来报："夫人分娩世子了。"李渊大喜。这诞生的世子就是后来劝父举兵，开基立业，神文圣武大唐太宗[3]皇帝。到天明时，参拜如来，众僧叩贺。唐公道："寄居分娩，污秽如来道场，罪归下官，何喜可贺？怎奈夫人已经分娩，不胜路途辛苦，欲要再借上刹，宽住几时，如何？"五空道："贵人降世，古刹生光，何敢不留！"唐公称谢。

一日，唐公在寺中闲玩，见屏上有联一对，上写道："宝塔凌云，一日江山，无边清净；金灯代月，十方世界，何等悠闲！"侧边写"汾阳柴绍题"。唐公见词义深奥，笔法雄劲，便问五空道："这柴绍是甚人？"五空道："这是汾阳县柴爷公子，向在寺内读书，偶题此联。"唐公道："如今可在此间么？"五空道："就在寺左书斋里。"唐公道："你可领我去看。"

五空就引唐公向柴绍书房而来。只见一路苍松掩映，翠竹参天。到了门首，五空向前叩门。见一书童启扉，问是何人。五空道："是太原唐公，特来相访。"柴绍听得，即忙迎接，请入书斋。柴绍下拜道："久违年伯，不知驾临，有失远迎。"唐公扶起叙坐，彼此闲谈。唐公看柴绍双眉入鬓，

---

[1] 驿递：指休息、住宿的地方。驿，古代供递送公文的人或来往官员暂住、换马的处所。

[2] 不虞（yú）：意外。虞，预料。

[3] 唐太宗：李世民。

第四回　临潼山秦琼救驾　承福寺唐公生儿

凤眼朝天，语言洪亮，气宇轩昂，心内欢喜。唐公询知未有妻室，便对柴绍道："老夫有一小女，年已及笄[1]，尚未受聘。意欲托住持为媒，以配贤契[2]，不知贤契意下如何？"柴绍道："小侄寒微，蒙年伯不弃，敢不如命？"唐公大喜，回至方丈，对夫人说知，即令五空为媒，择日行聘。在寺半月有余，窦夫人身体已健，着五空通知柴绍，收拾起行。柴绍将一应事体，托了家人，自随唐公往太原就亲去了。按下不表。

且说叔宝单骑跑到关口，方才住鞭，见樊虎在店，就把这事说了一遍。到次日早饭后，匆匆分了行李，各带犯人分路去了。这叔宝不止一日，到了潞州，住在王小二店中。就把犯人带到衙门，投过了文，少时发出来，着禁子[3]把人犯收监，回批候蔡太爷往太原贺唐公回来才发，叔宝只得到店中耐心等候。

不想叔宝饭量大，一日三餐，要吃斗米。王小二些小本钱，连人带马，只二十余天，都被吃完了。小二就向叔宝说道："秦爷，小人有句话对爷说，犹恐见怪，不敢启口。"叔宝道："俺与你宾主之间，有话便说，怎么见怪？"小二道："只因小店连月没有生意，本钱短少，菜蔬不敷。我的意思，要问秦爷预支几两银子，不知可使得么？"叔宝道："这是正理，我就取出与你。"就走入房去，在箱里摸一摸，吃了一惊。你道叔宝如何吃惊？却有个缘故：因在关口与樊虎分行李时，急促了些，有一宗银子，是州里发出做盘费的，库吏因樊虎与叔宝交厚，故一总兑与樊虎。这宗银子，都在樊虎身边。及至匆匆分别，行李文书，件件分开，只有银子不曾分得。心内踌躇，想起母亲要买潞绸做寿衣，十两银子，且喜还在箱内，就取出来与小二道："这十两银子，交与你写了收账。"小二收了。

又过数日，蔡刺史到了码头，衙役出郭迎接，刺史因一路辛苦，乘暖轿进城。叔宝因盘缠短少，心内焦躁，暗想他一进衙门，事体忙乱，难得禀见了，不如在此路上禀明为是，只得当街跪下喊道："小的是山东济南府的解差，伺候太爷回批。"蔡刺史在轿内，半眠半醒，哪里有答应？

---

[1] 及笄（jī）：特指女子可以盘发插笄的年龄，十五岁即成年。笄，簪子。
[2] 贤契：对弟子或朋友侄辈的敬称。
[3] 禁子：旧称在监狱中看守罪犯的人；狱卒。

从役喝道:"太爷难道没有衙门?却在这里领回批?还不起去!"言讫,轿夫一发走得快了。

叔宝起来,又想我在此一日,多一日盘费,他若几日不坐堂,怎么了得!就赶上前要再禀,不想性急力大,用手在轿杠上一把,将轿子拖了一侧,四个轿夫,两个扶轿的,都一闪撑支不住。幸喜太爷正睡在轿里,若是坐着,岂不跌将出来?刺史大怒道:"这等无礼,叫皂隶[1]扯下去打!"叔宝自知礼屈,被皂隶按翻了,重打二十。

叔宝被责,回到店中,挨过一夜,到天明,负痛来府中领文。那蔡知府甚是贤能,次日升堂,把诸事判断极明。叔宝候公事完了,方才跪下禀道:"小的是济南府刘爷差人,伺候老爷批文回去。"叔宝今日怎么说出刘爷,因刺史与刘爷是个同年好友,是要望他周全的意思。果然那蔡刺史回嗔作喜道:"你就是济南刘爷的差人么?昨日鲁莽得紧,故此责你几板。"遂唤经承取批过来签押,叫库吏取银三两,付与叔宝道:"本府与你老爷是同年,念你千里路程,这些小赏你为路费。"叔宝叩头谢了,接着批文银两,出府回店。

小二看见叔宝领批文回来,满脸堆笑道:"秦爷批文既然领来,如今可把账算算何如?"叔宝道:"拿账来。"小二道:"秦爷是八月十六到的,如今是九月十八,共三十二天,前后两日不算,共三十日。每日却是六钱算的,该十八两银,前收过银十两,尚欠八两。"叔宝道:"这三两是太爷赏的,也与你吧!"小二道:"再收三两,还欠五两,乞秦爷付足。"叔宝道:"小二哥且莫忙,我还未去,因我有个朋友,到泽州投文,盘缠银两,都在他身边,等他来会我,才有银子还你。"小二听了这话,即时变脸,暗想:"他若把马骑走了,叫我哪里去讨这银子?莫若把他的批文留住,倒是稳当。"就向叔宝笑道:"秦爷既不起身回去,这批文是要紧的,可拿到里面,交拙荆[2]收藏,你也好放心盘桓[3]。"

叔宝不知是计,就将批文递与王小二收了。自此日日去到官塘大路,

---

[1] 皂隶(zào lì):旧时衙门里的差役。
[2] 拙荆(zhuō jīng):对别人谦称自己的妻子。
[3] 盘桓:逗留;住宿。

第四回　临潼山秦琼救驾　承福寺唐公生儿

盼望樊虎到来。望了许久，不见樊虎的影子。又被王小二冷言冷语，受了腌臜[1]之气。所叫茶饭，不是宿的，就是冷的。一日晚上回来，见房中已点灯了，向前一看，见里面猜三喝五，掷色[2]饮酒。王小二跑出来道："秦爷不是我有心得罪。因今日来了一伙客人，是贩珠宝古董的，见秦爷房好要住，你房门又不锁，被他们竟把铺盖搬出来，说三五日就去的。我也怕失落行李，故搬到后面一间小房内，秦爷权宿数夜，待他们去了，依旧移进。"叔宝此时人贫志短，便说道："小二哥，屋随主便，怎么说出这等话来！"小二就掌灯引叔宝转弯抹角，到后面一间破屋里，地上铺着一堆草，那铺盖丢在草上，四面风来，灯儿也没处挂。叔宝见了，闷闷不乐。小二带上门，就走了出去，叔宝把金锏用指一弹，作歌道：

　　旅舍荒凉风又雨，英雄守困无知己；
　　平生弹铗[3]有谁知？尽在一声长叹里！

正吟之间，忽闻脚步到门口，将门搭钮反扣了。叔宝道："你这小人，我秦琼来清去白，焉肯做此无耻之事？况有批文鞍马在你家，难道走了不成？"外边道："秦爷切勿高声，妾乃王小二之妻柳氏。"叔宝道："你素有贤名，今夜来此何干？"柳氏道："我那拙夫，是个小人，出言无状，望秦爷海涵些儿。我丈夫睡了，存得晚饭在此，还有数百文钱，送秦爷买些点心吃，晚间早些回寓。"叔宝闻言，不觉落下几点泪来，道："贤人，你就好似淮阴的漂母[4]，恨我他日不能如三齐王[5]报答千金耳！若得侥幸，自当厚报。"柳氏道："我不敢比漂母，岂敢望报？"说罢，把门钮开，将饭篮放在地上，竟自去了。

叔宝将饭搬进，见青布条穿着三百文钱，篮中又有一碗肉羹。叔宝只得吃了，睡到天色未明，又走到大路，盼望樊虎。未知后来如何，且听下回分解。

---

[1] 腌臜（ā zā）：脏，不干净。
[2] 掷色（zhì shǎi）：掷，扔；色，一种游戏用具或赌具。
[3] 弹铗（tán jiá）：弹，击；铗，剑把。"弹铗"指生活困穷，求助于人。
[4] 漂母：漂洗衣服的老妇。相传汉代淮阴侯韩信贫贱时，挨着饿钓于城下，漂母分自己的饭给他吃。
[5] 三齐王：指韩信。

第五回

秦叔宝穷途卖骏马　单雄信交臂失知音

叔宝望樊虎不来，又过几日，把三百文钱都用尽了，受了小二无数冷言冷语，忽然想道："我有两条金装铜，今日穷甚，可拿到典铺里，押当些银子，还他饭钱，也得还乡，待异日把钱来赎回未迟。"主意定了，就与小二说了，小二欢喜。叔宝就走到三义坊当铺里来，将铜放在柜上。当铺的人见了道："兵器不当，只好作废铜称！"叔宝见管当的装腔，没奈何，说道："就作废铜称吧！"当铺人拿大秤来称，两条铜，重一百二十八斤，又要除些折耗，四分一斤，算该五两银子，多要一分也不当。叔宝暗想道："四五两银子，如何能济得事？"依旧拿回店来。

王小二见了道："你说要当这兵器还我，怎么又拿了回来？"叔宝托辞应道："铺中说，兵器不当。"小二道："既如此，你再寻什么值钱的当吧。"叔宝道："小二哥，你好呆，我公门中道路，除了这随身兵器，难道有金珠宝物带在身边不成？"小二道："既如此，你一日三餐，我如何顾得你？你的马若饿死了，也不干我事。"叔宝道："我的马可有人要么？"小二道："我们潞州城里，都是用脚力的，马若出门，就有银子。"叔宝道："这里马市在哪里？"小二道："就在西门大街上，五更开市，天明就散。"叔宝道："明早去吧。"

叔宝到槽头看马，但见马蹄穿腿瘦，肚细毛长，见了叔宝，摇头流泪，如向主人说不出话的一般。叔宝眼中流泪，叫声："马呵……"要说话，口中喧塞，也说不出，只得长叹一声，把马洗刷一番，割些草与它吃。这一夜，叔宝如坐针毡，睡到五更时分，把马牵出门，走到西市。那马市已开，但见王孙公子，往来不绝，见着叔宝牵了一匹瘦马，都笑他："这穷汉，牵着劣马，来此何干？"叔宝闻言，对着马道："你在山东时，何等威风！如何今日就如此垂头落颈？"又把自己身上一看道："我今衣衫褴褛，也是这般模样。只为少了几个店账，弄得如此，何况于你？"遂长叹一声，见市上没有人睬他，就把马牵回。

他因空心出门，一时打着睡眼。顺脚走过马市时，城门大开，乡下人挑柴进城来卖，那柴上还有些青叶，马是饿极的，见了青叶，一口扑去，将卖柴的老儿冲了一跤，喊叫起来。叔宝如梦中惊觉，急去扶起老儿。那老儿看着马问道："此马敢是要卖的，这市上人哪里看得上眼！这马膘虽瘦了，缠口实是硬挣，还算是好马。"叔宝闻言欢喜道："老丈，你既识得此马，要到哪里去卖？"那老儿道："'卖金须向识金家。'要卖此马，有一去处，包管成交。"叔宝大喜道："老丈，你同我去卖得时，送你一两茶金。"老儿听说欢喜道："这西门十五里外，有个二贤庄，庄上主人姓单号雄信，排行第二，人称他为二员外，常买好马送朋友。"叔宝闻言，如醉方醒，暗暗自悔，失了检点。在家时闻得人说，潞州单雄信，是个招纳好汉的英雄，今我怎么到此许久，不去拜他，如今衣衫褴褛，若去拜他，也觉无颜。又想道："我今只认作卖马的便了！"就叫老丈引进。

那老儿把柴寄在豆腐店，引叔宝出城，行了十余里路，见一所大庄院，古木阴森，大厦连云。这庄上主人，姓单名通，号雄信，在隋朝是第十八条好汉。生得面如蓝靛，发似朱砂，性同烈火，声若巨雷。使一根金钉枣阳槊，有万夫不当之勇，专好交结豪杰，处处闻名。收买亡命，做的是没本营生，各处劫来货物，尽要坐分一半。凡是绿林中人，他只一枝箭传去，无不听命，所以十分富厚。

一日他闲坐厅上，只见苏老走到面前，唱了个喏，雄信回了半礼。苏老道："老汉今日进城，撞着一个汉子，牵匹马卖。我看那马虽瘦，却是千里龙驹，特领他来，请员外出去看看。"雄信遂走出来。叔宝隔溪一望，见雄信身长一丈，面若灵官，青脸红须，衣服齐整。觉得自身不像个样，便躲在树后。雄信走过桥来，将马一看，高有八尺，遍体黄毛，如纯金细卷，并无半点杂色。双手用力向马背一按，雄信膂力[1]最大，这马却分毫不动。看完了马，方与叔宝见礼道："这马可是足下要卖的么？"叔宝道："是。"雄信道："要多少价钱？"叔宝道："人贫物贱，不敢言价，只赐五十两足矣！"雄信道："这马讨五十两不多，只是膘跌太重，不加细料喂养，这马就是废物了。今见你说得

---

[1] 膂（lǚ）力：体力。

还好,咱与你三十两吧。"言讫,就转身过桥去了。

叔宝无奈,只得跟进桥来,口里说道:"凭员外赐多少罢了。"雄信到庄,立在厅前,叔宝站于月台旁边,雄信叫手下人把马牵到槽头,上了细料,因问叔宝道:"足下是哪里人?"叔宝道:"在下是济南府人氏。"雄信听得济南府三字,就请叔宝进来坐下,因问道:"济南府咱有个慕名的朋友,叫做秦叔宝,在济南府当差,兄可认得否?"叔宝随口应道:"就是在下——"即住了口。雄信失惊道:"得罪。"遂走下来。叔宝道:"就是在下同衙门朋友。"雄信方立住道:"既如此!失瞻了!请问老兄高姓?"叔宝道:"姓王。"雄信道:"小弟要寄个信与秦兄,不知可否?"叔宝道:"有尊札尽可带得。"雄信入内,封了三两程仪[1],潞绸两疋[2],并马价,出厅前作揖道:"小弟本欲寄一封书,托兄奉与叔宝兄,因是不曾会面,恐称呼不便,只好烦兄道个单通仰慕之意罢了!这是马价三十两,另具程仪三两,潞绸两疋,乞兄收下。"叔宝辞不敢收,雄信致意送上,叔宝只得收了。雄信留饭,叔宝恐露自己名声,急辞出门。苏老儿跟叔宝到路上,叔宝将程仪拈了一锭,送与苏老,那苏老欢喜称谢去了。

叔宝自望西门而来,正是午牌时分,此时腹中饥饿,走入酒店来,见是三间大厅,摆着精致桌椅,两边厢房,也有座头。叔宝就走到厢房,拣了座头坐下,把银子放在怀内,潞绸放在一边,酒保摆上酒肴,叔宝吃了几杯。只见店外来有两个豪杰,后面跟些家人进来。叔宝一看,却认得一个是王伯当,连忙把头别转了。

你道这王伯当是何等人,他乃金山人氏,曾做武状元。若论他武艺,一枝画戟,神出鬼没;论他箭法,百发百中。只因他见奸臣当道,故此弃官,游行天下,交结英雄。这一个是长州人,姓谢名映登,善用银枪,因往山西探亲,遇见王伯当,同到店中饮酒。叔宝回转头,早被伯当看见,便问道:"那位好似秦大哥,为何在此?"就走入厢房,叔宝只得起身道:"伯当兄,正是小弟。"伯当一见叔宝这般光景,连忙把自己身上绣花战袄脱下,披在叔宝身上道:"秦大哥,你为何到此,弄得这样?"当下叔宝与二人见过礼,方把前事细说一遍,又道:"今早牵马到二贤庄,卖与单雄信,三十两银子,

---

[1] 程仪:赠送给远行者的礼物。文中指表示谢意的酬金。
[2] 疋(pǐ):同"匹"。

第五回　秦叔宝穷途卖骏马　单雄信交臂失知音　023

他问起贱名，弟不与他说。"伯当道："雄信既问起兄长，兄何不道姓名与他？他若知是兄长，休说不收兄马，定然还有厚赠，如今兄同小弟再去便了。"叔宝笑道："我若再去，方才便道姓名与他了。如今卖马有了盘费，回到下处，收拾行李，就要起身回乡了。"

伯当道："兄不肯去，弟也不敢相强，兄长下处，却在何处？"叔宝道："在府前王小二店内。"伯当道："那王小二是潞州城里著名的势利小人，对兄可曾有不到之处？"叔宝因感柳氏之贤，不便在两个朋友面前说王小二的过错，便道："二位兄长，那王小二虽属炎凉，他夫妇二人，在我面上还算周到。"伯当听了点头，便叫酒保摆上酒馔[1]畅饮，于是三人作别，伯当、映登二人往二贤庄去了。

叔宝回到下处，小二见没有了马，知是卖了，便道："秦爷，这遭好了！"叔宝听了不言语，把饭银算还于小二，取了批文，谢别柳氏，收拾行李，把双锏背上肩头。又恐雄信追来，故此连夜出城，往山东而去。

那王伯当、谢映登到二贤庄，雄信出迎，伯当道："单二哥，你今日做了不妙的事了！"雄信忙问何事，伯当道："你今日可曾买一匹马么？"雄信道："马不是假的，二位如何得知？"伯当道："方才卖马的对我说道，说你贪小利，失了名望的人了！"雄信道："他不过是个好手，有何名望？"伯当道："他名望比别个不同些儿，你可知道他的名姓否？"雄信道："我问他，他说是济南府人姓王；我便问起秦叔宝，他说是他的同班，我就央他进里坐。"伯当闻言哈哈大笑道："可惜你当面错过，他正是'小孟尝'秦叔宝。"雄信吃惊道："呵呀，他为何不肯通名，如今在哪里？"伯当道："就在府前王小二店内。"

雄信就要赶去，伯当道："天色已晚，赶进城来不及了，明早去吧。"雄信性急，与二人吃了一夜酒，天色微明，就上马赶到小二店前下马，问小二道："有名望的山东秦爷，可在店么？"小二道："秦爷昨晚起身去了。"

雄信闻言，就要追赶，忽见家将跑来叫道："二员外，不好了！大员外在楂树岗被唐公射死，如今棺木到庄了。"雄信闻言大哭道："伯当兄，弟今不得去赶叔宝兄弟，请兄多多致意，代为请罪。"说罢飞马回去了。伯当、映登辞别回去，欲知后事如何，且听下回分解。

---

[1] 馔（zhuàn）：饭食。

第六回

樊建威冒雪访良朋　单雄信挥金全义友

再说叔宝恐雄信赶来，走了一夜，自觉头昏，硬着身子又走十余里。不料脚软，不能前进，见路旁有一东岳庙，叔宝奔入庙来，要去拜台上坐坐。忽然头昏，仰后一跤，豁喇一声，倒在地上，肩上双锏，竟把七八块砖都打碎了。惊得道人慌忙来扶，哪里扶得他动？只得报知观主。这观主姓魏名征，维扬[1]人氏，曾做过吉安知州，因见奸臣当道，挂冠修行，从师徐洪客在此东岳庙住。半月前，徐洪客云游别处去了。

当下魏征闻报，连忙出来，见叔宝倒在地上，面红眼闭，口不能言，就与叔宝诊脉，便道："你这汉子，只因失饥伤饱，风寒入骨，故有此症。"叫道人煎金银花汤一服药，与叔宝吃了，渐渐能言。魏征问道："你是何处人氏？叫什么名字？"叔宝将姓名并前事说了一遍。魏征道："兄长，既如此，且在敝观将养，等好了再回乡不迟。"便吩咐道人，在西廊下打铺，扶叔宝去睡了。魏征日日按脉用药与叔宝吃。

过了几天，这一日，道人摆正经堂，只等员外来，就要开经。你道这法事是何人做的？原来就是单雄信，因哥哥死了，在此看经。霎时雄信到了，在大殿参拜圣像，只见家丁把道人打嚷，雄信喝问何故，家丁道："可恶这个道人，昨日吩咐他打扫洁净，他却把一个病人，睡在廊下，故此打他。"雄信大怒，叫魏征来问。魏征道："员外有所不知，这个人是山东豪杰，七日前得病在此，贫道怎好赶他？"雄信道："他是山东人，叫什么名姓？"魏征道："他姓秦，名琼，号叔宝。"雄信闻言大喜，跑到廊下。此时叔宝见雄信来，恨不得有个地洞也爬下去。

雄信赶到跟前，扯住叔宝的手，叫声："叔宝哥哥，你端的想杀了单通也！"叔宝回避不得，起来道："秦琼有何德能，蒙员外如此见爱？"

---

[1] 维扬：古城扬州的发祥地。

雄信捧住叔宝的脸，看他形状，不觉泪下道："哥哥，你前日见弟，不肯实说，后伯当兄说知，次早赶至下处，不料兄长连夜长行，正欲追兄，忽遭先兄之变，不得赶来。谁知兄落难在此，皆单通之罪了！"叔宝道："岂敢，弟因贫困至此，于心有愧，所以瞒了仁兄。"雄信叫家丁扶秦爷洗澡，换了新衣，吩咐魏征自做道场。又叫一乘轿子，抬了叔宝。雄信上马，竟回到二贤庄。

叔宝欲要叙礼，雄信扯住道："哥哥贵体不和，何必拘此故套？"即请医生调治，不消半月，这病就治好了。雄信备酒接风，叔宝把前事细说一遍，雄信把亲兄被唐公射死告知，叔宝十分叹息，按下不表。

却说樊虎到潞州[1]，得了回文，料叔宝亦已回家，故直回济南府，完了公干。闻叔宝尚未回来，就到了秦家，安慰老太太一番。又过了一月，不见叔宝回来，老太太十分疑惑，叫秦安去请樊虎来。老太太说道："小儿一去，将近三月，不见回来，我恐怕他病在潞州。今老身写一封书，欲烦大爷去潞州走一遭，不知你意下如何？"樊虎道："老伯母吩咐，小侄敢不从命，明日就去。"接上书信，秦母取出银子十两做路费，樊虎坚辞不受，说："叔宝兄还有银在侄处，何用伯母费心？"遂离秦家，入衙告假一月，次日起程，向山西潞州府来。

行近潞州，忽然彤云密布，朔风紧急，落下一天雪来。樊虎见路旁有座东岳庙，忙下马进庙避雪。魏征一见问道："客官何来？有何公干？"樊虎道："我是山东来的，姓樊名虎，因有个朋友来到潞州，许久不回，特来寻他。今遇这样大雪，难以行走，到宝观借坐一坐。"魏征又问道："客官所寻的朋友，姓甚名谁？"樊虎道："姓秦，名琼，号叔宝。"魏征笑道："足下，那个人，远不过千里，近只在眼前。"樊虎闻言，忙问今在何处，魏征道："前月有个人病倒在庙，叫做秦叔宝，近来在西门外二贤庄单雄信处。"

樊虎听了，就要起身。魏征道："这般大雪，如何去得？"樊虎道："无妨，我就冒雪去吧。"就辞魏征上马，向二贤庄来。到了庄门，对庄客道："今有山东秦爷的朋友来访。"庄客报入，雄信、叔宝闻言，遂走出来。叔宝

---

[1] 潞州：地处太行山南端，是山西通向中原的重要门户，史称"河东屏翰"。

见是樊虎，就说："建威兄，你因何到这时才来？我这里若没有单二哥，已死多时了。"樊虎道："弟前日在泽州，料兄已回，及弟回济南，将近三月，不见兄长回来，令堂记念，差弟来寻，方才遇魏征师指示至此。"

叔宝就把前事说了一遍，樊虎取出书信与叔宝看了，叔宝即欲回家，雄信道："哥哥，你去不得，今贵恙[1]未安，冒雪而回，恐途中病又复作，难以保全。万有不测，使老夫人无靠，反为不美。依弟主意，先烦建威兄回济南，安慰令堂。且过了残年，到二月中，天时和暖，送兄回去，一则全兄母子之礼，二则尽弟朋友之道。"樊虎道："此言有理，秦兄不可不听。"叔宝允诺，雄信吩咐摆酒，与樊虎接风。

过了数日，天色已晴，叔宝写了回信，雄信备酒与樊虎饯行，取出银五十两，潞绸五匹，寄与秦母。另银十两，潞绸五匹，送与樊虎。樊虎收了，辞别雄信、叔宝，竟回济南去了。

你道雄信为何不放叔宝回去？只因他欲厚赠叔宝，恐叔宝不受，只得暗暗把他黄骠马养得雄壮，照马的身躯，叫匠人打一副镏金鞍辔[2]并踏镫。又把三百六十两银子，打做数块银板，放在一条缎被内。一时未备，故留叔宝在此。

那叔宝在二贤庄，过了残年，又过灯节，辞别雄信。雄信摆酒饯行，饮罢，雄信叫人把叔宝的黄骠马牵出来，鞍镫俱全，铺盖捎在马上，双铜挂在两旁。叔宝见了道："何劳兄长厚赐鞍镫？"雄信道："岂敢，不过尽小弟一点心耳！"又取出潞绸十匹，白银五十两，送与叔宝为路费。叔宝推辞不得，只得收下，雄信送出庄门，叔宝辞谢上马去了。未知叔宝此去如何，且听下回分解。

---

[1] 贵恙：敬辞。对对方的病的敬称，动问他人病情的敬语。
[2] 辔（pèi）：驾驭牲口用的嚼子和缰绳。

第七回

打擂台英雄聚会　　解幽州姑侄相逢

却说秦叔宝离了二贤庄，行不到几十里，天色已晚，见有一村人家，地名皂角林，内有客店。叔宝下马进店，主人随即把马牵去槽上加料，走堂的把他行李铺盖，搬入客房。叔宝到客房坐下，走堂的摆上酒肴与叔宝吃，就走出来，悄悄对主人吴广说道："这个人有些古怪，马上的鞍镫，好似银的。行李又沉重，又有两根锏，甚是厉害，前日前村失盗，这些捕人缉访无踪，此人莫非是个响马强盗？"吴广叫声轻口，不可泄漏，待我去张[1]他，看他怎生的，再作道理。

当下吴广来至房门边，在门缝里一张，只见叔宝吃完了酒饭，打开铺盖要睡，觉得被内沉重，把手一提，扑的一声，脱出许多砖块来，灯光照得雪亮；叔宝吃了一惊，取来一看，却是银的，便放在桌上。想雄信何故不与我明言，暗放在内。吴广一见，连忙叫声："小二，不要声张，果是响马无疑，待我去叫捕人来。"言讫，就走出门。恰遇着二三个捕人，要来店上吃酒。吴广遂把这事对众人说了，众人就要下手。吴广道："你们不可造次，我看这人十分了得，又且两根锏甚重，若拿他不住，被他走了，反为不美。你们可埋伏在外，把索子伏在地下，我先去引他出来，绊倒了他，有何不可。"众人点头道："是！"各各埋伏。

吴广拿起斧头，把叔宝房门打开，叫声："做得好事！"抢将进来。叔宝正对着银子思想，忽见有人抢进来，只道是响马来劫银子，立起身来。吴广早到面前，叔宝把手一推，吴广立脚不住，扑的一声，撞在墙上，把脑浆都跌出来。外边众人呐一声喊，叔宝就拿双锏抢出房门，两边索子拽起，把叔宝绊倒在地。众人把兵器往下就打，叔宝把头抱住，众人便拿住了，用绳将叔宝绑了，吊在房内。见吴广已死在地下，他妻子央

---

[1] 张：看；望。

人写了状子,次日天明,众捕人取了双锏及行李、银子、黄骠马,牵着叔宝,带了吴广妻子,投入潞州府。

那潞州知府蔡建德,听得拿到一个响马强盗,即刻升堂,众捕人上堂跪禀,说在皂角林拿得一名响马。吴广妻子亦上堂哭告道:"响马行凶,打死丈夫。"蔡公问了众人口词,喝令把响马带进来,众人答应一声,就把叔宝带到丹墀。蔡公看见,吃了一惊,问道:"我认得你是济南差人,何故做了响马?"秦琼跪下道:"小人正是济南差人,不是响马。"蔡建德喝道:"好大胆的奴才,去岁十月内得了回文,就该回去,怎么过了四个月,还不曾回?明明是个响马无疑。"秦琼道:"小人去年十月,得了回文,行不多路,因得了病,在朋友家将养到今,方才回去。这些银子是朋友赠小人的,乞老爷明察。"蔡建德道:"你那朋友住在哪里?"秦琼就要说出,忽想恐连累雄信,不是耍的,遂托言道:"小人的朋友是做客的,如今去了。"蔡建德听了,把案一拍,骂道:"好大胆的奴才,焉有做客的留你住这多时?又有许多银子赠你?我看你形状雄健,不像有病方好的人,明明是个响马了。又行凶打死吴广,你还敢将言搪塞。"叔宝无言可答。蔡建德令收吴广尸首,就把这一干人,发下参军厅审问明白,定罪施行。参军孟洪,问了口词,叔宝不肯认做响马,打了四十板收监,另日再审。

不料这桩事沸沸腾腾,传说山东差人,做了响马,今在皂角林拿了,收在监内。这话渐渐传到二贤庄,雄信一闻此事,吃了一惊,连忙进城打听,叔宝被祸是实,叫家人备了酒饭,来到监门口,对禁子道:"我有个朋友,前日在皂角林,被人诬做响马,下在牢内,故此特来与他相见。"禁子见是雄信,就开了牢门,引雄信去到一处,只见叔宝被木栲锁在那里。雄信一见,抱头大哭道:"叔宝兄,弟害兄受这般苦楚,小弟虽死难辞矣!"忙令禁子开了木栲。叔宝道:"单二哥,这是小弟命该如此,岂关兄长之故?但弟今有一言相告,不知吾兄肯见怜否?"雄信道:"兄有何见教,弟敢不承命?"叔宝道:"弟今番料不能再生了!就是死在异乡,也不足恨,但是可怜家母在山东,无人奉养,弟若死后,二哥可寄信与家母,时时照顾。俺秦琼在九泉之下,感恩不尽矣!"雄信道:"哥哥不必忧心,弟自去上下衙门周全，拨[1]轻了罪，那时便有生机了。"言罢，吩咐家人摆上酒饭，同叔宝吃了，取出银子与那禁子，叫他照顾秦爷，禁子应诺。

雄信别了叔宝，出得牢门，就去挽[2]一个虞候，在参军厅蔡知府上下说情。参军厅就审叔宝，实非响马，不合误伤跌死吴广，例应充军。知府将审语详至山西大行台处，大行台批准，如详结案，把秦琼发配河北幽州，燕山罗元帅标下为军。

那蔡建德按着文书，吩咐牢中取出秦琼，当堂上了行枷，点了两名解差。这二人也是好汉：一个姓金名甲，字国俊；一个姓童名环，字佩之，与雄信是好朋友，故雄信买他二人押解。当下二人领文书，带了叔宝，出得府门，早有雄信迎着，同到酒店饮酒。雄信道："这燕山也是好去处，弟有几个朋友在彼：一个叫张公瑾，他是帅府旗牌，又有两个兄弟，叫尉迟南、尉迟北，现为帅府中军。弟今有书信在此。那张公瑾他住在顺义村，兄弟可先到他家下了书，然后可去投文。"叔宝谢道："弟蒙二哥，不惜千金，拼身相救，此恩此德，何时可报？"雄信道："叔宝兄说哪里话？为朋友者生死相救，岂有惜无用之财，而不救朋友之难也！况此事是弟累兄，弟虽肝脑涂地，何以赎罪？兄此行放心，令堂老伯母处，弟自差人安慰，不必挂念。"叔宝十分感谢。

吃完了酒，雄信取出白银五十两，送与叔宝；又二十两送与金甲、童环。三人执意不受，雄信哪里肯听，只得收了，与张公瑾的书信，一同收拾，别了雄信，竟投河北而去。

三人在路，晓行夜宿，不日将近燕山，天色已晚，三人宿在客店。叔宝问店主人道："这里有个顺义村么？"店主人道："东去五里便是。"叔宝道："你可晓得村中有个张公瑾么？"店主人道："他是帅府旗牌官，近来元帅又选一个右领军，叫做史大奈。帅府规矩，送领职的演过了武艺，还恐没有本事，就在顺义村土地庙前造了一座擂台，限一百日，没有人打倒他，才有官做。倘有好汉打倒他，就把这领军官与那好汉做。如今这史大奈在顺义村将有百日了，若明日没有人来打，这领军官是他的了。

---

[1] 拨：减轻，除去。
[2] 挽：拉，找。

那张公瑾、白显道，日日在那里经管，你们若要寻他，明日只到庙前去寻便了。"叔宝闻言欢喜。

次日吃完了早饭，算还饭钱，三人就向顺义村土地庙来。到了庙前，看见一座擂台，高有一丈，阔有二丈，周围挂着红彩，四下里有人做买卖，十分热闹。左右村坊人等，都来观看。这史大奈还未曾来。叔宝三人看了一回，忽见三个人骑着马，来到庙前，各各下马，随后有人抬了酒席。史大奈上前参拜神道，转身出来，脱了团花战袍，把头上扎巾按一按，身上穿一件皂缎紧身，跳上擂台。这边张公瑾、白显道，自在殿上吃酒。那史大奈在台上，打了几回拳棒。

此时叔宝三人，虽在人丛里观看，只见史大奈在台上叫道："台下众人，小可奉令在此，今日却是百日满期。若有人敢来台上，与我交手，降服得我，这领军职分，便让与他。"连问数声，无人答应。童环对叔宝、金甲道："你看他目中无人，待我去打这狗头下来。"遂大叫道："我来与你较对！"竟向石阶上来。史大奈见有人来交手，就立一个门户等候。童环上得台来，便使个高探马势，抢将进来。被史大奈把手虚闪一闪，将左脚飞起来，一腿打去，童环正要接他的腿，不想史大奈力大，弹开一腿，把童环撞下擂台去了。金甲大怒，奔上台来，使个大火烧天势，抢将过来。史大奈把身一侧，回身佯走，金甲上前，大叫一声"不要走！"便拦腰抱住，要吊史大奈下去。却被史大奈用个关公大脱袍，把手反转，在金甲腿上一挤，金甲一阵酸麻，手一松，被大奈两手开个空，回身一膀子，喝声"下去！"扑通一声，把金甲打下台来，旁观的人齐声喝彩。

叔宝看了大怒，也就跳上擂台，直奔史大奈，两个打起来。史大奈用尽平生气力，把全身本事，都拿出来招架。下面看的人，齐齐呐喊。他两个打得难解难分，却有张公瑾跟来的家将，看见势头不好，急忙走入庙内叫道："二位爷，不好了！谁想史爷的官星不现，今日遇着敌手，甚是厉害。小的看史爷有些不济事了！"二人闻说，吃了一惊，跑出来。张公瑾抬头一看，见叔宝人材出众，暗暗喝彩，便问众人道："列位可知道台上好汉，是哪里来的？"有晓得的便指金、童二人道，是他们同来的。张公瑾上前，把手一拱道："敢问二位仁兄，台上的好汉是何人？"金甲道："他是山东大名府驰名的秦叔宝。"张公瑾闻言大喜，望台上叫道："叔宝兄，请住手,岂不闻君子成人之美?"叔宝心中明白:"我不过见他打了金甲、童环,一时气愤,与他交手,何苦坏他名职?"遂虚闪一闪,跳下台来。史大奈也下了台。

叔宝道:"不知哪一位呼我的名?"张公瑾道:"就是小弟张公瑾呼兄。"叔宝闻言,上前见礼道:"小的正要来拜访张兄。"公瑾请叔宝三人,来至庙中,各各见礼,现成酒席,大家坐下。叔宝取出雄信的书信,递与公瑾,公瑾拆开观看,内说叔宝根由,要他照顾之意。公瑾看罢,对叔宝道:"兄诸事放心,都在小弟身上。"当下略饮数杯,公瑾吩咐家将备三匹良马,与叔宝三人骑了,六人上马,回到村中,大排筵席,款待叔宝。及至酒罢,公瑾就同众人上马,进城来至中军府,尉迟南、尉迟北、韩实忠、李公旦一起迎入,见了叔宝三人,叩问来历。公瑾道:"就是你们日常所说的山东秦叔宝。"四人闻言,忙请叔宝见礼,就问为何忽然到此。公瑾把单雄信的书信,与四人看了,尉迟兄弟只把双眉紧锁,长叹一声道:"元帅性子,十分执拗,凡有解到罪人,先打一百杀威棍,十人解进,九死一生。如今雄信兄不知道理,将叔宝兄托在你我身上,这事怎么处?"

众人听说,个个面面相看,无计可施。李公旦道:"列位不必愁烦,小弟有个计在此:我想元帅生平最怕是牢瘟病,若罪人犯牢瘟病,就不打。恰好叔宝兄尊容面黄如金,何不装做牢瘟病。"公瑾道:"此计甚善!"大家欢喜。尉迟南设席款待,欢呼畅饮,直至更深方散。

次日天明,同到帅府前伺候。少刻辕门内鼓打三通,放了三个大炮,吆吆喝喝,帅府开门。张公瑾自同旗牌班白显道归班。左领军韩实忠、李公旦,中军官尉迟南、尉迟北,随右统制班一起上堂参见。随后又有辕门官、听事官、传宣诸将,同五营、四哨、副将、牙将,上堂打躬。唯有史大奈不曾投职,在辕门外伺候。金甲、童环将一扇板门抬着叔宝,等候投文。

那罗元帅坐在堂上,两旁明盔亮甲,密布刀枪,十分严整。众官参见后,有张公瑾上前跪禀道:"小将奉令,在顺义村监守擂台,一百日完满,史大奈并无敌手,特来缴令。"站过一边。罗公就叫史大奈进来。史大奈走到丹墀下,跪下磕头,罗公令他授右领军之职。史大奈磕头称谢,归班站立。然后听事官唱:"投文进来。"金甲、童环火速上前,捧着文书,走到仪门内,远远跪下。旗牌官接了文书,当堂拆开,送将上来。罗公看罢,叫他把秦琼带上来。金甲跪下禀道:"犯人秦琼,在路不服水土,犯了牢瘟病,不能前进。如今抬在辕门,候大老爷发落。"

罗公从来怕的是牢瘟病,今见禀说,又恐他装假,遂叫抬进来亲验。金甲、童环就把叔宝抬进。罗公远远望去,见他的面色焦黄,乌珠[1]定着,认真是牢瘟病。就把头点一点,将犯人发落去调养刑房,发回文书。两旁一声答应,金甲、童环叩谢出来。

罗公退堂放炮,吹打封门。那张公瑾与众人,都到外面来见叔宝,恭喜相邀,同到尉迟南家中,摆酒庆贺,不在话下。

彼时罗公退堂,见公子罗成来接,这罗成年方十四岁,生得眉清目秀,齿白唇红,面如团粉,智勇双全,隋朝排他第七条好汉。罗公就问道:"你母亲在哪里?"罗成道:"母亲不知为什么早上起来,愁容满面,只在房内啼哭。"罗公见说,吃了一惊,忙到房里,只见夫人眼泪汪汪,坐在一边。罗公就问:"夫人为何啼哭?"秦夫人道:"每日思念先兄,为国捐躯,尽忠战死,撇下寡妇孤儿,不知逃往何方,存亡未卜。不想昨夜梦见先兄,对我说:'侄儿有难,在你标下,须念骨肉之情,好生看顾。'妾身醒来,想起伤心,故此啼哭。"罗公道:"令侄是叫何名字?"夫人道:"但晓得他乳名叫太平郎。"罗公心中一想,对夫人道:"方才早堂,山西潞州解来一名军犯,名唤秦琼,与夫人同姓。令兄托梦,莫非应在此人身上?"

夫人着惊道:"不好了!若是我侄儿,这一百杀威棍,如何当得起!"罗公道:"那杀威棍却不曾打,因他犯了牢瘟病,所以下官从轻发落了。"夫人道:"如此还好,但不知这姓秦的军犯,是哪里人氏?"罗公道:"下官倒不曾问得。"夫人流涕道:"老爷,妾身怎得能够亲见那人,盘问家下根由。倘是我侄儿,也不枉了我先兄一番托梦。"罗公道:"这也不难,如今后堂挂下帘子,差人去唤这军犯,到后堂复审。那时下官细细将他盘问,夫人在帘内听见,是与不是,就知明白了。"夫人闻言欢喜,命丫环挂下帘儿,夫人出来坐下。罗公取令箭一枝,与家将罗春,吩咐带山西潞州解来的军犯秦琼,后堂复审。罗春接了令箭,来到大堂,交与旗

---

[1] 乌珠:眼珠。

牌官曹彦宾，传说元帅令箭，即将秦琼带到后堂复审。曹彦宾接过令箭，忙到尉迟南家里来。

此时众人正在吃酒，忽见曹彦宾拿令箭入来，说："本官令箭在此，要带秦大哥后堂复审。"众人闻说，不知何故，只面面相觑，全无主意。叔宝十分着急，曹彦宾道："后堂复审，决无甚厉害，秦大哥放心前去。"叔宝无奈，只得随彦宾来到帅府，彦宾将叔宝交罗春带进，罗春领进后堂，上前缴令。叔宝远远偷看，见罗公不似早堂威仪，坐在虎皮交椅上，两边站几个青衣家丁，堂上挂着珠帘。只听罗公叫秦琼上来，家将引叔宝到阶前跪下。罗公道："秦琼，你是哪里人氏？祖上什么出身？因何犯罪到此？"叔宝暗想，他问我家世，必有缘故，便说道："犯人济南人氏，祖父秦旭，乃北齐亲军。父名秦彝，乃齐主驾前武卫将军，可怜为国捐躯，战死沙场。只留犯人，年方五岁，母子相依，避难山东。后来犯人蒙本府抬举，点为捕盗都头，去岁押解军犯，到了潞州，在皂角林误伤人命，发配到大老爷这里为军。"

罗公又问："你母亲姓什么？你可有乳名否？"叔宝道："犯人母亲宁氏，我的乳名叫太平郎。"罗公又问："你有姑娘[1]么？"叔宝道："有一姑娘，犯人三岁时，就嫁与姓罗的官长，后来杳无音信。"罗公大笑道："远不远千里，近只近在目前。夫人，你侄儿在此，快来相认。"秦夫人听得分明，推开帘子，急出后堂，抱住叔宝，放声大哭，口叫："太平郎，我的儿！你嫡亲的姑娘在此！"

叔宝此时，不知就里，吓得遍身发抖："呵呀！夫人不要错认，我是军犯。"罗公站起身来，叫声："贤侄，你莫惊慌！老夫罗艺，是你的姑夫，这就是你姑娘，一点不错。"叔宝此时，如醉方醒，大着胆上前拜认姑爹、姑母，也掉下几点泪来，然后又与表弟罗成见过了礼，罗公吩咐家人，服侍秦大爷沐浴更衣，备酒接风。张公瑾众人闻知，十分大喜，俱送礼来贺喜。未知叔宝此后如何，且听下回分解。

---

[1] 姑娘：此处指姑母。

第八回

叔宝神箭射双雕　　伍魁妒贤成大隙

叔宝换了新衣，来到后堂，重新见礼，秦夫人喜笑颜开。罗公看叔宝人材出众，相貌魁梧，暗暗喝彩，便叫："贤侄，老夫想你令尊，为国忘身，归天太早，贤侄那时尚幼，可惜这两根金装锏，不知落于何人之手？谅你秦家锏法，不复传于后世了。"叔宝道："不敢瞒姑爹，当初父亲赴难时节，就将金装锏托付母亲，潜身避难，以存秦氏一脉。后来侄儿长成，赖有老仆秦安，教这家传锏法。侄儿不才，略知一二。"罗公喜道："贤侄，如今这锏可曾带来？"叔宝道："侄儿在皂角林被祸，潞州知府认侄儿为响马，这锏当做凶器；还有马匹箱子铺盖，认作盗赃，入了官了。"罗公道："这不要紧，你将各项物件，并银子多少，开一细账，待我修书，差官去见蔡知府，不怕他不差人送来。"叔宝道："若得姑爹如此用心，侄儿不胜感激。今有解侄儿的两个解差，尚未回去，明日就着他带书，去见本府，岂非两便？"罗公道："说得有理。"

他们饮至更深方散。罗公即吩咐家人，收拾书房，请秦大爷安睡。叔宝来到书房，在灯下修书一封，致谢单雄信。又开一纸细账，方才去睡。到次日起来，进内堂请姑爹姑母安。罗公就写信一封，命叔宝出堂，着解差回潞州，见本府投下。叔宝奉命出帅府，竟到尉迟南家来。恰好金甲、童环正欲起身，一见叔宝来，与张公瑾众人上前恭喜。叔宝道："金、童二兄，欲回贵府，弟有书信一封，烦带二贤庄交雄信兄。另有细账一纸，家姑夫手书一缄，烦兄送与太爷。"言讫，在袖中取出十两银子，说道："碎银几两，送与二兄路中买茶。"金甲、童环推辞不得，连书信收了，就起身作别，众豪杰相送，叔宝送到城外，珍重而别。回到中军，谢过众友，然后进帅府，到后堂来禀姑爹，罗公点头，吩咐摆酒，至亲四人，相对开怀。席间罗公讲些兵法，叔宝应答如流，夫妻二人甚是欢喜。

当下酒散，叔宝回书房安睡，罗公对夫人道："我看令侄人材出众，

第八回 叔宝神箭射双雕 伍魁妒贤成大隙

兵法甚熟，意欲提拔他做一官半职。但下官从来赏罚严明，况令侄乃是配军，到此无尺寸之功，若骤加官职，恐众将不服。我意欲下教场演武，使令侄显一显本事，那时将他补在标下，以服众心。不识夫人尊意如何？"夫人道："相公主意不差。"那日罗公对叔宝说明就里，秦琼道："可惜侄儿锏在潞州，不曾取到。"

罗成道："这不打紧，我的锏借与表兄用一用吧！"叔宝说："也好。"罗公就传令五营兵将，整顿队伍，明日下教场操演。次早，罗公冠带出堂，放炮开门，众将行礼。罗公上轿，下教场，随后叔宝、罗成与众将跟随，一路往教场来，十分威武。及到了教场，放起三个大炮，罗公到演武厅下轿，朝南坐定，众将下见。五营兵丁，各按队伍，分列两行。罗公下令，三军演武，一声号炮，众军踊跃，战马咆哮，依队行动，排成阵势。将台上令字旗一展，两声号炮，鼓角齐鸣，人马奔驰，杀气漫天。又换了阵势，呐喊摇旗，互相攻击，有鬼神不测之妙。及三声号炮，一棒鸣金，收了阵势，三军各归队伍。众将进前射箭，射中的磨旗擂鼓，不中的吊胆惊心。

少停，射箭已完，罗公又传下令来，唤山西解来的军犯秦琼。叔宝闻唤，连忙答应上前，跪下磕头。罗公道："今日本帅操兵，非为别事，欲选一名都领军，不论马步兵丁，囚军配犯，只要弓马娴熟，武艺高强，即授此职。你有什么本事，不妨演来？"叔宝禀道："小的会使双锏。"罗公吩咐，赏他坐骑，军政官闻令，就给与战马。叔宝提锏上马，加一鞭，那马嘶叫一声，发开四蹄，跑将下来。叔宝把双锏一摆，兜回坐马，勒住丝缰，在教场中间，往来驰骋，把两枝银锏，使将开来。起初还见他一上一下，或左或右，护顶蟠[1]头，前遮后躲。舞到后来，但听呼呼风响，万道寒光，冷气飕飕。这两根锏宛如银龙摆尾，玉蟒翻身，裹住英雄体，只见银光不见人。罗公暗暗喝彩，罗成不住称赞，军将看得眼花缭乱。

霎时使完收了锏，叔宝下马，上前缴令。罗公叫一声："好。"便问两边众将道："秦琼锏法精明，本帅意欲点他为都领军，你们可服么？"当下尉迟南等，巴不得叔宝有了前程，大家齐应道："我等俱服。"言还未毕，忽闪出一员战将，大叫道："我偏不服。"叔宝抬头一看，此人身高八尺，紫草脸，

---

[1] 蟠（pán）：盘曲，曲折环绕。

竹根须，戴一顶金盔，穿一副金甲，宫绿战袍衬里，姓伍名魁，乃是隋文帝钦点先锋、当朝宰相伍建章族侄。罗公见他不服，大怒喝道："好大胆匹夫！今日操兵演武，量材擢[1]用，众将俱服，你这厮擅敢喧哗，乱我军法。"伍魁道："元帅差矣！秦琼是一个配军，并无半箭之功，元帅突然补他为都领军！若是小将等久战沙场，屡战有功，还该封侯了！元帅赞他使的锏，天上少，地下无。据小将看起来，也只平常，内中还有不到之处。"罗公闻说，哑口无言，唤过秦琼大叫道："你怎敢将这些学不全的锏法，搪塞本帅！"叔宝暗想："这秦家锏天下无双，为何被此人看低了，难道此人用锏法，比我家又高么？"以心问心，未肯就信。只得认个晦气，跪禀道："小的该死！望元帅爷开恩恕罪。"

罗公心内明白，怎奈伍魁作对，难以回复，只得又问道："你还有什么本领？"叔宝道："小的能射天边飞鸟。"罗公大喜，命军政官，给付弓箭。叔宝站起来，伍魁大叫道："秦琼，你好大胆，擅敢戏弄元帅，妄夸大口，少刻没有飞鸟射下来，我看你可活得成！"叔宝道："巧言无益，做出便见，我射不下飞鸟，自甘认罪，何用伍将军如此费心，为我担忧？"伍魁闻言，气得面皮紫涨，大怒道："你这该死的配军，敢顶撞俺老爷！也罢，你若有本事射下飞鸟，俺把这个钦赐的先锋印输与你；如射不下来，你便怎的？"叔宝道："若射不下来，我就把首级输与你。"罗公道："军中无戏言，吩咐立了军令状。"

叔宝此时，拈弓搭箭，仰天遥望飞鸟。忽听呀呀之声，有两只饿老鹰，在前村抓了人家一只鸡，一只雌的抓着鸡在下，一只雄的扑着翅在上，带夺带飞，追将下来。叔宝看了，扯开弓，发出箭，飕的一声响，把两只鹰和那小鸡一箭贯了胸脯，扑地跌将下来。大小三军，齐声呐喊，众将拍掌称奇。军政官取了一箭双鹰，同叔宝上前缴令。罗公看了，赞道："好神箭也！"心中欢喜。那叔宝的箭法，乃是王伯当所传，原有百步穿杨之功。若据小说上说，罗成暗助一箭，非也，并无此事，抑且岂有此理。

当下罗公唤过伍魁说道："秦琼已经射下飞鸟，你还有什么讲的？快取先锋印与他！"伍魁道："元帅说哪里话？俺这先锋印，乃朝廷钦赐，岂可让与军犯秦琼！"未知罗公怎么处置，且听下回分解。

---

[1] 擢（zhuó）：提拔。

第九回

夺先锋教场比武　思乡里叔宝题诗

当下罗公闻伍魁之言，大怒喝道："你这匹夫，擅敢违吾军令？"喝叫刀斧手，快绑去砍了。伍魁大叫道："元帅假公济私，要杀俺伍魁，俺就死也不服。秦琼果有本事，敢与俺伍魁一比武艺，胜得俺这口大刀，就愿把先锋印让他。"罗公怒气少息，喝道："本帅本该将你按照军法处斩，今看朝廷金面，头颅权寄在汝颈上。"又唤秦琼过来道："本帅命你同伍魁比武，许胜不许败。"着军政官给予盔甲，叔宝遵令，全装披挂，跨马抡铜。只见伍魁催开战马，举钢刀大叫道："秦琼快来受死！"叔宝道："伍魁休得无礼！"言罢放马过来。

伍魁此时眼空四海，哪里把秦琼放在心上？双手舞刀，劈面砍来。叔宝双铜架住，战了十余合，两铜打去，伍魁把刀来迎，那铜打在刀口上，火星乱迸，震得伍魁两膀酸麻，面皮失色。耳边但闻呼呼风响，两条铜如骤雨一般，弄得伍魁这口刀，只有招架之功，并无还刀之力。虚晃一刀，思量要走，早被叔宝左手的铜，在前胸一打，护心镜震得粉碎，仰面朝天，哄咙一跤，跌下鞍桥。他此时靴尖不能退出葵花镫，那匹马溜缰[1]，拖了伍魁一个筋头，可怜伍魁不为争名夺利，只因妒忌秦琼，反害了自己性命。当时罗元帅吓得面如土色，众官将目瞪口呆，叔宝惊惶无措，不敢上前缴令。军政官来禀元帅："伍魁与秦琼比武，秦琼打伍魁前胸，击碎护心镜，战马惊跳，把伍魁颠下鞍桥。马走如飞，众将不能相救，伍先锋被马拖碎头颅，脑浆迸流，死于非命，请元帅定夺。"罗公听了，吩咐将伍魁尸骸，用棺盛殓。

言讫，那右军队里闪出一将，姓伍名亮，乃伍魁之弟，厉声叫道："反了！反了！配军犯罪，擅伤大将，元帅不把秦琼处斩，是何道理？"罗

---

[1] 溜缰：牲口脱缰。

公大怒喝道："好大胆匹夫，擅敢喧哗胡闹！伍魁身死，与秦琼无涉。况且军中比武，有伤无论，你这厮适才叫反，乱我军心，该当何罪！"即命军政官，除了伍亮名字，把他赶出。两边军士答应一声，走过来，不由伍亮做主，赶出演武场，弄得伍亮进退无门，大怒道："可恨罗艺偏护秦琼，纵他行凶，杀我兄长，此仇不可不报！我今反出幽州，投沙陀国，说动可汗兴兵，杀到瓦桥关。我若不踏平燕山，生擒罗艺、秦琼，碎尸万段，也不显俺的厉害。"主意已定，就反出幽州，星夜投沙陀国去了。

那罗公传令散操，回到帅府，三军各归队伍，叔宝、罗成随进后堂，夫人上前接住，见老爷面带忧容，就问根由。罗公细言一遍，夫人大惊。忽有中军传报进来说："伍亮不缴巡城令箭，赚出幽州，不知去向。"罗公闻报大喜，叫声："夫人，天使伍亮反了燕山，令侄恭喜无事，下官也脱了干系。"就差探子四路打探伍亮踪迹。过了数日，探子回来说："伍亮当日赚出城门，诈称公干，星夜走瓦桥关，将巡城令箭，叫开关门，竟投沙陀国，拜在大元帅奴儿星扇帐下，说动可汗，将欲起兵来犯燕山。"罗公闻言，立刻做成表章，差官往长安申奏朝廷，不在话下。

再说金甲、童环回到潞州，此时蔡公正坐堂上，二人进见，缴上回文。又将罗公书帖，并叔宝细账呈上。蔡公当堂开看，方知就里，即唤库吏取寄库赃簿来查看。蔡公对罗公来的细账，见银两不敷其数，想当日皂角林有些失落。黄骠马一匹，镏金鞍镫一副，已经官卖，册上注明马价银三十两，其余物件，俱符细账。蔡公将朱笔逐一点明，备就文书，即命金甲、童环送去，将秦琼银两物件，并马价当堂交付，限三日内起程。金甲、童环不敢违命，领了物件，回家安宿一宵。次日，将秦琼书信，托人转送到二贤庄，与单雄信。遂起身前往幽州，候罗公坐堂，将文书投进。罗公当堂拆看，照文收明物件，即发回批。金甲、童环叩谢回去，不表。

再说叔宝在罗公衙内，日日与罗成闲耍。一日同在花园内演武，罗成道："表兄，小弟的罗家枪，别家不晓得，表兄的秦家锏，也算天下无二。不若小弟教哥哥枪法，哥哥教小弟锏法如何？"叔宝道："兄弟说得有理，只是大家不可私瞒一路，必须盟个咒方好。"罗成道："哥哥所言有理,做兄弟的教你枪法,若还瞒了一路,不逢好死,万箭攒[1]身而亡。"叔宝道:"兄弟,我为兄的教你锏法,若私瞒了一路,不得善终,吐血而亡。"兄弟在花园盟誓,只道戏言并无凭证,谁知后来俱应前言。

他二人赌过了咒,秦琼把锏法一路路传与罗成,看看传到杀手锏,心中一想:"不要吧,表弟勇猛,我若传了他杀手锏,天下只有他,没有我了。"呼的一声,就住了手。罗成学了一回,也把枪法一路路传与秦琼,看看传到回马枪,也是心中一想:"表兄英雄,若传了他,只显得他的英名,不显得我的手段了!"也是一声响,把枪收住,叔宝也学了一回。自此二人在花园内,学枪学锏,不在话下。

一日罗公来到书房,不见二人在内,遂走进叔宝房内,忽见粉壁上写着一行大字。近前一看,见壁上写道:

一日离家一日深,犹如孤鸟宿寒林;
纵然此地风光好,还有思乡一片心。

罗公看了,认得是叔宝笔迹,怫然不悦,遂回后堂。夫人道:"老爷到书房去,观看二子学业,此时为什么匆匆回来,面有怒色?"罗公叹道:"他儿不足养,养杀是他儿。"夫人惊问何故,罗公道:"夫人,自从令侄到来,老夫待他如同己子。我本意待边庭有变,着他出马立功,那时我表奏朝廷,封他一官半职,衣锦还乡。谁想令侄不以我为恩,而反以我为怨。适才进他房中,见壁上写着四句胡言,后两句一发可笑,说道:'纵然此地风光好,还有思乡一片心。'这等看起来,反是我留他不是了!"夫人闻言,不觉下泪道:"先兄去世太早,家嫂寡居异乡,只有此子,出外多年,举目无亲。老爷就使小侄有一品官职,他也思念老母为重,必不愿留在此。依妾愚见,不如叫他归家省母,免得两头悬望。"说罢,泪下如雨。

罗公道:"不要伤感,待老夫打发令侄回去便了!"吩咐家人备酒送行,就令书童,请叔宝赴席。叔宝闻说是送行酒席,十分欢喜,同罗成进到后堂。夫人道:"侄儿,你姑夫见你怀抱不开,知道你念母远离,故备酒替你饯行。"叔宝闻言,哭拜于地。罗公扶起说道:"贤侄,不是老夫屈留你在此,

---

[1] 攒:聚拢,集中。

只为要待你成功立业，求得一官半职，衣锦回乡，才如我愿。今你姑母说你令堂年高，无人侍奉，所以今日打发你回去。前日潞州蔡知府已将银两等物送来，一向不曾对你说得，今日回去，逐一点收明白。我还修书一封，你可送到山东大行台节度使唐璧处投递。他是老夫年侄，故荐你在他标下，做个旗牌官，日后也可图些进步。"叔宝接领，叩谢姑爹姑母，又与表弟对拜四拜，方入席饮酒。酒至数巡，告辞起身，出了帅府，去辞别了尉迟昆玉并众朋友，遂匆匆上马，竟奔河北，来到了潞州府前下马。

　　到了饭店，王小二见了，忙跑入内，对老婆柳氏说道："前年秦客人被我冷落，今做了官，骑马到门前来了。他恼我得紧，必然拿我送官，打一顿板子，出他的气。我今要躲避他，你可说我如此如此，就可打发他去。"说罢，溜开去了。柳氏乃是个贤妻，只得依了丈夫之言。霎时叔宝走入店来，柳氏迎着道："秦爷，你来了么？"叔宝道："我来了，要见你丈夫。"柳氏闻言，哭拜于地道："我拙夫向日得罪秦爷，原来是作死。自秦爷遭事，参军厅捉拿窝家，拙夫用了几两银子，心中不悦，就亡过了。"叔宝道："贤人请起，昔日是我囊中空乏，以致你丈夫白眼相看。世态炎凉，古今皆然，我也不怪他。只是我受你大恩，今日来此，正欲答报。"未知叔宝怎样报答，且听下回分解。

第十回

省老母叔宝回乡　送礼物唐璧贺寿

叔宝道："贤人，你丈夫既然亡过，遗存寡妇孤儿，我恨不能学韩信，用千金来报答漂母。今日权以百金为酬，聊报大德。"即便取银相送，柳氏感谢不尽，叔宝就出门上马，向二贤庄去了。

那单雄信闻人传报，叔宝重回潞州，心中大喜道："谅他必来望我。"吩咐备酒，倚门等候。再说叔宝因马力不济，步行迟缓，直到月上东山，才到庄上。雄信听得林中马嘶，高声道："可是叔宝兄来了么？"叔宝道："正是秦琼，特来叩谢。"雄信大笑道："真乃月明千里故人来！"二人携手登堂，喜动颜色，顶礼相拜。家人摆上酒席，二人坐下，开怀痛饮，各有醉意。雄信将杯放下道："恕小弟今日不能延纳[1]，有逐客之意，杯酌之后，就要兄行。"叔宝道："这是何故？"雄信道："自兄去燕山二载，令堂[2]老伯母，有十三封书信到此。前十二封书信，是令堂写的，小弟薄具甘旨[3]，回书安慰。只今月内第十三封书，不是令堂写的，是令正[4]写的。书中说令堂有恙，不能修书，故小弟要兄速速回去，与令堂相见一面，以全母子之情。"

叔宝闻言，五内皆裂，泪如雨下道："单二哥，若这等，弟时刻难容。只是燕山来，马被骑坏了，路程遥远，心焦马迟，怎生是好？"雄信道："兄不说，我倒忘了，自兄去后，潞州府将兄的黄骠马发卖，小弟就用银三十两，纳在库内，买回寒舍，今仍旧送还兄长。"叫手下把秦爷的黄骠马牵出来，手下应诺，不一时，牵了出来。那马见了故主，嘶喊乱跳，有如人言之状。雄信又把向日的鞍辔，挂在马上，然后将行李背上。叔宝拜辞，连夜起身，

---

[1] 延纳：延，延长；纳，留。延纳，长留。
[2] 令堂：对对方母亲的尊称。
[3] 甘旨：美味的食物。
[4] 令正：旧时对对方嫡妻的敬辞。

出庄上马，纵辔加鞭，如逐电追风，十分迅速。

及行到济南，叔宝飞奔入城，走到自己后门，跳下马来，一手牵马，一手敲门，叫声："娘子，我母亲病势如何？我回来了。"张氏听见丈夫回来，忙来开门，说道："婆婆还未曾好。"叔宝牵马进来，张氏关了门，叔宝拴上马，与娘子相见。张氏道："婆婆方才吃药睡着，虚弱得紧，你缓些进去。"叔宝蹑足，轻轻走进母亲卧房，伏在床边，见老母面向里，鼻息只有一线，膀臂身躯，犹如枯柴一般。叔宝就跪在床前，低声叫道："母亲醒了吧！"那母亲游魂缓返，身体沉重，翻不过来，面朝床里，恍如梦中，叫声："媳妇！"张氏道："媳妇在此！"秦母道："我方才略睡一睡，只听得你丈夫在床前絮絮叨叨叫我，想是已为泉下之人，千里游魂，来家见母了。"张氏道："婆婆，你儿子回来了，跪在这里。"叔宝道："太平郎回来了。"

秦母原无重病，因思想儿子，想得这般模样。忽听得儿子回来，病就好了一半，即忙爬起来，坐在床沿上，扯住叔宝的手，大哭起来。但又哭不出眼泪，张着大口，只是喊。叔宝叩拜老母，老母道："你不要拜我，可拜你妻子。你三年在外，若不是你媳妇能尽妇道，我久已死了，也不得与你相见。"叔宝遵母命，回身叩拜张氏，张氏跪下，对拜四拜。秦母问道："你在外作何勾当，至今方回？"叔宝将潞州府颠沛，远配燕山，得遇姑父姑母，前后事情，细说一遍。秦母道："姑父作何官职？姑母可曾生子否？"叔宝道："姑父作幽州大元帅，镇守燕山。姑母已生表弟罗成，今年十四岁了。"秦母大喜。又说受单雄信大恩，如何得报？到了次日，有樊虎等众友来访，叔宝迎接，相叙阔别之情。

叔宝就取罗公那封荐书，自己开个脚册手本，戎装打扮，带两根金装锏，往唐璧帅府投书。这唐璧是江都人，因平陈有功，官拜黄县公开府仪同三司，山东大行台兼济州节度使。是日放炮开门，升堂坐下。叔宝将文书投进，唐璧看了罗公荐书，又看了秦琼手本，叫秦琼上来。叔宝答应一声，就上月台跪下。唐璧抬头一看，见秦琼身高八尺，两根金装锏拿于手中，身材凛凛，相貌堂堂，有万夫莫敌之威风。唐璧大喜，对秦琼道："我衙门中大小将官，都是论功行赏，今权补你一个实授旗牌官，日后有功，再行升赏。"秦琼叩谢。唐璧令中军给付秦琼旗牌官服色，点鼓闭门。秦琼回家,就有营下二十多军士,各拿手本,到宅门叩见秦爷。

叔宝虽为旗牌官,唐璧却待为上宾,另眼相看。过了四个月,正值隆冬天气,唐璧叫秦琼至后堂说道:"你在标下,为官四月,不曾重用。来年正月十五日,长安越国公杨爷六旬寿诞,今欲差官送礼,前去贺寿。因天下荒乱,盗贼生发,恐路中有失。我知你有兼人之勇,能当此任,你肯去么?"叔宝道:"养兵千日,用在一朝,小人焉有不去之理?"唐璧大喜,叫家人抬出卷箱来,另取一领大红毡包,一张礼物单。唐璧开卷箱,照单检点,付秦琼六色,计开:

圈金一品服五色,计十套;玲珑白玉带一围;

夜明珠二十颗;马蹄金二千两;寿图一轴;寿表一道。

话说越公杨素,乃突厥可汗一种,又非皇亲,如何用寿表贺他?这里有个缘故:因他在隋朝大有战功,御赐姓杨,出将入相,宠冠百僚;又因废太子,立了晋王,内外官员,皆以王侯事之;故差官送礼,俱用寿表。唐璧赏秦琼马牌令箭,又令中军选两名壮丁健步[1],服侍秦琼。

秦琼回家,拜辞老母,秦母见叔宝又要出门,眼中流泪道:"我儿,我残年暮景,喜的是相逢,怕的是别离。你回家不久,又要出门,使我老身倚门而望。"叔宝道:"儿今出门,非昔日之长远,明年二月,准拜膝下。"说罢,别了老母妻子,令健步背包上马而去。欲知后事如何,且听下回分解。

---

[1] 健步:指善于走路的人。常被派去送信或办理急事。

第十一回

英雄混战少华山　叔宝权栖承福寺

叔宝与健步上马长行，离了山东、河南一带地方，过了潼关，来到华阴县少华山。只见这山八面嵯峨[1]，四围险峻。叔宝便吩咐两个健步道："你们后来，待我当先前去。"那两人晓得山路险恶，内中恐有强人，就让叔宝先行。

他们来到前山，只听得树林内一声呐喊，闪出三四百喽啰，拥着一个英雄，貌若灵官，髯须倒卷，二目铜铃，横刀跨马，拦住去路，大叫道："要性命的，留下买路钱来！"吓得两名健步尿屁直流，叫声："秦爷，果然有强人来了，如何是好？"叔宝道："无妨，你们站远些。"遂纵马前进，把双锏一挥，照他顶梁门当的一锏，那人就把金背刀招架。两人斗了七八回合，叔宝把双锏使得开来，躔躔[2]的有如风车一般，那人只有招架之功，没有还刀之力，渐渐抵敌不住。

那些喽啰见了，连忙报上山来。山上还有两个豪杰：一个是叔宝的通家[3]王伯当，因别了谢映登，打从此山经过，也要他买路钱，二人杀将起来，战他不过，知他是个豪杰，留他入寨。那拦叔宝的叫做齐国远，山上陪王伯当吃酒的，叫做李如珪。二人正饮之间，忽见喽啰来报说："齐爷下山观看，遇见一个衙门将官，就向他讨长例钱，不料那人不服，就杀了起来了。不上七八回合，齐爷刀法散乱，敌不过他，请二位爷早早出救。"二人闻言，各拿兵器，跳上战马，一起出了宛子城，来到半山。王伯当看见下面交锋，好像秦叔宝，恐怕伤了齐国远，就在半山大叫道："秦大哥，齐兄弟，不要动手！"此山有二十余里高，就下来一半，还有

---

[1] 嵯峨（cuó é）：山势高峻。
[2] 躔（chán）：运行。躔躔的，快速舞动或转动。
[3] 通家：指两家交谊深厚，如同一家。

十余里,虽高声大叫,无奈此时两人交战,一心招架,哪里听得叫唤?不一时,两匹马走到前面,王伯当叫道:"果然是叔宝兄,齐兄弟,快住手了,大家都是相好朋友。"叔宝见是伯当,遂住了手。

当下伯当请叔宝进到山寨,叔宝到了山寨,健步两人已经吓坏,叔宝道:"你两人不要惊怕,这不是外人,乃是相好朋友。"二人方才放心。王伯当道:"是你的从者么?"秦叔宝道:"是两个健步。"李如珪吩咐手下,抬秦爷的行李到山,大家一同上少华山,进宛子城,入聚义厅,摆酒与叔宝接风。王伯当道:"自从仁寿元年十月初一日,在潞州分手,次日,同单二哥到王小二店中来奉拜,兄长已行。单二哥又有胞兄之变,不得追兄,我与谢映登各各分散。后来闻兄遭了一场官司,因路程遥远,不能相顾,今日幸得相逢,愿闻兄行藏[1]。"叔宝就把前后事情,说了一遍,并指出今奉唐节度差遣赍送礼物,赶正月十五日,到长安杨越公府中贺寿。因问伯当缘何在此。伯当道:"小弟因过此山,蒙齐李两弟相招,故得在此。今日遇见兄长进长安公干,小弟欲陪兄长同往,乘势看灯如何?"叔宝道:"同往甚妙!"齐国远、李如珪二人齐道:"王兄同往,小弟亦愿随鞭镫[2]。"

叔宝闻言,不敢应承,暗想:"王伯当偶在绿林走动,却是个斯文人,进长安还可,这两个乃是鲁莽之夫,进长安倘有泄漏,惹出事来,连累于我,如何处置?"一时沉吟不语。李如珪笑道:"秦兄不语,是疑我们在此打家劫舍,养成野性,进长安看灯,恐怕不遵约束,惹出事来,有害兄长,不肯领我二人同去。但我们自幼学习武艺,岂就要落草为寇不成?只因奸臣当道,我们没奈何,只好啸聚山林,待时而动。岂真要把绿林勾当,作为终身之事?我们识势晓理,同往长安,自不致有累兄长,愿兄长勿疑。"叔宝听了这一篇话,只得说道:"二位贤弟,既然晓得情理,同去何妨。"齐国远吩咐喽啰,收拾行囊战马,多带银两,选二十名壮健喽啰同去,其余喽啰不许擅自下山,小心看守山寨。叔宝也吩咐两名健步,不可泄漏。到了二更,众人离了少华山,取路奔向陕西。

---

[1] 行藏:行迹。
[2] 鞭镫:鞭子和马镫。借指马。

一日，天色将晚，离长安只有六十里之地，远远望见一座旧寺，新修得十分齐整。叔宝暗想："这齐李二人到京，只住三四日便好，若住得日子多，少不得有祸。今日才十二月十五日，还有一月，不如在前边新修的这个寺内，问长老借间僧房，权住几日，到灯节边进城。乘这三五日时光，也好拘管他们。"思算已定，又不好明言，只得设计对齐李二人道："二位贤弟，我想长安城内，人多屋少，又兼行商过客，往来甚多，哪里有宽阔下处，足够你我二十余人居住？况城内许多拘束，甚不爽快。我的意思，要在前边新修寺里，借间僧房权住。你看这荒郊旷野，又无拘束，任我们走马射箭，舞剑抡枪，岂不快活？住过今年，到灯节边，我便进城送礼，列位就去看灯。"

王伯当因二人有些碍眼，也极力撺掇，说话之间，早到山门首下马。命手下看了行李马匹，四人一起入寺。进了二山门，过韦驮[1]殿内，又有一座佛殿，望将上去，四面还不曾修好。月台下搭了高架，匠人修整檐口，木架边设公座一张，公座上撑一把黄罗伞，伞下公座上坐了一位紫衣少年，旁站六人，青衣小帽，垂手侍立。月台下竖两面虎头牌，用朱笔标点，前面还有刑具排列。这官儿不知何人。叔宝看了，对三人道："贤弟，不要上去，那黄罗伞下，坐一少年，必是现任官长。我们四人上去，还是与他见礼好，不与他见礼好？刚则取祸，弱则取辱，不如避他为是。"伯当道："有理！我们与他荣辱无关，只往后边去，与长老借住便了。"

兄弟四人，一起走过小甬道，至大雄殿前，见许多泥水匠，在那里刮瓦磨砖。叔宝向匠人道："我问你一声，这寺是何人修理？"匠人道："是并州太原府唐国公修的。"叔宝道："我闻他告病还乡，如今又闻他留守太原，为何在此间干此功德？"匠人道："唐国公昔年奉旨还乡，途间在此寺权住，窦夫人分娩了第二位世子在这里。唐国公怕污秽了佛像，发心布施万金，重新修建这大殿。上坐的紫衣少年，就是他的郡马，姓柴名绍，字嗣昌。"

叔宝听了，四人遂进东角门，见东边新建起虎头门楼，悬朱红大匾，

---

[1] 韦驮：佛教守护神之一。在寺院内，一般立于天王殿弥勒佛像之后，正对释迦牟尼像。

大书"报德祠"三个金字。四人走进里边,乃是小小三间殿宇,居中一座神龛,龛内站着一尊神像。头戴青色范阳毡笠,身穿皂布海青箭衣,外套黄色罩甲,足穿黄鹿皮靴。面前一个牌位,上写六个金字,乃是"恩公琼五生位"。旁边又有几个细字:是"信官李渊沐手奉祀"。叔宝一见,暗暗点头。你道为何?只因那年叔宝在临潼山,打败了一班响马,救了李渊,唐公要问叔宝姓名,叔宝恐有是非,放马奔走。唐公赶了十余里,叔宝只通名"秦琼"二字,摇手叫他不要赶。唐公只听得"琼"字,见他伸手,乃错认"五"字,故误书在此。

齐国远看了,连这六个字也不认得,问道:"伯当兄,这神像可是韦驮么?"伯当笑道:"不是韦驮,乃是生像,此人还在。"各人都惊异起来,看看这像,实与秦叔宝无异。那个神龛左右,却塑两个从人,一个牵一匹黄骠马,一个捧两根金装锏。伯当走近叔宝低声问道:"往年兄出潞州,是这样打扮么?"叔宝道:"这就是我的形像。"伯当就问其故,叔宝遂将救唐公事情说了一遍。不想柴绍见四人进来,气宇轩昂,即着人随看他们作何勾当。叔宝所言之事,却被家丁听见,连忙报知柴绍。柴绍闻言,遂走进生祠来,着地打拱道:"哪位是妻父的活命恩人?"四人答礼,伯当指叔宝道:"此兄就是老千岁的故人,姓秦名琼。当初千岁仓促之间,错记琼五。如若不信,双锏马匹,现在山门外。"嗣昌道:"四位杰士,料无相欺之理,请至方丈中献茶。"各人通了姓名,柴绍即差人到太原,报知唐公,就把四人留在寺内安住,每日供给,十分丰盛。

看看年尽,到了正月十四日,叔宝要进长安公干,柴绍亦要同往看灯。遂带了四个家丁,共三十一人,离了寺中,到长安门外,歇宿在陶家店内。众人吃了些酒,却去睡了。叔宝不等天明,就问店主人道:"你这里有识路的尊使借一位,乘天未明,指引我进明德门,往杨越公府中送礼,自当厚谢。"店主叫陶容、陶化引路,叔宝将两串钱赏了二人。即取礼物,分作四个纸包,与两名健步拿着,带了陶容、陶化,瞒了众人进明德门去。欲知后事如何,且听下回分解。

第十二回

李药师预言祸变　柴郡马大耍行头[1]

话说杨越公知天下进礼贺寿的官员，在城外的甚多，是夜二更，就发兵符，大开城门，放各处进礼官员入城。都到巡视京营衙门报单，京营官总录递到越公府中。你道那京营官是何人？却是宇文化及长子，名唤宇文成都，他使用一根流金铛，万夫难敌，乃隋朝第二条好汉。

是日五鼓，文武官员，与越公上寿。彼时越公头戴七宝冠，身穿暗龙袍，后列珠翠，群妾如锦屏一般，围绕左右。左首执班的女官，乃江南陈后主之妹乐昌公主。曾配驸马徐德言，因国破家亡，夫妻分别时，将镜一面，分为两半，各怀一半，为他日相见之用。越公见他不是全身[2]，问他红铅[3]落于何人？此妇哭拜于地，取出半面宝镜，诉告前情。越公即令军士，将半面宝镜货于市中，乃遇徐德言，收于门下为幕宾，夫妻再合，破镜重圆。右首领班女官，就是红拂张美人，他不惟颜色过人，还有侠气深心。又一个异人，是京兆三原坊人氏，姓李名靖，号药师，是林澹然徒弟，善能呼风唤雨，驾雾腾云，知过去未来，为越公府中主簿。此日一品、二品、三品官员，登堂拜寿，越公优礼相待，献茶一杯。四品、五品以下官员，就不上堂，只在丹墀下总拜。其他藩镇差遣、送礼官将，则分由众人查收礼物。

山东各官礼物，晓谕向李靖处交割，秦琼便押着礼物，到主簿厅上来。李靖见叔宝一貌堂堂，仪表不凡，就与行礼。看他手本，方知是旗牌官秦琼，表章礼物全收，留入后堂，取酒款待，就问道："老兄眼下气色不正，送礼来时，同伴还有几人？"叔宝不敢实言，说道："小可奉本官差遣，只

---

[1] 行头：指踢球的技术。
[2] 全身：保住性命或名节。指整个身体。不是全身，即失身。
[3] 红铅：胭脂和铅粉；妇女月经。

有两名健步，并无他人。"李靖微笑道："老兄这话只可对别人说，小弟面前却说不得。现带来了四个朋友，跟随二十余人。"叔宝闻言，犹如天打一个响雷，一惊不小，忙立起来，深深一揖道："诚如先生所言，幸忽泄漏。"李靖道："关我甚事？但兄今年正值印堂管事，黑气凌入，有惊恐之灾，不得不言。今夜切不可与同来朋友观灯玩月，恐招祸患，难以脱身，天明即回山东方妙。"叔宝道："奉本官之命，送礼到此，不得杨老爷回文，如何回复本官？"李靖道："回书不难，弟可以任得。"李靖怎么应承叔宝说有回书？原来杨公的一应书札，都假手于李靖，所以这回书出在他手。不多时，将回书回文写完了，付与叔宝，这时天色已明。临行叮嘱道："切不可入城看灯。"叔宝作别回身，李靖又叫转来道："兄长，我看你心中不快，难免此祸。我今与你一个包儿，放在身边；若临危之时，打开包儿，往上一撒，连叫三声'京兆三原李靖'，那时就好脱身了。"叔宝接包藏好，作谢而去。

且说叔宝得了回书，由陶容引路，他心中暗想："我去岁在少华山，就说起看灯。众朋友所以同来，就是柴绍也说同来看灯。我如今公事完了，怎么好说遇着高人，说我面上部位不好，我就要先回去？这不是大丈夫气概；宁可有祸，不可失了朋友之约。"回到下处，见众朋友换了衣服，正欲起身入城。众人见叔宝回来，一起说道："兄长，怎么不带我们同去公干？"叔宝道："弟起早先进城，完了公干，如今正好同众位入城玩耍。不知列位可曾用过酒饭么？"众人道："已用过了，兄长可曾用过么？"叔宝道："也用过了。"柴绍算还店账，手下把马匹都牵在外边，众豪杰就要上马。伯当道："我们如今进城，到处玩耍，或酒肆，或茶坊，大家取乐。若带了这二十余人，驮着包裹，甚是不雅，我的意思：将马寄放安顿，众人步行进城，随意玩耍，你道如何？"叔宝此时记起了李靖言语，心想："这话不可全信，也不可不信，如今入城，倘有不测之事，跨上马就好走脱，若依伯当步行，倘有紧要处，没有马，如何走得脱？"就对伯当道："安顿手下人，甚为有理，但马匹定要随身。"两人只管争这骑马不骑马的话。

李如珪道："二兄不必相争，小弟愚见：也不依秦大哥骑马，也不依伯当兄不骑马。若依小弟之言，马只骑到城门旁边就罢，城门外寻着一个下处，将行李放在店内，把马牵在护城河边饮水吃草，众人轮流吃饭看管。柴郡马两员家将，与他带了毡包拜匣，多拿银两，带入城去，以供杖头[1]之费。其余手下人，到黄昏时候，将马紧辔鞍镫，在城门口等候。"众朋友听说，都道："讲得有理！"他们骑到城门口下马。叔宝吩咐两名健步道："把回书回文，随身带好。到黄昏时分将我的马加一条肚带，小心牢记！"遂同众友各带随身兵器，带领两员家将，一起入城。

只见六街三市，勋将宰臣，黎民百姓，奉天子之命，与民同乐，家家户户，结彩悬灯。五个豪杰，一路玩玩耍耍，说说笑笑，都到司马门首来。这是宇文述的衙门，只见墙后十分宽敞，那些圆情[2]的把持，两个一伙，吊挂着一副行头，雁翅排于左右，不下二百多人。又有一二十处抛球场，每一处用两根柱，扎一座牌楼，楼上一个圈儿，有斗来大，号为彩门，不论膏梁子弟，军民人等，皆愿登场，踢过彩门。这原是宇文述的公子宇文惠及所设。那宇文述有四子：长曰化及，官拜御史；次曰士及，尚[3]南阳公主，官拜驸马都尉；三曰智及，将作少监。惠及是最小儿子。他倚着门荫，好逗风流，手下有一班帮闲谀附，故搭合圆情把持，在衙门前做个球场。自正月初一，摆到元宵，公子自搭一座彩牌，坐在月台上，名曰观球台。有人踢过彩门，公子在月台上就送他彩缎一疋，银花一对，银牌一面。也有踢过彩门，赢了彩缎银花的，也有踢不过彩门，被人作笑的。

五个好汉，看了些时，那李如珪出自富贵，还晓得圆情。这齐国远自幼落草，只晓得风高放火，月黑杀人，哪里晓得圆情的事？叔宝虽是一身武艺，圆情最有勋节。伯当是弃隋名公，搏艺皆精。只是众人皆说，柴郡马青年俊逸，推他上去。柴绍少年，乐于玩耍，欣然应诺。就有两个圆情的捧行头来，说："哪位相公请行头？"柴绍道："二位把持，那公子旁边两位美女，可会圆情？"二人答道："是公子在平康巷聘来的，惯会圆情，绰号金凤舞、彩霞飞。"柴绍道："我欲相攀，不知可否？"圆情道："只要相公破格些相赠。"柴绍道："我不惜缠头之赠，烦二位通

---

[1]杖头：手杖的顶端。此处指杖头钱的省称。
[2]圆情：旧时指踢球。亦指踢球的人。
[3]尚：匹配，多用于匹配皇家的女儿。

禀一声。"

圆情听了，就走上月台来，禀公子说："有一位富豪相公，要同二位美人同耍行头。"公子闻言，即吩咐两个美人下去，后边随着四个丫环，捧两个五彩行头，下月台来，与柴绍相见。施礼毕，各依方位站下，却起个五彩行头。公子离了座位，立在牌楼下观看。那各处抛球的把持，尽来看美女圆情。柴绍拿出平生搏艺的手段来，用肩挤拃，踢过彩门里，就如穿梭一般，连连踢过去。月台上家将，把彩缎银花连连抛下来，两个跟随的只管收拾起来。齐国远喜得手舞足蹈，叫郡马不要住脚。两个美女卖弄精神。你看：

  这个飘扬翠袖，轻笼玉笋纤纤；那个摇曳湘裙，半露金莲窄窄。这个丢头过论有高低，那个张泛送来真又楷。踢个明珠上佛头，实蹴埋尖拐。倒膝弄轻佻，错认多摇摆；踢到眉心处，千人齐喝彩。汗流粉面湿罗衫，兴尽情疏方叫悔。

及踢罢行头，叔宝取银二十两，彩缎四端，赠两位美女；金扇二把，白银五两，谢两个监论。此时公子打发圆情的美女，各归院落，自家也要在街市出游了。

那叔宝一班朋友，出了戏场，到一个酒楼上吃酒。听得各处笙歌交杂，饮酒者络绎不绝，众豪杰开怀痛饮，直吃到月上花梢，算还酒钱，方才下楼出店看灯。未知众豪杰看灯如何，且听下回分解。

第十三回

长安士女观灯行乐　宇文公子强暴宣淫

叔宝众人出了酒店，行至街上，见灯烛辉煌，如同白昼。及看到司马衙门前，见一个灯楼，却是彩缎装成，居中挂一盏麒麟灯，楼上挂着四个金字的匾额，写着："万兽来朝"。牌楼上有一副对联道：

周祚[1]呈祥，贤圣降凡邦有道。

隋朝献瑞，仁君治世寿无疆。

麒麟灯下，有各样兽灯围绕，见各项兽类，无不齐备。两边有两位圣贤，骑着两盏兽灯，也有着对联一副，悬于左右。上写道：

梓潼帝君，乘白骡下临凡世。

三清老子，跨青牛西出阳关。

众人看罢，过了兵部衙门，行到杨越公府东首来。这些附近百姓人家门首，各搭一个小小灯栅，设天子牌位，点灯焚香供花，以示与民同乐的意思。街中走马撮戏，做鬼接神，闹嚷嚷填满街道。不多时，已到杨越公门首。灯楼与兵部衙门一样，楼虽一样，灯却不同，挂的是一盏凤凰灯，牌匾上面写四个金字，写的是"天朝仪凤"。牌楼柱上左右一副金字对联道：

凤翅展丹山，天下咸欣瑞兆。

龙须扬北海，人间尽得沾恩。

凤凰灯下，各色鸟灯齐备，悬挂四围。另有两个古人，骑着两盏鸟灯，甚是齐整。也有一副对联，悬于牌楼柱左右，上写道：

西方王母坐青鸾，瑶池赴宴。

南极寿星骑白鹤，海屋添筹。

众人看过，已是初更时分。那齐国远自幼落草，不曾到过帝都。今

---

[1] 祚（zuò）：福，君主的位置。

第十三回　长安士女观灯行乐　宇文公子强暴宣淫 ‖ 053

日又是良辰佳节，灯明月灿，锣鼓喧天，笙歌盈耳，欢喜得紧，也没有一句话，好对朋友讲。只是在人丛里，挨来挤去，摇头摆脑，乱叫乱跳，按捺不住。

众人遂进皇城，到五凤楼前，人烟挤塞的紧。那五凤楼外，却设一座御灯楼，有两个太监，坐在交椅上，带五百军士，各穿锦袄，每人拿一根齐眉朱红棍把守。这座灯楼，不是纸绢颜料扎缚的，都是海外异香，宫中宝玩砌就。这一座灯楼上面悬一牌匾，都是珠宝穿就。当时众游人都在灯栅内，穿来插去，寻香嗅味，何尝真心看灯？以致剪绺[1]的杂在人丛，掳了首饰，割了衣服。那些风骚妇女，在家坐不安，又喜欢出来布施，趁此机会，结识标致后生，算为一乐。

不想有一个孀居王老娘，不识祸福，领了一个十八岁的女儿，小名琬儿，出来看灯。那琬儿又生得十分美貌，才出门时，就有一班少年跟随在后，挨上闪下。一到大街，蜂攒蚁聚，身不由己。琬儿母女，各各惊慌。不料宇文公子有多少门下游棍，在外寻察；见了琬儿姿色，就飞报公子，公子急忙追上，看见琬儿容貌，魂消魄落，便去挨肩擦背调戏他，琬儿吓得不敢做声，走避无路。王老娘不认得宇文惠及，就发作起来，惠及趁势假怒道："这妇人无礼，敢挺撞我？拿他回去！"说得一声，家人就把母女掳去。

王老娘与琬儿大惊，叫喊救人，街上的人哪个不认得是宇文公子，谁敢惹他？掳到府门，将王老娘羁[2]在门房内，只有琬儿被这些人撮过几个弯，转过了几座厅房，方到书房里。那宇文公子即时赶到，把嘴一呶，众家人都走出去，只剩几个丫环。公子将琬儿抱住，便去亲嘴，这琬儿是未经见识的女子，不知什么意思，把脸侧开，将手推去。公子还要伸过手去，琬儿惊得乱跳，急得挣扎一番，啼哭叫道："母亲快来救我！"公子笑嘻嘻，又抱住说道："不消哭，少不得有你好处。"就叫丫环，把琬儿抱到床上，由他奸淫一次。事后吩咐丫环看守，遂往外去。

公子走到府门，那王老娘看见，一发喊叫要讨女儿。公子道："你女

---

[1] 剪绺（jiǎn liǔ）：在人丛中剪开人家衣袋窃取财物。
[2] 羁（jī）：停留。

儿我已收用,你早早回去,休得在此讨死!"王老娘大哭道:"我单生此女,已许人家了,快快还我。若不还我,我就死在这里!"公子道:"既是这等说,我府门首死不得许多!"叫手下人攞他开去。众人推的推,打的打,把王老娘打出巷口,关了栅门,凭他叫喊啼哭。那公子又带了一二百名狠仆,街上闲撞,还想再撞出个有色的女子,抢来作乐。此时已三鼓了。

再说叔宝一班豪杰,遍处玩耍,忽见一簇人在喧嚷,众豪杰进前观看,见一个老妇人,匍匐在地,放声大哭。伯当问旁边看的人道:"这妇人为何在街坊啼哭?"众人道:"这老妇人因今夜带女儿到街上看灯,撞见宇文公子,被公子抢了去。"叔宝道:"哪个宇文公子?"众人道:"是兵部尚书的公子。"叔宝道:"可就是射圃圆情的?"众人道:"正是。"叔宝又问那妇人道:"你姓什么?住在哪里?"老妇人道:"老身姓王,住在宇文老爷府后。"叔宝道:"你且回去,那个宇文公子,在射圃踢球,我们赢他彩缎银花,有数十件在此。待我寻着公子,赎你女儿还你。"老妇闻言,叩头四拜,哭回家去。

叔宝问众人道:"抢他女儿,可是真么?"众人道:"稀罕抢他一个?那公子见有姿色妇人,不论缙绅[1]庶民[2],都要抢去,百般淫污。他们的父母丈夫,会说话的,次日进去,婉转哀求,或者还他。不会说话的,冲撞了他,即时打死,丢在夹墙,谁敢与他索命?"叔宝听了,竟忘李靖之言,恨恨不平,就动了打的念头。又问道:"那公子如今在哪里?"众人道:"那公子不是好说话的,惹着他有命无毛,你问他怎的?我看列位雄赳赳,气昂昂,只怕惹祸。"叔宝道:"我们是外乡人氏,不知底里,问他怎么样行头,若中途遇着,我们也好回避。"未知众人说出什么话来,且听下回分解。

---

[1] 缙绅:古代称有官职或做过官的人。官宦的代称。
[2] 庶民:一般老百姓。

第十四回

参社火公子丧身　行弑逆杨广篡位

众人见叔宝问宇文公子怎么样行头，就说道："那公子的行头太多哩！他养着许多亡命之徒，每人拿一根齐眉棍，有一二百个在前开路，后边都是会武艺的家将，真刀真枪，摆着社火[1]。公子骑着马，马前都是青衣大帽管家。长安城内，这些勋卫府内家将，扮得什么社火，遇见公子，当场舞来。舞得好，赏赐花红，舞得不好，用棍打开。列位若遇着，避他为是。"叔宝道："多承指教了！"

众豪杰听了此语，个个摩拳擦掌，扎缚停当，只在长安西门外御街道上寻寻。等到三更中，忽见宇文公子来了，果然短棍有一二百，如狼牙相似，自己穿了艳服，坐在马上，背后拥着家丁。众豪杰观看明白，就躲在路旁，正要寻出事来，恰恰前面探子来报说："夏国公窦爷府中家将，有社火来参。"公子问道："什么故事？"他回说："是'虎牢关三战吕布'。"公子着他舞来。众社火舞了些时，及舞罢，公子道："好！"赏了众人去。叔宝高叫道："还有社火来参！"说罢，五个豪杰窜进来喊道："我们是'五马破曹'。"叔宝拿两条金锏，王伯当两口宝剑，齐国远两柄金锤，李如珪一条竹节钢鞭，柴嗣昌两口宝剑，那鞭锏相撞，发出叮当哗啄之声，只管舞过来。旁观之人，重重叠叠，塞满街衢[2]。

齐国远想道："此时打死他不难，只是不好脱身，除非是灯棚上放起火来。这百姓救火要紧，就没人阻拦我们了！"便往屋上一窜，公子只道这人要从上边舞将下来，却不防他放火。叔宝见火起，料止不得这件事，将身一纵，纵于马前，举锏照公子头上打去。那公子跌下马来，登时殒命。众家人叫道："不好了！把公子打死了！"各举刀枪棍棒，齐奔叔宝打来。

---

[1] 社火：民间在节日的集体游艺活动。
[2] 衢（qú）：大路。

叔宝抡动双锏,哪个是他敌手?打得落花流水。齐国远就灯棚上跳下来,抡动金锤,逢人便打,众豪杰一起动手,不论军民,尽皆打伤。打得东倒西歪,裂开一条血路,齐奔明德门来。

那巡视京营官宇文成都,闻知此事,吃了一惊,遂发令闭城,亲身赶来。叔宝当先挥锏打去,宇文成都把二百斤的流金铛,往下一拦,锏打着铛上,把叔宝右手的虎口都震开了,叫声:"好家伙!"回身便走。王伯当、柴嗣昌、齐国远、李如珪四个好汉,一起举兵器上来,被宇文成都把铛往下一扫,只听得叮叮当当,兵器乱响,四个人身子摇动,几乎跌倒。叔宝赶快取出李靖的包儿,打开一看,原来是五粒赤豆,便望空一抛,就叫:"京兆三原李靖"。连叫三声,只见呼的一声风响,变了叔宝五人模样,竟往东首败下去了,把叔宝五人的真身隐过。那宇文成都纵马望东赶来。叔宝五人乘机向明德门外逃走。那些进城看灯的喽啰们见百姓狂奔叫喊,知道城中出了乱事,就连忙走出城来,向看马的喽啰说道:"列位,想是爷们五个在城内闯了祸,打死什么人。你们几个牵马到大路上伺候,几个有膂力的同我们去按住城门,不要被守门的官将城门关了。"众人都道:"说得有理。"十数个大汉到城门首,几个故意要进城,互相扭扯,便打起来,把门的军士都被推倒了。那巡视京营官的军令下来,要关城门,如何关得?这时众豪杰恰好逃到了城门边,见城门未关,便有生路,齐招呼出门。众喽啰看见主人齐到了,便一哄而散,抢出城门。见自己马在路旁,各飞身上马,一起奔向临潼关来。

众人至承福寺前,嗣昌要留叔宝在寺,候唐公的回书,叔宝道:"怕有人知道不便。"还嘱咐他把报德祠毁去。说罢,就举手作别,马走如飞。将近少华山,叔宝对伯当道:"来年九月二十三日,是家母六十寿诞,贤弟可来光顾。"伯当、国远与如珪都道:"弟辈自然都来拜祝。"叔宝也不入山,各各分手,自回家去。

却说长安城内,杀得尸积满街,血流遍地,百姓房屋,烧毁不计其数。宇文述闻报爱子被响马打死,五内皆裂,说道:"我儿与响马何仇,被他们打死?"家将禀道:"因小爷酒后与王氏女子作戏玩耍,其母哭诉于响马,响马就行凶,将小爷打死。"宇文述大怒,就叫家将把琬儿拖出仪门,乱棍打死,并差家将前去,把王老娘一家尽行杀死。又令紧随小爷的家将,

第十四回　参社火公子丧身　行弑逆杨广篡位

把响马的年貌衣饰，一一报来。家将道："那响马共有五人，打死公子的，身长一丈，年纪二十多岁。穿青色衣服，舞着双锏。"宇文述就叫几个善写丹青的，把响马的年貌衣服，画了图形，四面张挂缉获，不题。

再说太子杨广，既谋夺了哥哥杨勇东宫，又逼去了李渊，他生平最怕独孤娘娘。不料开皇[1]元年娘娘也崩了，斯时无所畏忌，奢华好色之心，渐渐发起。那文帝因独孤娘娘身死，没人拘束，宠幸了两个绝色，一个是宣华陈夫人，一个是容华蔡夫人；朝政渐渐不理。

仁寿四年，文帝年纪高大，当不起两把斧头[2]，四月间已成病了。因令杨素营建仁寿宫，就在仁寿宫养病。到了七月，病势渐渐不起，尚书仆射杨素、礼部尚书柳述、黄门侍郎元岩，三人值宿阁中，太子入宿太宝殿上。宫内是陈、蔡二夫人服侍，太子因侍疾，两个都不回避。蔡夫人容貌十分美丽，陈夫人比之更胜，况他是陈高宗之女，生长锦绣丛中，说不尽的齐整。太子见了，魂消魄落，要闯入宫去调戏他，因他侍疾时多，不得凑巧。

一日，太子入宫问疾，远远见一丽人出宫，又无个宫女跟随。太子举目一看，却是陈夫人，为要更衣，故此独自出来。太子喜得心花大放，暗想："机会在此时矣！"吩咐从人不要随来，自己急急赶上。陈夫人看见，吃了一惊道："太子到此何为？"太子道："夫人，我终日在御榻前，与夫人相对，神情飞越。今幸得便，望乞夫人赐我片刻之欢。"陈夫人道："太子，我已托体圣上，名分所在，岂可如此？"太子道："夫人，情之所钟，何名分之有？"就把陈夫人紧紧抱住，求一接唇，陈夫人竭力推拒。正在不可解之际，只听得一声传呼道："圣旨宣陈夫人。"此时太子知道留他不住，道："不敢相强，且留后会。"

夫人喜得脱身，神色惊慌，要稍俟喘息宁静入宫，又恐文帝索取药饵，如何敢迟？只得走到御榻前面。文帝怪其神色有异，因问何故。此时陈夫人欲要把这件事说知，恐文帝着恼，病加沉重，但一时没有遮饰，只说得一声："太子无礼！"帝闻此言，不觉大怒，把手在榻上敲了几下

---

[1] 开皇：公元581年二月至公元600年十二月，隋朝隋文帝杨坚的年号。
[2] 两把斧头：此指陈、蔡二夫人。

道:"畜生,何足以付大事?独孤误我!"即宣柳述、元岩进宫。太子心中不安,走在宫门打听,听得文帝怒骂,又听得宣柳述、元岩,不宣杨素,知有难为他的意思,急奔来寻张衡等一班计议。张衡等见太子来得慌张,只道文帝崩驾,及至问时,方知为陈夫人之事。张衡道:"事既如此,只有一件急计,不得不行了!"太子忙问何计?张衡附耳道:"如此,如此。"

急见杨素慌慌张张走来道:"殿下不知因何事忤了旨,圣上宣柳述、元岩撰诏,去召太子杨勇。他二人已在撰诏,只待用宝印赍往济宁。他若来时,我们都是他仇家,怎生是好?"太子附耳道:"张衡已定一计,说如此如此。"杨素听了道:"如今也不得不如此了!"就催张衡去做。又假一道圣旨,着宇文化及带校尉到撰诏处,将柳述、元岩拿住,说他乘上弥留,不能将顺,妄思拥戴,将他下了大理寺狱。再传旨说:"宿卫兵士劳苦,暂时放散。"就令郭衍带领东宫兵士,守定各处宫门,不许内外人等出入,泄漏宫中事务。又矫诏去济宁召太子杨勇,只说文帝有事,宣他到来,斩草除根。众人遂分头去做事。

此时文帝半睡问道:"柳述、元岩,写诏曾完否?"陈夫人道:"还未见呈进。"文帝道:"完时即便用宝,着柳述飞递去。"言讫,只见外边报太子差张衡侍疾,带了二十余太监,闯入宫中,先吩咐当值内侍道:"太子有旨,你们连日辛苦,着我带这些内监更替。"又对御榻前这些宫人道:"太子有旨,将带来这些内监承应,尔等也去歇息。"这些宫女因承值久了,巴不得偷闲,听得吩咐,一起都出去了。唯有陈夫人、蔡夫人仍立在御榻前。张衡走到榻前,也不叩头,见文帝昏昏沉沉,就对二位夫人道:"二位夫人也暂回避。"这两个夫人乃是女流,没甚主意,只得离了御榻,在阁子后坐了。但又放心不下,即着宫人在门外打听。过了一个时辰,那张衡洋洋的走出来道:"启上二夫人,圣上已归天了!适才还是这等守着,不报太子知道?"又吩咐各宫嫔妃,不得哭泣,待奏过太子来,举哀发丧。正是:

　　鼎湖龙去寂无闻,谁向湘江泣断云?
　　变起萧墙人莫识,空将旧恨说隋文。

这些宫妃嫔女,虽然疑惑,却不敢说是张衡谋死。那张衡忙走来见太子与杨素,说道:"恭喜大事毕了!"太子听了改愁为喜,就令传旨,

第十四回　参社火公子丧身　行弑逆杨广篡位

着杨素之弟杨约，提督京师十门，郭衍为右铃卫大将军，管领行宫宿卫，及护从车驾人马；宇文成都升无敌大将军，管辖京师各省提督军务。秘不发丧。

不数日，有济宁大将军杨通，保废太子杨勇，到长安城外安营。杨广假文帝旨，召杨勇夫妻父子三人进城，其余不准入内。及至杨勇赚进城中，父子二人同被缢死。因见萧妃有国色，杨广乃纳为妃子。杨通一闻此事，大怒不息，领部下十万雄兵，返回济宁，自称吓天霸王。按下不表。

当下文帝驾崩时，并无遗诏，太子与杨素计议，叫谁人作诏，然后发丧？杨素保举伍建章为人耿直，众臣信服，如召他来，令他作诏，颁行天下，庶不被众臣谤议。太子见说，即差内监前去宣召。

那伍建章一生忠直，不交奸党，这日在府，闻皇帝已死，东宫亦亡，大哭道："杨广听信奸臣，谋害父兄，好不可恨！"忽见家人来报说："太子差内监，宣老爷即刻就往。"建章出见内监道："公公请回，我打点就来。"内监告别，回复太子。伍建章拜辞家庙与夫人，乃麻巾[1]衰绖[2]，进见太子，痛哭不止。太子谕之曰："此我家事耳，先生不必苦楚！取御笔来，先生代孤写诏，当裂土分封。"建章将笔大书："文皇死得不明，太子无故屈死！"写毕，掷笔于地。太子一看，大怒道："老匹夫，孤不杀你，你却来伤孤。"命左右推出斩首。建章高声骂道："你弑父缢兄，人伦大变，天道不容。今日又要杀我，我生不能啖汝之肉，死必勾汝之魂。"左右不由分说，把伍建章斩首宫门外。就与杨素等商议发丧，假为遗诏，命太子杨广即皇帝位，颁行天下。当时太子取一个黄金小盒，内藏同心彩结，差内侍送与陈夫人，至晚就在陈夫人宫中宿了。

七月丁未，文帝晏驾，至甲寅，诸事皆备。次日，杨素先辅太子，在梓宫侧举哀发丧，群臣皆衰绖，依着班次送殡。然后太子换吉服，拜告天地祖宗，换冕冠，即大位，群臣都换朝服入贺，大赦天下，改元大业元年，称为炀帝。在朝文武，各晋爵赏。就差宇文化及，带了铁骑，

---

[1] 麻巾：丧服。
[2] 衰绖（cuī）：丧服。

围住伍府,将阖[1]门老幼,尽行斩首。可怜伍建章一门三百余口,个个不留,只逃走了马夫。那马夫名唤伍保,一闻此信,逃出后槽,离了长安,星夜往南阳,报与伍云召老爷去了。

炀帝又追封东宫为房陵王,以掩其谋害之迹。斯时宇文述与杨素,俱怕伍云召在南阳,思欲斩草除根,忙上一本道:"伍建章之子云召,官封侯爵,镇守南阳,勇冠三军,力敌万人。若不早除,必为大患,望陛下遣兵讨之,庶无后忧。"炀帝准奏,即拜韩擒虎为征南大元帅,麻叔谋为先锋,化及之子成都,在后接应,点起雄兵六十万,即日兴师。韩擒虎等领命出朝,望南阳发进。未知此去胜负如何,且听下回分解。

---

[1] 阖(hé):同"合",全部。

第十五回

雄阔海打虎显英雄　伍云召报仇集众将

再说伍建章之子云召，身长八尺，面如紫玉，目若朗星，声如铜钟，力能举鼎，万夫莫敌，拥雄兵十万，镇守南阳，是隋朝第五条好汉。夫人贾氏，生一位公子，才方周岁。一日，伍云召往金顶太行山打围，来至山边，叫军士安营，摆下围场，各驾鹰犬，追兔逐鹿。此山周围有数百余里，山中有一大王，姓雄名阔海，本山人氏，身高一丈，腰大数围，铁面虬须，虎头环眼，声若巨雷。使两柄板斧，重一百六十斤，两臂有万斤气力。在本山落草，聚集喽啰数千，打家劫舍，往来商客，不敢单身行走，是隋朝第四条好汉。这日因山中钱粮缺少，他即令众头目各带喽啰下山，到各处打劫往来客商。众头目得令，带着喽啰下山去了。

那雄阔海就换便服，走出寨门，望山下而来。行到半山，见林中跳出两只猛虎，扑将过来。阔海上前双手擎住，那两只虎动也不敢动，将右脚连踢几脚，举手将虎望山下一丢，那虎撞下山岗而死。又把一只虎，一连几拳打死。这名为"双拳伏两虎"。那伍云召在山上打围，望见前村有一好汉，不消片时，将两虎打死。便吩咐家将，上前相请。家将领命上前，大叫："壮士慢行，我老爷相请。"阔海就问："你老爷是何人？"家将道："我老爷是南阳侯伍老爷。"阔海心中暗想："伍老爷乃当世之英雄，无由进见，今来相请，是大幸了！"就随家将来到营前，入营进见云召，朝上一揖。云召看此人，相貌堂堂，威风凛凛，即出位迎接道："壮士少礼，请问壮士姓甚名谁？哪里人氏？作何生理？"阔海道："在下姓雄名阔海，本山人氏，作些无本经纪。"云召道："怎么叫做无本经纪？"阔海道："只不过在山中聚集喽啰，白要人财帛，故叫做无本经纪。"伍云召笑道："本帅见你双拳伏虎，定是一个豪杰。本师回府，意欲为你进表招安，同为一殿之臣，你意下若何？"阔海道："多谢元帅。"云召道："本帅今日欲与你结拜为兄弟。"阔海道："在下一介莽夫，怎敢与元帅结拜？"云召道：

"说哪里话来！"即吩咐家将摆着香案，云召年长一岁，拜为哥哥，阔海拜为兄弟。立誓后日要患难相扶，若有私心，天地不容。拜毕，云召道："贤弟，你回山中守候，待哥哥回到南阳，修本进朝，招安便了。"阔海谢道："多谢哥哥！"二人告别，阔海自回山寨。

云召令众将摆齐队伍，回转南阳，到了城外，众将出城迎接。云召同众将入城，至衙门大堂中坐下，那旗牌官四营八哨，游击把总，千户百户，齐齐上堂。行礼毕，云召吩咐众将，各回汛地，四营八哨，各回营寨。众将士得令，一起退出，放炮三声，封门退堂。夫人接着，就问："相公出去打围如何？"云召就把与雄阔海结拜之事，细说一遍。夫人大喜，即吩咐摆宴，与老爷接风。夫妻二人，对坐同饮，按下不题。

再说那马夫伍保，逃出长安，在路闻得又差韩擒虎起大兵，前来讨伐，心中着急，便不分星夜，赶到南阳。来至辕门，把鼓乱敲，旗牌官上前喝问何事，伍保道："咱是都中太师爷府中差来，要见老爷，烦你通报。"旗牌官闻言，即到里面，对中军说了。中军将走到内堂禀道："都中太师爷差官在外面，要见老爷。"云召大喜，吩咐唤那差官进来，中军将此话传出，旗牌官就请差官进内。伍保闻言，走到后堂，望见云召，坐在椅中，两旁数十名家将站立。伍保走进一步，大叫一声："老爷，不好了！"禁不住眼中流泪。伍云召心下大惊，急问道："太师爷，太夫人，在都中何如？可有书信？拿来我看。"伍保道："哪里有书信？"云召道："为何没有书信？你快快说与我知道。"伍保道："太子杨广与奸臣谋死圣上，要太师爷草诏，太师爷不肯，就把太师爷杀了。又围住府门，将家中三百余口，尽行斩首。小人在后槽越墙而逃，报与老爷知道。"

云召听了，大叫一声，晕倒在地。夫人与家将上前叫唤，云召半晌方醒。家将扶起云召，放声大哭，夫人流泪劝解。云召道："我家世代忠良，我们赤心为国，南征北伐，平定中原。今日昏君弑父篡位，反把我父亲杀了，又将我一门尽行斩首，此恨如何得消？"伍保道："老爷，那昏君把太师爷杀了之后，又听奸臣之言，差韩擒虎为元帅，麻叔谋为先锋，宇文成都为后应，领兵前来讨伐，老爷作速打点。"夫人道："公公婆婆既被昏君所害，伍氏只存相公一人，并无哥弟，相公还须打点主意，决不可束手无策，坐以待毙。"

第十五回　雄阔海打虎显英雄　伍云召报仇集众将

云召道:"夫人所言有理,待下官与众将商议,然后举行。"遂打鼓升堂,三声炮响,把门大开,众将齐入参见,分立两旁。云召道:"众将在此,本帅有句话儿,要与众将商议。"众将道:"老爷吩咐,末将怎敢不遵?"云召道:"我老太师在朝,官居仆射。又兼南征北讨,平定中原,不想太子杨广,弑父篡位,与奸臣算计,要老太师草诏,颁行天下。老太师忠心不昧,直言极谏,杨广反把老太师杀了,并家眷三百余口,尽行斩首,言之真可痛心!今差韩擒虎、麻叔谋、宇文成都,领兵前来拿我,我欲弃了南阳,身投别处,不知诸将意下如何?"忽见总兵队里,闪出一员大将,复姓司马名超,身长八尺,青面红须,使一柄大刀,有万夫不当之勇,大叫道:"主帅之言差矣!杨广弑父篡位,人人可得而诛。老太师尽忠被戮,理当不共戴天,奈何欲弃南阳,逃遁他方,而不念君父之仇乎?今末将愿随主帅,杀入长安,去了杨广,别立新主。一则为君,二则为亲,岂不是忠孝两全?"云召道:"将军赤心如此,不知众将如何?"只见统制班内闪出一员上将,姓焦名芳,身长七尺,白面长须,使一杆长枪,上马临阵,无人抵敌,大声叫道:"主帅不必费心,末将等愿同主帅报仇。"又见四营八哨,齐声愿随报仇。云召道:"既然如此,明日下教场操演。"众将得令,齐声答应退出,放炮三声,掩门退堂。

夫人把他迎接进去,就问众将之意若何?云召就把众将之言,说了一遍,又道:"本帅明日即下教场,点齐众将,分兵各处把守,调齐各处粮草。待擒了韩擒虎,然后杀上长安,与父报仇,岂不快哉!"夫人道:"相公主意不差!"

次日天明,众将各各收拾兵器盔甲鞍马,带领管下军马,往教场伺候。云召用了早膳,来到大堂,点齐三百名家将,出了辕门,来到教场将台边上。三声炮响,云召下马,坐在虎皮交椅上,众将进前参见礼毕,站立两旁。云召传令着总兵官司马超领兵二万,前去把守麒麟关各处营寨,须要小心抵敌,不可有违。司马超得令,领了人马,往麒麟关去了。云召又着统制官焦芳,领令箭一枝,往各处催趱[1]粮草,不可有误。焦芳得令,领了令箭,前往各处去了。云召吩咐,大小将官,须要盔甲鲜明,各归营寨,操演该管军士,候命不日听点。众将得令,各归营寨,操演军士。伍保牵过马匹,三声炮响,云召上马,带了家将,回转帅府。毕竟不知后事如何,且听下回分解。

---

[1] 趱(zǎn):加快。

第十六回

麒麟关莽将捐躯　　南阳城英雄却敌

　　再说齐国公韩擒虎，奉旨征讨南阳，令麻叔谋领前队先行，自领中军在后，缓缓而行。看官，你道韩擒虎为何在道延迟？只因他与伍建章有八拜之交，意欲使伍云召知觉，逃往别处，故此打发麻叔谋领前队。那叔谋在路上，纵容军士，掳掠百姓，奸人妻女，罪不可当。及兵至麒麟关，麻叔谋出马观看，只见总兵司马超，关门紧闭，关上扎起两面白旗。那旗上大书"忠孝王与父报仇"七个大字。叔谋看了，十分大怒，令军士叩关下寨，自己到中军见韩擒虎禀道："小将领兵到麒麟关，那总兵司马超扶助反贼，把关门紧闭，扎起旗号，上写着'忠孝王与父报仇'。"韩擒虎道："这厮反叛朝廷，殊为无礼。"吩咐三军，拔营前去。

　　众军得令，直至关下，韩擒虎道："哪一位将军前去讨战？"有副先锋雷明，进前应道："末将愿取此关。"遂翻身上马，手执方天画戟，直至关下大叫道："关上军士，快报与守将知道，有本领的出来会战！"军士飞报入府说，有一位隋将讨战。司马超闻言，提刀上马，领兵出关。雷明看见大叫道："青面贼，你是何人？"司马超大喝道："吾乃伍元帅帐下总兵司马超便是。"雷明听说大喝道："我乃天朝大将，岂识你反臣贼子？"拿戟便刺，司马超举刀相迎，不上几个回合，雷明看司马超这把大刀，神出鬼没，自己招架不住，慌忙要走。被司马超撤开画戟，举刀把雷明砍做两段。败兵逃去，飞报入营，说："雷将军被贼将杀了！"擒虎大怒道："未曾破关，先折一员大将。"即叫道："众将官，哪一位与我去擒这贼来？"闪过正先锋麻叔谋道："小将愿往擒此反贼。"遂提枪上马，来到关下，大叫道："反贼，你是朝廷命官，乃助这逆贼，有违天命，自取灭亡。如今趁早投降，饶你性命！"司马超大怒喝道："放屁！"上前把刀劈面砍来，麻叔谋将枪架住，两马相交，枪刀并举，大战四十回合，不分胜败。麻叔谋暗想："战他不胜，必须回马一枪，方可胜他。"就把

第十六回　麒麟关莽将捐躯　南阳城英雄却敌

枪虚晃一晃，分开大刀，拖枪回马而走。司马超在后追赶，麻叔谋见他渐渐走近，即取枪在手，回马一枪。枪还未起，司马超把刀在马后砍来，叔谋将身一闪，跌下马来。众将抢上前去，救了叔谋。天色已晚，各自收兵。

叔谋回营，来见元帅道："小将出去，与那贼交战四十回合，看他本事高强，意欲用回马枪挑他，不料马失前蹄，自己跌下马来，败走回营，来见元帅，望乞恕罪。"韩擒虎道："胜败兵家常事，何足为虑？但此关不破，此贼难擒，待本帅明日自去擒他便了！"

及至次日，韩擒虎全装披挂，直抵关前讨战，探子报入军中，司马超闻报道："这老匹夫，合当要死，待我出去斩了他。"便吩咐三军，齐出会战。那司马超顶盔贯甲，当先出见，欠身施礼道："老元帅，小将甲胄在身，不能全礼，马上打躬了。"看官，那司马超昔日也在他麾下，做过指挥，知他本事。他十二岁打过老虎，十三岁出兵，曾破番兵数十万。南征北讨，至今年近七旬，须发苍白，不知会过多少英雄，并无敌手。后归隋朝，封为齐国公。当时他见司马超马上欠身，口称老元帅，忙答礼道："将军少礼，本帅有句直言，不知肯容纳否？"司马超道："元帅有何金言，末将自当洗耳。"韩擒虎道："本帅奉旨南征，大兵六十万，战将一千员，后队天保将军宇文成都，不日就到。将军退回关中，与云召商议，早早打点。不然，打破南阳，玉石俱焚，悔之晚矣！"韩擒虎心中，不要云召逃走，不好明言，故此暗暗点醒。但司马超是个莽夫，哪里听得出这话？又且昨日胜了二将，今又欺其年老，即大喝道："不必多言，看兵器吧！"当头一刀劈来。擒虎大怒道："这狗头，如此无礼！"忙把刀架住。那司马超虽勇，不是韩擒虎对手，当时战了七八回合，被韩擒虎架开司马超的刀，照头一刀砍下。可怜他为主忠心，不能成功，竟死于擒虎之手！众军见主将已死，四散逃走，擒虎乘势抢关，关内无主，开关投降。擒虎兵马入关，点明户口，盘算钱粮，养息三日，就起兵直抵南阳，离城十里，安营下寨，不表。

再说那探子飞马报进南阳，见了云召，把司马超交战始末，说了一遍。"今韩元帅乘势起兵，直抵南阳来了，大老爷须速速打点迎敌。"云召听说微笑道："自古说'兵来将挡，水来土掩'。他人马虽多，有何惧哉！"遂传令众将，整顿盔甲，操演兵马，预备交战。又见外面报道："催粮将军焦芳缴令。"云召唤他进来，焦芳步进辕门，上堂参见，云召叫声："免礼。"焦芳道："末将奉主帅将令，往新野等县，催运粮米十万斛，今在城外渭河里。"云召道："将军路上辛苦，且回营安歇，再候本帅令吧！"焦芳拜谢主帅，出了辕门回营，不表。

再说韩擒虎升帐，众将参见毕，就问道："哪一位将军前去擒拿反贼？"闪过氿水关总兵何伦道："元帅，待小将去擒来！"韩擒虎道："那反臣武艺高强，你须要小心前去！"何伦道："元帅放心，末将此去，拿伍云召不来，誓不回营。"即提枪上马，领兵近城讨战。城上军士报至府中，云召闻报，即提枪上马，领兵出城迎敌，大叫道："来将何名？"何伦向前喝道："反贼，你不识得我氿水关总兵何伦么？你速速下马受缚，免污我宣花斧。"云召大喝道："啐！你乃无名小卒，敢来说这大言？速速叫韩擒虎出来会战，不然，先把你这匹夫，碎尸万段。"何伦大怒，举起宣花斧，劈面砍来。云召把枪一架，叮当一响，何伦双手酸麻，虎口震开，复一枪，结果了性命。众将上前围住云召，云召一杆枪，神出鬼没，一连几枪，又挑死了隋朝十余员将官，众皆败走。云召又趁势把三军乱砍，杀得血流成河，尸积如山，云召得胜入城。

那隋朝败兵报进营中，把战败事情，说了一遍。擒虎闻报大惊，连忙出营，计点军士，折了十余员大将，兵卒一万，马三千匹，盔甲不计其数。韩擒虎大怒道："待本帅明日亲自临阵，擒此匹夫，与何将军报仇。"到了次日，韩擒虎点起三军，正欲出战，忽闪出先锋麻叔谋上前道："元帅，今日待小将前去，擒拿反贼，解上朝廷，何劳元帅亲战！"擒虎道："既如此，将军须要小心！"叔谋应声："得令。"回到营中，点齐众将，令帐下四员猛将，领三千人马，在离此五里路名叫长平冈的地方埋伏。又命四员心腹勇将，领三千人马，离城三里埋伏。麻叔谋又对护从猛将四员道："你四位将军，乃是我亲信之将。要晓得那反贼英雄盖世，勇冠三军，今日元帅要亲自临阵，俺为先锋，焉敢退避？故此讨下差来，与那反贼交战，四位将军，俱要紧随着我，我若胜了反贼，你们可速速帮助擒他。若我杀败了，你们速速上前挡住，尽力死战。若拿得反贼，功劳是一样的。"四人应声道："得令！"

麻叔谋点了四万人马，与四将齐出营门，来到城下，大叫："城上军士，你可速报与反贼知道。你说：'今日我先锋亲来，快早早出来受缚，免我先锋动手。'"军士报入帅府道："隋将麻叔谋在城外讨战。"云召道："杀不尽的狗头，今日也来讨死！"遂执了长枪，挂了宝剑，带了军士，上马出城，来到战场。麻叔谋提枪上前，四员猛将随列于后，云召出马骂道："杀不尽的狗头！敢兴无名之师，犯我南阳，速速下马受死，免累三军遭难。"遂把枪劈面刺来，叔谋举枪便迎，两马相交，双枪并举。战了三四回，叔谋气力不加，大叫众将上前抵敌，虚刺一枪，大败而走。云召后面追来，四将上前挡住，云召独战四将，不上二三合，二将中枪落马而死。另外那二将见势头不好，正待要走，被云召拔出青虹剑，俱斩落马下。

隋兵败走，云召追至长平冈，只听一声炮响，闪出埋伏四将，领了三千人马，拦住去路。后面那四员大将，听得炮声呐喊，连忙领兵从后面杀来。云召急引兵回时，韩擒虎又差二员大将，一员是陈州总兵吴烈，一员是曹州参将王明，各带兵马五千，四面围住。云召东冲西突，隋兵愈加众多，云召手执长枪，杀上前面，四将来迎，云召大喊一声，竟冲四将。那四将抵敌不住，被云召刺死三将，一将往前逃走，又被云召一箭射死，前军四散逃生。云召从后追来，两胁下伏兵齐起，吴烈、王明，各执大刀，一起杀来。云召在中央独战二将，全无惧怯，不上五个回合，吴烈中枪落马。王明要走，也被云召一枪，结果了性命。军士乱逃，被云召把青虹剑乱砍，如砍瓜切菜一般，不消半个时辰，四将皆丧在沙场。可怜麻叔谋帐下十二员将官，俱伤于伍云召之手。只逃走了麻叔谋。

那麻叔谋亏了四将挡住，杂入小军中逃脱，盔袍尽落，衣甲全无，急急然如丧家之狗，忙忙然如漏网之鱼，逃到营中，来见擒虎，大叫："元帅，不好了！"擒虎抬头一看，见叔谋盔甲全无，衣衫不整，垂着头，拐着脚，好似落汤鸡一般，忙问道："先锋为什么这般光景？"叔谋将交战败走的事情，说了一遍，韩擒虎大怒道："我差二员大将，前来接应，你怎么不与那反贼死战，私下逃回？前日被司马超杀败，本帅念你初次，今又丧师误国，军法难逃，左右与我绑去砍了。"叔谋大叫："饶命！"左右不由分说，把叔谋绑出营门。未知性命如何，且听下回分解。

第十七回

韩擒虎调兵二路　伍云召被困危城

当时左右把叔谋押出营门，叔谋大哭道："众将快来救我，必当犬马相报。"当有军中参谋包勿杀上前禀道："未破南阳，先斩大将，于军不利。不如暂恕先锋，待破了南阳，与反贼一并解上朝廷，候旨定夺。"擒虎道："此言有理。"即叫左右将叔谋免斩，发军政司重打四十，令他后营管马。左右答应一声，就解往军政司去发落了。忽见败兵来报说："麻爷手下十二员大将，并总兵吴爷、参将王爷，俱被反贼杀了。"擒虎闻言大怒道："这反贼猖狂如此，待本帅自去擒他。"便去执刀上马，带了三军，齐出营来，不表。

再说伍云召杀死隋将二十余员，士卒不计其数，当下杀出长平冈，只见探子报道："韩元帅大兵到了！"伍云召遂列阵以待。只见韩擒虎当先出马，云召马上欠身道："老伯，小侄甲胄在身，不能全礼，马上打拱了，望老伯恕罪！"擒虎答礼道："贤侄少礼。老夫有一言相告，不知贤侄可容纳否？"云召道："老伯有何见教，小侄自当恭听。"擒虎道："贤侄，你世食隋禄，官居极品，乃不思报效，叛逆称王，自立旗号，称为忠孝王。你知忠孝二字之义否？自古道：'君要臣死，不死非忠；父要子亡，不亡非孝。'又称与父报仇，你的仇在哪里？今老夫奉命征讨，你又抗拒天兵，杀害朝廷大将，罪孽重大。何况你南阳一郡之地，如何敌得天下之兵？不如归降，待老夫回奏朝廷，赦你之罪，封你为王，你意下如何？"云召道："我父亲赤心为国，并无过犯，老伯所知。不料杨广弑父篡位，纳娘为后，古今罕有。我父亲忠心不昧，直言极谏，那杨广反把我父亲杀了！又把我一门三百余口，尽行斩首，又烦老伯前来拿我。小侄本该引颈受刑，奈君父之仇，不共戴天。老伯请速回兵，待小侄不日杀进长安，除昏君，杀奸逆，复立东宫，以定天下。复立东宫谓之忠，除昏君，报父仇谓之孝，岂不是忠孝两全？老伯请自详察。"

第十七回　韩擒虎调兵二路　伍云召被困危城

擒虎大怒道："反贼，我好意劝你去邪归正，你却有许多支吾。"遂举起大刀，照头砍去，云召将枪架住道："老伯，念小侄有大仇在身，还求老伯怜恤！"擒虎不听，又一刀砍下，云召又把枪架住道："老伯，我因你与我父亲有八拜之交，故此让你两刀，你可就此回去，不然小侄要得罪了。"擒虎又是一刀砍下，云召逼开大刀，把枪一刺，两下大战十余合，擒虎看看抵敌不住，回马就走，云召拍马赶来。擒虎不走自己营门，竟往侧首山下而走。云召看看赶上，擒虎看四面无人，住马大叫道："贤侄休赶，老夫有言相告。"云召住马道："你且讲来。"擒虎道："贤侄少年英雄，无人可敌，是未逢敌手耳！后队救应使宇文成都，好不厉害，贤侄虽勇，恐非所敌。今老夫劝贤侄弃此南阳，投往河北，暂且守候。想目下真主已出，隋朝气数亦不久矣！然后自当报仇，贤侄意下如何？"云召道："老伯此言虽是，但我大仇在身，刻不容缓。宇文成都到了，有何惧哉！老伯请速回去。"擒虎转马就走，叫道："贤侄，你仍旧追赶，以别嫌疑。"云召依言追出山口，那隋朝众将，看见大叫道："反臣不可伤我元帅！"一起进前挡住，保护擒虎回营。云召也不追赶，收兵而去。

擒虎入营，吩咐众将，退回麒麟关扎住。一面修表进朝求救，一面差官催救应使宇文成都，速来讨战。又发令箭两枝，一枝去调临潼关总兵尚师徒，一枝去调红泥关总兵新文礼，前来助战。差官得令，各自分头前去。

且说伍云召战胜入城，到了私衙，夫人接住，就问交战如何。云召把杀败擒虎之事，细说一遍，夫人大喜，即吩咐摆酒贺庆，此话不表。

再说宇文成都趱粮已齐，来到麒麟关，闻元帅尚在关上，遂入关进营参见。擒虎道："将军少礼。"成都道："元帅起兵已及三月，因何还在这里？"擒虎就把两次交战，折去许多将士，细说一遍。成都大怒道："那反贼如此猖獗，待小将明日出城，擒那反贼，与诸将报仇。"言讫，辞别出营，令军士将粮草上了仓廒[1]。吩咐随征将士，明日同进南阳，擒拿反贼，众将得令。

那宇文成都身高一丈，腰大十围，虎目龙眉，使一柄流金镋，重二百斤，

---

[1] 仓廒（áo）：仓库。

乃隋朝第二条好汉。一日，跟随文帝到甘露寺行香，文帝见殿内寺前有一鼎，是秦始皇铸的，高有一丈，大有二抱，上写着重五千零四十八斤，遂谓成都道："朕闻卿力能举鼎，可将此鼎举与朕看。"成都领旨，走下殿来，将袍脱下，两手把鼎脚拿住。将身一低，托将起来，离地有三尺高，就走了几步，复归原所放下。两旁文武看见，无不喝彩。成都走入殿上，神气不变，喘息全无。文帝大喜，即封为无敌大将军。这是说成都力大，也不必表。

再说成都次日，领兵下南阳，离城十五里安营。那探子飞报入城，把这事说与伍老爷知道。云召闻报，暗想宇文成都猛勇难当，必须预备保守城池。就令伍保带领三百名家将，到南山斫[1]伐树木，备作城上檑木，伍保得令前去。云召又令焦芳带领三千人马，往吊桥守住，倘后隋兵追来，即将弓箭齐射，不得有违。焦芳得令，自领人马，前去准备。

云召遂带人马出城，来到阵前，只见宇文成都大叫道："反贼，速来受缚，免我动手！"云召大骂道："奸贼，你通谋篡逆，死有余辜，尚敢阵前大言！"就把枪劈面刺去。成都大怒，把流金铛一挡，叮当一响，云召的马倒退二步。成都又是一铛，云召拿枪架住，两个战了十余合，云召料难敌他，回马便走。成都纵马追赶，看看相近，云召回马挺枪，又战了二十余合。云召气力不加，虚刺一枪，回马又走，成都纵马又赶。

恰好伍保在南山斫树，见前面有二将大战，一将败下来。伍保一看，大惊道："这是我家老爷败回，如今我手无寸铁，如何是好！"只见山边一棵大枣树，用力一拔，拔起来，去了枝叶，拿在手中，赶下山来，大喝一声道："勿伤我主！"忙把枣树照成都马前劈头一打，成都把流金铛一挡，那马也退三四步。看官，那成都算是一条好汉，为何也倒退了三四步？只因这棵枣树大又大，长又长，伍保气力又大，成都的兵器短，所以倒退了。云召一看见是伍保，那伍保将树又打，成都把流金铛往上一迎，将树截做两段。云召在前面山岗，忙拔箭张弓，照成都射去。成都不防暗箭，叫声："呵呀，不好了！"一箭正中在手，回马走了。伍保赶去，云召叫声："不要赶！"伍保回步，同三百家将上山，抬了树木，

[1] 斫（zhuó）：用刀斧砍。

第十七回　韩擒虎调兵二路　伍云召被困危城

回进南阳吊桥边,焦芳接着,叫声:"主将得胜了!"云召道:"若无伍保,几乎性命不留。"言讫,同众将回至辕门,吩咐众将紧闭四门,安摆檑木炮石,紧守城池。众将得令,前去准备不题。

再说韩擒虎坐在营中,探子来报说:"宇文老爷大败回来,请元帅发兵相救。"擒虎正要发兵,只见兵士报临潼关总兵尚师徒和红泥关总兵新文礼,各带雄兵,在外候令。擒虎吩咐进来。二将进营参见。擒虎道:"二位将军,可带领本部人马,前去助宇文将军,同擒反贼。"二将应声:"得令。"各带人马来到宇文成都营中。军士报进,成都出营迎接,二将下马同进营中,三人相见行礼毕,各叙寒温,成都命军士摆酒接风。次日,军士报元帅到了,三人出接元帅进营,下马坐定,三人上前见礼。擒虎道:"将军少礼,我想反贼昨日出战,见我兵将强勇,紧闭城门,不出相敌,如何是好?"成都道:"元帅放心,待小将打破城池,捉拿反贼便了!"擒虎大喜,便同三位将军,离营来至城下,把城池周围,细细看了一遍。就令尚师徒领本部人马,围住南城;新文礼领本部人马,围住北城;宇文成都领众将人马,围住西城;各各不得纵放反贼。三将应声得令,各上马分头前去。韩擒虎自领三军,围住东城。

那伍云召坐在衙中,忽见军士报道:"韩擒虎调临潼关总兵尚师徒,红泥关总兵新文礼与宇文成都,将东西南北四城围住,好不厉害。"云召闻报,只得亲督将士巡守四城,安摆大炮檑木弓箭。成都督兵攻城,城上炮石矢箭,如雨而下,折损了许多人马。只得吩咐暂退三里,候元帅军令定夺。未知攻城如何,且听下回分解。

第十八回

焦芳借兵沱罗寨　天锡救兄南阳城

再说南阳军士见隋兵退去，忙入帅府报知。云召闻报，便上城一看，果然退去有三里远近。只是放心不下，早晚上城，巡视数回。见隋营人马，如蝼蚁之密，一到夜来，灯火照耀，有如白日，只得吩咐众将，尽心把守。云召下城谓众将道："隋兵如此之多，众将如此之勇，如何是好！"统制官焦芳上前道："主帅勿忧，明日待小将同主帅杀入隋营，斩其主帅，隋营兵将自然退去，主帅意下如何？"云召道："将军有所不知，隋营将帅，皆不足虑，唯有宇文成都勇猛无敌，倘杀出去，枉送性命。我有一个族弟，名唤伍天锡，身高一丈，腰大十围，红脸黄须，使一柄混金铛，重有二百多斤，有万夫不当之勇。他在河北沱罗寨落草，手下喽啰数万，若有人前去请他，领兵到此相助，方能敌得宇文成都之勇。"焦芳道："既主帅令弟将军有如此之勇，待末将往河北沱罗寨，请他领兵前来相助便了。"焦芳即时提枪上马出营，前往河北去了。行了一里，只见埋伏军士向前大叫道："咳，反贼，你往哪里走！"焦芳不应，军士一起围将拢来，焦芳大喝道："来，来，来，你们来一个，我杀一个！"军士各执兵器前来。焦芳大怒，左手提枪，右手执刀，枪到处人人皆死，刀着处个个皆亡。焦芳杀出重围，往前飞走，那败兵将这事报进营中，新文礼闻报，提刀上马，赶出营来，那焦芳已去远了，只得回营，唤过队长喝道："你怎么不来早报于我？拿去砍了，以警将来。"此言不表。

再说焦芳杀出重围，渴饮饥餐，在路不分早夜，来到河北。却不知沱罗寨在那里，一路地广人稀，无从访问。看看天色已晚，不免趱向前去。走不上三里多路，只见金乌西落，玉兔东升，前面一座高山，好不峻险。树木森茂，山林嵯峨，猿啼虎啸，涧水潺潺。焦芳不管好歹，只顾策马前行。忽听得地铃一响，早被绊马索一绊，将焦芳连人带马，跌将下来。两边走出喽啰几个，把焦芳拿住绑了。

喽啰牵了马，抬了枪，将焦芳押过三四个山头，见小岗下，一个大大的围场，方圆数里。过了围场，又见两山相对，中间一座关栅，两旁刀剑密密，枪戟重重。喽啰来到关前，叫道："开关！"那关上喽啰认是自家的人，遂开了侧首小关，喽啰带了焦芳，望内而走，过了三重栅门，来到聚义厅上。里面摆着虎皮交椅一张，案桌上点了两支画烛，喽啰把焦芳绑在将军柱上。只见里面报出来道："大王出来了！"喽啰立在两旁，大王出来，坐在交椅上问道："你们今日出去劫客商，有多少财物？"喽啰上前禀道："大王，今日小人下山，没有客商经过，只拿得一个牛子[1]，与大王醒酒。"大王道："与我取来。"

喽啰取一盆水，放在焦芳面前，手拿着刀，把焦芳胸前解开，取水向心中一喷。原来那心是热血裹住的，必须用冷水喷开热血，好取心肝来吃。焦芳见明亮一把刀，魂飞天外，大叫道："我焦芳横死于此，亦无足惜，可恨误了南阳伍老爷大事！"大王听得问道："哪一个说南阳伍老爷？"喽啰道："这牛子口中说的。"大王大惊，忙叫道："与我把这牛子唤过来。"喽啰把焦芳解了绑，带将上来，那焦芳已吓得半死。大王问道："你这牛子，怎么说起南阳伍老爷？"焦芳道："他是小将的主帅，官受南阳侯，名唤伍云召。被隋将宇文成都围住南阳，攻打城池，危在旦夕。差小将到河北沱罗寨那边，求取救兵，不料遇着大王。乞大王放回小将，救伍老爷城池。"

大王便立起身来问道："你叫什么名字？"焦芳道："小将是伍老爷帐下统制官，叫做焦芳。"大王道："请起，看坐。"左右忙把交椅过来，焦芳坐定，抬头一看，只见那大王身长一丈，红脸黄须，因吃人心多了，连眼睛也是红的。大王道："焦将军，你说伍大王叫什么名字？"焦芳道："是主帅的兄弟，名唤伍天锡。"大王道："俺就是伍天锡，这里就是沱罗寨了，将军受惊了。"便吩咐左右摆酒压惊，又问道："我云召哥哥，不知为的何事，被宇文成都围住南阳？"焦芳就把杨广弑父，老太师受害，前后事细说了一遍。天锡闻言大怒道："这昏君害我一家，我必把这昏君碎尸万段，才得出气。既是奸臣之子宇文成都这狗头厉害，待俺去擒来，

---

[1] 牛子：绿林中人对俘虏的称呼。

作醒酒汤。"当下两人谈论饮酒,直饮到天明,伍天锡遂留焦芳守寨,点了数千喽啰,救取南阳。众头目相送启程,伍天锡对众头目道:"俺此去救了南阳,不日就要回来。你们与我把守山寨,各路须要小心,不得有违。"头目应声:"得令。"那伍天锡离了沱罗寨,晓行夜住,一日来到太行山,安营造饭,按下不表。

单说那金顶山中雄阔海,坐在聚义厅,暗想:"伍云召哥哥说回转南阳,申奏朝廷,不日就有招安到了。为何一去数月,并无音信?如今山寨人众粮少,只得再劫客商,以备山寨之用。"即令头目到各路打听来往客商,有财帛的尽行取来。头目得令,带领喽啰分头下山,各路打听,不表。

再说当时有一班客商,都是贩珠宝金银的,共有二十余人,在路商议道:"此地盗贼甚多,倘被他瞧见,性命难保。不如把这货物藏在身边,各人身上换了破碎衣服,有人看见,只道我们是求乞的,便不来想了。"众客人都道:"有理。"各人换了衣服,藏了珠宝,在路缓缓而行。及行近太行山,被众喽啰望见,皆认为乞丐,不以为意。内中一个头目打听有大商下来,因说道:"这班人必定是贩珠宝的大商,故意扮作乞丐,以瞒我们,我们不可错过。"众喽啰听说,就鸣锣一声,跳出数百人,手执短刀,大叫道:"来的留下买路钱来,放你过去。"众客道:"小人们是关中难民,要往南阳去求乞的,望大王方便。"只见跳出一个头目,厉声大叫道:"我们知道,你这班人是贩珠宝的大商扮下来的。快快留下金宝,饶你性命。不然,照我斧头吧!"言讫,举起斧头劈来,众客大喊,往前乱跑,喽啰在后追赶。

众客看见前面一所大营,即抢进营中跪下道:"小人是求乞的难民,后面有大王追来捉拿,乞老爷救命,公侯万代。"那伍天锡正要拔营前去,见外面走进许多乞丐,哀求救命,天锡认以为真,便叫往后营出去。众客叩谢,一起往后营逃走,不表。

那追来的喽啰,见众客逃入营中,就上前问道:"你们是哪里人马,在此扎营?"喽啰答道:"你这班瞎眼狗头,岂不认得沱罗寨伍大王的营寨么?"喽啰道:"你不要开口就骂,兄弟们也是有名目的,乃是太行山雄大王的头目。方才追下一班客商,入你营中,求伍大王发放还,我好回山缴令。"沱罗寨的喽啰笑道:"原来是我同道中的朋友,既如此,待

第十八回　焦芳借兵沱罗寨　天锡救兄南阳城

我进去禀大王，还你便了。"言讫，进营禀道："启大王，今有太行山雄大王头目，追赶一班客商，乞大王发放他去。"伍天锡道："没有什么客商呀！想是指的这班破衣乞丐，但我已放他们往后营去了。你可去回复他，说没有客商进营。"喽啰答应，就把这话出来回复。那头目道："好奇怪，我方才明明见这班客商，望你营中进去，说什么没有？想是你家大王，要独吞此宝货了！"喽啰大怒道："你这不知方向的狗头，有什么客商！什么宝货！你等不要在此妄想了。"

那头目敢怒而不敢言，只得跑回太行山，将这事报与雄阔海知道。阔海大怒，遂带喽啰亲身赶来。未知此事如何，且听下回分解。

第十九回

太行山伍天锡鏖兵[1]　关王庙伍云召寄子

却说伍天锡见雄阔海的头目去了，遂拔营前行，行未一里，忽见后面有人赶来，飞马大喊道："伍大王人马慢行，雄大王赶来，要讨客商宝物，望乞发还。"喽啰听了，遂将这话报与伍天锡知道。天锡闻言，令喽啰摆开兵马，以待阔海。阔海望见，便叫喽啰扎住人马，列兵相待，遂纵马出阵。伍天锡问道："雄大王久不相会了，今日台驾前来，有何话说？"雄阔海道："俺因头目打听山南有一班大客商下来，是咱家的衣食，故令喽啰上前拦阻，要劫他宝物。不想这班客商，逃进大王营中，不见出来。头目取讨不还，故此咱自来，要大王送还这班客商。"伍天锡道："俺从没有见什么客商进营，若果然有这班客商，自然送还大王。大王若不信，请大王进来一搜，就明白了。"雄阔海道："岂敢！咱与大王是同道中人，这一班客商的宝贝货物，大王拿出来对分罢了。"伍天锡道："哪里有什么宝货，俺也不管。俺有正事在身，不与你讲，各自走吧！"阔海大怒道："我们衣食被你夺去，若不拿出来对分，你也去不得！"天锡大怒道："放屁！你敢拦阻我们的去路么？"阔海道："不分，我与你战三百合。"说罢，双斧抡起，劈面砍来，天锡将混金铛挡住，珰琅一声，只见两人战了五十余合，并无高下。天色已晚，各自收兵，安营造饭。次日，又战了二百余合，不分胜负。两下鸣金，各回营寨。自此两人直杀了半月，不肯住手，此话不表。

再说南阳伍云召，一日同众将上城观看，见城外隋兵十分凶勇，云梯火炮弓箭，纷纷打上城来，喊声不绝，炮响连天，把城池围得铁桶相似。云召看了，无计可施，想此城池，料难保守，只得退下城来，回至私衙。夫人问道："相公，大事如何？"云召道："嗳！夫人，不好了！隋兵四门围住，下官前日差焦芳往沱罗寨，请兄弟伍天锡来助，不料一去二月，

---

[1] 鏖（áo）兵：激烈的或大规模的战斗。

第十九回　太行山伍天锡鏖兵　关王庙伍云召寄子

并无音信。如今城中少粮，又无救兵，如何是好？"夫人道："为今之计，相公主意若何？"云召低头一想，长叹道："夫人！我有三件事放心不下。"夫人道："是哪三件事不能放心？"云召道："第一件，父仇未报；第二件，夫人年轻，行路不便；第三件，孩儿年幼，无人抚养。为这三件，实难放心。"夫人道："要报父母之仇，哪里顾得许多？"

正谈论间，忽听炮响连天，喊声震地，军士报进道："老爷，不好了！那宇文成都已打破西城了！"云召面皮失色，吩咐军士再去打听，就叫："夫人呵！事急矣！快些上马。待下官保你杀出重围，逃往别处，再图报仇。夫人意下如何？"夫人道："言之有理。你抱了孩儿，待妾往里面收拾，同相公去便了。"就将孩儿递与云召，往内去收拾，谁知一去竟不出来。云召走进一看，并不见夫人影子，连叫数声，又不答应。忽听得井中咚咚响，云召向井一看，说声："不好了！一定夫人投井死了！"只见井中水面上有一双小脚一蹬，一连几个小泡，不见了。云召扳井大哭道："夫人呀！你因家亡，投井身死，深为可怜。"哭叫了几声，将井边一堵花墙推倒，掩了那井，忙走出来，把战袍解开，将孩儿放在怀中，便把袍带收紧了，又到井边跪下道："夫人，你阴魂保佑孩儿，下官去了！"拜了几拜，就走出堂来。

只见众将大叫："主帅，怎么处？"云召吩咐伍保，汝往西城挡住宇文成都。伍保得令，手拿二百四十斤一对铁锤，竟走西城。只见数万人马，拥入城来，伍保把铁锤乱打，那伍保只有膂力，不会武艺，见人也是一锤，见马也是一锤。一路把锤打去，只见人亡马倒，无人可敌。忙报宇文成都，飞马进前，正遇伍保。伍保拿了大铁锤劈面打来，宇文成都把流金铛一迎，这铁锤倒打转来，把伍保的头打碎了，身子望后跌倒，成都令军士将伍保斩首号令。

那伍云召杀出南门，被临潼关总兵尚师徒拦住，云召无心恋战，提枪撞阵而走。尚师徒拍马追赶道："反臣哪里走？"照背后一枪刺来，云召回马，也是一枪刺去。大战八九合，尚师徒哪里战得过，竟败下来。云召不追，竟回马往前而走，那尚师徒又赶上来。这伍云召的马，是追风千里马，尚师徒如何就追得上？原来尚师徒的马，是龙驹马，名曰呼雷豹，其走如飞，更快于千里马。若有人交战不过，那马头上有一宗黄毛,用手将毛一提,那马大叫一声,别马听了,就惊得尿屁直流,坐上将军就颠下来,性命不保。就是尚师徒那支枪,名曰提炉枪,也好不厉害,若撞着身上,见血就不活了。云召见尚师徒追来,走避不脱,只得复又回马再战十余合。尚师徒到底战不过,只得将马头上把这宗毛一拔,那呼雷豹嘶叫一声,口中吐出一阵黑烟。只见云召坐的追风马,也是一叫,倒退了十余步,便屁股一蹲,尿屁直流,几乎把云召跌下马来。云召心慌,将手中枪往地上一拄,连打几个旺壮,那马就立定了。尚师徒见他不曾跌下,又把马头上的毛一拔,那马又嘶叫起来,口中又吐出一口黑烟,往云召的马一喷。那追风马惊跳起来,把头一登,前蹄一仰,后蹄一蹲,把云召从马上翻跌下来。

尚师徒把枪刺来,只见前面一个人,头戴毡帽,身穿青衫,面如黑漆,眼似铜铃,一部胡须,手执青龙偃月刀,照尚师徒劈面砍来。尚师徒大惊,说道:"不好了!周仓[1]来了!"回马就走。那黑面大汉要赶去,云召大唤道:"好汉,不要赶了。"那人听得,回身转来,放下大刀,望云召便拜。云召答礼,便问姓名。那人道:"恩公听禀,小人姓朱名灿,住居南庄。我哥哥犯事在狱,多蒙老爷释放,此恩未报。小人方才在山打柴,见老爷与尚师徒交战,小人正要相助,因手无寸铁,只得到关王庙中,借周将军手中执的这把大刀来用用。"云召喜道:"关王庙在那里?"朱灿道:"在前面。"云召道:"快同我前去。"朱灿道:"当得。"就引云召来到庙中。云召向关王下拜,祝道:"先朝忠义圣神,保佑弟子无灾无难。伍云召前往河北,借兵复仇,回来重修庙宇,再塑金身。"

祝罢,对朱灿道:"恩人,我有一言相告,未知肯容纳否?"朱灿道:"有何见谕,无不允从。"云召便把袍带解开,胸前取出公子,放在地下,说道:"恩人,我有大仇在身,此去前往河北,存亡未卜。伍氏只有这点骨血,今交托恩人抚养,以存伍氏一脉,恩德无穷。倘有不测,各从天命。"便跪下道:"恩人,念此子无母之儿,寄托照管。"朱灿也跪下道:"恩公请起,承蒙见托公子,小人理当抚养。"就把公子抱过,问道:"公子叫什么名字?

---

[1] 周仓:历史小说《三国演义》中人物,关羽千里寻兄之时请求跟随,自此对关羽忠心不二。

第十九回 太行山伍天锡鏖兵 关王庙伍云召寄子

后来好相认。"云召道："今日登山，在庙内寄子，名字就叫伍登吧。"

二人庙中分别，朱灿将刀仍放在周将军手内，将公子抱出庙门，说道："老爷前途保重，小人要去了，后会有期。"云召道："恩人请便。"言讫，流泪而去。未知云召此去如何，且听下回分解。

第二十回

韩擒虎收兵复旨　程咬金逢赦回家

云召别了朱灿，提枪上马，匆匆行去。行到太行山。忽听得金鼓之声，喊杀连天，暗想道："此地怎么有兵马在此厮杀？"遂走上山顶，向下一看，叫声："不好了！这两个都是我兄弟，为何在此厮杀？"即纵马跑下山来。

那两人正在杀得高兴，只见山上走下一个骑马的人来。伍天锡认得是云召，便叫道："哥哥，快来帮我。"雄阔海也认得是云召，也叫道："哥哥，快快帮我。"云召道："二位兄弟不要战了，都是一家人，快下马来，我要问个明白。"二人听了下马。天锡问道："哥哥为何认得他？"云召道："他是我结拜的兄弟。"就把前日金顶山打猎，遇见他打虎因由，说了一遍，故此与他结义。雄阔海也问道："哥哥为何认得他？"云召道："他是我堂弟伍天锡。"二人听了，一起大笑，各道："得罪！"

阔海遂请天锡、云召到山寨去坐坐。二人应允，各自上马，带领两寨喽啰，到太行山中聚义厅下马坐定。阔海吩咐摆酒接风，就问云召道："前日哥哥说回转南阳上表，奏过朝廷，不日就有招安。为何一去，将及半年，尚未见来？"云召道："一言难尽。"就把父亲受害，满门斩首，以及城陷妻子离散，细细的说了一遍，不觉泪如雨下。阔海大怒道："哥哥请免悲泪，待我起兵前去，与兄收复南阳，以报此仇。"天锡大怒道："前日哥哥差焦芳来取救兵，兄弟随即前来，被这个黑贼阻住厮杀，误我大事。致我哥哥城破，嫂嫂身亡，我好恨也！"阔海道："你休埋怨我，前日相会，你就该对我说明，我也不与你交战这许多日期了。自然同你领兵去救哥哥，擒拿宇文成都，岂不快哉！如今埋怨也迟了。"云召道："二位兄弟不必争论。也是我命该如此，说也枉然了！"

这时只见喽啰来报道："筵席完备。"阔海就请二位上席，喽啰送酒，三人轮杯把盏。云召愁容满面，吃不下咽。阔海道："哥哥不必心焦，待弟与天锡哥哥，明日帮助大哥，杀到南阳，斩了宇文成都，复取城池。"

第二十回　韩擒虎收兵复旨　程咬金逢赦回家

天锡道："雄大哥说得有理，明日就起程便了。"云召摇手道："二位兄弟，只知其一，不知其二。昔日我镇守南阳，有雄兵十万，战将百员，尚不能保守。今城池已失，兵将全无，二弟虽勇，若要恢复南阳，岂不难哉！明日我往河北，投奔寿州王李子通处。他久镇河北，兵精粮足，自立旗号，不服隋朝所管。又与我姑表至戚，我去借兵复仇。二位兄弟，可守本寨，招兵买马，积草屯粮。待愚兄借得兵来，与二位兄弟，同去报仇便了。"阔海苦劝再三，云召只是不听。阔海道："既是哥哥要往河北去，不知几时方可起兵？"云召道："这也论不定日期，大约一二年间耳！"阔海道："兄弟在此等候便了。"云召道："多谢贤弟。"

到了次日，云召辞别起身，天锡随行，阔海送出关外。两人分手，行到沱罗寨，焦芳接着。天锡请云召先到山中歇马，设筵款待，极其丰盛。次日，云召将行，吩咐焦芳且在山中操演人马，待一二年后一同起兵报仇。说罢，与天锡分别，取路而去。

却说李子通坐镇寿州，掌管河北等处，有雄兵百万，战将千员，各处关寨，遣将把守；因此隋文帝封他为寿州王，称为千岁。一日早朝，文武两班朝参毕，只见朝门外报进来说："外面有一员大将，匹马单枪，口称南阳侯伍云召特来求见。"李千岁闻报大喜道："原来我表弟到此，快宣他进来。"手下领旨，出来宣读。云召走到殿上，口称："千岁，末将南阳侯伍云召参见。"李千岁叫左右扶起，问道："表弟，你镇守南阳，为何到此？"云召把父亲被害，宇文成都打破南阳的事情，说了一遍。言讫，放声大哭。李千岁道："你一门遭此大变，深为可叹，待孤家与你复仇便了。"云召叩谢。军师高大材奏道："大王正缺元帅，伍老爷今来相投，可当此任。"李千岁大喜，即封云召为大元帅，掌管河北各路兵将，云召拜谢。自此伍云召在河北为帅，此话不表。

再说宇文成都打破西城，杀进帅府，闻说反臣逃出南城走了。不多时，军士听闻元帅逃走，军中无主，遂开城投降。韩擒虎、新文礼，俱进帅府，独尚师徒不见。擒虎问道："反臣如今何在？"成都道："末将攻城之时，他已开了南城逃走，末将想南城有尚师徒把守，必被遭擒。"须臾[1]尚师

---

[1] 须臾：极短的时间。

徒来帅府参见元帅，擒虎问道："反臣拿住了么？"尚师徒道："不曾拿得。"就把追赶的事情，并周仓将军显圣，说了一遍。擒虎道："原来云召大数未绝，故有神明相佑。"遂差人盘查仓库，点明户口，养马五日，放炮回军。成都禀道："元帅，那麻叔谋虽然失机有罪，但他非反臣对手，乞元帅开莫大之恩，释他无罪。"韩擒虎听了，就令麻叔谋仍领先锋之职。叔谋得放，即来叩谢。擒虎吩咐尚师徒，回临潼关把守，新文礼回红泥关把守。二将得令，各带本部人马回去。

韩擒虎委官把守南阳，不许残害百姓，遂班师回朝。军马浩荡，旌旗遮道，正是："鞭敲金镫响，齐唱凯歌声。"行到长安城外，擒虎令三军扎住教场内，自同宇文成都、麻叔谋三人进城。来到朝门，时炀帝尚未退朝，黄门官启奏："韩擒虎得胜班师回朝，门外候旨。"炀帝命宣进来，韩擒虎等进殿俯伏，山呼万岁，将平南阳表章上达。炀帝展开一看，龙颜大悦，封韩擒虎为平南王，宇文成都为平南侯，麻叔谋为都总管。其余将士，各皆封赏，设太平宴，赐文武群臣。又出赦书，颁行天下。除犯十恶大罪，谋反叛逆不赦外，其余流徒笞[1]杖等，不论已结证，未结证，已发觉，未发觉，俱皆赦免。

赦书一出，放出一个大虫[2]来。他乃是一个惯好闯祸的卖盐浪汉。那人身长力大，因卖私盐打死巡捕官，问官怜他是个好汉，审做误伤，监在牢内。得此赦书一到，他却赦了出来。此人住居山东济南府历城县一个乡村，名唤斑鸠镇，姓程名知节，又名咬金。身长八尺，虎体龙腰，面如青泥，发似朱砂，勇力过人。父亲叫做程有德，早卒。母亲程太太，与人做些生活，苦守着。他七岁上与秦叔宝同学读书，到大来却一字不识。后来长大，各自分散。因有几个无赖，和他去卖私盐，他动不动与人厮打，个个怕他，都唤他做"程老虎"。不料一日撞着一起盐捕，相打起来，咬金性发，把一个巡盐捕快打死。官府差人捉拿凶身，他恐连累别人，自己挺身到官，认了凶身，问成大罪。问官怜他是个直性汉子，缓决在狱，已经三年。时逢炀帝大赦天下，他也在赦内。

---

[1] 笞（chī）：用鞭、杖或竹板子打。
[2] 大虫：老虎。

第二十回　韩擒虎收兵复旨　程咬金逢赦回家

一日监门大开，犯人纷纷出去，独程咬金呆呆坐着，动也不动。禁子道："程大爷，朝廷大赦，罪人都已去尽了，你却赖在此怎的？"咬金听见"赖在此"三字，就起了风波，大怒起来，赶上前撩开五指打去。众牢头晓得他厉害，俱来解劝。咬金道："入娘贼的，你要我出去，须要请我吃酒，吃得醉饱，方肯甘休。"那几个老成的牢头，知拗他不得，就沽[1]些酒来，买了些牛肉，请他吃，算做是赔罪的。那咬金正在枯渴，拿这酒肉，直吃了个风卷残云，立起身来道："酒已吃完，咱要去了！但咱的衣服都破，屪[2]子露出来，怎好外边去见人？你们可有衣服，拿来借咱穿穿？"禁子道："这是难题目了，我们只有随身衣服，日日当差，哪里有得空？"咬金红着眼，只是要打。禁子无奈，说道："只有孝衣一件，是白布道袍，一顶孝帽，是麻布头巾，是闲着的。程爷若不嫌弃，我们就拿出来。"咬金道："咱如今也不管他，你可拿出来。"禁子就拿孝衣孝帽递与咬金，咬金接着，就穿戴起来，跑出监门。因记念着母亲，急急向西门而去。未知回家见母如何，且听下回分解。

---

[1] 沽：买。
[2] 屪（liáo）：男子的外生殖器。

第二十一回

俊达有心结好汉　　咬金学斧闹中宵

　　程咬金回到家中，程母认是咬金，母子抱头大哭一场。然后程母说道："儿呵！自从你打死捕人，问成死罪，下在狱中三年，我做娘的十分苦楚。欲要来看看你，那牢头禁子如狼似虎，没有银钱把[1]他，哪肯放我进监？因此做娘的日不能安，夜不能睡，逐日与人做些针黹[2]，方得度命。如今不知我儿因何得放回家？"咬金道："母亲的苦楚，孩儿也尽知道。如今换了皇帝，大赦天下，不管大小罪犯，一起赦了，故此孩儿遇赦回来。"

　　程母闻言大喜，咬金道："母亲，我饿得很了，有饭拿来我吃。"程母道："说也可怜，自从你入牢之后，做娘的指头上做来，每日只吃三顿粥，口内省下来，余有五升米，在床下小缸内，你自去取出来煮饭吃吧！"咬金听说，就把米取出来洗好了，放在釜[3]里煮饭，等得熟了，吃一个不住。待吃了个光，还只得半饱。程母道："看你，如此吃法，若不挣些银钱，如何过得日子。"咬金道："母亲，这也不难，快些拿银子出来，待我再去贩卖私盐，就有饭吃了。"程母道："哪里有银子？就是铜钱也没有，你不要想岔了。"咬金道："既没有银子，当头是有的，快拿出来，待孩儿去当来做本钱。"程母道："我有一条旧布裙子，你拿去当几十个铜钱吧。不要贩私盐，买些竹子回来，待我做几个柴扒，拿去卖卖，也可将就度日。"咬金道："母亲说得是。"

　　当下程母取出裙子，咬金接了，出门竟奔斑鸠镇上来。那市上的人，见了都吃惊道："不好了！这个大虫又出来了！"有受过他气的，连忙闭门不出。咬金来到当铺，大叫道："当银子的来了！走开！走开！"把那些赎当的人一起推倒，都跌在两边。他便将这条布裙，望柜上一抛，把手一搭，腾的跳上

---

[1] 把：给。
[2] 针黹（zhǐ）：针线活。
[3] 釜（fǔ）：古代的炊事用具。相当于现在的锅。

柜台坐了，大喝道："快当与我！"当内大小朝奉[1]，齐吃了一惊。内中一个认得他是程老虎，连忙说道："呵呀！我道是谁，原来是程大爷。恭喜！贺喜！遇赦出来了！小可尚未来作贺，不知程大爷要当多少？"咬金道："要当一两银子。"朝奉连忙打开一看，却是一条布裙，又是旧的。若是新的，所值有限，哪里当得一两银子？心中想道："不当与他，打起来非同小可；若当与他，今日也来，明日也来，那如何使得？倒不如做个人情吧！"主意已定，就称了一两银子，双手捧过来，说道："程大爷，恭喜出来，小可不曾奉贺。今有白银一两，送与程大爷作贺礼，裙子断不敢收。"咬金笑道："你这人倒也知趣。"说着，接了银子，拿了布裙，跳下柜来，也不作谢，竟出当门，到竹行内来。

那竹行的主人名唤王小二，向日与咬金赌银钱，为咬金所打，正立在门首观看，远远望见咬金走来，连忙背转身朝里面看，假意说道："你们这班人，吃了饭不要做生活，把这些竹子放齐了。"话还未完，咬金一见，奔至后边，登的一腿，将王小二踢倒。王小二连忙爬起来说话："是哪个？为甚的踢我一交？"咬金又打了一掌，骂道："入娘贼，你不识得我程大爷么？快送几十枝竹子与我，我便饶你。"王小二道："我怎么不认得你？实是方才不曾见你，你休冤屈了人，白白踢我一交，打我一掌。要竹子自去拿便了，拿得动，竟拿两排去。"咬金笑道："你这入娘贼，欺我程大爷拿不动么？竟叫我拿两排去，我就拿两排与你看！"当下咬金将银子含在口内，布裙拴在腰间，走至河边，把一排竹子一提，将索子背在肩上。又提了一排，双手扯住，飞跑去了。惊得王小二目定口呆，眼巴巴看他把三十枝毛竹拖去了，又不敢上前扯住他，只得忍耐。

再说程咬金拽了这两排毛竹，奔至自家门首放下，口中取出银子来，搦在手内。程母看见，又惊又喜说："我儿，这许多竹子，又有银子，是哪里来的？"咬金道："孩儿拿了裙子，到当铺去当。那朝奉是认得的，道我遇赦放出，送我一两银子作贺，不收当头。这竹子是一个朋友送与我做本钱的。"程母闻言大喜道："你今再去买一把小竹刀来，待我连夜做些柴扒起来，明日清早，好与你拿到市上去卖。"咬金即将这一两银子，去买一把刀，一担柴，几斗米，称了些肉，沽了些酒，回到家中，烧煮起来，吃个醉饱。程母削起竹来，

---

[1] 朝奉：当铺的管事人。

叫咬金去睡。咬金道："母亲辛苦，孩儿怎生睡得？"便陪他母亲直到四更，做成了十个柴扒，方才去睡。未到天明，程母起来，煮好了饭，叫咬金起来吃了。咬金问道："母亲，这个柴扒，要卖多少价钱一个？"程母道："每个扒，要讨五分，三分就好卖了。"咬金答应，背了柴扒，一直往市镇上来。

　　到了市中，两边开店的人见了他，都收店关门。咬金放下扒儿，等人来买。不想镇上这些人，都知道他厉害，谁敢来买？就要买的，看见他也躲避开去。咬金直等到下午，不见人来买，心中一想："要等一个体面人来，扯住他买，不怕他不买。"主意已定，又等了一回，再不见个人影，肚中饥饿，思道："且去酒店内，吃他一顿，再作计较。"背了柴扒，要往酒店里去，众店看见，各各紧闭。直到市梢尽头，却有一所村酒店。原来那店中老儿老婆两个，是别处新移来居住的，这情形他们哪里知道？一见咬金走进店来，便问道："官人要吃酒么？"咬金道："是。"放下柴扒，向一处座头坐了。那婆子连忙暖起酒来，老儿切了一盘牛肉，并碗箸[1]，拿到咬金面前。婆子送酒过来，咬金放开大嘴，只顾吃，不一时，把一壶酒，一盘肉，吃得罄尽[2]。抹抹嘴，取了柴扒，往外便走。老儿道："官人吃了酒，酒钱呢？"咬金道："今日不曾带来，明日还你吧！"老儿赶出来，一声喊，一把扯住，将他旧布衫扯破。咬金大怒，抛下柴扒，回身打下一掌，把老儿打得一个发昏，跌入店里去。那老婆大声叫屈，惹得咬金性发，登的一脚，把锅灶踢翻，双手一掀，把架上碗盏物件，一起打碎。老儿老婆见不是路，奔上楼去，将扶梯扯了上去，大叫："地方救命！"此时外边的人，见是程咬金撒泼，谁敢上前来劝？咬金把店中桌凳，打个罄尽，喝一声："入娘贼，你不下来，我把这间牢房打坍，不怕你不下来！"登的一脚，踢在中央柱上，把房子震得乱动。老儿老婆在楼上吓慌，大叫："爷爷救命！"

　　正打之间，忽见一个大汉，分开旁观众人，赶入门内，叫一声："好汉息怒，有话好好地说，不必动手。"咬金回身一看，见这个人身长九尺，面如满月，目若寒星，颔下微有髭须，头戴线紫巾，身穿绿战袍，像是个好汉，便说道："若非老兄解劝，我就打死了这入娘贼，方肯干休。"那人叫老儿老

---

[1] 箸（zhù）：筷子。
[2] 罄（qìng）尽：没有剩余。

第二十一回 俊达有心结好汉 咬金学斧闹中宵

婆放好扶梯下来,陪咬金的罪,又叫家丁取十两银子与了他,就对咬金道:"请仁兄到敝庄上,可另有话说。"言讫,就挽咬金的手要走。咬金说:"我还有十个柴扒要拿了去。"那人道:"赏了这老儿吧。"咬金道:"便宜了他!"

他二人挽手出了店门,行到庄上,只见四下里人家稀少,团团都是峻岭高山,树木丛茂。入得庄门,到了堂上,那人吩咐家丁,请好汉用香汤沐浴,换了衣巾,进堂来见礼,又吩咐摆酒。不多时,咬金换了衣冠,整整齐齐,来至中堂见礼,分宾主坐定。

那人问道:"不知长兄尊姓大名?家居何处?府上还有何人?"咬金道:"小可姓程名咬金,字知节,斑鸠镇人。自幼丧父,只有老母在堂。请问仁兄高姓大名?"那人道:"小弟姓尤,名通,字俊达,祖居此地。向来出外,以卖珠宝为业,近因年荒世乱,盗贼频多,难以行动。今见兄长如此英雄,意欲合兄做个伙计,去卖珠宝,不知意下如何?"咬金闻言,起身就走。尤俊达忙扯住道:"兄长为何不言就走?"咬金道:"你真是个痴子,我是卖柴扒的,哪里有本钱,与你合伙,去卖珠宝?"俊达笑道:"小弟不是要你出本钱,只要你出身力。"咬金道:"怎么出身力?"俊达道:"小弟一人出本钱,只要兄同出去,一路上恐有歹人行劫,不过要兄护持,不致失误。卖了珠宝回来,除本分利,这个就是合伙了。"咬金道:"原来如此,这也使得。只是我母亲独自在家,如何是好?"俊达道:"这个不难,兄今日回去与令堂说明,明日请来敝庄同住如何?"咬金听说大喜道:"如此甚妙,这合伙便合得成了。"

说话之间,酒席完备,二人开怀畅饮,直吃到月上。咬金辞别要行,俊达叮咛不可失信,叫两个家丁,取了几件衣服首饰,抬一桌酒,送咬金回去。俊达送出庄门,咬金作别,同两个家丁来到家里。程母看见咬金满身华丽,慌忙便问,咬金告知其故,程母大喜。家丁搬上酒肴,送上衣服首饰,竟自去了。母子二人,吃了酒肴,安睡一夜。

次日天明,尤俊达着家丁轿马到门相请,程母把门锁好上轿,咬金上马,一起奔到武南庄来。俊达出门相接,咬金下马,挽手入庄。俊达妻子出来,迎接程母,进入内堂,见礼一番,内外饮酒。酒至数杯,俊达道:"如今同兄出去做生意,不久就要起身。只是一路盗贼甚多,要学些武艺才好,未知兄会使何等兵器?"咬金道:"小弟不会使别的兵器,往常劈柴的时候,就把斧头来舞舞弄弄,所以会使斧头。"俊达闻言,就叫家丁取出一柄八卦宣花斧,重六十四斤,拿到面前。咬金接斧在手,就要舞弄,俊达道:"待我教兄斧法。"就叫家丁收过酒肴,把斧拿在手中,一路路的从头使起,教导咬金,不料咬金心性不通,学了第一路,忘记第二路;学了第二路,又忘记了第一路。当日教到更深,一路也不会使。俊达无法,叫声:"住着,吃了夜饭睡吧!明日再教。"二人同吃酒饭,吃罢,俊达唤家丁同咬金在侧厅耳房中歇了,自己入内去睡。

且说咬金方才合眼,只见一阵风过去,来了一个老人,对他说:"快起来,我教你的斧法。你这一柄斧头,后来保真主,定天下,取将封侯,还你一生富贵。"咬金看那老人,举斧在手,一路路使开,把六十四路斧法教会了,说一声:"我去也。"说罢,那老人忽然不见。咬金大叫一声:"有趣。"醒将转来,却是南柯一梦,叫声:"且住,待我赶快演习一番,不要忘记了。只是没有马骑,使来不甚威武!"想了半响,忽说道:"马有了,何不将厅上一条板凳,当作马骑,坐了跑起来,自然一样的。"遂开了门,走至厅上。取一条索子,一头缚在板凳上,一头缚在自己颈上,骑了板凳,双手抡斧,满厅乱跑,使将起来。只是这厅上用地板铺满的,他骑了板凳,使了斧头,震动一片响声。尤俊达在内惊醒,不知外边什么响,连忙起来,走至厅后门缝里一觑,只见月光照人,如同白昼,见咬金在那里舞斧头,甚是奇妙,比日间教不会的时节,大不相同,心中大喜,遂走出来,大叫道:"妙呵!"这一声竟冲破了,他只学得三十六路,后边的数路就忘记了。俊达道:"有这斧法,为何日间假推不会?"咬金听说,就装体面,说起捣鬼的大话来了,呵呵大笑道:"我方才日间是骗你,难道我这样一个人,这几路斧头不会使的么?"俊达道:"原来如此!我兄既然明白,连这下面几路斧头索性一发使完了,与我看看如何?"咬金道:"你若要看这几路斧使来,可牵出马来,待我试他一试看。"俊达叫家丁到后槽牵出一匹铁脚枣骝马来。咬金抬头一看,见是一匹宝驹,自头至尾,有一丈长,背高八尺,四足如墨,满身毛片兼花。那匹马却也作怪,见了咬金,如遇故主一般,摆尾摇头,大声嘶吼。咬金大喜道:"且把他牵过一边,拿酒来吃,等至天明,骑马演几路斧头便了。"家丁摆下酒肴,二人吃了。天色微明,咬金起身,牵马出庄,翻身上马,加上两鞭,那马一声嘶吼,四足蹬开,往前就跑,如登云雾一般。顷刻之间,跑上数十余里。试毕回庄。欲知后事如何,且听下回分解。

第二十二回

众马快荐举叔宝　小孟尝私入登州

咬金回到庄上,尤俊达道:"事已停妥,明日就要动身,今日与你结为兄弟,后日无忧无虑。"咬金道:"说得有理。"就供香案,二人结为生死之交。咬金小两岁,拜俊达为兄。俊达请程母出来,拜为伯母。咬金请俊达妻子出来,拜为嫂嫂。大设酒席,直吃到晚,各自睡了。

次日起来,吃过早茶,咬金道:"好动身了。"俊达道:"尚早哩!且等到晚上动身。"咬金问其何故,俊达道:"如今盗贼甚多,我卖的又是珠宝,日里出门,岂不招人耳目?故此到晚方可出门。"咬金道:"原来如此。"

到晚,二人吃了酒饭,俊达令家丁把六乘车子,上下盖好,叫声:"兄弟,快些披挂好,上马走路。"咬金笑道:"我又不去打仗上阵,为何要披挂?"俊达道:"兄弟不在行了,黑夜行路,最防盗贼,自然要披挂了去。"咬金听了,同俊达一起披挂上马,押着车子,从后门而去。

走了半个更次,来到一个去处,地名长叶林。望见号灯有数百盏,又有百余人,各执兵器,齐跪在地下,大声道:"大小喽啰迎接大王。"咬金大叫道:"不好了!响马来了!"俊达连忙说道:"不瞒兄弟说,这班不是响马,都是我手下的人,愚兄向来在这里行劫。近来许久不做,如今特请兄弟来做伙计,若能取得一宗大财物,我和你一世受用。"咬金听说,把舌头一伸道:"原来你是做强盗,骗我说做生意。这强盗可是做得的么?"俊达道:"兄弟,不妨,你是头一遭。就做出事来,也是初犯,罪可免的。"咬金道:"原来做强盗,头一次不妨碍的么?"俊达道:"不妨碍的。"咬金道:"也罢,我就做一遭便了。"

俊达听了大喜,带了喽啰,一起上山。那山上原有厅堂舍宇,二人入厅坐下,众喽啰参见毕,分列两边。俊达叫道:"兄弟,你要讨账,要观风?"咬金想道:"讨账,一定是杀人劫财;观风,一定是坐着观看。"遂应道:"我去观风吧。"俊达道:"既如此,要带多少人去行劫?"咬金道："我是观风，为何叫我去行劫？"俊达笑道："原来兄弟对此道行中的哑谜都不晓得。大凡强盗见礼，谓之'剪拂'。见了些客商，谓之'风来'，来得少谓之'小风'，来得多谓之'大风'。若杀之不过，谓之'风紧'，好来接应。'讨账'，是守山寨，问劫得多少。这行中哑谜，兄弟不可不知。"咬金道："原来如此。我今去观风，不要多人，只着一人引路便了。"俊达大喜，便着一个喽啰，引路下山。

咬金遂带喽啰，来到东路口，等了半夜，没有一个客商经过，十分焦躁。看看天色微明，喽啰道："这时没有，是没有的了，程大王上山去吧！"咬金道："做事是要顺溜，难道第一次空手回山不成，东边没有，待我到西边去看。"小喽啰只得引到西边，只见远远的旗旛招飐[1]，剑戟光明，旗上大书："靠山王饷杠"。一支人马，溜溜而来。原来这镇守登州净海大元帅靠山王，乃炀帝叔祖，文帝嫡亲叔父，名唤杨林，字虎臣。因炀帝初登大宝，就差继子大太保罗芳，二太保薛亮，解一十六万饷银，龙衣数百件，路经长叶林，到长安进贡。

咬金一见，叫声："妙呀，大风来了！"喽啰连忙说道："程大王，这是登州老大王的饷银，动不得的。"咬金喝道："放屁，什么老大王，我不管他！"遂拍动自己乘坐的铁脚枣骝驹，手持大斧，大叫："过路的，留下买路钱来！"小校一见，忙入军中报道："前面有响马断路。"罗芳闻报，叫声："奇怪！难道有这样大胆的强人，白日敢出来断王杠！待我去拿来。"说罢便上前大喝一声："何方盗贼，岂不闻登州靠山王的厉害。敢在这里断路！"咬金并不回言，把斧砍来，罗芳举枪，往上一架，啌的一声响，把枪折为两段，叫声："哎呀！"回马便走。薛亮拍马来迎，咬金顺手一斧，正中刀口，啌的一声，震得双手血流，回马而走。众兵校见主将败走，呐喊一声，弃了银桶，四下逃走。咬金放马来赶，二人叫声："强盗，银子你掌去罢了，苦苦赶我怎的？"咬金喝道："你这两个狗头，休认我是无名强盗，我们实是有名强盗。我叫做程咬金，伙计尤俊达，今日权寄下你两个狗头，迟日可再送些来。"

咬金说罢，回马转来。罗芳、薛亮惊慌之际，错记了姓名，只记着陈达、

---

[1] 飐（zhǎn）：风吹颤动，即招展，飘动。

第二十二回　众马快荐举叔宝　小孟尝私入登州　‖091

尤金，连夜奔回登州去了。咬金回马一看，只见满地俱是银桶，跳下马来，把斧砍开，滚出许多元宝，咬金大喜。忽见尤俊达远远跑来，见了元宝，就叫众喽啰，将桶劈开，把元宝装在那六乘车子内，上下盖好，回至山上。过了一日，到晚一更时分，放火烧寨，收拾回庄，从后门而入。花园中挖了一个地穴，将一十六万银子尽行埋了。到次日，请了二十四员和尚，挂榜开经，四十九日梁王忏[1]。劫杠这日，是六月二十二日，他榜文开了二十一日起忏，将咬金藏在内房，不敢放他出来，此话慢讲。

且说登州靠山王杨林，这一日升帐理事，外面忽报："大太保、二太保回来了。"杨林吃了一惊道："为何回来这般快？"就叫他们进来。二人来至帐前，跪下禀道："父王，不好了！王杠银子，被响马尽劫去了！"杨林听了大怒道："响马劫王杠，要你们押杠何用？与我绑去砍了！"左右一声答应，将二人拿下。二人哀叫："父王呵，这响马厉害无比，他还通名姓哩！"杨林喝道："强盗叫甚名字？"二人道："那强盗一个叫陈达，一个叫尤金。"杨林道："失去王杠，在何处地方？"二人道："在山东历城县地方，地名长叶林。"杨林道："既有这地方名姓，这响马就好拿了。"吩咐将二人松了绑，死罪饶了，活罪难免，叫左右捆打四十棍。遂发下令旗令箭，差官赍往山东，限一百日内，要拿长叶林劫王杠的响马陈达、尤金。百日之内，如拿不着，府县官员，俱发岭南充军，一应行台节制武职，尽行革职。

这令一出，吓得济南文武官员，心碎胆裂。济南知府钱天期，行文到历城县，县官徐有德，即刻升堂，唤马快樊虎，捕快连明，当堂吩咐道："不知何处响马，于六月二十二日在长叶林劫去登州老大王饷银一十六万。临行又通了两个姓名。如今老大王行文下来，限百日之内，要这陈达、尤金两名响马。若百日之内没有，府县俱发岭南充军，武官俱要革职。自古道：'上不紧则下慢。'本县今限你一个月，要拿到这两名响马。每逢三六九听比，若拿得来，重重有赏；如拿不来，休怪本县！"

二人领牌出衙，各带公人去寻踪觅迹，并无影响。到了比期，二人

---

[1] 梁王忏：佛经名，慈悲道场忏法的简称。相传梁武帝忏悔皇后郗氏往业，命法师撰写经文，成十卷。

重责三十板,徐有德喝道:"如若下卯比没有响马,每人打四十板。"二人出来,会齐众人商量道:"这两个响马,一定是过路的强盗,打劫去往外州县受用。叫我们哪里去拿?况且强盗再没有肯通个姓名的,这两个名姓,一定是假的。"众人道:"如此说来,难道就此死了不成?"樊虎道:"我有一计在此;到下卯比的时节,打完了不要起来,只求本官把下卯比一起打了吧。本官一定问是何故,我们一起保举秦叔宝大哥下来。若得他下来,这两个响马,就容易拿了。"连明道:"秦大哥现为节度旗牌,如何肯下来?"樊虎道:"不难,只消如此如此,他自然下来了。"众人大喜,各自散去。

不几日,又到比期,徐有德升堂,问众捕人道:"响马可拿到了么?"众人道:"并无影响。"有德道:"如此说,拿下去打。"左右一声呐喊,扯将下去,每人打四十大板。及打完,众人都不起来,一起说道:"求老爷将下次比板,一总打了吧!就打死了小的们,这两个响马也没处拿的。"徐有德道:"据你们如此说来,这响马一定拿不得了。"樊虎道:"老爷有所不知,这两个强人,一定是别处来的。打劫了,自往外府去了,如何拿得他来?若能拿得他,必要秦琼。他尽知天下响马的出没去处,得他下来,方有拿处。"徐有德道:"他是节度大老爷的旗牌,如何肯下来追缉响马?"樊虎道:"此事要老爷去见大老爷,只须如此如此,大老爷一定放他下来。"徐有德听了道:"说得有理,待本县自去。"即刻上马,竟投节度使衙门来。

此时唐璧正坐堂理事,忽见中军官拿了徐有德的禀摺[1],上前禀道:"启老爷,今有历城县知县在辕门外要见。"唐璧看了禀摺,叫:"请进来。"徐有德走至檐前,跪下拜见。唐璧叫免礼赐坐。徐有德道:"大老爷在上,卑职焉敢坐?"唐璧道:"坐了好讲话。"徐有德道:"如此,卑职告坐了。"唐璧道:"贵县到来,有何事故?"徐有德道:"卑职因响马劫了王杠,缉获无踪,闻贵旗牌秦大名,他当初曾在县中当过马快,不论什么响马,手到拿来。故此卑职前来,求大老爷将秦琼旗牌发下来,拿了响马,再送上来。"唐璧闻言喝道:"咄!狗官,难道本藩的旗牌,是与你当马快

---

[1] 禀摺(zhé):旧时禀报的文件。

第二十二回　众马快荐举叔宝　小孟尝私入登州

的么？"徐有德忙跪下道："既然大老爷不肯，何必发怒？卑职不过到了百日限满之后，往岭南去走一遭，只怕大老爷也未必稳便。还求大老爷三思。难道为一旗牌，而弃前程不成？"唐璧听说，想了一想，暗说："也是，前程要紧，秦琼小事。"因说道："也罢！本藩且叫秦琼下去，待拿了响马，依旧回来便了。"有德道："多谢大老爷。但卑职还要禀上大老爷，自古道：'上不紧则下慢，'既蒙发下秦旗牌，若逢比限不比，决然怠慢，这响马如何拿得着？要求大老爷做主。"唐璧道："既发下来，听从比限便了。"就叫秦琼同徐知县下去，好生着意，获贼之后，定行升赏。秦琼见本官吩咐，不敢推辞，只得同徐有德来到县中。

徐有德下马坐堂，叫过秦琼，吩咐道："你向来是节度旗牌，本县岂敢得罪你？如今既请下来，权当马快，必须尽心获贼。如三六九比期，没有响马，那时休怪本官无情！"叔宝道："这两名响马，必须出境缉获，数日之间，如何得有？还要老爷宽恕。"有德道："也罢，限你半个月，要这两名响马，不可迟缓。"叔宝领了牌票，出得县门，早有樊虎、连明接着。叔宝道："好朋友！自己没处拿贼，却保我下来！"樊虎道："小弟们向日知仁兄的本事，晓得这些强人出没，一时不得已，故此请兄长下来，救救小弟们的性命。"叔宝道："你们依先四下去察访，待我自往外方去寻便了。"遂别了众友回家，见了母亲，并不提起此事，只说奉公出差。别了母亲妻子，带了双锏，翻身上马，出得城来，暗想："长叶林乃尤俊达地方，但他许久不做，决不是他。一定是少华山的王伯当、齐国远、李如珪前来劫去，通了两个鬼名，待我前去问他们便了。"遂纵马竟向少华山来。

到了山边，小喽啰看见，报上山来。三人忙下来迎接，同到山寨，施礼坐下。王伯当道："近日小弟正欲到单二哥那边去，知会打点，前来与令堂老伯母上寿。不料兄长到此，有何见教？"叔宝道："不要说起。不知哪一个于六月二十二日，在长叶林劫了靠山王饷银一十六万，又通了两个鬼名，叫陈达、尤金。杨林着历城县要这两名强人，我只恐是你们，到那里打劫了，假意通这两个鬼名，故此来问一声。"王伯当道："兄长说哪里话？我们从来不曾打劫王杠，就是要打劫，登州解来饷银，少不得他要经此山行过，就在此地打劫，却不省力，为何到那里去打劫？"

李如珪道："我晓得了！那长叶林是尤俊达的地方，一定是他合了一个新伙计打劫了去。那伙计就如上阵一样，通了姓名，那押杠的差官慌忙中听差了。"齐国远道："是呵，你说得不差。叔宝兄你只去问尤俊达便了。"叔宝听了，即便动身，三人苦留不住，只得齐送下山。

叔宝纵马加鞭，竟往武南庄来，到了庄前，忽听得里边钟鼓之声。抬头一看，见榜文上写着："演四十九日梁王忏，于六月二十一日为始。"想他既二十一日在家起经，如何二十二日有工夫去打劫？如今不要进去问他吧。想了一想，竟奔登州而来。及到登州，天色微明，一直入奔城去。未知此事如何，且听下回分解。

第二十三回

杨林强嗣秦叔宝　雄信暗传绿林箭

却说杨林自从失去饷银,虽向历城县要人,自己却也差下许多公人,四下打听。这日早上,众公人方要出城,只见秦叔宝气昂昂,跑马入城。众公人疑心道:"这人却来得古怪,又有两根金装锏,莫非就是劫王杠的响马,也未可知。"大家一起跟了走来。

叔宝到了一个酒店下马,叫道:"店小二,你这里可有僻静所在吃酒么?"店小二道:"楼上极僻静的。"叔宝道:"既如此,把我的马牵到里边去,莫与人看见,酒肴只顾搬上楼来。"店小二便来牵马到里边去了。叔宝取锏上楼。小二牵马进去出来,众公差把手招他出来,悄悄说道:"这个人来得古怪,恐是劫王杠的响马,你可上去套他口风,切不可泄漏。"店小二点头会意,搬酒肴上楼摆下,叫:"官人吃酒。"

叔宝问道:"那长叶林失了王杠,这里可拿得紧么?"小二道:"拿得十分紧急。"叔宝闻言,脸色一变,呆了半响,叫道:"小二,你快去拿饭来我吃,吃了要赶路。"小二应了,走下楼来,暗暗将这问答形状,述与众公人知道。众公人道:"必是响马无疑,我们几个,如何拿得他住?你可慢将饭去,我去报与老大王知道,着将官拿他便了。"遂即飞报杨林,杨林即差百十名将官,如飞赶至酒店门首,团团围住,齐声呐喊,大叫:"楼上的响马,快快下来受缚,免我动手。"叔宝正中心怀,跑下楼来,把双锏一摆,喝道:"今日是我自投罗网,不必你们动手,待我自去见老大王便了。"众将道:"我们不过奉命来拿你,你若肯去,我们与你做什么冤家?快去!快去!"

大家围住叔宝,竟投王府而来,到了辕门,众将报入。杨林喝令:"抓进来!"左右答应,飞奔出来,拿住叔宝要绑。叔宝喝道:"谁要你们动手,我自进去!"遂放下双锏,走入辕门,上丹墀来。杨林远远望见,赞道:"好一个响马!"叔宝来至殿阶,双膝跪下,叫道:"老大王在上,山东济南府历城县马快秦琼，叩见大王。"杨林闻言，把众将一喝道："你这班该死的狗官，怎的把一个快手当作响马，拿来见孤？"众将慌忙跪下道："小将拿他的时节，他自认是响马，所以拿来。"当有罗芳在侧跪禀道："呵，父王，果然不是劫饷银的强盗。那劫饷银强盗是青面獠牙，形容十分可怕，不比这人相貌雄伟。"

杨林便叫："秦琼，你为何自认作响马？"叔宝道："小人欲见大王，无由得见，故作此耳。"杨林点头，仔细将叔宝一看：面如淡金，五绺长须，飘于脑后，跪在地下，还有八尺来高，果然雄伟，便问道："秦琼，你多少年纪？父母可在否？"叔宝道："小人父亲秦理，自幼早丧，只有老母在堂，妻子张氏，至亲三口。小人今年二十五岁。"看官，你道叔宝为何不说出真面目来？只因昔日杨林在济南府枪挑了秦彝，若说出来，恐性命不保，故此将假话回对。

杨林道："你会什么兵器？"叔宝道："小人会使双锏。"杨林道："取锏来，使与孤看。"众将抬叔宝的双锏进来放下，叔宝道："大王在上，小人焉敢无礼？"杨林道："孤不罪你。"叔宝道："既蒙大王吩咐，小人不敢推辞，但盔甲乃为将之威，求大王赐一副盔甲，待小人好演武。"杨林闻言，遂叫左右："取我的披挂过来。"左右答应，连忙取与叔宝。杨林道："这件盔甲，原不是我的，向日我出兵征战，在济南府杀了一名贼将，叫做秦彝，就得他这件盔甲，并一枝虎头金枪，孤爱他这盔甲，乃赤金打成，故此留下，今日就赏你吧。"叔宝闻言，心中凄惨，只得谢了一声。立起身来，把盔甲穿戴起来，换了一个人物。就提起双锏，在手摆动。初时人锏分明，到了后来，只见金光万道，呼呼的风响逼人寒，闪闪的金光眩双目。这回锏使起来，把个杨林欢喜得手舞足蹈，不一时，把五十六路锏法使完了，跪下禀道："大王，锏法使完了。"

杨林大喜道："你还会使什么兵器？"叔宝道："小人还会使枪。"杨林道："甚妙。"即叫左右抬过虎头金枪，左右答应，把八十二斤虎头金枪扛过来。叔宝双手接过，将柄上一看，上写："武卫将军秦彝置。"知是父亲之物，不敢明言，只好暗暗流泪。遂将身子一摇，使将起来。杨林一见问道："这是罗家枪，你如何晓得？"叔宝道："前小人在潞州受了官司，发配燕山，见罗元帅在教场演枪，小人因此偷学他的枪法，故

第二十三回　杨林强嗣秦叔宝　雄信暗传绿林箭

此会使。"杨林道："原来如此，快使起来。"叔宝就将十八门，三十六路，六十四招，尽行使出。

杨林见了大喜，将枪也赐了叔宝，说道："孤年过六旬，苦无子息，虽有十二太保，过继为义子，本事皆不若你。如今孤欲过继你为十三太保，不知你意下如何？"叔宝暗想："他是我杀父仇人，不共戴天，怎可拜他为父？"就推却道："小人一介庸夫，焉敢承当太保之列，决难从命！"杨林闻言，二目圆睁，喝道："胡说，孤继你为子，有何耻辱于你？如若不从，左右看刀。"叔宝连忙说道："小人焉敢不从，只因老母在堂，放心不下。若大王依得小人一件，即便允从，如若不从，甘愿一刀。"杨林道："是哪一件？"叔宝道："待小人回转济南，见了母亲，收拾家中，乞限一月，同了老母前来便了。"杨林道："这是王儿的孝道，孤家岂有不依？"叔宝无奈，只得拜了八拜，叫声："父王，臣儿还有一句话，要求父王依允。"杨林道："有何话说？"叔宝就道："失饷银一事，要求父王宽限，令府县慢慢访拿。"杨林道："孤只待限满，将这些狗官，个个重处。既是王儿说了，看王儿面上，再发令箭下去，吩咐府县慢慢拿缉便了。"

叔宝拜辞杨林，杨林令众将送出城外。叔宝回到济南，坐在家中，俨然是一个爵主爷爷。光阴迅速，过了一月，杨林不见叔宝到来，心中焦躁。依旧发下令箭，拿这两个响马。薛亮吩咐差官到历城县，着县官依旧叫秦琼拿贼。徐有德这次翻了脸，到三六九没有响马，从重比责，叔宝却受了若干板子，这也不在话下。

且说少华山王伯当，对齐国远、李如珪道："叔宝母亲九月二十三日，是六旬寿诞，日期将近，咱要往潞州知会单二哥，前去拜寿。你二人稍停几天动身，山东相会便了。"二人应允，王伯当就起身下山，竟投山西潞州府二贤庄上。不一日，到了庄上，单雄信闻知，迎接入庄，礼毕坐下。

雄信道："多时不会，我兄弟甚风吹得到此？"伯当道："九月二十三日，乃叔宝兄令堂寿辰，小弟特来知会吾兄，前去祝寿。"雄信道："原来如此，如今事不宜迟，即速通知各处兄弟，同去恭祝。"说罢，即取绿林中号箭，差数十家丁，分头知会众人，限于九月二十三日，在济南府东门会齐。如有一个不到，必行重罚。一面打点各样贺礼，择日同王伯当往山东进发。那时各处好汉，得了单雄信的号箭，各各动身，不表。

单讲幽州燕山罗元帅夫人秦氏,一日对罗公说道:"妾身有句话,不知相公肯允否?"罗公道:"何事?"夫人道:"九月二十三日,乃家嫂六旬寿诞。我已备下寿礼,欲令孩儿前去与舅母拜寿,不知相公意下如何?"罗公道:"这是正理,明日就叫孩儿动身。"夫人大喜。

这信一传出来,早有外边张公瑾、史大奈、白显道、尉迟南、尉迟北、南延平、北延道七人皆要去拜寿,都来求公子点拨同行。罗成依允,就在父亲面前点了他七人随往。到次日,罗成拜别父母,收拾寿礼,带着七人投济南而来。未知罗成在路如何,且听下回分解。

第二十四回

秦叔宝劈板烧批　贾柳店拜盟刺血

　　今不暇说罗成在路。且说山西太原柴绍，说知唐公，要往济南与叔宝母亲上寿。唐公道："去年你在承福寺遇见恩公，及至我差人去接他时，他已回济南去了。大恩未报，心中不安。如今他母亲大寿，你正当前去。"即备黄金一千两，白银一万两，差官同柴绍往济南来。

　　再说少华山齐国远、李如珪两人计议道："我们要去济南上寿，将甚寿物为贺？"李如珪道："去年闹花灯时节，我抢一盏珠灯在此，可为贺礼。"二人遂收拾珠灯，带了两个喽啰，下山而来，将近山东地界，望见罗成等八人来了，齐国远不认得罗成，说道："好呵！这班人行李沉重，财物必多，何不打劫来去做寿礼？"遂拍马抢刀大叫道："来的留下买路钱！"罗成见了，就令张公瑾等退后。自家一马当先，大喝道："响马你要怎的？"齐国远道："要你的财物。"罗成道："你休妄想，看我这杆枪。"齐国远大怒，把斧砍来。罗成把枪一举，当的一响，拦开斧头，拿起银花锏就刺，正中国远头颈上。国远大叫一声，回马便走，李如珪见了，举起两根狼牙棒，拍马来迎。被罗成一枪逼开狼牙棒，也照样的一锏，正中左臂。如珪负痛，回马便走，两个喽啰抛掉珠灯，也走了。罗成叫史大奈取了珠灯，笑道："这个毛贼，正是偷鸡不着，反折一把米。"按下不表。

　　且说齐、李二人败下来，一个被打了头颈，一个挂落了手，正想："财物劫不来，反失了珠灯，如今却将何物去上寿？"忽见西边转出一队人来，却是单雄信、王伯当，后边跟了些家将。齐国远道："好了！救星到了！"二人遂迎上前去，细言其事，雄信大怒，叫众人一起赶来。罗成听见人喊马嘶，晓得是败去的响马，纠合同伙追来，遂住马候着。看看将近，国远道："就是这个小贼种。"雄信一马当先，大喝道："还我珠灯来便罢，如不肯还，看俺的家伙！"罗成大怒，正欲出马相杀，后面张公瑾认得是雄信，连忙上前叫道："公子不可动手，单二哥也不必发怒。"

二人听得，便住了手。公瑾告罗成知道："这人就是秦大哥所说的大恩人单雄信便是。"罗成听说，便与雄信下马相见毕，大家各叙过了礼。取金枪药与齐国远、李如珪搽好，疼痛即止。都说往济南拜寿，合做一处同行，不表。

且说尤俊达得了雄信的令箭，见寿期已近，吩咐家将，打点贺礼，即日起身。程咬金问道："你去到谁家拜寿？我也去走一遭。"俊达道："去拜一个朋友的母亲，你与他从来不熟，如何去得？"咬金道："且说这人姓甚名谁？"俊达道："这人乃山东第一条好汉，姓秦名琼，字叔宝。你何曾与他熟识？"咬金闻言大笑道："这人是我从小相知，如何不熟，我还是他的恩人呢。他父亲叫做秦彝，官拜武衙将军，镇守济南，被杨林杀了。他那时年方三岁，乳名太平郎，母子二人，与我母子同居数载，不时照顾他。后来各自分散，虽多年不会，难道不是熟识？"俊达道："原来有这段缘故，去便同你去，只是你我心上之事，酒后切不可露。"咬金应声："晓得。"二人收拾礼物，领了四个家将，望济南而来。

那咬金久不骑马，在路上好不燥皮[1]，把马加鞭，上前跑去。转出山头，望见单雄信一队人马，咬金大叫："妙呀！大风来了！"遂抡起宣花斧，大叫："来的留下买路钱去！"雄信笑道："我是强盗头儿，好笑那厮目不识丁，反要我买路钱！待我赏他一槊。"遂一马上前，把金顶枣阳槊就打。咬金把斧一架，架过了槊，当当的连砍两斧，雄信急架忙迎，哪里招架得住？叫声："好家伙！"回马忙走。罗成看见，一马冲来，摇枪便刺。咬金躲避枪，把斧砍来，罗成拦开斧，闪的一枪，正中咬金左臂。咬金回马要走，不提防腿上又中了一枪，大叫："风紧！风紧！"只见后边尤俊达到了，见咬金受伤，遂抡起朴刀，拍马赶来。单雄信认得，连忙叫住罗成，不要追赶。俊达唤转咬金，各各相见，取出金枪药，与咬金敷了伤痕，登时止痛。大家合做一处，取路而行。

将近济南，见城外一所客店，十分宽敞，板上写着贾柳店，雄信对众人道："我们今日且在这里居住，等齐了众友，明早入城便了。"众人皆说："有理。"遂一起入店。店主贾闰甫、柳周臣，接进众人，上楼去坐

---

[1] 燥皮：痛快，快意，舒畅。

第二十四回　秦叔宝劈板烧批　贾柳店拜盟刺血

几个家丁，派在路上，要等上寿的朋友，招呼进店。当下吩咐安排七八桌酒，先拿两桌上来吃。不一时，来了潞州金甲、童环、梁师徒、丁天庆，家丁招呼，入店上楼，各各见礼，又添上了一桌酒。不多时，又来了柴绍、屈突通、屈突盖、盛彦师、黄天虎、李成龙、韩成豹、张显扬、何金爵、谢映登、濮固忠、费天喜一班豪杰，陆续俱到，各上楼吃酒。忽听外面渔鼓响，走入魏征、徐勣，二人上楼来，各各见礼，坐下饮酒。这时楼下又来了兄弟两人，叫做鲁明月、鲁明星，他二人乃是海贼，所以家丁不认得。二人走入店中，看见楼上有客，就在楼下坐了。走堂的摆上酒肴，二人对饮。

且表楼上呼三喝四，吃得热闹，咬金暗想："我当初贫穷，衣食不足，今日大鱼大肉，这般富贵，又且结交众英雄，十分荣耀。"想到此处，欢喜之极，不觉把脚在楼上当的一登。恰好底下是鲁家兄弟的坐处，把那灰尘落在酒中，好似下了一阵花椒末。鲁明星大怒，骂道："楼上入娘贼的，你登什么？"咬金在上面听见，心头火发，跑下楼来，骂一声："入娘贼，焉敢骂我？"就一拳望鲁明星打来，早被明星举手接住。咬金摆不脱，就举右手一拳打来，鲁明月又上前接住。兄弟两个，两手扯住咬金两只手，这两只空手，尽力在咬金背上如擂鼓一般打下。楼上听得，一起下楼来。雄信认得二人，连忙叫住，挽手上楼，彼此赔罪，依前饮酒。

且表贾闰甫见这班人不三不四，心内疑惑，悄悄对柳周臣道："这班人来得古怪，更兼相貌凶奇，莫非有劫王杠的陈达、尤金在内？你可在此看店，待我入城叫叔宝兄来，看看风色，却不可泄漏。"柳周臣点头会意，贾闰甫飞奔往县前来，看见叔宝，就说道："今日小弟店中，来了一班人，十分古怪。恐有陈达、尤金在内，故此急来，通知兄长。"叔宝就叫樊虎、连明同闰甫走到店中。叔宝当先入内，走上楼梯一看，照面坐的却是单雄信，连忙缩下头来。早被雄信看见，遂立起身来叫："叔宝兄！"叔宝躲避不及，只得与连明、樊虎上楼，逐一相见行礼，叙了阔别之情。

叔宝走到咬金面前，却不认得，竟作一揖，又无言语，就向别人行礼。尤俊达扯住咬金低低说道："你说与他自小好相知，如今何不与你叙话？倒像个从不识面的！"咬金闻言大怒，扯住叔宝道："你这势利小人，为何不睬我？"叔宝笑道："小可实不认得仁兄。"咬金大喝道："太平郎，你这等无恩无义,可记得当初住在斑鸠镇上,我母子怎样看顾你?你今日一时发迹,就忘记了我程咬金么?"叔宝闻言叫声:"呵呀!原来你就是程一郎哥!我一时忘怀,多多有罪。"说罢跪将下去。咬金大笑道:"尤大哥,如何?我不哄你!"连忙扶起叔宝道:"折杀!折杀!"又重新行礼,各叙别后事情。

言讫,叔宝叫贾、柳二人,一起上来喝酒。酒至数巡,叔宝起身劝酒,劝到雄信面前,回转身来,在桌子脚上撞了痛处,叫声:"呵呀!"把腰一曲,几乎跌倒。雄信扶起叔宝,忙问为何痛得如此厉害?樊虎把那王杠被劫,缉访无踪,被县官比板,细细说了一遍。所以方才撞了痛处,几乎晕倒。雄信与众人听了,一起骂道:"可恨这个狗男女,劫了王杠,却害得叔宝兄受苦。"此时尤俊达心内突突地跳,忙在咬金腿上扭,咬金大叫道:"不要扭,我是要说的。"便道:"列位不要骂,那劫王杠的就是尤俊达、程咬金,不是尤金、陈达!"叔宝闻言大惊,忙将咬金的口掩住道:"恩兄何出此言?倘给别人听见,不大稳便。"咬金道:"不妨,我是初犯,就到官也无甚大事。"李如珪道:"如何?我说一定是尤俊达合了新伙计打劫的。如今怎么处?"咬金道:"怎么难处?快找索子绑我去见官就是了!"叔宝道:"恩兄呀!弟虽鲁莽,那情理二字,亦略知一二。怎肯背义忘恩,拿兄去见官?如兄不信,弟有凭据在此,请他做个见证。"言讫,就在怀中取出捕批牌票,将佩刀一劈,破为两半,就在灯火上,连批文一起烧了。众人看见,齐说道:"好朋友,这个才是好汉!"

徐茂公道:"今日众英雄齐集,是很难得的。今叔宝兄如此仗义,何不就在此处摆设香案,大家歃血为盟,以后必须生死相救,患难相扶,不知众位意下若何?"众人齐说道:"是!"就于楼上摆设香案,个个写了年纪,茂公写了盟单,众人跪下。茂公将盟单念道:

维大业二年,九月二十二日,有徐勣、魏征、秦琼、单通、张公瑾、史大奈、尉迟南、尉迟北、鲁明星、鲁明月、南延平、北延道、白显道、樊虎、连明、金甲、童环、屈突通、屈突盖、齐国远、李如珪、贾闰甫、柳周臣、王勇、尤通、程咬金、梁师徒、丁天庆、盛彦师、黄天虎、李成龙、韩成豹、张显扬、何金爵、

第二十四回　秦叔宝劈板烧批　贾柳店拜盟刺血

谢映登、濮固忠、费天喜、柴绍、罗成三十九人，歃血[1]为盟。不愿同日生，只愿同日死。吉凶相共，患难相扶，如有异心，天神共鉴。

祝罢，众人举刀，在臂上刺出血来，滴入酒中，大家各吃一杯血酒。叔宝道："天色已晚，我同表弟入城回家，明朝在舍等候众兄弟便了。"众人齐道："有理。"即时别了众友，同罗成进城到家。罗成拜见舅母，秦母见罗成一表人物，十分欢喜，各叙寒温。就叫张氏与罗成见过了礼，吩咐摆酒，请罗成吃酒。未知后来如何，且听下回分解。

---

[1] 歃（shà）血：古代举行盟会时，嘴上涂上牲畜的血，表示诚意。

第二十五回

庆寿辰罗单相争　劫王杠咬金被捉

次日清晨，秦叔宝先到后边一个土地庙中，吩咐庙祝在殿上打扫，等候众人殿上吃酒。你想这班人，可在自家厅上久坐得的么？万一有衙门中人来撞见，如何使得？所以预先端整，一等拜完了寿，就在土地庙中吃酒。早饭毕，众人到了厅上，摆满寿礼，无非是珠宝彩缎金银之类。大家先与叔宝见礼，然后请老伯母出来拜寿。叔宝道："不消，待小弟说知便了。"大家定要请见，叔宝只得请老母出房。秦母走到屏风后一张，见众人生得异相，不觉心惊，不肯出来。叔宝低声指道："那青面的是单二员外，蓝脸的是程一郎，这一个是秀才柴绍，乃唐公的郡马。其余众人，都是好朋友，出去不妨。"

正在说话，外边程咬金性急，就走入内，看见秦母，就叫："老伯母，小侄程咬金拜寿。"遂跪下去。秦母用手扶起，便问叔宝："这就是程一郎么？"叔宝道："正是。"秦母就问："令堂近日可好么？"咬金道："家母近来无病，饭也要吃，肉也要吃，叫侄儿致意伯母。"说罢，就请秦母出来。秦母不肯，咬金竟将秦母抱出厅来，对众人道："我是拜过寿的了，你们大家一总拜吧。"众人齐说："有理。"一起跪下。秦母要回礼，被咬金一把按定，哪里动得？只得道："老身折福了！"叔宝在旁回礼，拜罢起身，叔宝又跪下，拜谢众友。秦母又致谢单雄信往日之情，雄信回称："不敢！"秦母又向众人谢道："今日老身贱辰，何德何能，敢劳列位前来，惠赐厚礼。叫老身何以克当？"众人齐说："老伯母华诞[1]，小侄等理当奉拜，些须薄礼，何足挂齿？"彼此礼毕，秦母入内去了。

叔宝请众人到土地庙来，进得山门，却是一块平坦空地。走入正殿，酒席早已摆设端整，一起坐下吃酒。不多时，只见秦安来说道："有节度

---

[1] 华诞：华，称美之词；诞，生日。华诞，旧时对别人生日的称美之词。

使衙门中众旗牌爷来家拜寿,请大爷暂时回去。"叔宝忙起身说道:"家中有客,不得奉陪,烦咬金代我做主,小弟去去就来。"众人道:"请便。"叔宝竟自回去。

饮酒中间,咬金暗想,在席众友,唯有单雄信与罗成厉害。待我哄他二人,打一阵看看,有何不可。想罢,立起身来劝酒,劝到单雄信面前,低声道:"我通个信与你,罗成要打断你的肋子骨哩!"雄信吃惊道:"他为什么缘故?"咬金道:"他骂你坐地分赃的强盗头,倚着财主的势,不把他靖边侯公子放在眼内,把你肋子骨打断,这句话,是我亲耳听见的,好意来通知你,你须小心防备。"雄信听罢大怒。咬金复向众人劝过,劝到罗成面前,轻轻叫道:"罗兄弟,你可晓得么?雄信要搂出你的乌珠哩!"罗成道:"他为什么缘故?"咬金道:"他道你仗着公子的势,不把他放在眼内。要寻着事端,把你的乌珠搂出来,你须小心!"罗成听了,微微而笑。咬金依旧坐下,照前饮酒。两个心中越想越恼,各怀了打的念头。

少时换席,众人下阶散步,罗成在空地走了一转,回身入殿。雄信立在殿门,两下肩头一撞,罗成力大,把雄信哄的一声,仰后一跤,直跌入殿内。众人吃了一惊,不知就里。雄信大怒,爬起来骂道:"小贼种,焉敢跌我!"罗成道:"青脸贼,我就打你,怕你怎的?"奔近前来,雄信飞起一脚踢去,早被罗成接住,提起一丢,有如小孩子一般,扑通响撩[1]在空地上去了。众人上前劝解,哪里劝得住?雄信被罗成抓住,按倒在地,挥拳便打。恰好叔宝走到,喝开罗成,扶起雄信。雄信道:"好打!好打!我怕你这小畜生难脱我手!"罗成道:"我不怕你这个坐地分赃的强盗!"叔宝喝道:"胡说,还要放屁!"罗成见表兄骂他,回身就走,竟到家中,拜别舅母,撇了张公瑾等七人,上马回河北去了。

秦母不知何故,忙着秦安来通知叔宝,叔宝大惊道:"如此一发成仇了!哪一位兄弟去追他转来?"咬金道:"我去。"带了斧头上马追去。叔宝问为何相打,雄信就把咬金所言,说了一遍。尤俊达道:"这程咬金惯会说谎,你如何听他?"茂公道:"既如此,咬金追去,罗成决不转来。"叔宝道:"何以不转来?"茂公道:"他方才在内做鬼,若把罗成追转来,

---

[1] 撩(liào):弄倒;抛。

岂非对出是非来？要叫他追，是催他走了。"俊达道："待我去追。"遂取双股托天叉，飞身上马赶去。

单表这程咬金追到黄土岗，看见王杠银子来了。原来杨林又起了十六万王杠，恐路中有失，亲自解来，这咬金哪里知道杨林不是儿戏的？一见王杠便大叫道："妙呵！大风来了！"遂摇斧高叫道："来的留下买路钱！"这边罗芳看见认得，飞报老大王说："前日长叶林劫王杠的响马又来了！"杨林闻言大怒，提起两根囚龙棒，飞马出来，喝问："响马，你是陈达、尤金么？"咬金笑道："我是程咬金，伙计尤俊达，不是陈达、尤金。你快把王杠送过来，免我动手！"杨林道："你可晓得登州靠山王杨林么？"咬金道："我不晓得什么靠山王、靠水王，照我的斧吧！"遂举宣花斧照杨林头上砍了过来。杨林大怒，把囚龙棒拦开宣花斧，伸过手来，一把扯住咬金的围腰带，叫声："过来吧！"遂提过马抛在地上，叫左右绑了。随后尤俊达赶到，见咬金被擒，飞马动叉，直奔上前。被杨林拦开，也擒过来，抛下绑了。

当下杨林就叫安营，发一支令箭，着济南府中大小官员，并众马快手，前来听令。个个闻知，同文武官员忙出城来。单雄信等三十余人，也出城住在贾柳店内，打听消息。那文武官员一起到了黄土岗营外候令。杨林唤历城县徐有德进营，有德闻唤入营，恭拜杨林。杨林问道："你县里有一个马快秦琼么？"徐有德道："有一个秦琼，现在营外候令。"杨林叫左右唤秦琼过来。未知后事如何，且听下回分解。

第二十六回

劫囚牢好汉反山东　　出潼关秦琼赚[1]令箭

左右一声答应，传令出营，秦琼慌忙进见跪下。杨林问道："秦琼，你请你母亲去，因何直到如今，不前来见我？"叔宝道："小人因家母偶然得病，所以违了千岁之令。"那程咬金绑在旁边，却待要叫，叔宝把头只管摇，咬金便不做声。当下杨林道："孤今承继你为子，你今随孤到京，回来之日，接你母亲去登州便了。"叔宝不敢违命，只得拜谢，并要回家，取披甲兵器。那杨林道："不必自去，可写下书信与你母亲，我差官去取来便了。"叔宝无奈，退出帐外，索了纸笔，于无人之处，写了两封信，交与差官说："一封送到西门外，有个贾柳店中投下；一封到我家中取东西，不可错了。"那差官接了，飞马而去。杨林问两个强人，是何处响马？咬金道："我们是太行山好汉，还有十万个在那里。"杨林叫左右押去斩了！叔宝上前叫声："父王，这两个人不可杀他，可交济南府下在牢中。待父王长安回来，那时追究，前赃明白，诛灭余党，然后斩他未迟。"杨林道："说得有理。"吩咐左右将二名响马，交与济南府监候。少时，差官取到叔宝的盔甲兵器，杨林令叔宝引兵先行，遂拔营往长安去了。

且表留在贾柳店的三十五位好汉接了叔宝书信，拆开一看，方知前事。叫众人设计，救出二人。茂公道："要这二人出狱，必大反山东，方能济事。"众人道："若能救出两个朋友出狱，我们大家就反何妨。"茂公道："我有一个计策在此，众兄弟必须听我号令方好。"众人道："谨遵大哥号令。如有违逆者，军法从事！"茂公道："如此齐心，事必济[2]矣！只是柴郡马在此不便，可收拾回去。"柴绍即忙带了家将，回太原去了。

茂公道："单二哥打扮贩马客人，将众人的马匹，赶入城去，到秦家

---

[1]赚：骗（人）。
[2]济：成。

等候。"茂公问[1]贾、柳二人,取了十来个箱子,放了短兵器并盔甲,贴上爵主的封皮。着几个兄弟,抬入城去,秦家相会。再取毛竹数根,将肚内打通,藏了长兵器,拖进城中,也在秦家相会。众兄弟陆续进城,当下众好汉依了茂公吩咐,各各进城,齐到秦家。茂公叫秦安请老太太出来说话,秦母不知何故,忙走出来。茂公把事情说了一遍,暗暗道:"今晚就要动手,特来请老伯母同秦大嫂往小孤山。如今可快快收拾起身。"秦母闻言,连声叫苦,却不敢不依从,暗暗把秦琼骂个不住。茂公吩咐贾、柳二人,带了樊虎、连明的家眷,扮做家人,随老太太秦大嫂出去,只说庙中进香,到自己店中。二人领命,即带樊虎、连明的家眷,随秦母与秦大嫂出城,到店中收拾完备,带了家小,往小孤山去了。

茂公因樊虎衙门相熟,叫他入牢,暗暗约定程咬金、尤俊达,今夜只听号炮一响,可就动手,自有人来接应。茂公再叫:"单二哥,你可在城外黄土岗等候。明日若有追兵,你独自一马挡住。"雄信答应,上马而去。又叫鲁明星、鲁明月扮做乞丐,如此如此。又叫屈突通、屈突盖、尉迟南、尉迟北、南延平、北延道,各带引火之物,如此如此。又叫张公瑾、史大奈、樊虎、连明去劫牢。齐国远、李如珪、金甲、童环拦住府门。王伯当、谢映登拦住节度使衙门。梁师徒、丁天庆拦住县门,俱不可放那官员出来。又叫盛彦师、黄天虎斩开西门,以便走路。众兄弟俱各听号炮为号,不可有误。其余众兄弟,往来接应,齐出西门,往小孤山会齐。大家应声"得令",分路而去。茂公同魏征坐在厅上,只听号炮一响,即便动身。

当下鲁明星、鲁明月扮做乞丐,篮内藏着火炮,在街上游走。到了人静更深,二人走到城东,见前面有一座宝塔。二人手脚伶俐,走上塔顶,取出火炮,把火石打出火来,点着药线,往空中一抛。那炮虽小,却十分响亮,四下里一起动手。屈突通、屈突盖城南放火,尉迟南、尉迟北城北放火,南延平、北延道城东放火。城中百姓,逃出火来,又遇众好汉厮杀,号哭之声,震动山岳。那张公瑾、史大奈、樊虎、连明乘乱打入狱中,尤俊达听见号炮响,遂与程咬金挣断铁索,大声喊叫:"众囚徒要性命者,随我们一起反出去吧!"众囚徒一起答应,打出牢来。

---

[1] 问:向(某方面或某人)要东西。

第二十六回　劫囚牢好汉反山东　出潼关秦琼赚令箭

恰好众好汉前来救应，俊达、咬金取了披挂马匹兵器，打入库中，劫了钱粮。此时各衙门闻报，因被众好汉拒住，哪里敢出来？单雄信在黄土岗等候，先见徐勣、魏征过去；又见众好汉并咬金、俊达，载着钱粮，随着许多囚徒，一起过去，并无遗失。此时天色微明，看见节度使唐璧、知府孟洪公，领兵追至。雄信一马拦住厮杀，哪里挡得住许多官兵？正在十分危急，忽见王伯当赶来，冲入重围，招呼雄信，两马杀出，知府孟洪公逞勇追来，被王伯当一箭射死。随后又有几个将官赶来，也是一箭一个，断送了性命。余者不敢上前，一起退入城去。雄信、伯当见无追兵，即来小孤山缴令，茂公令各人回去，取了家眷，遂扯起招兵旗号。

那唐璧退回城中，有人报叔宝举家潜逃，响马却在他家安歇。唐璧大惊，连忙往秦琼家内一看，见正桌上有一张大红盟帖，是众好汉结盟的。茂公因要叔宝回来，故放在此出首，只涂抹了柴绍、罗成二人。当下唐璧一看，见第三名就是秦琼，遂连夜修下表章，连盟帖封了，差官星夜送往长安。

此时杨林已到长安面过君王，把秦琼封为十三太保。一日，杨林接了唐璧的文书，拆开一看，上说："九月二十四日，有响马劫牢，大反山东。杀了知府孟洪公，劫了钱粮，杀了百姓一万余人，烧毁民房二万余间。那响马都是十三太保的朋友，现有盟帖一张，众响马名字在上。"杨林看了大吃一惊，又疑秦琼未必有此事，就发一枝令箭，差了一个旗牌名叫尚义的，去召秦琼来问。那尚义前日有罪当死，遇叔宝极力保救，今日领了令箭，知此消息，连忙来见叔宝，低声说道："小人向蒙恩公保救，今日恩公大难临身，小人岂敢不以实告？"就把唐璧的文书所言之事，说了一遍，并道："今大王狐疑，差小人来召，此去决无好意，我劝恩公不如走了吧！"叔宝呆了半响，方才说道："走出长安不打紧；只恐不能走出潼关。"尚义道："小人总[1]无妻子，愿随恩公逃走，有令箭在此，赚出潼关便了。"叔宝大悦。二人飞身上马，出了长安，竟奔潼关而来。

这杨林坐在殿上，直等到下午，不见叔宝回前来。又差官去催，少停报说："有人看见二人，飞马出东门去了！"杨林闻言，遂取了囚龙棒，

---

[1] 总：一直；一向。

上马赶来。若说叔宝的黄骠马，行走甚快，杨林是赶不上的。但尚义所骑的是一匹川马，行走不快，叔宝只得等他，以此行慢。日将下山，后边杨林赶到，大叫道："王儿住马。"叔宝对尚义道："你速去赚开潼关，待我去挡他一挡。"遂带回了马。杨林赶近叫道："王儿，你要往那里去？如今快同孤家回转长安。"叔宝道："杨林，你要我转回去，今生休想了！"杨林怒道："畜生，怎么叫起我名字来？既不肯转去，照我的家伙吧！"就把囚龙棒打来，叔宝把枪一架，当的又是一棒。叔宝用尽平生的气力，哪里招架得住？回头就走，看见尚义的马，还在前面，杨林又在后赶来，此时月色又不甚明亮。叔宝暗想："他只管追来，待我回复他吧！"又带转马来，放下枪，取双铜在手，叫声："杨林，你知道我是什么人？"杨林道："畜生，你不过是一个马快罢了！"叔宝道："我不是别人，我乃先朝武卫将军秦彝之子。我父被你枪挑而亡，我与你不共戴天之仇。拜你为父，正欲杀你，以报父仇，不料不能遂意，且饶你再活几时！"杨林听了大怒，举囚龙棒乱打，叔宝忙举双铜招架。被杨林一连七八棒，叔宝拦挡不住，回马便走。

　　杨林拍马赶来，后面十二家太保又带了兵丁追来。此时已有二更时分，叔宝一马跑到灞陵桥上。看见这桥十分高大，连忙上桥占住上风，下面一条大溪，又无船只。那杨林赶到桥边，叔宝在桥上看得分明，一箭射下，把杨林头上龙紫巾射脱，连头发也削去一把。杨林吃了一惊，不敢上去。后面十二家太保赶到，叫道："父王，为何不过桥去？"杨林道："秦强盗在上边，占了上风，上去不得！"罗芳、薛亮道："不难，待我兄弟上去战住他，父王在后接应。"说罢，一起要上桥，被叔宝连发二箭，各各射中，跌下马来。杨林道："上去不得，且待天明上去，谅他也飞不出潼关。"遂相持到五更时分。叔宝心生一计，把马头上九个金铃取下来，挂在桥头栏杆紫藤上。微风略动，那金铃朗朗的响，叔宝轻轻退下桥来，加上两鞭，飞马直奔潼关。

　　却说尚义到了潼关，此时天色尚未大明，走至帅府，把鼓乱敲。魏文通大开府门，出来迎接，尚义递过令箭道："老大王得报，反了山东。连夜差十三太保同我先行，后军就到，你且速速开关。"魏文通取出令箭

第二十六回　劫囚牢好汉反山东　出潼关秦琼赚令箭

一看,果然是金钑[1]令箭,遂发钥匙去开关。叔宝一时赶到,两人一起出关。叔宝对文通道:"后面老大王就到,你可速去迎接。"文通道:"是。"遂退入关。叔宝与尚义行了些时,两人分别,叔宝往山东去,尚义往曹州去,按下不表。

再说杨林等到了天明,方知秦琼走了,连忙赶向潼关来。只见魏文通率领众将迎接。杨林道:"秦琼这个强盗那里去了?"文通道:"十三太保出潼关去了!"杨林大怒道:"你好大胆,擅自放走强盗!"喝声手下拿去绑了。文通大叫道:"方才他有千岁爷的令箭来叫关,故此小将开关。"罗芳道:"就是父王与那尚义的令箭,他假传令旨,已赚出关。父王就差魏文通去捉他便了!"杨林听了,就令文通速速追去。

这魏文通乃隋朝第九条好汉,因他面貌似关爷[2],有"赛关爷"之称。当下他奉令赶出潼关,赶了五十里,看见叔宝大喝道:"好强盗,赚我出关,快下马受缚!"叔宝回马,与他交战,抵敌不住,回马便走。文通急急追来,直战九阵,皆不能敌。未知后事如何,且听下回分解。

---

[1] 钑(pī):钑箭。箭镞的一种。
[2] 关爷:关羽,字云长。三国时,蜀国大将。

第二十七回

秦叔宝走马取金隄　程咬金单身探地穴

　　叔宝见杀文通不过，回马又走，文通大叫道："秦强盗，你上天，我也跟你上天，你入地，我也跟你入地。看你走哪里去！"直赶到下午时分，下面有一条大河，半干不干。那边有一石桥，名曰"石龙桥"。叔宝看见，到桥边还有五六箭之路，自知这马本事好，不如跳过去吧。把马加上两鞭，那马一声吼叫，将前蹄一纵，后蹄一起。谁知这马一日一夜，走乏的了，到得河心，身体疲软，跌下河中。却是没水的，把四足陷住了。

　　文通追到河边，把刀望后砍来，不料对岸有一个人把箭射来，正中文通左手。那人又叫道："我要射你右手。"又是一箭射来，果中右手，说道："你还不走，我要射你心口。"文通大惊，忙回马走了，那射魏文通的，就是王伯当，当下救了叔宝。叔宝便叫："贤弟，为何在此？"伯当道："徐大哥因许久不见你，叫我专程前来探望，却不料在此地会面。"叔宝大喜，二人同行。

　　一日，行近金隄[1]关，望见兵马在关前厮杀。你道那厮杀的是谁？原是徐茂公在小孤山招兵万余，又见众好汉取家眷齐到，就令三军抢取金隄关，以为基业。不料守将华公义，十分勇猛，连战数阵，不能取胜。当日咬金与公义一战，被公义打下一鞭，正中左臂，回马便走。公义纵马赶来。叔宝看见咬金败阵，忙举枪向前敌住。公义看见叔宝，头戴一顶双龙闹珠的金盔，想是贼人立了王。即忙把大戟刺来，叔宝用枪拦住。两人战了三十余合，不分胜负。叔宝见公义戟法高强，不能取胜，只得虚闪一枪，回马便走。公义赶来，叔宝把枪右手横拿，将左手扯出锏来，执在胸前。华公义马头相撞马尾，举戟望叔宝后心便刺，叔宝左手把枪反在背后往上一架，扭回身一锏打去，把公义的头都打得不见了，跌下

---

[1] 隄（dī）："堤"的异体字。

第二十七回　秦叔宝走马取金隄　程咬金单身探地穴

马来。这个名为"杀手锏"。叔宝回马乘势抢关，众将随后应接，取了金隄关。只因叔宝从长安逃回初到，人不卸甲，马不卸鞍，因此名为"走马取金隄"。

叔宝随到后营，安慰母亲妻子，说道："金隄关已破，孩儿养兵三日，邀同众兄弟一同攻取瓦岗寨。"当下众好汉一起入关，养马三日，留贾闰甫、柳周臣分兵一千镇守金隄关，其余一起竟奔瓦岗寨而来。到了瓦岗寨，放炮安营。徐茂公问道："哪一个兄弟前去取瓦岗寨？"程咬金道："小弟愿往。"遂提斧上马出营，直到关下，大叫道："关上的军士，快报守将得知，说我程爷爷讨战。"探子报入帅府，守将马三保闻报，即问众将道："哪一位将军前去迎敌？"有胞弟马宗应道："小弟愿往。"遂披挂上马，手执大刀出城。见了咬金，状貌非常，便喝道："丑鬼何人？"咬金大怒喝道："我乃是卖私盐、劫王杠、反山东的程咬金便是，你这厮却是何人？"马宗道："俺乃大隋朝正印元帅马三保胞弟马宗是也。"咬金道："不管你是什么马，吃我一斧！"遂举斧劈面砍来。马宗把刀往上一架，不想刀杆被咬金砍断，马宗措手不及，被咬金一斧，砍落马下。咬金便又抵关讨战。

此时徐茂公一干众将，领兵齐出营门观看。那败兵报入帅府，马三保闻报大惊，忙问："哪位将军再去迎敌？"闪出第三个胞弟马有周道："兄弟愿与二兄报仇，杀此贼人。"遂披挂出城，一马冲来。咬金催马向前，当头就是一斧，有周兵器未举，一斧就斩下马来。败兵又飞报入帅府，马三保闻报，长叹一声道："总是当今无道，因此天下荒乱，盗贼四发。也罢，众将收拾家小，待本帅自去出兵。若不能胜，穿城走了吧！"收拾齐备，马三保提刀上马，冲出城来，大喝道："哪个是反山东的程咬金？"程咬金道："爷爷便是。想你也是要来尝尝爷爷的大斧头滋味么！"遂把斧当头劈下，马三保叫声："好家伙！"回马便走。背后程咬金、徐茂公众好汉一起赶上，马三保带了众将并老小，穿城而走，投奔山东去了。

徐茂公鸣金收军，与众好汉入城，安民查库，在帅府中摆了筵席。正吃酒之间，忽听得豁喇喇一声，震天的响，大家齐吃一惊。左右来报："启众位爷们，教军场中演武厅后，震开一个大地穴了。"徐茂公与众好汉一起上马，来至教场中演武厅后一看，只见黑洞洞，不知多少浅深。

程咬金道:"这个底下,一定是个地狱。"徐茂公叫取数丈的索子来,索头上缚了一只黑犬、一只公鸡,放下去顺手一松,便到底。咬金道:"这是什么意思?"茂公道:"贤弟有所不知,若放下去,鸡犬没有了,这是个妖穴;若鸡犬俱在,这是个神穴。"咬金道:"原来如此。"少时拽起来,鸡犬虽在,却是冻坏的了。咬金道:"原来是个寒水地狱。我们走开吧,不要跌下去冻死了。"徐茂公道:"是神穴。必须哪一位兄弟下去探一探,便知分晓了。"咬金道:"大哥舍得自己,莫说他人,就是你下去便了。"徐茂公道:"我有个道理:写下三十七个纸阄,三十六个'不去',一个'去'字;那个拈着了'去'字的,就下去。"众人道:"有理。"茂公遂写了,个个摺好,叫众人拈。众人个个拈完了,打开来看,大家都是"不去"二字,那一个"去"字,恰好是程咬金拈着。茂公道:"这没得说,却是你自拈的。"咬金道:"我又不识字,你们作弄我,说我是'去'字。"茂公道:"'不去'是两个字,'去'字是一个字,难道你也不识?"众人拿出来看,都是两个字。程咬金看自己手中,却是一个字,便扯住尤俊达道:"我的哥哥,都是你害我。我在那里卖柴扒,你却招我做伙计劫王杠、反山东。如今要下这寒冰地狱,料想不能活了,只是我与你相好一番,我的母亲望你朝夕照管。"俊达道:"兄弟,说哪里话?你下去,包你不妨。"咬金:"什么妨不妨?不过做个寒冰小鬼罢了。"茂公吩咐取一个大筐子,缚住索头。一丈挂一个大铃,叫咬金坐在筐内。咬金不得已,带了大斧,坐在筐子内。众人放下索子去,那铃儿朗朗的响,放下有六七十丈大索子,就到了底。索子一松,上面住了手。咬金爬出筐子,提斧在手,却黑洞洞不见有些亮光,只管摸去,转过了两个弯,忽见前面有一对亮光,咬金道:"哎呀!这一定是妖怪的两只眼睛了。"赶上前,一斧劈去。豁浪一声砍开,原来两扇石门里面,又是一天世界。遂走进石门,见上边也有天,下边一条大河,中间一条石桥。走过了桥,却是三间大殿,静悄悄并没一人。咬金走上厅中间,见桌上摆着一顶冲天翅的金幞头、一件杏黄龙袍、一条碧玉带、一双无忧履。咬金见了,以为稀奇,就把头上紫巾除去,将冲天翅的金幞头戴在头上,把杏黄龙袍穿了,将碧玉带紧了,脱去皮靴,登上了无忧履。又见桌边有一个宝匣,开来一看,见一块玄

第二十七回　秦叔宝走马取金隄　程咬金单身探地穴

圭[1]，一张字纸，咬金却不识得。就把匣塞在怀里，就下厅来。走至桥上，见寒气侵人，只得跑出石门，那石门一声响，即时关上。咬金七爬八跌，奔过来摸着筐子，坐在里面，把索子乱摇。那铃儿响动，上面连忙拽起，出得了地穴。咬金方走出筐，一声响，地穴就闭了。咬金道："造化了，略迟些儿就活埋了。"众人见他这般穿戴，大家稀奇起来。咬金细言前事，取出宝匣与茂公看。茂公把那字纸一看，只见上写道：

程咬金举义集兵，为三年混世魔王，扰乱天下。

咬金大喜道："这个自然我做皇帝。"茂公道："虽然你为主，恐众将不服。今可将旗杆帅字旗放下来，我们大家个个拜过去，若哪一个拜得旗起的，即推他为主。"众人齐说："有理。"遂一个个拜完，哪里能拜得起？咬金道："待我来拜。"遂上前拜下去。呼一声响，那面旗拽将起来。咬金大喜道："到底我做皇帝！"

徐茂公吩咐把帅府改作皇殿，择吉日请程咬金升殿。众人朝贺毕，徐茂公请主公改年号，立国号。咬金道："我在此做皇帝，不过混混而已！如今可称长久元年，混世魔王便了。"茂公道："请主公封官赏爵。"咬金道："徐茂公为左丞相，护国军师；魏征为右丞相，秦叔宝为大元帅，其余一概都是将军。"众人听了，各各谢恩。咬金吩咐大摆御宴，与各位皇兄御弟吃酒。

正吃之间，忽见探子来报道："启大王爷，今有山东节度使唐璧，领兵十万，在瓦岗东门外下营了。"又见探子来报道："启大王，今有临潼关总兵尚师徒，领兵十万，在瓦岗南门外安营了。"又见探子报道："启大王，今有红泥关总兵新文礼，领兵五万，在瓦岗北门外下寨了。"一时三路兵马，齐来报到。咬金道："呵呀，罢了！罢了！你们再去打听。"探子齐应道："得令。"忽又来报说："靠山王杨林领十万人马，离瓦岗只有一百里了。"咬金听说大惊道："这……这……这……杨林那厮来了么？如今要驾崩了！这个皇帝当真做不成了，大家散伙吧！"徐茂公道："主公不必心焦，自古道：'兵来将挡，水来土掩。'趁杨林未到，臣等保主公出南门面会尚师徒，待臣用一席之话，说退尚师徒。若师徒一退，这

---

[1] 玄圭：名贵的黑色玉器，为帝王诸侯举办典礼时常用。

新文礼不战而自去矣。唐璧这支人马,不足为忧,待杨林到来,臣等再设计退之。"咬金道:"既如此,备孤家的御马来!"咬金遂上了铁脚枣骝驹,提着宣花斧,大小将官,一起上马。拥着龙凤旗旛[1],飞虎掌扇,三声号炮,大开南门,一拥而出。未知如何说退尚师徒,且听下回分解。

---

[1] 旛(fān):同"幡",一种窄长的旗子。

第二十八回

茂公智退两路兵　杨林怒摆长蛇阵

却说尚师徒闻瓦岗寨出兵，遂跨上马，带了十万大兵出营。这尚师徒乃隋朝第十条好汉，向年因征南阳，走了伍云召，所以今日不奉圣旨，合了新文礼来攻瓦岗寨，要图头功。

这尚师徒坐下的马，却是个名驹。那马身上毛片，犹如老虎一般，一根尾巴似狮子一般。马头上有一个肉瘤，瘤上有几根白毛，一扯白毛，这马一声吼叫，口中吐出一口黑烟。凡马一见，便尿屁滚流，就跌倒了，真算是一匹宝马。

当下程咬金一马上前，大叫道："尚师徒，我与你风马无关，你为何兴兵到此？"尚师徒喝道："好强盗，你反山东，取了瓦岗，我在邻近要郡，岂可不兴兵来擒你？"咬金大叫道："将军只知其一，不知其二。当今皇帝无道，欺娘弑父，酖[1]兄图嫂，嫉贤害忠，荒淫无道，因此英雄四起，占据州府。将军何不弃暗投明，归降瓦岗，孤家自当赏爵封官，不知将军意下如何？"尚师徒闻言大怒，举枪就刺。叔宝飞马来迎。徐茂公恐怕他扯那马的白毛，急令众将一起上去，这番二十多员好汉，各使器械，团团围住。尚师徒使枪招架众人的兵器，那里有工夫扯那马的白毛，暗想："我从来不曾见有如此战法。"茂公叫众将下马住手，众好汉一起跳下马来，举兵器围住尚师徒。

徐茂公叫声："尚将军，不是我们没体面，围住交战，只怕你的坐骑叫起来，就要吃你亏了。这且不要管他，但将军此来差矣！却又自己冒了大大的罪名，难道不知么？"尚师徒道："本帅举兵征讨反贼，有何罪名？"茂公道："请问将军此来，还是奉圣旨的，还是奉靠山王将令的？"尚师徒道："本帅闻你等猖獗瓦岗，理宜征剿，奉什么旨？奉什么令？"

---

[1] 酖（zhèn）："鸩"的异体字。用毒酒害人。

茂公道："将军独不记向年奉平南王韩擒虎将令，往征伍云召，令你把守南城，却被伍云召逃走，幸而韩擒虎未曾对你责怪，如今靠山王杨林，不比韩擒虎心慈。若将军胜了瓦岗还好，倘或不胜，二罪俱发。况又私离汛地[1]，岂不罪上加罪。且目下盗贼众多，倘有人闻将军出兵在外，领众暗袭临潼，临潼一失，将军不唯有私离汛地之罪，还有失机之罪矣！我等从山东反出来，那唐璧乃职分当为，是应该来的；即新文礼私自起兵，亦有些不便。"尚师徒闻言，大惊失色道："本帅失于算计，多承指教，自当即刻退兵。"徐茂公吩咐众将不必围住："保主公回瓦岗，让尚将军回营。"这尚师徒忙回营内，知会新文礼，二人连夜拔寨，各自领兵回关去了。

再说杨林兵至瓦岗西门，安了营寨，唐璧闻知，入营参见，杨林大喝道："好狗官，你为山东节度使，孤家把两个响马，交付与你。却被贼众劫牢，反出山东。孤家闻得只有三十六个强盗，你今却掌令数十万兵马，如何拿他不住？又不及早追灭，却被贼人成了基业，还敢来见我？"言罢即吩咐左右："与我把狗官绑出营门斩首。"左右一声答应，便将唐璧捆绑。唐璧大叫道："老大王，你却斩不得臣！"杨林喝道："狗官，怎么孤家斩你不得？"唐璧道："臣放走了响马，还是三十六个，所以拿他不住。请问大王，秦琼只是一个，为何也拿他不住？况臣只有一座城池，三十六个反了出来，那长安却是京城，外有潼关之险，一个秦琼，也被他走了；大王不自三思，而反责臣，臣死去也不瞑目！"杨林听了道："你这狗官倒会强辩，如今孤家且饶了你，就着你身上去拿秦琼。若拿不到秦琼，你这狗官休想得活，去吧！"

当下唐璧回到东门自己营内，没奈何，领众将抵关讨战，要叔宝答话。探子飞报入殿，程咬金对秦琼道："秦王兄，唐璧讨战，你可出马对阵。"叔宝领旨，披挂上马，出了东门，只见唐璧亲在营外。叔宝横枪出马，马上欠身道："故主在上，末将甲胄在身，不能全礼，望乞恕罪！"那唐璧道："秦琼，本帅从前待你不薄，今日杨林着我拿你，你若想我平昔待你之恩，便自己绑了，同我去吧。"叔宝道："末将就肯与故主拿去，只

---

[1] 汛地：指驻防和巡逻的地区。

第二十八回　茂公智退两路兵　杨林怒摆长蛇阵

怕众朋友不肯，故主亦有些不便。若末将不与故主拿去，杨林又不肯干休。况今皇上无道，弑父欺娘，酖兄图嫂，残害忠良，天下大乱，因此四方反者，不计其数。当此之秋，正英雄得势之时，成王定霸之日也。故主倒不如改天年，立国号，进则可为天子，退亦不失为藩王。何苦反受人之辱？"唐璧闻言，如梦初觉，叫声："叔宝，本帅虽有此心，只恐杨林不容。"叔宝道："不妨，他若有犯故主，我瓦岗自当相救。"唐璧道："本帅今日听你言，退兵自立，他日若有患难，你等必须相助。"叔宝道："这个自然，必不有负故主之恩。"唐璧遂回营下令，叫将官将大隋旗号改了，自称为济南王，兴兵拔寨，反回山东去了。

那杨林坐在营内，忽见探子来报说："唐璧与秦琼合谋，反回山东了。"杨林闻言大怒，即披挂上马，率领十二太保、大小众将，领兵出来捉拿唐璧。叔宝在城上看见杨林率兵下去，料必追赶唐璧，忙与众将领兵出城，齐声呐喊，大叫快拿杨林，一起杀来。哨马飞报杨林道："启大王，城中贼将杀出来了！"杨林道："这强盗怎敢杀出？"吩咐："不必追赶唐璧，把后队作前队，前队作后队，先去杀强盗。"那叔宝等见杨林回兵，即忙退入城去。杨林见了，又回军来追赶唐璧，叔宝等又杀出来。及杨林转来，叔宝等又退入城。杨林大怒，必要灭除这班强盗。遂同十二个太保，摆下一阵，名曰"一字长蛇阵"，把瓦岗四面围了。秦叔宝一班人，在城上见杨林调兵，布下一个阵势，众将俱皆不识，便问军师："此是何阵？"茂公道："此乃'一字长蛇阵'。击首则尾应，击尾则首应，攻其腰则首尾相应。须得一员大将能敌杨林者，从头杀入，四面调将，冲入阵中，其破必矣！"叔宝道："不知何人能敌得杨林？"茂公道："如要敌得杨林，除令表弟罗成不能也！必须奏知主公，差一位兄弟前去，请他到来方妥。"叔宝道："徐大哥此言差矣！俺姑爹镇守燕山，法令严明，岂容我等猖獗？他若得知，还要见罪，焉肯使表弟前来助我？"茂公道："我自有妙算，只消差一个的当兄弟，前往燕山，悄悄相请令表弟同来，包你令姑丈一些也不知道。"叔宝道："徐大哥妙算虽好，小弟细想，到底使不得。纵然我姑爹瞒得过了，那杨林虽未会过罗成，枪法是瞒不得的。倘一时泄漏，干系不浅。"茂公笑道："贤弟，我若泄漏，那盟帖上也不抹去罗成的名字了。我自有安排，包你一些不妨。"

当下众人下城到朝中来，咬金看见，忙问："众位王兄，方才出兵，胜败若何？"茂公道："杨林那厮被臣等攻击，激怒了他。他摆下一阵，名为'一字长蛇阵'。"咬金道："这阵，不知王兄怎样破法？"茂公道："欲破此阵，必须燕山罗成到来，方可破得。"咬金听了大喜道："妙！妙！妙！徐王兄，你可速速替孤家写起诏书来，差官前去，连他父亲也召来。他是靖边侯，孤家就封他为靖边侯，快快写诏书来！"茂公一班人，看咬金这般偏促，心中倒也好笑。却欺他不识字，胡乱应声"领旨"。茂公写了书，咬金道："念与孤听。"茂公便依他口气，假做诏书，召他父子，念了一遍。咬金道："要差哪一位去？"茂公道："此事必须王伯当前去方妥。"当下封好了书，茂公叫过了伯当，附耳低言道："过隋营如此如此，见罗成这般这般。"伯当领命，将书藏好，手提方天画戟，上马出城，竟奔隋营而去。

那隋兵一见，飞报入帐说："启大王爷，有贼人单身匹马，来冲营了！"杨林闻报，就令第七太保杨道源来出战。道源领命，提枪上马出营，一看见王伯当，忙喝道："来将何名？"伯当横戟在手，忙叫道："将军请了，我却不来交锋，要去请个人来。"道源喝问道："你去请什么人？"伯当道："将军有所不知。我们起初原不肯反，只因秦叔宝有个堂兄弟，名叫秦叔银，他叫我们反的。我们说：'反是要反，只怕杨林兴兵来，十分厉害，如何反得？'他说：'不妨你们竟反，若杨林来，待我把这老狗囊挖出眼睛，用两根灯草，塞在他那眼眶之内，做眼灯照。'我们一时听了他，所以反了。不料老大王果然到来，我今要去山东请他，特与将军说声，可去说与大王知道。若怕我去请他来，挖大王眼睛做灯儿呢，你不放我去。若不怕呢，你放我去。"

杨道源一闻此言，这把无名火直透顶梁门[1]，高有三千丈，说声："呵呀！罢了！罢了！你去请他来。"伯当道："将军不要着恼，还该与大王说了，大家计较一下。将军若放我去，倘老大王怕他，岂不要见罪将军？"杨道源气得三尸爆跳，七窍[2]生烟，大喝道："不必多讲，你去便了！"吩咐三军道："让他一条大路，放他去吧。"自己回进营来。未知后事如何，且听下回分解。

---

[1] 顶梁门：头顶前面的部分。
[2] 七窍：指两眼、两耳、两鼻孔和口。

第二十九回

假行香罗成全义　破阵图杨林丧师

　　杨道源回到营中，杨林见他颜色不平，两个眼乌珠，滴溜溜不胜怒气的形状，便问道："王儿为何如此？"道源道："嗳，父王不要说起，真活活气死！"杨林道："为何呢？"道源就把伯当的言语，一一述了一遍，并道："如今臣儿放他出营，叫他请来。"杨林闻言，气得眼珠突出，银须倒竖，叫道："好儿子，放得好，这厮焉敢无礼，辱没孤家！待他到来，看他是怎么样！"

　　不表杨林营中生气，再说王伯当出了隋营，竟往燕山而来。不一日，到了燕山，入城寻个下处歇了，问店主人道："罗元帅公子，可在府中么？"店主人道："罗公子不在府中。"伯当道："他到哪里去了？"店主人道："因边外突厥，兴兵犯边关，罗元帅令公子带领兵马，出征去了。"伯当道："可晓得几时回来？"店主人道："早间闻公人说，罗公子大破番兵，明日就回来了。"伯当大喜，就在店中宿了。

　　到了次日，早饭后伯当出城，到一个僻静处等候。到了下午，忽见有几个敲鼓锣的过去，少时，又见一队队的兵过去。将次过完，却见罗成有四五个家将跟随在后面，按辔而来。伯当喤哨一声，罗成早看见是伯当，即吩咐家将先行，自己跳下马来，与伯当施礼。罗成道："你们反了山东，今日因何到此？"伯当道："我们反了山东，秦大哥反出潼关，取了金堤，得了瓦岗，令舅母亦在瓦岗；众人奉程咬金为主。今被杨林摆了一字长蛇阵，围困瓦岗。弟奉徐茂公之令，来请罗贤弟，故尔到此。"怀中取书，付与罗成。罗成拆开一看道："兄且在下处坐着，待我回去与母亲商量，设个计较。若能脱身，弟自差人来知会兄。"遂别伯当，上马入城，回至帅府缴了令，罗公自去赏军。

　　罗成入后堂来见母亲，行礼毕，罗成道："母亲，好笑得紧，秦叔宝表兄，立程咬金在瓦岗寨为王。舅母也在那边。今被杨林围困，写书来请孩儿去救他。母亲,你道好笑不好笑?"老夫人道:"书在哪里?"罗成便从怀中取出,老夫人接过一看,不觉堕下泪来,叫声:"我儿,你母亲面上,只有这点骨血。杨林杀你母舅,仇还未报,今又要害你表兄,一有差错,秦氏一脉休矣!儿呵,必须设个法儿,去救他才好。"罗成道:"只怕爹爹得知,不大稳便。儿有一计,少停爹爹进来,母亲可如此如此,爹爹一定允的,孩儿便好前去。"夫人依允,把这封书烧毁了。

少时,只听云板[1]一响,夫人便大哭起来。罗公进来见了,十分惊骇,忙问道:"夫人却是为何?"夫人道:"我当初怀孕的时节,曾许武当山香愿,日远事忙,至今未曾了得。昨日晚间,梦见神圣震怒,要伤我儿,故此啼哭。"罗公道:"夫人既有此兆,作速差人前去,还此香愿便了。"夫人道:"这香愿原是为孩儿许的,须待孩儿自去方妙。"罗公依允,令罗安打点香烛祭品,明日动身前去。罗成悄悄吩咐罗安,去通知王伯当,叫他去城外僻静处相等,罗安领命自去知会。

次日天明,罗成收拾盔甲器械,暗暗叫罗安拿去,寄在中军厅。然后别了父母,带罗安、罗春一同起身,到中军厅,取了盔甲器械,吩咐罗安、罗春在朋友处借住,等他回来,进帅府复命,不可泄漏。自己一马奔出城来。伯当在前相等,二人拍马,连夜兼行。不一日,来到瓦岗,果见许多人马,团团围住。罗成叫声:"伯当兄,我今杀入阵去,你可乘势入城去知会。"伯当依允,罗成遂纵马冲入阵内,大喝道:"隋兵让开路,俺秦叔银来了。"隋兵听了,齐说:"不好了,要挖老大王眼珠的来了。"大家把箭射来,罗成把枪一撑,那射来的箭,都叮叮当当落在地下。被罗成哄一声响,冲进营盘,直冲得一路兵东倒西歪,死者不计其数。杨林闻报,同众将一起上马,先是杨道源一马杀来,被罗成抢枪拦开刀,喝声过来。将手勒住甲绦[2],提过马来,扯了双脚,哈喇一声响,撕为两半片,抛在地下。那徐茂公在城上看见尘土冲天,知是罗成已到,忙令众将大开城门,分头杀出,齐攻大寨。

---

[1] 云板:古乐器。长形片状,两端作云头形。
[2] 甲绦(tāo):甲,古时用皮革或金属做成的战士护身衣;绦,带子或绳子。甲绦,系在战士腰间的带子。

第二十九回　假行香罗成全义　破阵图杨林丧师

且说罗成在阵内，撕开杨道源，枪挑卢芳，铜打薛亮，十二太保被他杀了八个。杨林大怒，举囚龙棒劈面来迎，罗成使开枪，如银龙出水，猛虎离山。杨林道："这是罗家枪法。"罗成道："我哥哥秦叔宝学得罗家枪，难道我堂弟秦叔银，学不得罗家枪么？"遂提枪直刺，杨林举棍相迎，大战十余合。杨林只战得平手，却被瓦岗众好汉杀来，杨林心中一慌，被罗成耍的一枪，正中左腿，杨林几乎坠马，大叫一声，回马便走。罗成纵马赶来，隋兵降者二万余人，弃下粮草马匹军器，不计其数。追赶二十余里，鸣金收兵。罗成会见叔宝，诉说前事，雄信也撞见，彼此赔罪。罗成对叔宝道："哥哥，弟今不敢入城见舅母，恐有泄漏。如今就要回去，可为我致意舅母。"叔宝道："这个自然，我也不敢相留。"罗成遂别叔宝，连夜回燕山去了。

当下叔宝等收兵入城，咬金问道："罗成御弟呢？为何不来朝见？"叔宝道："他瞒了父亲，私自走来，恐有泄漏，已回燕山去了。"咬金道："前日孤家去召他的诏书，难道他不奉诏吗？"王伯当道："臣路上遇见他的，因此不曾说起。"咬金道："这也罢了！这次败了杨林，岂不是孤家之福星？王王兄，你可为孤家去金州取景阳钟[1]。秦王兄，你可为孤家去雷州取龙凤鼓。"二人领旨，分头而去。

且说杨林败去二十余里，收了残兵，再欲来打瓦岗，忽有圣旨到来，说："海外离石湖刘留王，起兵来犯登州，令杨林回登州镇守，不可擅离。"杨林无奈，只得上本，保举潼关总兵魏文通，攻打瓦岗寨，自回登州镇守。那刘留王闻得杨林已回，亦收兵回去，若杨林一离登州，他又引兵复来，因此杨林不敢远离，按下不表。

却说炀帝得了杨林本章，下旨魏文通领本部人马，攻打瓦岗，又差大将杨讷镇守潼关。魏文通点齐十万雄兵，杀奔瓦岗而来，离西门五十里下寨。徐茂公得报，不与交兵，暗暗差齐国远、李如珪、金甲、童环、梁师徒、丁天庆，带一千人马出东门，转总路口等候。

且说秦叔宝雷州取鼓回来，远远见有人马正在扎营，吩咐从人，将龙凤鼓藏在树林，自己一马冲来，大喝道："何处人马？闪开让路！"魏

---

[1] 景阳钟：南朝齐武帝萧赜置钟于景阳楼，称"景阳钟"。

文通方才下寨,见有人冲营,遂提刀上马出来。叔宝一见,有些胆寒道:"原来是你!"文通见是叔宝,大喝道:"好强盗,前日被你走了,今日相逢,吃我一刀。"两人遂交战十余合,叔宝力怯,回马就走。文通催马赶来,却逢王伯当金州取钟回来,看见魏文通追赶叔宝,伯当忙取弓箭,开弓射去,正中魏文通咽喉,翻身落马,叔宝取了首级。那十万兵见主将被杀,慌忙退去,被齐国远等拦住去路,大叫:"投降,免我诛戮。"十万大兵,尽弃刀降顺。众将收兵,齐回瓦岗。叔宝、伯当,一起缴旨。咬金见射死魏文通,又得了十万兵马,十分快活,吩咐大摆御宴,吃酒贺功,不表。

再说炀帝闻报魏文通身死,十万兵尽降瓦岗,十分大惊,便问宇文化及如何是好。此时杨素出镇黎阳,因此兵权尽归化及。当下化及就保举兵部尚书、征戎大元帅、长平王邱瑞,大有将才,可当此任,必破瓦岗。炀帝依奏,召过邱瑞,封为兵马大元帅,领十五万雄兵,攻打瓦岗。炀帝又问:"谁敢为前部先锋?"化及次子宇文成龙道:"臣愿挂先锋印。"炀帝大喜,即封为正印先锋。化及欲待阻住,奈圣旨已下,无可奈何,退朝回府,埋怨成龙道:"你没有本事,如何挂先锋印?此去若有一失,性命难保。"即备一副厚礼,来见邱瑞说道:"愚男成龙,不自揣[1]菲[2]才,冒挂先锋之印。老夫因圣旨已下,难以违令,千岁若到瓦岗,乞相看一二,回兵之日,自当重报。"邱瑞道:"这事自当从命。"化及大喜,即叫家将把金银礼物送上。邱瑞正色道:"丞相若送金银,是以利心动邱瑞耳!本藩不敢领命。"化及见他色变,连忙道:"千岁既然不收,老夫不敢相强。"叫家将收回,辞别回府。邱瑞退入后堂,夫人与公子邱福迎接,邱瑞就把出征之事,说与夫人知道。夫人闻言,暗暗悲伤,只得吩咐摆酒送行。次日五更,邱瑞点齐人马,三声炮响起行。未知此去如何,且听下回分解。

---

[1] 揣:量度。引伸为估量,猜度。
[2] 菲:微,薄。多用做谦辞。

第三十回

降瓦岗邱瑞中计　取金隄元庆扬威

　　邱瑞领了军马，一路浩浩荡荡，来至瓦岗，放炮安营。探子飞报入朝说："兵部尚书邱瑞，领兵十万，在城外安营。"咬金忙问茂公，有何妙计。茂公道："臣有一计，包管十余万雄兵，不出两月，尽降主公。"话未尽，又有探子报道："启上大王，隋兵先锋宇文成龙在外讨战。"茂公叫单雄信出兵，许败不许胜，雄信得令上马而去。咬金道："出兵要胜，如何反说要败？"茂公道："兵机不可预泄，到后自然明白。"那单雄信出城，与成龙战了十余合，若说这样将官，不消一二合，就可擒来。雄信因奉军师将令，虚闪一槊，回马败入城去。成龙纵马赶来，又抵关讨战，次后又令秦叔宝出来，又败。再遣齐国远、李如珪、金甲、童环前去，个个败回。一日连败十五员大将，打得胜鼓回营。邱瑞大喜，摆酒赏功，遂写书一封，差官上长安报捷。

　　次日宇文成龙又抵关讨战，瓦岗诸将坚守不出。成龙令军士大骂，城中只是不出。一连半个月，不见有一点动静。成龙那一日到关大骂讨战，茂公令叔宝出战："只三合内，可把他生擒来。"叔宝得令，上马出城，与成龙战无三合，拦开刀，把成龙擒过马来，拿入城去。小军飞报入营说："先锋被他擒去了！"邱瑞闻报大惊，下令紧守营门，不可出战。

　　叔宝把成龙拿入城中，茂公吩咐斩了首级，石灰拌了。茂公早已造下一个夹底的竹箱，把头放在箱底下，前日有邱瑞的战书，叫魏征照笔迹写了一封，叫王伯当带了五十个人并竹箱与许多行头，包在袱内，吩咐如此如此，不可泄漏。伯当领命，与五十人到夜间，悄悄出城，从别路竟奔长安而来。

　　及到长安，伯当只叫一人取了竹箱，叫余人在兵部衙门左边相等，自与那拿竹箱的，竟往宇文丞相府来。到了府门，伯当上前道："众位哥们，相爷可在府么？"门上的道："相爷在朝未回，你是哪里来的？"伯当道："我是瓦岗营中邱老爷差来,有书一封,竹箱一个,送与相爷。既相爷不在府,书信与竹箱,都放在此。我往别处去了;相爷到后,再来讨回书。"说罢,就将书信与竹箱,递与门上人,自与随来的这个人,竟往兵部府门后边,一条僻静巷内去了,那五十人正在内边相等。伯当打开包袱,取出行头,个个打扮起来,把囚车装好了,竟往邱瑞府中。一声:"圣旨下。夫人与邱福出来接旨。"便开读道,"邱瑞无故伤杀大将,把家属拿下。"众人动手拿了,齐囚入囚笼,赶散众人,将拿来的布包,把囚的人都包了头。出了府门,把一张假封皮,贴在门上,飞奔出城,往瓦岗去了。

　　再说宇文化及回府,家将禀道:"方才有邱老爷差官,把书一封,竹箱一个,送与老爷,停一会要来讨回书。"化及先打开竹箱一看,却是空的。细看底下,又有一个屉儿,抽出来一看,见是一个人头,不觉吃了一惊。仔细看来,原来是自己儿子的头,忙把那封书拆开一看,却说:"你儿子恃功,不把我元帅放在眼内,屡次违我军令,今已把他斩首,特此告知。"化及看罢,大哭、大骂:"邱瑞老贼,我子与你何仇,把他斩首!"即入朝把邱瑞的书,并儿子的头,与炀帝看。炀帝大怒,即着锦衣卫去拿邱瑞家属。锦衣卫领旨出朝,来到兵部衙门,见门上贴上封皮,细细问了居民,即复旨道:"据附近居民说,早上有校尉到府,把家属尽行拿去了。"炀帝闻言大惊道:"朕却不曾有什么旨意。"化及跌足道:"这是邱瑞降了瓦岗,暗暗差人盗取家眷去了!圣上如今事不宜迟,可差官前去,若邱瑞还未曾降,可赐他三般朝典,令其自尽。"炀帝即差官一员,校尉四名,飞奔瓦岗行事,此话不表。

　　且说王伯当赚取邱瑞家小,到了瓦岗,茂公吩咐收拾房屋,好好安顿。遂令叔宝出城讨战,叔宝得令,领军放炮出城。邱瑞闻报,就令大小官将,摆齐队伍出城。两军相对,叔宝横枪在手,欠身说道:"将军在上,小将秦琼,甲胄在身,不能全礼,马上打拱了。"邱瑞连忙回礼,叫声:"秦将军,老夫闻你是个英雄,为何做这反贼勾当,岂不可惜?不如下马投降,本藩也不计你从前之过,保你做个将官。你意下如何?"叔宝道:"将军但知其一,不知其二。当今皇上无道,杀害忠良,英雄并起,料来气数不久。我瓦岗寨混世魔王,有仁有义,赏罚分明,将军不如降顺瓦岗,亦不失为王侯之位。将军意下如何？"邱瑞大怒道："好匹夫,焉敢来说本藩,看家伙吧。"遂把双鞭打来,叔宝把枪一架,大战四十余合,不分胜负。邱瑞暗想："叔宝本事高强,不如用独门鞭打死他。"遂把双鞭并为一条,打将下来。叔宝将枪往上一架,就趁此把枪往后一拖,邱瑞的马拖近,叔宝双手扯住了邱瑞甲带,要提过马来。此时邱瑞见叔宝扯住甲带,心中慌了,却将鞭放下,一把捧住了叔宝的头。叔宝把带一扯,说声："过来！"邱瑞也把头盔一捧,说声："过来！"两下一扯,一起跌下马来。又是你一扯,我一扯,叔宝扯断了邱瑞甲带,邱瑞扯落了叔宝盔缨。大家不好看相[1],各自收兵。

邱瑞回营,换了战袍,忽报长安家人邱天宝到。邱瑞叫他进来,天宝入营,哭拜于地,邱瑞忙问其故。天宝细述前事,邱瑞大惊道："宇文成龙是瓦岗拿去,哪有此事？"外边又报公子到来,邱瑞一发疑心。邱福来到营中,拜了父亲,那邱瑞忙问道："你已被拿,缘何到此？"邱福道："此乃瓦岗徐茂公之计,要爹爹归降,如今家属俱已赚在瓦岗城中,叫孩儿来奉请。"邱瑞闻言,急得七窍生烟,一些主意全无。又见传报说："天使到。"邱瑞接了圣旨,差官开读道："邱瑞欲顺瓦岗,故杀大将,速令自尽！"旨未读完,邱福大怒,一刀砍了天使。邱瑞大惊,邱福道："爹爹,这样昏君,保他何益？今瓦岗混世魔王,十分仁德,不如归顺了吧！"邱瑞长叹一声,吩咐邱福先去通报,即便收拾十五万人马,归降瓦岗。咬金率领众将,迎接入城,设宴庆贺不表。

再说隋朝天使的校尉逃回长安,飞报入朝。炀帝大怒,问谁敢领兵再打瓦岗,宇文化及道："若非上将,焉能取胜？今有山马关总兵裴仁基,他有三子:长元绍、次元福、三元庆。这元庆虽只十二岁,他用的两柄锤,却有五升斗大,重三百斤,从未遇过敌手。圣上可差官召他来,封他为元帅,他若提兵前去,必破瓦岗矣。"炀帝大喜,即差官星夜往山马关,宣召裴仁基。

差官飞马到关,裴仁基父子接了旨,即时起行。来到长安午门外,问圣上何在,黄门官道："圣上同国丈在紫微殿下棋。"裴仁基见说,率

---

[1] 看相：看。在别人身上打主意。

三子到紫微殿，果然炀帝与张大宾，对坐下棋。裴仁基与三子俯伏于地，说道："臣山马关总兵裴仁基父子朝见，愿我皇万岁！"炀帝一心下棋，哪里听得？仁基再宣一遍，又不曾听得。足足等了一个时辰，不见动静。裴元庆大怒，立起身来，走上前，一把扯住张大宾举起来。炀帝吃了一惊，忙问道："这是何人？"裴仁基道："是臣三子裴元庆，因见国丈与圣上下棋，分了圣心，不理臣等，故放肆如此。"炀帝道："原来是卿，朕实不知，快放下来！"此时国丈肚子被扯住喊痛得紧，大叫："将军放手！"那元庆又闻圣旨说："快放下他！"竟把他一抛，跌在地下，皮都抓下了一大块。炀帝看元庆年纪不大，又如此勇猛，心中大喜，便叫："裴爱卿，朕封卿为元帅，卿子为先锋，兴兵征讨瓦岗，得胜回来，另行升赏。"又道："朕欲封一位监察行军使，以观卿父子出兵。不知何人可去？"张大宾道："臣愿往。"炀帝大喜，就封大宾为行兵都指挥，天下都招讨。四人谢恩而出。

那大宾怀恨在心，思想要害他父子，遂点起十万雄兵，克日[1]兴师，离了长安。张大宾下令：先取金隄关，然后攻打瓦岗，以此兵到金隄关下寨。张大宾吩咐裴元庆道："限你今日要取金隄关，若取不得关，休想回来见我！"元庆心中想道："呀，是了，我晓得张大宾记恨我提他之仇，今欲害我父子了！咳，张大宾，你若识时务便罢，若不识时务，我父子一起降瓦岗，看你怎生奈何我？"吩咐带过马来，那匹马竟像老虎，不十分高大。元庆拿两柄铁锤，飞身上马，跑到关前讨战。

守关将官乃贾闰甫、柳周臣，得了报，即上马领兵，出关交战。二人一看裴元庆年纪甚小，手中拿斗大两柄铁锤，心中奇异，喝问道："来将何名？你手中的锤敢是木头的？"元庆道："我乃山马关总兵裴仁基三子裴元庆便是。我这两柄锤，只要上阵打人，你管我是木头的不是？"贾柳二人大笑，把刀一起砍下。元庆把两柄锤轻轻往上一架，贾柳二人的刀，一起都震断了，二人虎口也震开了，只得叫声："好厉害！"回马就走。元庆一马赶来，二人方过吊桥，元庆也到桥上。城上军士认了自家主将，不敢放箭，倒被元庆冲入城来。贾柳二人，只得奔向瓦岗去了。张大宾领兵入金隄关，遂向瓦岗而来。未知后事如何，且听下回分解。

---

[1] 克日：限定时日。

第三十一回

裴元庆怒投瓦岗寨　程咬金喜纳裴翠云

不说张大宾领兵前来，且说瓦岗寨这日程咬金升殿，众将拜毕，忽报金隄关贾、柳二位老爷，在外候旨，咬金叫宣进来。二人入殿俯伏，叫声："主公，不好了！"就把裴元庆勇猛难当，说了一遍。咬金道："这是你二人无用，待他来时，必要杀他大败而去。"这时闪过邱瑞，说道："主公有所不知，这裴仁基第三子元庆，论他年纪，不过十来岁，使两柄铁锤，重有三百斤，英雄无比。若是这位小将来了，大家须要小心。"咬金听了微笑，不以为然。

众人说话之间，外边隋兵已到，扎下营寨。张大宾吩咐裴元庆道："今日限你取瓦岗，若取不得瓦岗，休来见我！"裴元庆见说，微微一笑，遂上马抵关讨战。探子报入城中，咬金便问："哪位王兄前去迎敌？"忽见史大奈出班应道："小将愿往！"遂提刀上马，冲出城来，见了裴元庆，不觉大笑道："你这个小孩子就是裴元庆么？"元庆道："正是。"史大奈道："我看你乳臭未干，到此做什么？好好回去吧！"裴元庆道："我若怕你，也不算为好汉！"史大奈遂把刀照顶门砍来，元庆将身一侧，举锤照刀柄上略架一架，刀便断为两截。史大奈一个虚惊，登时跌下马来。裴元庆喝道："这样没用的！也要算什么将官！我小将军不杀无名之将，饶你去吧！"史大奈爬起来，跳上马，奔入城中。咬金忙问道："小将可曾拿来么？"史大奈摇摇头道："不要说起，吓杀吓杀！"就把前事述了一遍，众将见说，皆以为奇。

正说之间，又报小将在外讨战，单雄信大怒，上马出城，远远一望，哪里见什么将官？到了元庆面前，还不见他。元庆大喝道："青脸贼，哪里去！"雄信往下一看，只见一个小孩子，坐的马竟像驴子一般，遂大笑道："你这小孩子要来送死么？"元庆道："你这青脸贼，还不知道我小将军的厉害，特来杀你！"雄信大怒，把槊打下去。元庆把左手的锤举着，等他槊打到锤上，方将右手的锤举过来，把槊一夹。雄信用力乱扯，哪里扯得脱？元庆笑道："你在马上用的是虚力，何不下马来，在地下扯？我若在马上，身子动一动，就不算好汉。"雄信竟跳下马来，用尽平生之力乱扯，竟像猢狲摇石柱，动也不动一动。雄信只涨得一张青脸内泛出红来，竟如酱色一般。元庆把锤一放，说道："去吧！"把雄信仰后跌去，跌了一脸的血，忙爬起来，跳上马，飞跑入城来。

咬金见了这形状，又好笑，又好恼，便叫："秦王兄，你去战一阵看。"秦叔宝上马出城，一看裴元庆，暗想："小孩子为何如此厉害？不要管他，赏他一枪再说。"就把枪刺来。元庆将锤当的一架，把一杆虎头金枪，打得弯弯如蚯蚓一般。连叔宝的双手都震开了，虎口流出血来。叔宝回马便走，败入城中。咬金大怒道："何方小子，敢如此无礼！"下旨："孤家亲征。"带领三十六员大将，放炮出城。咬金一马上前，把斧砍下，元庆把锤一架，当的一声响亮，斧转了口，震得咬金满身麻了，双手流血，大叫："众位王兄，快来救驾。"众将遂放开马，齐声呐喊，团团围住。裴元庆见了，哈哈大笑，把锤往四下轻轻摆动，众将哪里敢近他身？有几个略拢得一拢，撞着锤锋的，就跌倒了。众将只得远远呐喊。

那隋营裴仁基，在营前见三子元庆战了一日，恐他脱力，忙令鸣金收兵。张大宾听见，就召裴仁基入帐喝道："你身为大将，怎么贪惜儿子，不与国家出力。他正欲取城，你为何私自鸣金收兵？目中全无本帅，绑去砍了！"左右答应一声，就把仁基绑缚，他两个儿子元绍、元福上前说道："就是鸣金收兵，也无处斩之罪。"张大宾喝道："你两个人也敢来抗拒本帅！"吩咐左右："绑去砍了。"左右一声答应，把裴仁基父子三人绑出营门。阵上裴元庆听得鸣金，把铁锤一摆，众将分开，就冲出去了。咬金收兵，上城观看。

且说元庆回到营前，见父亲、哥哥都被缚着。元庆大喝一声道："你们这些该死的，焉敢听那张奸贼，把老将军和小将军如此！还不放了！"这些军校被喝，怎敢不遵？连忙放了。元庆叫声："爹爹，今皇上无道，奸臣专权，我们尽忠出力，也觉无益。不如降瓦岗吧！"父子四人，势不由己，竟奔瓦岗而来。到了城下，见咬金在城上观看，裴元庆叫道："混世魔王在上，臣裴元庆父子四人，被奸臣谋害，特此前来归降。"咬金大

第三十一回　裴元庆怒投瓦岗寨　程咬金喜纳裴翠云

喜道："三王兄，难得你善识时宜。但恐归降是计，乞三王兄转去，把张大宾拿了，招降隋家兵马，那时孤家亲自出城相迎。"裴元庆道："既如此，千岁少待，父亲、哥哥等一等，待孩儿去拿便来。"说罢，即便回马，跑入隋营。

此时张大宾正在帐中发落放走裴家父子的军士，忽见裴元庆匹马跑来，张大宾要走，被裴元庆跳下马来，一把擒住，又喝道："大小三军，汝等可同我归降吧！"十万兵齐应道："愿随将军！"裴元庆一手提着张大宾，跳上了马，招呼大队人马，来至瓦岗城下，向城上叫道："张大宾已捉在此了！请开城受降。"程咬金看见是真，就领众将出城，迎接入内。到了殿上，裴仁基率三子朝见毕，咬金命武士绞死张大宾，封裴仁基为逍遥王，裴元庆为齐眉一字王，并命摆宴款待。裴仁基写书一封，寄与山马关焦洪。那焦洪是仁基的外甥，将书与他，要他与夫人并翠云小姐说知，收拾府中钱粮，与二十万人马，一起到瓦岗来。咬金封焦洪为镇国将军，令贾柳二人依旧镇守金隄关。徐茂公与咬金为媒，娶翠云小姐为正宫。咬金大喜，即令择日迎娶成亲，自此瓦岗威声大震。

消息传入长安，炀帝大惊，即与宇文化及商议。化及道："如今发不得兵了，只好与他议和，可封程咬金为混世魔王，割瓦岗之东一带地方，与他讲和便了！"炀帝依奏，就差一官员，赍诏到瓦岗封咬金。咬金竟不奉诏，亦不遣回使者，按下不表。

且说洛阳城外，有一安乐村，村中一个英雄，姓王，名世充。他武艺高强，件件皆精，父母俱亡，只有一个妹子，名叫青英，年方十五岁，同住在家。这王世充射鸟为活。有一个族兄，叫做王明德，常常照顾他。明德母亲养了一个鹦鹉，会说好话。不想有一天被它挣断了金丝索，飞去了。四下寻觅，并无踪迹，其母气出病来。明德烦恼，即来求王世充，代他寻觅。若寻得到，愿谢一百银子，今先交五十两银子。世充许诺，接了银子，明德回去。世充将银子交与妹子，就拿了粘竿鸟笼，入城寻觅，并未看见，只得回家。歇了一夜，到次日就在乡村寻觅，寻至日中，见前面林子内，众小孩子团团围住。世充向前一看，正是白鹦鹉，在一株松树上与小孩子相骂。那鹦鹉看见世充便叫道："二员外，你来，我脚上的金丝索被树枝兜住了，飞不动，回去不得。二员外，你上树来，替我解一解。"世充听了,即放下粘竿鸟笼,溜上树去,将金索儿解了。鹦鹉得放,即跳在王世充头上。王世充爬下树来,就向头上取下鹦鹉,放在笼内,取了粘竿,提了竹笼,忙忙回来。

他从一个庄院经过,那庄内一个员外,姓水名要,在庄前乘凉,看见这鹦鹉会说话,又认得是王世充,就叫道:"王兄弟,你笼内的鹦鹉,借我看看。"世充依言,取出来与他看。水要接过一看,问道:"这鹦鹉肯卖么?"世充道:"这是我伯母最喜之物,是不肯卖的。"那鹦鹉也叫道:"二员外,我要回去,不要卖我。"水要道:"与你三百银子,卖与我吧。"世充道:"就是与我三千两银子,总是不卖。"水要变脸道:"你果然不卖?"世充道:"果然不卖。"水要用两手扯了鹦鹉两脚,一撕撕做两块,丢在地下,回身去了。

王世充敢怒而不敢言,把撕开的鹦鹉抛在笼内,提了笼,走入城来,见了明德,明德见笼内鹦鹉撕开,忙问其故。世充把水要之事,说了一遍。不料有个丫头听见此言,忙报与老太太。那时老太太正在吃药,一闻此言,一口药一噎,老人家一口气转不过,就呜呼哀哉了。丫头飞报出来,明德大哭,抛了世充,哭入内房去了。世充见了这事,不觉大怒,就出门去了。未知后事如何,且听下回分解。

第三十二回

王世充避祸画琼花　麻叔谋开河扰百姓

　　世充忙走出来，回到家中，向妹子取些银子，拿了一口宝刀，并一只包袋，奔到做粉食店内，称了三四钱银子，买了几百个馒头，用包袋包好。时天色将晚，就拿出店。行至一更时分，才到水家庄边，忽有十多只犬，看见人影，都吠起来。世充忙向包袋内，取出馒头，一起抛去。众犬吃着馒头，就不吠了。世充放胆，走到庄门，把门就敲。那管门的老儿在床上问道："是哪个敲门？"世充道："是我。"老儿道："你敢是张小二讨账回来？待我来开。"遂披衣起来，把门一开，被世充兜胸一把，提翻在地。那老儿欲要喊叫，因见他手中执着明晃晃的钢刀，只得哀求道："好汉饶命！"世充道："你快快说，员外在哪里？领我去见他，我便饶你。"老儿道："员外在东厅吃酒，待我引你去。"

　　老儿就把庄里门开了，走出去，转了两个弯，见前面有一个门关紧。老儿道："这里进去，就是东厅，待我敲门。"世充就把老儿杀了，爬上墙去，轻轻跳下。望见水要与妻妾在那里呼三喝四，世充赶入，就杀了七八个家人。水要看见要走，被世充赶上前，一刀砍死，又把他妻女尽行杀完。又到四下里房中找寻，有睡的，有未睡的，都杀个干干净净。就割死尸血衣，题四句于壁上道："王法无私人自招，世人何苦逞英豪！充开肺腑心明白，杀却狂徒是水要。"每句头上藏着一字道："王世充杀。"

　　世充题罢，把血衣服抹了刀，就走出门，奔回家来，已是五更时分。把门敲了，妹子走来开门，看见世充身上衣服都是鲜血，吃了一惊。世充脱了血衣，穿了干净衣服，叫："妹子随我来。"妹子问道："到哪里去？"世充道："你随我来就是了，问什么！"世充扶妹子出了门，走入城来，却好城门已开，来到明德家里。见了明德，细言前事。明德大惊道："兄弟，此时不走，等待何时，可将妹子交与我，你快快走吧！"即取银子一百两，付与世充。世充拜谢，飞奔出城而去。

却说府尹闻报,水家庄上杀死多人,即吩咐备下棺木,亲来收尸。见了壁上血诗四句,知是王世充杀,差人捉拿,方知早已走了。有人出首说,明德是他哥子,必躲在他家。府尹就把明德一家老幼拷打,不招,监禁在狱,不题。

再说王世充逃至扬州,走入段家饭店,那店主把王世充一看,就问道:"足下莫非姓王,大号叫世充么?"世充道:"为何知道小可贱名?"那主人忙请入内,纳头便拜道:"主公在上,臣段达见驾。"世充道:"足下敢是疯癫么?"段达道:"昨日有个神仙到臣家,叫做铁冠道人,能知道过去未来。他说明日巳牌时候,有个真命天子,姓王名世充,逃难到此,你可留住家中,到明年我来助他洛阳起兵。吩咐了,如飞而去。所以臣知道。"世充道:"原来如此。若果有这一日,足下就是大元公矣。"段达谢恩,摆酒接风,收拾一间洁净房子,与世充安歇,日日讲论兵法。

扬州城里有一羊离观,是个著名的道观。一天晚上,道士们只见空中响亮,有火球滚下,落在观中。随即天井中开了一株异花,高有一丈,顶上一朵五色鲜花,如一只小船样大,上有十八片大叶,下有六十四片小叶,香闻数里,哄动远近。恰巧王世充这天日里游观,晚上投宿观中,亲眼看见这异花,好生奇怪。他夜间做梦,梦见有人向他道:"这花出现,是天下大乱的预兆。你快把这花图画下来,赶往长安,自有奇遇。"王世充一觉醒来,心里异常高兴,就细细画好一幅异花的图像,请人裱好,随即赶赴长安。

那时炀帝在宫,梦见花园中现出一朵花来,高有一丈,顶上一朵五色鲜花,上有十八片大叶,下有六十四片小叶,异香无比。又见花顶上立着一个人,天庭开阔,地角方圆,面如傅粉,唇若涂朱,头戴冲天翅,身穿杏黄袍。又见一十八片大叶,化为一十八路反王;六十四片小叶,化为六十四处烟尘[1],一起杀来。炀帝大惊,又见花上跳下两人来:一个黄脸长髯,手执双锏,一个黑脸虎髯,手执钢鞭,打死了一十八路反王,剿除了六十四处烟尘。炀帝大喜,忽然醒来,乃是一梦,遂对萧妃细言梦中之事。萧妃道:"陛下梦见异花,必有其种。可宣召名手画工,画出

---

[1] 烟尘:比喻战乱;战争。借指参与战乱的部队。

形像，张挂朝门。若有人识得此花在何处者，官封太守，不知圣意如何？"炀帝大喜，遂召画工细细将梦中花样，描画出来，命黄门官张挂午门。百官观看，并无一个识者。

那时王世充来到长安，闻得午门挂榜，世充上前一看，竟与自己的画无二，心中大喜，即向前揭了榜文，两边太监见了，连忙扯住，领入朝门。太监先进内殿，奏道："有人认识此花，前来揭榜，现在外面候旨。"炀帝道："宣进来。"太监领旨出来，带王世充到内殿。世充拜伏在地道："小民王世充见驾，愿吾皇万岁万万岁！"炀帝道："你知此花何名？出在何处？"世充道："此花名为琼花，在扬州羊离观内。八月十五夜，生出此花，小民已描了一幅在此，与那榜上的一般无二，请万岁龙目一观。"内侍将画取上，放在龙案上，炀帝打开一看，果然与梦中所见一样。龙颜大喜，即封世充为琼花太守，先领兵一千到扬州，吩咐羊离观改为琼花观，以备驾来观玩琼花。世充道："小民有罪，不敢前往。"炀帝道："卿有何罪？"世充把明德在监之事，细细说了一遍。炀帝听说，即行赦书到洛阳，放出明德。世充领旨出朝，领一千兵马，往扬州而来。路逢段达、铁冠道人，下马相见。段达道："隋朝气数不久，我与军师到洛阳守候主公便了。"世充大喜，谢别二人，上马下扬州不表。

再说炀帝次日又得了扬州地方官报告异花的表章，即与宇文化及计议上扬州。化及奏道："主公，长安到扬州是旱路，劳于行动。陛下可传旨意，令魏国公李密作督工官，将军麻叔谋作开河总管，令狐达副之。大发民夫八十万，自龙池起工。凡是长平关隘山岭，必由去路，浅处开深，仄[1]处开阔，以便龙舟行走。并乘机限李渊三个月在太原府造一所晋阳宫，用金玉铺陈，以候圣驾。倘若不遵，只说他慢君，罪该斩首。他若造了，又说他私造王宫，也把他杀了，除此后患。"炀帝大喜，旨意一下，当时百姓，就是军丁户女，也要他们应工。稍有差池，禁不住督工官鞭挞，在路上不知死了多少。看看开到河南，李密闻知朱灿勇猛善谋，就来请他为总管。朱灿大喜，伍云召儿子，时年已六岁，即将他交由其兄朱然抚养，朱然许诺。朱灿别了哥哥，同李密而去，此话不表。

---

[1] 仄：狭窄。

再说那开河总管麻叔谋，一路开河，不管住房坟茔，一直开去。这麻叔谋又十分凶恶，好吃小儿肉，使人四下里偷来烹煮吃食。百官被他扰害，远近皆闻。当时附近小儿，都吃尽了，无处可偷。又生出一个计策来，把文书行到各州县去，凡一州一县，押唤掘河人去，并要解送三岁以下周岁以上的小儿一百个。这文行到相州，那相州刺史高谈圣看了文书，大怒道："既拘[1]人夫开河，又要一百小儿何用？"就把那差官夹起来。那差官受刑不起，招出原由。高谈圣大怒，立刻把差官打死。麻叔谋闻报大怒，即刻点兵亲来，要杀高谈圣。惊动相州百姓，大叫道："可惜这样清官，难道凭他奸贼拿去杀了不成？"众人沸沸扬扬，惊动了一个英雄。你道是谁？就是太行山雄阔海。这日同各喽啰到相州打听消息，闻了这事，即大怒道："原来麻叔谋这般作恶，你们众人随俺来！"众百姓遂同雄阔海杀出城来。遇着麻叔谋，也不说话，阔海把斧砍来，叔谋把枪架住，不知怎的，叔谋觉得两手酸麻，回马就走。阔海赶到，一斧砍作两段；又用斧把隋兵乱砍，隋兵惊慌，齐声投降。阔海方才住手，领了兵民入城，进了府堂，不由高谈圣不从，定要立他为王。高谈圣势不由己，只得依从，下令府堂改为王府，自称为白御王，封雄阔海为大元帅。阔海差喽啰往太行山，装载粮草，并大小喽啰，到相州攻打。该管州县，俱望风而降。未知后事如何，且听下回分解。

---

[1] 拘：抓；拉夫。

第三十三回

造离宫袁李筹谋　　保御驾英雄比武

再说麻叔谋败兵到李密处，李密大惊，一面上本启奏，一面差总管朱灿前去，监督开河。开近曹州地方，曹州城外三十里有一村，名曰宋义村。村中有一员外，家私巨万，佣工之人，不计其数。此人姓孟名海公，就是尚义的母舅，前年尚义潼关救了秦琼，就投奔此处。那孟海公家中有一个先生，名唤白顺，足智多谋，才能文武，能识阴阳。孟海公有三个妻房，十分厉害。第一个叫做马赛飞，善用二十四口柳叶飞刀，第二个叫做黑夫人，第三个叫做白夫人，都是有本领的。那孟海公心怀不轨，私置盔甲刀枪，蓄养不法之人。恰好他父母及祖宗的坟墓，是在开河的道路上。孟海公知道这事，就四出打点，想花掉一些银子，使督工的人稍改路线，可以保全祖坟。不料督工的人收受了他的银子，等到开近坟边，却推说朝廷制定路线，任何人不能徇情更改。就把孟海公的祖宗坟墓，发掘一空，并盗去了棺中珍宝。孟海公一时大怒，点齐家丁，与三个妻子，外甥尚义，反入曹州，杀了守将，自称宋义王，封尚义为元帅，白顺为军师。那李密开成了河，自去复旨，自此天下反者甚多，且将最厉害者说明。

　　　　瓦岗程咬金称混世魔王
　　　　相州高谈圣称白御王
　　　　苏州沈法兴称上梁王
　　　　山后刘武周称定阳王
　　　　济宁王溥称知世王
　　　　济南唐璧称济南王
　　　　湖广雷大鹏称楚王
　　　　江陵萧铣称大梁王
　　　　河北李子通称寿州王
　　　　鲁州徐元朗称净秦王

武林李执称净梁王

　　楚州高士达称楚越王

　　明州张称金称齐王

　　幽州铁木耳称北汉王

　　夏州高士远称夏明王

　　沙陀罗于突厥称英王

　　陈州吴可宣称勇南王

　　曹州孟海公称宋义王

共有十八路反王。还有六十四处烟尘,为首的是杜伏威、张善相、薛举,其余按下不表。

且说唐公李渊,得旨限三个月,要造一所晋阳宫,如何造得及?心中不悦,便与四个儿子计议。此时唐公有四子,长建成、次世民、三元吉、四元霸。这李元霸年方十二岁,生得尖嘴缩腮,面如病鬼,骨瘦如柴,力大无穷。两柄铁锤,其重有八百斤,坐一骑万里云,天下无敌,在大隋称第一条好汉。当下唐公说道:"这旨意,一定是宇文化及的奸计。造不成只说违旨要杀;造成又说私造王殿,也要杀。我想起总是一个死,不如不造,大家落得一个快活吧。"李元霸道:"爹爹不要心焦,那个狗皇帝若来,待我一铁锤就打死了。爹爹你做了皇帝就是了!"唐公大喝一声:"唗,小畜生住口!"话未毕,忽家将来报道:"府尹袁天罡、县尉李淳风要见。"唐公闻言,忙出外厅。袁天罡[1]、李淳风早在厅上,施礼后分宾主坐定。袁天罡道:"闻圣上有旨下来,要千岁三个月造一所晋阳宫,为何不造?"唐公长叹一声道:"我想造也是死,不造也是死,所以不造。"袁天罡道:"千岁差矣!圣上要千岁造殿,却并未说出宫殿大小,何不赶紧招集民夫,造起一座宫来。只须多多铺陈金玉,不必计较宫殿房屋多寡。圣上见了,自然没有话说。"唐公听罢点首,下令即着袁天罡、李淳风二人为监造官,多集民夫,限三月以内造起一所精致的晋阳宫来。

　　再说炀帝留次子代王侑守长安,封无敌将军宇文成都为保驾将军,带了萧后和三宫六院,并宇文化及一班近臣,起驾往太原而来,唐公率

---

[1] 罡(gāng):古星名,即北斗七星的柄。这里指人名。

第三十三回　造离宫袁李筹谋　保御驾英雄比武

文武官员迎入太原。炀帝进了新造的晋阳宫，见宫殿房屋不多，却造得十分齐整，心中欢喜。宇文化及在侧边道："主公所怀之事，难道忘了？"炀帝点头下旨道："李渊私造宫殿，心谋不轨，绑下斩了。"唐公分辩道："臣奉旨起造，焉敢有私？"炀帝喝道："你既无私，焉有不及三个月，造得这样宫殿，一定是先造下的。"竟把唐公绑了出去。此时世民在午门外，见父亲绑出来，忙去击鼓。太监拿他上朝来，炀帝一见，忙问："你是何人？"世民道："臣李渊次子世民见驾，愿我皇万岁万万岁。"炀帝道："你到此何干？"世民道："臣特来为父亲辩冤。"炀帝道："你父私造王殿，有何可辩？"世民道："臣父是奉旨造的，圣上若说没有这样快，新旧可辩的。万岁可下旨，起出铁钉来看。若是旧的，钉子一定俱锈；若是新的，自然不锈。"炀帝即下旨起出钉来一看，果是新的，遂赦李渊。

李渊进朝谢恩，炀帝问道："卿有几个儿子？"唐公道："臣有四子：长子建成，这个就是次子世民，三子元吉，四子元霸。"炀帝道："卿可为朕召三子来。"唐公领旨召到三人，俯伏在地。炀帝道："平身。"四子分立两旁。炀帝看三子皆不及世民，遂说道："朕欲将卿次子世民，承继为子，不知卿意若何？"唐公谢恩。世民拜了炀帝，炀帝即封世民为秦王。

唐公道："如今贼盗丛生，陛下驾幸扬州，不知何人保驾？"炀帝道："有无敌将军宇文成都保驾。"李元霸在旁笑道："哪一个是无敌将军？请出来看看。"只见班中闪出宇文成都道："在下便是。"元霸一看，又笑道："这就叫无敌将军！恐未必然！"成都怒道："若有能敌的，你可寻一个来。"元霸道："不必去寻，只我就是。"成都笑道："你这样的孩子，只消我一个指头，就断送你命了。"炀帝道："既出大言，必有本事，二卿可便交交手看。"元霸道："臣用一条臂膊挺直在此，若推得动，扳得下，就算他做无敌将军。"说毕，即挺直臂膊过来。成都大怒，赶上来一把扯住元霸的手，用力一扯，好似蜻蜓摇石柱一般，莫想动得分毫。

元霸把手一扫，成都扑通翻筋斗，仰后一跤。成都爬起来道："你这是练就的，不算好汉。我见午门外那个金狮子，约有三千斤重，若举得起，便算好汉。"元霸道："你先去举。"成都忙走出午门，一手托着腰，一手抵住狮子脚，就举起来，一步一步走到殿上，又举出去，放在原处，复回身进来道："你可去举来。"元霸也走出午门，左手提起左边狮子，右手提起右边狮子，一起举起，走到殿上。炀帝与众臣看了，皆说真是天神。元霸在殿上，把两手举上举下十数遍，依旧举出午门，把两个狮子放好了，复走入来。成都道："我不与你赌力，明日与你下教场比武艺，胜的方为好汉。"元霸道："说得有理。"当下百官散朝，各各回府，化及与成都计议，暗差五百名有本事家将，吩咐："明日得胜便罢，若不得胜，你们一起上前，把他杀死。"家将们领命，不表。

且说炀帝次日带了文武官员，下教场，百官朝见毕，炀帝下旨，令李元霸与宇文成都比武。二人领旨，下演武厅，各各上马。宇文成都立在左边，李元霸立在右边。成都大喝道："李元霸快来纳命[1]。"遂举起流金铛，向前当的一铛，李元霸把锤往上一架，当的一声，把流金铛打在一边。成都叫道："这孩子好家伙！"举起流金铛，又是一铛，那元霸又把锤一架，将流金铛几乎打断，震得成都双手流血，回马便走。元霸一马赶来，伸手夹背心一把提过马。炀帝见成都被擒，怕伤了性命，忙传旨放了。宇文化及大叫道："圣上有旨，李公子快快放手。"元霸暗想："我当年在后花园中学习武艺，师父紫阳真人曾吩咐我，不可伤了使流金铛的性命。"又闻有旨，遂把他望空一抛。不知死活如何，且听下回分解。

---

[1] 纳命：送死。

第三十四回

众王盟会四明山　三杰围攻无敌将

当下李元霸将宇文成都望空一抛，就双手一接，叫声："我的儿，饶你去吧！"往地下一抛，扑的一声，跌得个屎屁直流。那五百家将见主人被跌，齐举兵器上前，直奔李元霸。元霸笑道："替死的来了！"把双锤四下一摆，打死了十余人，其余个个惊走。当时元霸得胜，把双锤插在腰间，走上演武厅，下马缴了令旨。炀帝大喜，封为西府赵王，镇守太原，遂摆驾回宫。

住了几天，夏国公窦建德奏："龙舟造完，前来复旨，请万岁驾幸江都[1]。"炀帝下旨，把三宫六院，俱留住晋阳宫。令李渊、元霸，同守太原，秦王世民，同往江都，李渊谢恩。炀帝带了萧后与些宠妃，上头一座龙舟居住。第二座秦王世民，第三座宇文化及与保驾将军成都，第四座文武百官。龙舟四座，皆以锦彩为帆，又有千艘骑兵，紧傍两岸而行。炀帝坐的龙舟，挽牵[2]俱用妇女，各穿五色彩衣。炀帝观岸上妇女，挽牵锦缆，这些五色彩衣，红红绿绿，心中大喜。此话不表。

再说曹州宋义王孟海公，闻知昏君来游江都，必从四明山经过，忙发下一十八道矫诏[3]，差官各处传送，令举兵齐入四明山相会，捉拿昏君，共举大事。

且说那河北寿州王李子通，得了孟海公诏书，忙传伍云召上殿道："孤家正欲兴兵与元帅报仇，不料昏君游幸江都，今有宋义王孟海公矫诏到来，要孤家举兵，同集四明山相会，捉拿昏君，元帅就此发兵前去。"云召大喜道："多谢主公。"说罢，退出朝门，点起十万雄兵。又发书到沱罗寨

---

[1] 江都：今位于江苏省中部，南濒长江，西傍扬州市邗江区。
[2] 挽牵：牵在岸上用绳子拉着船前进。
[3] 矫诏：假托君命，发布诏敕。

伍天锡处，令他为先锋，在前相等，同往四明山去，不表。

且说瓦岗寨程咬金得了这矫诏，十分大喜。即下旨兴二十万雄兵，命秦叔宝为元帅，裴元庆为先锋，与徐茂公军师，并诸将起身。又命邱瑞保瓦岗寨。三军浩浩荡荡，往四明山进发。

到了四明山，孟海公早兴十万大兵，在山下扎寨。报混世魔王到了，孟海公即迎接咬金入帐。次后相州白御王高谈圣、山东济南王唐壁、济宁知世王王溥、苏州上梁王沈法兴、湖广楚王雷大鹏、山后定阳王刘武周、河北寿州王李子通、沙陀罗英王于突厥、幽州北汉王铁木耳、鲁州净秦王徐元朗、江陵大梁王萧铣、武林净梁王李执、明州齐王张称金、楚州楚越王高士达、陈州勇南王吴可宣、夏州夏明王高士远，各领雄兵十万齐到。杜伏威、张善相、李芙蓉、薛举，四个为领袖，带领六十四处烟尘，共兵二十三万，战将千员，陆续俱到。孟海公接入帐内见礼，分班坐定。

孟海公道："列位王兄在此，孤有一言相告。今昏君诛害忠良，弑父杀兄，欺娘奸嫂。又游幸江都，开河害民，种种罪恶，万姓怨苦。今诸位王兄，俱要同心协力，捉拿昏君，众王兄意下如何？"众反王道："孟王兄之言有理。"班中闪出徐茂公道："今日请先立盟主，调用各路大兵。"众王道："徐先生之言有理。"遂共推程咬金为盟主。徐茂公道："那宇文成都勇冠三军，力敌万人，必须立下先锋，然后可擒成都。"忽李子通队里闪出元帅伍云召说道："小将愿为前部先锋。"众王一看，见那员将士银盔银甲，面如紫玉，目若朗星，三绺长髯，堂堂仪表，立于帐下。寿州王李子通对众王道："列位王兄，此乃南阳侯伍云召，隋朝右仆射伍建章之子。伊父[1]被昏君斩首，又差宇文成都围困南阳。他杀伤了隋朝三十多员上将，内无粮草，外无救兵，他杀出重围，相投孤家。他心存报仇，封为先锋，无有不竭力的。"咬金大喜，与了先锋印，云召谢恩。

只见高谈圣队里，闪出一员大将，身长一丈，腰大数围，铁面钢须，手执双斧，大叫道："俺情愿同哥哥去。"众王抬头一看，原来是雄阔海。高谈圣道："你去须要小心！"阔海应声道："是！"便同云召回至帐中，天锡看见阔海，忙问道："兄弟因何到此？"阔海把相州之事，细说一遍。

---

[1] 伊父：他的父亲。

云召道："俺今请得先锋印,我兄弟三人一同前去,何愁这宇文成都擒他不来?"天锡道:"是。"三人置酒畅饮,不表。

却说靠山王杨林在登州,闻得驾幸江都,吃了一惊。忙令四家太保守登州,自家星夜赶上龙舟,保驾而行。不一月,驾到四明山,探子来报:"启万岁爷,不好了!今有一十八家反王,六十四处烟尘,齐集会兵。现有三个先锋,在前阻路。"炀帝闻报,即令宇文成都前去退敌。成都领旨,提铛上马,杀上前去,大喝道:"无名草寇,怎敢抗拒圣驾!"众军飞报上山,伍云召闻报,遂手执长枪,与雄阔海、伍天锡一起杀下山来,大叫道:"奸贼,快快下马受死,免我老爷动手!"宇文成都看三人生得凶恶,认得一个是伍云召,大叫道:"反贼伍云召,你又来寻死么?"云召喝道:"奸贼休得夸口!"把枪刺来。成都将铛一架,两人战了十余合,天锡也把混金铛杀来,三人又战十余合。阔海见二人战成都不下,就把双斧杀入,成都把铛迎住,又战了二十余合,不分胜负。

四人自辰时战起,直战至午后,那杨林却想宇文化及有不臣之心,仗着儿子成都厉害,不如借反贼之手杀了他,以绝后患。就令军士只管击鼓,再不鸣金。宇文成都见三人终不肯退,又与他再战四十余合,三人虽勇,到底招架成都不住。雄阔海料战不过,大喊一声,回马先走。云召、天锡见阔海走了,便对成都道:"我们今日不能取胜,放你回去,明日再战吧。"言讫,回马就走。成都不舍,在后追来,追至半山,只见裴元庆手执双锤,杀下山来。成都上前把流金铛一挡,裴元庆把双锤一架,叮当一响,成都挡不住,回马便走。裴元庆飞马追来。这宇文化及心甚着慌,忙上金顶龙舟启奏道:"臣儿从早晨直战至今,腹中饥饿,力不能胜,望主公开恩。"炀帝遂传旨,鸣金收军。杨林闻旨,长叹一声,只得传令鸣金,成都大败,回到龙舟。裴元庆见天色晚了,也回四明山去。

成都回到舟中,扑的跌了一跤,晕死去了。化及哭救醒来,扶入床中将养,即来启奏道:"臣儿战乏有病,无人退敌,怎生是好?"炀帝闻奏,就吩咐龙舟暂退五十里,问众臣道:"这些反王兵马阻路,如何得退?"夏国公窦建德奏道:"欲退反王,可速召太原赵王李元霸来,此兵自然退矣。"炀帝闻奏,忙下一道旨意,差一员将官,连夜飞奔太原而来。不一日,到了太原,唐公得旨,即打发元霸起身,便叫:"我儿你去,我有一件事吩咐你。"忽又住了口，一想道："我若说了，是不忠而为私了，你去吧！"元霸心疑，起身往佛堂来拜别祖母独孤氏，老太太念佛方完，便问："孙儿何往？"元霸道："孙儿因圣旨来召，说有瓦岗寨程咬金立为盟主，会十八路反王，在四明山劫驾，故叫孙儿去破敌。"老太太道："你此去四明山，天下人马都凭你打，唯有瓦岗寨人马，一个也打不得。"元霸就问："这是何故？"老太太道："有一个元帅，叫做秦叔宝，却是你我大恩人。"就将临潼关相救之事，细说一遍，又道："若没有他，你也生不出来，前去不可撞他。"元霸道："原来有这缘故，怪道爹爹欲言不言，但不知那姓秦的是什么样？"老太太指画上道："就是这人！"那元霸一看，只见画上一人，淡黄脸，手执金装锏，三绺长须。桌上一个牌，牌上写着："恩公秦叔宝长生禄位。"看罢说道："孙儿就记住这秦恩公便了！"当下元霸别了老太太出来，拜别爹爹母亲，同柴绍带了四名家将，望四明山而来。

再说徐茂公探得李元霸前来保驾，忽叫声苦。众王惊问其故。茂公道："今有李元霸前来保驾，我这里众将无人敌他。昏君拿不成了，只好保全自家兵马为幸。赖有一点救星。"就暗叫伯当去半路，如此如此。那李元霸与柴绍并马而行。王伯当远远的大呼小叫，立在那里捣鬼。柴绍认得是伯当，忙叫："元霸贤弟，你且慢行，待我前去看看。"遂一马上前，叫声："伯当兄，我家四舅来了，你速速前去，通知众将，自己保全性命，每人头上插小黄旗一面便了。"伯当闻言，回马跑去。元霸来到面前，叫声："姊兄，那人做什么？"柴绍道："想是疯的，见我们来，他却跑去了。"二人依然行路，柴绍道："四舅，那瓦岗寨的元帅，叫做秦叔宝，却是我们大恩人，你去不可得罪他。"元霸道："我晓得了。祖母曾对我说过了。"柴绍道："他力量虽不如你，但他两根金装锏却会飞的。我知他好朋友最多，你却不可打他的朋友，你若打了他的朋友，他就飞起锏打你了。"元霸道："他的朋友是怎么的？"柴绍道："他的朋友是有记认的，有一面小黄旗插在头上。"元霸道："既如此，凡有插黄旗的，我不打他便了。"两下说定，及行到金顶龙舟，炀帝闻报李元霸到了，即宣上龙舟。柴绍与李元霸见了驾，炀帝传旨，明日发兵与反王交战。未知这番交战胜败如何，且听下回分解。

第三十五回

冰打琼花昏君扫兴　剑诛异鬼杨素丧身

再说徐茂公得了王伯当的回报，连夜下令十七家反王的人马，都退在后，四路八方，却布上了瓦岗的人马。众将官头上，每人分插一面小黄旗，独裴元庆不肯插。茂公再三相劝，裴元庆道："俺七岁行军，如今一十四岁，两柄锤之下，打了多少英雄，岂怕一个李元霸？待我拿他来便了！"遂带一支人马，往西山屯扎。茂公令诸将各插黄旗，依令分头而去。又暗嘱叔宝，此番大战，非你莫能当，不可退避，叔宝会意而去。

且说李元霸离了金顶龙舟，摆锤纵马，往四明山冲来。当头就是秦叔宝，手执虎头枪，腰挂金装锏，大喝道："来者莫非赵王李千岁么？"李元霸道："正是。足下可是恩公秦叔宝么？"叔宝道："然也。"元霸道："我认得了。"勒开马，往东而跑，叔宝随后追来。元霸到东边，看见张公瑾、史大奈拦住，头上有黄旗，知是恩公的朋友，回马转来。叔宝举枪就刺。元霸道："恩公不须动手。"说着就往西跑去。早有齐国远、李如珪拦住，头上又有黄旗。元霸勒马回身，又遇着叔宝，叔宝把枪又刺，元霸道："恩公不必动气。"把锤虚架一架，战了几回合，遂望南冲来，又见是插黄旗的拦住。回马又撞着叔宝，假意又战数合。望着四方里冲来跑去，皆是插黄旗的，心下暗想："为何恩公的朋友这样多？"及回马转来，又被叔宝阻住，只得又跑开去。

当下叔宝真认元霸战他不过，心中想道："待我刺死了他便了！"东拦西阻，直到下午时分，李元霸心中焦躁道："这秦恩公也甚不识时务了！我只管让他，他却只管来阻我去路。"催马往西而来，见叔宝又在面前，把枪劈面刺来。元霸见四下无人，叫声："恩公不要来吧！"把一柄锤往上一架，当的一响，把八十斤虎头枪，打脱了不知去向。叔宝大惊，下马叫道："恕小将之罪。"元霸也下马道："恩公休得吃惊，多蒙恩公救我一家性命，生死不忘，岂敢害了恩公？恩公快去取枪来。"叔宝走上前数步,方才望见那枪抛去有数十步远,忙去取来,拾在手中,犹如弯弓一般,拿来递与元霸。元霸接过,将手一勒,就直了,倒长了一寸。交与叔宝,叫:"恩公上马,追我出去,速回瓦岗寨,不可再出。"叔宝应诺,上马又追出来,先回四明山去。

元霸冲到西边,当头裴元庆一马迎来,见头上没有黄旗,就把锤打来。裴元庆把锤一架,大叫道:"好家伙!"元霸又连打二锤,元庆连架二下,叫道:"果然好厉害!"回马便走。元霸大叫:"好兄弟,天下没有人挡得我半锤,你能连接我三锤,也算是个好汉,饶你去吧!"一马冲入营来,正撞着伍云召、雄阔海、伍天锡,三人围将拢来战元霸。元霸大怒,把手中锤一摆,撞着三般兵器,当的一响,三人虎口震开,大败而走。可怜十八家反王的兵马,遭此一劫。被元霸的双锤,打得尸横遍野,血流成河,众反王个个舍命奔逃。那倒运的杨林,他埋伏一支人马在后山,截住反王去路。不期遇了裴元庆一人一马,那裴元庆受了李元霸一肚闷气,没处发泄,这杨林不识时务,大叫:"反贼休走!"上前拦住。元庆大怒,把锤打来,杨林双手把囚龙棒一架,豁喇一声,把一条囚龙棒打为两段,震开虎口,双手流血,大败而走。又被众反王的败兵冲下来,回不得龙舟,直败回登州去了。李元霸在后杀来,又亏叔宝拦住,因此众反王才得脱逃,各回本邦去了。

那李元霸在四明山匹马双锤,打死各反王大将五十员,军士不计其数。后来各反王闻了李元霸之名,无不丧胆。元霸回龙舟奏闻贼退,炀帝大喜,下旨开舟起行。及到扬州,文武百官迎接,炀帝命世民、元霸:"先往城中,打扫琼花观,朕明日进城游览。"秦王领旨,命赵王进城,竟到琼花观来。秦王先到花边一看,只见一株树,中间一朵花,有笆斗[1]大。果然异样奇香,五色鲜明,花底梗上,有十八瓣大叶,下边有六十四瓣小叶。世民与元霸看了一会,出观往新造的行宫安歇了。不料到晚,狂风大作,飞沙走石,落下冰片来,足足有碗口大,把一株琼花打落干净,花叶无存。到了天明,竟成了一座冰山。

次日,炀帝闻得落了冰片,打坏琼花,只叫可恼。及起驾到琼花观一看,

---

[1] 笆斗:用柳条等编成的容器,底部为半圆形。

第三十五回　冰打琼花昏君扫兴　剑诛异鬼杨素丧身

只存一株枯木，心下不乐，因问众臣道："卿等可知有游览之所，待朕一观否？"闪出个宇文化及奏道："臣闻金山比扬州更好。"炀帝大喜，遂登上龙舟，吩咐往金山游览。化及令家将速至瓜州[1]，备办彩船千只，游于江中。劳民伤财，百姓嗟苦。

炀帝龙舟出了瓜州，来到江中，见彩船无数，心中大喜，来到金山，将舟停住，摆驾上山。那炀帝在金山行宫内，四下观看，见江山澄空，舟船如蚁，心中得意。

是夜在行宫歇息，炀帝睡去，只见父王文帝及太子杨勇、仆射伍建章，和无数冤鬼，前来讨命。忽见一只金犬赶上前来，众鬼方才避去。炀帝惊醒，却是一场大梦。次日炀帝将此梦问宇文化及，不知吉凶若何？化及奏道："金犬者，娄[2]金狗也。今魏国公李密，乃娄金狗转世。主公回转江都，除了此人便了。"

过了两日，炀帝传旨，驾回江都。同萧后上了龙舟，进得瓜州。彩女在岸挽牵锦缆。此时李密随驾，乘了一匹骏马在岸上观看。只见萧后在龙舟内观览岸边风景，果然有天姿国色之容，闭月羞花之貌，不觉魂销魄散，只是不住眼的观看。那萧后偶然抬头看见，便大怒问宫妃道："这岸上乘马的是谁？"宫妃道："是魏国公李密。"萧后听了，暗记在心。待来到江都，炀帝命摆驾入城，进了行宫。当晚萧后便奏李密偷看之事，炀帝大怒道："这厮无礼可恶！"

次日坐朝，命夏国公窦建德，将李密绑出法场斩首。建德领旨，就将李密绑出西郊，限午时处斩。此时正是辰末巳初，李密谓建德道："小弟与兄，情同骨肉，今弟无辜受戮，何不一言保奏？"建德道："圣旨已出，谁敢保奏？今事已如此，兄长不必忧虑，弟自有相救之策。"忽朱灿闻圣上要将李密处斩，心中大惊，跑到法场，就与建德商议，救出李密。又有琼花太守王世充，因段达在洛阳招兵数万，前日有书来相请，欲要反出，未得其便。今见李密无故受戮，心中不平，恰好炀帝差他为催刑官，手执小旗，走进法场。三人遂相议定，朱灿将刀割断绑索，放了李

---

[1] 瓜州：镇名。在江苏省邗江县南部，大运河分支入长江处。
[2] 娄：星宿名，二十八宿之一。

密。四人各执兵器，带了家将，反出江都。有行刑军士忙通报与宇文化及，化及闻报大惊，即来奏闻。炀帝大怒，即令世民、柴绍、元霸追赶。三人领旨，离了江都，也不追赶，竟回太原去了。

这窦建德逃到四明州，遇见故人刘黑闼，与蔡建方、苏定方、梁廷方招集亡命，连夜取了明州，杀了张称金，尽降其众，自称夏明王。封任宗为军师，刘黑闼为元帅，苏定方、蔡建方、梁廷方、杜明方为大将军，按下不表。

再说王世充逃到洛阳，段达接着问道："主公为何今日才来？"世充把救李密之事，说了一遍，段达大喜。次日，王世充自称为洛阳王，以法嗣为军师，段达为元帅，周甫、王林为大将，此话不表。

再说朱灿逃到楚州，适值高士达无道，被手下杀死，国中无主，要推一人为王，并无一个有力量有肝胆的人。这一天正遇见朱灿，睡在庙中，众人见他有火光照体，就立他为南阳王，按下不表。

且说李密逃至黎阳，来见越国公杨素。杨素原与密是至好，留他在府中住了几日。李密见杨素并不升坐大堂，问其何故。杨素道："不要说起。前日我坐大堂，见有五个恶鬼，现形乱扯乱打，所以不坐。"李密道："千岁今日可坐坐去，待李密看是何物作怪，待我除之。"杨素即同李密到大堂，杨素一坐上去，果见几个鬼，青脸獠牙，将杨素乱扯乱打。李密大怒，拔出宝剑，照定鬼身砍去，鬼并不见，却把杨素砍死在地。这杨素今日大数该绝，故被李密杀了。当下杨素之子杨玄感，见父亲被杀，即将李密拿下，痛打一番，上了囚车，亲自押解朝廷，奏诉处斩。

再说瓦岗寨程咬金，这日临朝，对众人道："我这皇帝做得辛苦，绝早要起来，夜深还不睡，何苦如此！如今不做皇帝了！"就把头上金冠除下，身上龙袍脱落，走下来叫道："哪个愿做的上去，我让他吧！"众将道："主公何故如此？"咬金又叫道："我真不做了！"徐茂公暗想："他原只得三年，运气今已满了。军中无主，如何是好？"便屈指一算，叫声列位将军，有个真主到了。未知真主是谁，且听下回分解。

第三十六回

众将攻打临阳关　伯当偷盗呼雷豹

众将问道:"真主在哪里?"茂公道:"真主误罹人命,被仇家捉住,押解送朝廷治罪,如今已到瓦岗东路了。"程咬金道:"有这等事,待我去救他来。"说罢,就提斧上马,竟从东门而去。茂公即同众将上马出城,往东赶来。那杨玄感正押着囚车赶路而来,咬金望见明白,飞马跑去,玄感措手不及,被咬金一斧砍作两段。后面茂公同众将赶来,杀散从人,打开囚车,取过金冠龙袍,请李密上辇回城。李密道:"小可李密,正犯大罪,今蒙列位相救,愿为小卒足矣,焉敢出此异望?"徐茂公道:"天数已定,主公不必多虑。"李密大喜,上辇回到瓦岗寨,众将俱更朝服,请李密升殿。众文武参贺毕,降旨改天年,立国号,自立为西魏王,改瓦岗寨为金墉城。咬金把家眷移出府外,另居别第。李密遂封徐茂公为军师,魏征为丞相,秦琼为飞虎将军,邱瑞为猛虎将军,王伯当为雄虎将军,程咬金为螭[1]虎将军,单雄信为烈虎将军。其余众将,封为七骠八猛十二骑将军,大开筵宴庆贺。

稍停两月,李密下旨取五关,杀上江都,捉拿昏君。加封叔宝为扫隋兵马大元帅,程咬金为先锋,徐茂公为行军军师,邱瑞、单雄信、裴元庆为运粮官。其余众将,悉令随征。裴仁基协同魏征守国保驾,兴兵二十万,杀奔临阳关而来。

离关不远,放炮安营。那临阳关是尚师徒新来镇守,当时程咬金为先锋,先来抵关讨战。尚师徒闻知,手执提炉枪,上了呼雷豹,出关对敌,见了咬金大喝道:"你这呆犬,怎么皇帝不做,让与别人?今又领兵出战,分明是来送死!"咬金道:"俺不喜欢做皇帝,与你何干?如今情愿做先锋,出阵交兵,好不快活。你若知事,快快下马投降,免我动手。"

---

[1] 螭(chī):古代传说中没有角的龙。

尚师徒道："你这呆子，说这无气力的屁话！"咬金笑道："胡说！你说我无气力，来试试我的家伙吧！"即举宣花斧砍来，尚师徒知他三斧厉害，第四斧就无用了。忙把枪架住他斧，就把这匹坐骑领上痒毛一扯，那马两耳一竖，呼的一声吼，口中吐出黑烟。那咬金的坐骑一跤跌倒，四脚朝天，尿屁直流，把咬金跌下马来。尚师徒喝一声："与我拿了。"当下众兵把程咬金绑入关中去了。

西魏败兵报进营来，说："先锋程咬金被尚师徒活捉去了！"叔宝闻报大惊。正要发兵，忽报运粮官邱爷到了。叔宝命左右请入帐中。相见毕，叔宝把咬金被捉的话，说了一遍。邱瑞道："元帅放心，尚师徒的武艺，是老夫传授他的。向来师生情重，待我去劝他前来归降。"正谈论间，忽报尚师徒讨战，邱瑞道："元帅放心，他今讨战，老夫即去叫他来。"遂上马来到阵前。尚师徒一见，口称："老师在上，弟子甲胄在身，不能全礼，马上打拱了。"邱瑞道："贤契[1]少礼，老夫有一言相告。"尚师徒道："不知老师有何言语？"邱瑞道："当今主上无道，弑父杀兄，奸嫂欺娘，杀害忠良，以致天下大乱。料来气数不久，贤契何不弃暗投明，同老夫为一殿之臣，岂不为妙？贤契请自熟思。"师徒闻言，高叫一声道："老师差矣！自古道：'食君之禄，必当分君之忧。'你这些言语，只可对那贪财慕禄之人说，我尚师徒忠心赤胆，岂肯效那鼠辈之行？今日各为其主，只恐举手不容情，劝老师早早回去为是。"邱瑞听了大怒，举起鞭来，照头就打。尚师徒把枪架住，叫："老师不要动怒，还是回去吧！"邱瑞哪里肯听，又是一鞭。尚师徒举枪来迎，战了八九合，尚师徒把呼雷豹领上痒毛一扯，吼叫一声，口中吐出黑烟，把邱瑞的坐骑跌翻在地。尚师徒道："报君以忠，容情便不忠了。"提起枪，就把邱瑞刺死。

败兵报知叔宝，叔宝大怒，上马出城，叫声："尚师徒，俺秦叔宝在此，特来会你。先有一言奉告。"尚师徒道："有何话说？"叔宝道："我知你乃顶天立地的男子，如上阵交锋，生擒活捉，枪挑剑剁，是个手段，死也甘心。你却倚了脚力本事，弄他叫一声，使人跌下马来，你就捉去，岂是好汉所为？"尚师徒道："你说得有理。我今不用坐骑之力，有本事

---

[1] 贤契：旧时对弟子或朋友子侄辈的敬称。

第三十六回　众将攻打临阳关　伯当偷盗呼雷豹

擒你。"叔宝道："还有一说。我今与你比手段，两下不许暗算，各将人马退远，免生疑忌，才见高低。"尚师徒道："有理。"各把人马一边退到关下，一边退到营前，两下遂举枪齐起。叔宝又叫："且住！你的马作怪，我终不放心。若你战我不过，又把坐骑弄起来，岂不仍受你的亏了？要见手段，我们还是下了马，用短兵器步战，就要擒你。"尚师徒微笑道："也罢，就与你步战。"两人齐跳下马，各把枪插在地上，各把马拴在枪杆上，一起取出鞭锏，就步战起来。

叔宝一头战，只管一步一步往左边退走，尚师徒只管一步一步逼过去。徐茂公看见了，忙令王伯当如此如此。伯当便悄悄走过去，拔起提炉枪，跳上呼雷豹，就飞跑回营来。叔宝眼快，瞟着了王伯当，就又败到落马所在，叫声："尚师徒，我和你仍旧上马吧！"拔了虎头枪，跳上黄骠马。师徒一看道："我的马呢？"叔宝道："想是我一个敝友牵回营中去了。"尚师徒道："可笑你这些人，到底是强盗，怎么把我的马偷去？"叔宝道："你可放出程咬金来还我，我便还你呼雷豹。"尚师徒道："我就放程咬金还你，须要对阵交换。"叔宝道："使得。"尚师徒就叫军士进关，还了程咬金盔甲斧马，送出关来。两边照应，这边放程咬金过来，那边放呼雷豹并枪过去。其时天色已晚，各人收军。

当晚秦叔宝吩咐王伯当，连夜到城东旷野，如此如此。王伯当得令，同几名军士，往城东一株大树底下，掘下一个大窟。伯当钻身伏在下面，令军士用席遮盖，上面放些浮土，众军士遂回营复令。次日，叔宝单骑抵关讨战，尚师徒闻知，跳上呼雷豹出关。交战五六合，叔宝半战半败，望东南而走。师徒紧紧追来，叔宝忽叫："尚将军，今日不曾与你说过，却是不要动那脚力才好！"尚师徒道："我昨日说过就是，不必多言。"叔宝道："口说无凭。我到底疑着这匹马，还是下马战好。"尚师徒道："我下了马，你好再偷。"叔宝道："这里是旷野去处，离营七八里路，四下没个人影。哪个跑来偷你的？"尚师徒听了，四下一看，便说："也罢，就下马战便了。"

二人下了马，都将缰绳拴在树上，交手紧战。叔宝又步步败将过去，尚师徒紧紧追逼，那王伯当在窟中轻轻顶起席，钻出窟来，将呼雷豹解了拴，即跳上身，加鞭回营去了。叔宝兜转身，叫声："尚将军，我和你仍上马战吧。"遂跳上黄骠马。尚师徒一看叫声:"呵呀,我的马呢?"叔宝笑道:"又是我敝友牵去了。"说罢,大笑回营,气得尚师徒三尸直爆,七孔生烟,只得匆匆回关。

这里叔宝回营,见了呼雷豹,心中大喜。吩咐牵到后槽,急急上料,一面摆酒庆贺。是晚,程咬金想这马为何这等厉害,遂走到后槽看看,只见众马皆远远立着,不敢近他。咬金就把呼雷豹带住,一发将他痒毛一拉,他就嘶叫一声,众马即时跌倒,尿屁直流。咬金摇头道:"为什么生这几根毛,这般厉害?外面好月光,我自牵他出去,放过辔头看。"遂将马牵出营来,跳上马背,往前就走。走一步,扯一扯,那马一声吼叫。程咬金把毛乱扯,那马就乱叫不住,咬金大怒,一发将他这宗痒毛,尽行拔起来。那马性发,颠跳起来,前蹄一起,后蹄一竖,掀翻程咬金在地,遂跑到临阳关来,守关军士认得是元帅坐骑,忙出关带进报知。尚师徒大喜,近身一看,却没有痒毛了,凭你扯他,只是不叫。尚师徒因这马虽然不叫,还是宝驹,便吩咐军士好好上料,按下不表。

单说程咬金当下被呼雷豹掀翻在地,及爬起来,不见了这马,就回营去睡了。次早叔宝升帐,军士报禀此事,叔宝大怒,喝令把咬金绑去砍了。咬金叫道:"秦大哥,你为何轻人重畜,为一匹马,就杀一员大将?而且你我是好朋友,亏你提得起!"叔宝听了,吩咐松了绑,说道:"你这匹夫,不知法度,暂寄下你这颗头,日后将功赎罪。"话未说完,忽见军校来报,尚师徒讨战,叔宝即便提枪上马出营。未知后事如何,且听下回分解。

第三十七回

叔宝戏战尚师徒　元庆丧身火雷阵

当下叔宝出营，尚师徒骂道："你这伙贼，两次盗我宝驹，将它痒毛拔去，使它不叫。今日相逢，决不饶你。"说着就把枪刺来，叔宝将枪架住，这尚师徒使开这杆枪，犹如银龙闪铄，叔宝抵挡不住，回马往北而走。尚师徒紧紧追来，叔宝战一阵，败一阵，直走至一个所在，是一条大涧，水势甚险。有一条石桥，年远坍颓[1]，仰在涧中，已不能走过的了。望到上首，有一根木桥。又见尚师徒赶近，一时手忙，就在这一个桥头，把马加上一鞭，要跳过涧去。不料这匹马，战了一日，走得乏了，前蹄一纵，腰肚一软，竟扑落涧中。那水底都是石桥，折在下面，利如快刀。其马跌在石上，连肚皮也破开了，死在水中。叔宝忙将枪向马前尽力一插，却好插在石缝里。就趁势着力，在枪杆上一扳一纵，刮喇一声响，人便将近了岸，那条枪竟折做两段。

叔宝爬到岸上，那尚师徒已从木桥过来，叔宝便取双锏迎敌。尚师徒见他没了枪马，稳杀他，把枪就刺。叔宝将身一闪，在左边顺手一锏，却照马腿打来。尚师徒忙伸枪一架，拦开了锏，复手一枪，叔宝又跳在右边。原来叔宝是马快出身，窜纵之法，是他绝技。那尚师徒的枪法虽然高强，却一边在地下，一边在马上，不便施为。怎当得秦叔宝窜来跳去，或前或后，或左或右，东一锏，西一锏！那尚师徒恐怕伤了坐骑，暗想，这个战法，如何拿得他，必须与他步战，方可赢他。遂四下一看，见没有人，就取过双鞭，跳下马，把提炉枪往地上一插，缆定缰绳，抢鞭直取叔宝。叔宝舞锏相迎。两人又斗了一回，叔宝心生一计，将身侧近呼雷豹，连发几锏，大叫一声："兄弟们，走紧一步快来救我。"把双锏往身上一护，就地一滚过去。尚师徒倒缩开了两步，四下一看，不见一个人影。掇转头来，

---

[1] 坍颓：倒塌，坍塌。

叔宝已跳在马上，连枪拿在手中，跑过木桥，大叫："尚将军，另日拜谢你的枪马吧！"言罢飞跑去了。尚师徒气得目瞪口呆，只得回关，修书去请红泥关总兵新文礼，前来助战。

那秦叔宝得了枪马回营，不胜欢喜。岂知那日叔宝劳倦过度，又在涧中受了一惊，又饥又湿，回来又多饮了酒食，饥寒伤饱。次日发寒发热，病倒营中。徐茂公吩咐诸将紧闭营门，将养叔宝不表。

再说红泥关总兵新文礼，身长丈二，使一条铁方槊，重二百斤，在隋朝算是第十一条好汉。那一日得了尚师徒的请书，便将本关军务，委官料理，自往临阳关而来。尚师徒迎入帅府，将前事备述了一遍，并说："因此特请将军到来，望乞扶持。"新文礼道："不妨，明日待我出马，杀退他便了。"尚师徒称谢，摆酒接风。

次日，新文礼持槊上马出关，抵营讨战。探子忙报入营，徐茂公吩咐紧闭营门，弗[1]与交战。新文礼在营外恶言叫骂，天晚回关，次日又来讨战，令军士百般辱骂。不料运粮官裴元庆解粮到此，望见营外一员大将，领了许多军士，叫骂讨战。元庆大怒，叫手下押过粮草，拿了双锤进前喝道："何处贼将，敢在此无礼！"新文礼听了，回头一看，只见是个小孩子，便喝道："来将何名？"元庆道："俺乃西魏王驾前，天保将军裴元庆便是。你这厮却是何人？"新文礼道："我乃红泥关总兵新文礼便是。你这孩子，要来寻死！"遂把铁方槊照头顶打下，裴元庆把锤往上一击，当的一声响，把铁方槊打断一节。新文礼虎口出血，叫声："呵呀！"回马就走。元庆紧紧追赶，城上军士，连忙放下吊桥。新文礼上得吊桥，裴元庆追上，照着马尾一锤，打中那马屁股，新文礼跌下水去。元庆却要抢关，城上矢[2]发如雨，因押的粮草未曾交卸明白，便回马转去。城上军士出城，救起新文礼。尚师徒留在帅府，将养了七八天，方才无事。这边裴元庆回至营门，押入粮草，见了徐茂公，给了收粮回批。元庆备言杀退新文礼，诸将庆贺，元庆又去候[3]了叔宝，不表。

---

[1] 弗：不。
[2] 矢：箭。
[3] 候：问候，问好。

第三十七回　叔宝戏战尚师徒　元庆丧身火雷阵

再说新文礼将养好了，便与尚师徒商议，先除元庆，而后可破各贼。尚师徒道："下官有一计在此，不怕不除此人。"遂附耳低言，如此如此。新文礼听了喜道："妙计！妙计！"遂差人到城南庆坠山中，暗暗埋下地雷火炮，石壁上令军士预备筐篮伺候。次日，新文礼上马抵城，单要裴元庆出战，探子飞报进城。裴元庆闻报，就要出战，徐茂公止住道："将军今日不宜出马交战，决然不利。"元庆道："军师又来讲腐气的话了！我今日不杀新文礼，也不算成好汉！"竟上马出城去了。徐茂公只是叫苦。众将忙问其故，茂公道："不必多言，这是大数难逃，此去不能活矣！"众将各各惊疑。

当下元庆出营，见是新文礼，举锤便打。文礼挡了一锤，回身向南便走，元庆紧紧追去。新文礼且战且走，引入庆坠山，见两边皆是石壁，直追至窟中。外边军士就塞断了出路，石壁上放下筐篮，新文礼下马坐入筐篮，上边军士把他拽上去，遂点着干柴火箭撒下来，发动地雷，一时烈焰飞腾，可惜这少年勇将裴元庆，就这样烧死在窟中，其年十五岁。

新文礼就乘势领兵冲下山来，又到营前讨战。茂公得报，便说："不好了！裴将军命决休矣！众将可一起迎敌。"众好汉一声呐喊，各执兵器，杀出营来。战鼓如雷，把新文礼裹在垓心，用力大战。那秦叔宝病在床上，忽听得战鼓乱响，叫声秦安："天色已晚，哪处交锋，战鼓甚急？"秦安道："只因天保将军被新文礼引到庆坠山中烧死了，新文礼又来冲营，为此众位老爷一起出战，在那里厮杀。"叔宝闻言，说声："呵呀！"眼珠一挺，忽然昏去。秦安见了忙叫道："大爷，苏醒！大爷，苏醒！"叔宝渐渐醒转，开眼一看，大骂新文礼："这狗头，伤我一员大将，誓必亲杀此贼，快快取我披挂过来。"秦安道："大爷病重，取披挂何用？"叔宝怒道："谁要你管，快去取来！"秦安没奈何，只得取过披挂来。叔宝走下床来，两只脚还是涩流流的抖着。秦安道："大爷，这不是儿戏的，还是睡睡好，且待病好了，杀他未迟。"叔宝道："嗏！还要多话，速去备马，取我双锏来。"秦安又不敢违，只得牵出呼雷豹，又把双锏捧出来。叔宝两手抱了双锏，勉强上马，一只脚踏在镫上，另一只脚又不住的抖，哪里跨得上？便骂秦安道："狗才，还不来扶我一扶！"秦安走过去，攀着肩扶了上去。

叔宝才出营门，但见四下灯球火把，如同白昼。众将周围驰骤，喊杀连天。那新文礼在中间，左冲右突，大步奔腾。叔宝一见大怒，两眼一睁，挺身举锏，大叫一声："众兄弟不要放走那厮，俺秦琼来也！"谁知这一声大叫，浑身毛孔都开，出了一身大汗，身子就松了大半，一马冲进阵内。众人看见，齐吃一惊。新文礼举起铁方槊，正要迎击，却因被金墉诸将围杀半天，弄得筋疲力尽。忽然头一眩晕，手法错乱，铁方槊还未压下，便被叔宝纵马一锏，打倒在地。众将一起上前，把他剁为肉酱。

那尚师徒闻知新文礼被围，正领兵来救，亦被众将围住。徐茂公乘势连夜领兵抢关，叔宝见尚师徒与众将混战，便叫："尚将军，你关隘已失，何苦如此恋战？我劝你不如降了吧！"尚师徒回头一看，果见关上灯火通明，呐喊奔驰，遂长叹道："罢了，我不能为朝廷争气，死有何惜！"遂拔剑自刎而死。叔宝遂得了尚师徒盔甲，领兵入关，并令人到庆坠山收取元庆骸骨安葬，一面发兵来取红泥关。

到了关下，将新文礼首级示关上军士，招他们归降。军士见主将被杀，一起开关投降。叔宝入城安民，养兵三日，又起兵往东岭关进发。未知后事如何，且听下回分解。

第三十八回

打铜旗秦琼破阵　挑世雄罗成立功

这东岭关守将，乃杨义臣，官拜大元师，有万夫不当之勇。他有五个儿子，名唤杨龙、杨虎、杨豹、杨熊、杨彪，都有本事。当下闻报叔宝来取东岭关，即聚众将计议道："叔宝为帅，十分勇猛，此人只可计擒，不可力敌。可在关外摆下一阵，周围用二十万雄兵把守，中间立一旗杆，用八枝大木头，合成一枝，长有十丈，上边放着一个大方斗。那斗有一丈余大，内坐二十四名神箭手。叫东方伯为守旗大将，此人有万夫不当之勇，黄面赤须，使一把大刀，站立在铜旗之下。此阵名铜旗阵，外又摆着八面金锁阵，内藏绊马索、铁蒺藜[1]、陷马坑，只待叔宝闯来，必定被擒。除了此人，西魏易破矣！"杨义臣又写一封书，差官到幽州请罗艺前来，保守铜旗。差官奉命，往幽州而去。

却说燕山罗元帅，得了杨义臣的书，大惊道："原来西魏王造反，秦琼为帅，已夺数关，兵到东岭，来接我去，保守铜旗阵。"即对差官道："你且先回，本帅身为元戎，汛地难离，恐防边外扰乱。就差公子罗成前去，擒拿反贼便了。"差官谢了，竟回东岭关报知。那罗公吩咐罗成道："你去保守铜旗，不要认那反贼为亲。必要生擒见我，待为父的亲斩此贼，不可违令。"罗成道："爹爹放心，儿是隋家之将，他为金墉之帅，两下交兵，各为其主，岂肯为私而丧国家大事？"罗公大喜，叫声："我儿，若能如此，我心无忧矣！你可速速收拾，即便动身。"

罗成应诺，即回身走入内堂收拾，暗暗对母亲说知。夫人道："我儿，你爹爹的话，你却听他不得。须看你娘的面上，只有一个表兄，你前去切不可助那杨义臣，却要助你表兄破阵。"罗成道："孩儿晓得。但助了表兄，

---

[1] 蒺藜（jí lí）：一年生草本植物，茎平铺在地上，羽状复叶，小叶长椭圆形，开黄色小花，果皮有尖刺。

人人得知，回来见了爹爹，性命不保。"夫人道："孩儿，你此去，只消明保铜旗，暗助西魏，随机应变。若保了表兄，不要回来便了。"罗成领命，答道："孩儿知道了。"遂收拾盔甲马匹军器，出来拜别爹娘，不带人马，只同二十名家将，竟奔东岭关而来，心中想道："我且慢往东岭关，先去见过表兄，通知消息，然后到东岭，会杨义臣便了。"主意已定，竟往西魏营中而来。

隔了几日，西魏营军士报进幽州罗公子要见，茂公同秦琼出营，迎接入内，施礼毕，吩咐摆酒接风。席间罗成问道："曾与杨义臣交兵否？"茂公道："尚未曾交兵。因杨义臣排下一座铜旗阵，外面又有八门金锁阵，要你表兄独打铜旗，故尔未敢进兵。今公子到此，必有所教。"罗成道："小弟自幼看过兵书，凭他什么阵图，无不晓得。但家父甚怪表兄，不与王家出力，反助西魏兵夺关，命小弟前来保护铜旗，共助义臣，大破西魏。"叔宝道："表弟若如此，金墉兵士难保矣！"罗成道："表兄勿忧，小弟蒙母亲吩咐，明保铜旗，暗助西魏。表兄若打阵时，小弟在内照应，决不使表兄受亏。若打倒铜旗，义臣这厮，就不相干了。"茂公大喜，罗成告别，众将送出营外，带了家将，来到东岭关。杨义臣闻报，率领家将，迎入关中，摆酒接风，此话不表。

再说单雄信在席上，听得罗成言语，心中想道："这贼种，看得西魏无人，全夸自己十分本事，使我心内不平。我想这铜旗阵，有什么厉害？我今晚且瞒过诸将，也不与叔宝得知，就悄悄杀奔前去，把这铜旗阵打倒，叫他笑笑。"遂提金顶枣阳槊，上马出营，竟往东岭。来到阵边，大叫一声，竟从休门杀入阵去。那隋兵叫道："有人冲入阵了。"万弩齐发，箭如雨下。雄信见势不好，把槊乱打，将箭拨开，往东冲来，要逃性命。那东边哪里杀得出？又走到西边，见西边地下，都是些绊马索、铁蒺藜、陷马坑。雄信大叫如雷道："不想吾单通死于此地矣！"正在慌张，忽见一将奔来，大叫道："员外不要心慌，随俺来。"雄信听了，只得随那将杀出，并无拦阻。雄信道："恩公请通名姓，后当图报。"那将道："小将姓黑名如龙，乃鬼闪关总兵。向年流落山西，蒙员外周济，赠我盘费，使我回家，得投杨义臣标下。今升总兵，皆员外之恩也。今员外从休门而入，决是不知阵法，我故从生门领你出来，请快快前往，不可耽搁。"雄信称谢去了。黑如龙

第三十八回　打铜旗秦琼破阵　挑世雄罗成立功

回进营来，杨义臣早已得知，十分大怒，把黑如龙斩首示众，此话不表。

再说叔宝在营，齐集众将，不见单雄信，即道："单二哥不见，军师快快查他。"茂公道："元帅有所不知，今日罗成到来，口出大言，显见得西魏无有人物倒得铜旗。单二哥是个直性的人，他心中不服，必是私自去打阵了。"叔宝道："快些点兵去救。"茂公屈指一算，道："元帅不要着忙，单二哥已有人救出阵了。但他不到西魏，又要往别处去了，待我差人去接他回来。"说罢，遂吩咐王伯当，速速赶到太平庄饭店，请单二哥回来。伯当领命去了。

却说单雄信当时走出阵来，心中想道："我今不到西魏去了，省得受人的气，不如往别处去吧！"遂走了二十多里路，天色大明，远远见一所庄子，就想到那里投了饭店，吃了早饭再走。及行到庄前，入店吃完饭，正要出门，忽见王伯当走入店中来。伯当道："单二哥，你为何昨夜私自出来，走到这里？"雄信道："兄弟不要说起。昨夜愚兄见罗成这小贼种，好不着恼。向年庆秦伯母生辰，受了他一场吃亏，至今心中还不干休。谁想他昨晚到来，因秦大哥十分奉承，他又口出大言，说铜旗怎么样长短，许多噜噜苏苏。我向年大反山东，我一人在黄泥岗，杀退唐璧数万人马，哪里在我心上？因此瞒了元帅，私自开兵。倘杀破了铜旗阵，羞这小贼种一场，出出心中恶气，也是好的。不料杀入铜旗阵，果然厉害，只有进路，没有出路，险些送了性命，幸亏一个朋友叫黑如龙，救我出来，所以到此。"王伯当道："元帅昨夜不见二哥，好不着急！军师算定你在这里，因此差弟来接你回去。"雄信听了，与伯当出店上马，回到营来，叔宝接着大喜。

次日，茂公对叔宝道："元帅今日先去探一阵，明日好倒铜旗。"叔宝闻言，遂提枪跳上呼雷豹，来到阵前，大叫："隋兵让开路，俺秦琼来破阵也！"那隋兵万弩齐发，箭如雨下，叔宝把枪一拨，向箭丛中冲入阵来，却从旗杆边杀进。那些将士齐声呐喊，将叔宝困在垓心，叔宝左冲右突，不得出来。忽见坐骑呼雷豹，两耳一竖，鼻子一张，大叫一声，放出一道黑气。只见那阵中千万匹马，一起扑倒，叔宝一马冲出阵来，回到本营，对众将道："这铜旗有些难倒，阔有一丈，高有十丈，上有一个大方斗，斗内藏二十四名神箭手。休说倒得来，连近也近他不得。"徐茂公道："元帅不必心焦，明日点将，四面杀入。元帅竟去倒旗，包他箭不能发，自有神人暗助，决倒铜旗。"叔宝闻言，疑信参半。

次日，徐茂公令王伯当、谢映登，领一千兵从东阵杀入，令齐国远、李如珪，领一千兵从南阵杀入，令尉迟南、尉迟北，领一千兵从西阵杀入，令史大奈、张公瑾，领兵一千从北阵杀入。其余各将，各按方向而入，秦叔宝从正中杀入。那罗成在将台上，见四面八方，杀入阵中，下令叫斗上神箭手，不许放箭，看他们如何倒得铜旗。叔宝一马冲入阵来，有杨龙、杨虎拦住交战，被叔宝架开刀，一枪刺死杨龙。杨虎要走，亦被叔宝刺死，遂奔到铜旗下，取出金装铜，照铜旗尽力一打，双手一合，又打一铜。铜旗已有些摇动了，叔宝使着生平气力，接着又是一铜，哄通一声，震天的响，铜旗竟倒了，跌死了二十四名神箭手。这唤做"三铜打铜旗"。当下东方伯、杨豹、杨彪、杨熊一起杀来，叔宝极力抵挡，哪里抵挡得住？罗成在将台上望见，即提枪上马冲来，众将只道他来助战，不想马到面前，一枪断送了东方伯的性命，又取铜打死杨豹、杨彪。众将大惊，齐叫："罗成反了！"那杨义臣一闻罗成反了，长叹一声："罢了！"遂拔剑自刎而亡。

当下金墉众将，一起杀入。那杨熊飞马逃出东营，不想撞着王伯当，被他一箭射死。二十万隋兵，一起归降。茂公鸣金收兵，大军遂进东岭。众将会了罗成，十分大喜。叔宝道："兄弟，你如今回不得燕山了！"罗成道："小弟未来之时，已与母亲说过，竟保魏王，不必回去了。"叔宝大喜，摆酒庆贺。

到了次日，忽见魏王有旨到来，说有涿州留守孽世雄，兴兵十万，来犯金墉，老将军裴仁基战死。叔宝大惊，下令退军，以救金墉。不日兵回金墉，果见许多兵马，围着城池。罗成道："小弟初来，并无尺寸之功，愿斩世雄，以为进身之路。"叔宝大喜。罗成提枪上马，大喝一声，杀入其营。那些涿州兵看见罗成杀入营来，一起发弩，箭如雨点。罗成把枪一摆，箭头纷纷落地，哄的一声，冲入营中。枪到处纷纷落马，铜到处个个身亡。众军齐声呐喊，孽世雄闻知，提刀赶来，大喊："来将何名？"罗成道："我罗成便是。你这厮可是孽世雄么？"世雄道："然也。"即把刀砍来。罗成拦开刀，把枪往世雄咽喉一刺，将世雄挑下马去。这边叔宝大兵杀入，把世雄十万大兵，杀个干净，鸣金收兵入城。叔宝、罗成上殿，细奏前事，魏王大悦，封罗成为猛虎大将军，罗成谢恩出殿，自去秦家拜见舅母。未知后事如何，且听下回分解。

第三十九回

创帝业李渊举兵　锄反王杨林划策

却说太原唐公李渊德高望重，手下兵多将勇，见炀帝游幸未归，天下大乱，就益发修理甲兵，渐有问鼎[1]中原之志。

一日，唐公召建成、世民、元吉、元霸，并李靖、袁天罡、李淳风、长孙无忌、长孙顺德、殷开山、马三保及一班将士商量国事。世民道："今主上无道，百姓困穷，晋阳城外，变为战场。大人若守小节，下有寇盗，上有惊危，亡无日矣！不若乘此机会，成就帝业，实天授之时也。且太原兵多粮足，扫除暴乱，直如探囊取物耳！"唐公听了，沉吟半晌，乃叹曰："今日破家亡躯，亦由汝，化家为国，亦由汝矣。"遂点齐众将，分布各门，鸣金击鼓，升大殿，即王位。众将朝贺参拜毕，自称唐王，立建成为世子，封李靖为护国军师，袁天罡、李淳风为左右军师，其余众将，各各受封。令元霸为先锋，来取长安。一路关隘守将，哪个是元霸的对手，到处无敌，势如破竹。不几日，得河西，取潼关，杀入长安。唐王下旨安民，诸将皆劝唐王即皇帝位，唐王道："不可。"乃立代王杨侑为皇帝，尊炀帝为太上皇。时杨侑年十岁，权柄尽归唐王，此话不表。

再说燕山罗艺，自罗成去后，放心不下。忽报罗成里应外合，破了铜旗阵，降了金墉。罗公闻信，气得半死。正要兴兵去拿罗成，忽报明州夏明王窦建德，差刘黑闼为元帅，苏定方为先锋，领兵来犯燕山。罗公正在大怒，又闻此报，火上添油，即忙点兵出城。罗公一马上前，不问来由，举枪便刺。苏定方举戟相迎，不及三合，定方败走。罗公赶来，定方拈弓搭箭，回身射去，正中罗公左目，大叫一声，回马便走入城，定方领兵围住。罗公败回帅府，眼中取出毒箭，疼痛不止，死于后堂，老夫人大哭。当下他的义男罗春说道："夫人不必哭，且商议正事。老爷

---

[1] 问鼎：指图谋夺取政权。

已死,军中无主,倘贼兵攻进城来,如何是好?如今可把老爷尸首火化,收拾骸骨,小人出去,令三军随后,到金墉公子那边投奔便了。"夫人听了,即令家将火化老爷尸首,包了骸骨。罗春吩咐三军随行,大家收拾端正。到了黄昏,罗春保夫人与众将,大开南门杀出来,向金墉而去。刘黑闼领兵进城,得了燕山不表。

再说罗春与众将,保夫人行到金墉,罗春先进城,将这事报知罗成。罗成大哭一声,晕倒在地。叔宝叫醒扶起,出城迎接夫人进城,秦母姑嫂相逢,放声大哭。罗成在府开丧,随来众将,分头调用,择日将罗公骸骨埋葬,不表。

且说登州靠山王杨林,闻李渊得了长安,天下大半俱属反王,心中忧闷。即来朝见炀帝,定下计策,要灭反王。发十八道圣旨,会齐天下反王,各路烟尘,不论他州外国之人,齐上扬州演武。反王中有武艺高强,抢得状元者,立他为反王头儿,必须年年进贡。这个计策,意思要众反王到来,使他先自相杀一阵,伤残一半。教场里先埋下西瓜火炮,俱用竹筒引着药线,待演武后,点着药线,放起大炮,又打死他大半。其余逃脱的,在扬州城上放下千斤闸,把他们再闸死一半。再有逃脱的,杨林自与一个继子,叫做殷岳,也有十分本事,同领一支兵,埋伏在龙鳞山,拦住剿杀。宇文成都领大兵,保炀帝在西苑。这旨一下,各处反王并烟尘,及他州外国,纷纷而来。

那靠山王杨林,闻知沱罗寨伍天锡英雄,随差人前去,聘他来镇守天昌关,挡那各路反王,俱要关前考武,考过武举,然后进关抢状元。伍天锡闻召大喜道:"我正要到扬州,不想有这机会,这昏君少不得死在我手里。"忙点兵马到天昌关,等候各路反王。那各路反王到了天昌关,正要进关,看见一将红面黄须,立于关前,高叫:"众王听着,俺伍天锡奉靠山王令旨:如有将士,在我马前战三合者,中为武举,然后进关抢状元。如不能战三合者,休想进关!"

众反王闻知此言,俱扎营关外,商议这事。忽见李子通元帅伍云召上前说道:"众王爷在上,那天昌关守将,是小将的兄弟。待小将明日去对他说,他自然放进关中。"众反王道:"甚妙!"次日,伍云召率众反王至关下,军士通报,伍天锡听了,便手执混金铛,开关出来,看见伍

第三十九回　创帝业李渊举兵　锄反王杨林划策

云召在前，众反王并众将在后，遂问："哥哥也来考武举么？"云召道："然也。我闻扬州开科考状元，兄弟怎么听信杨林，在此考武举？"天锡道："哥哥但知其一，不知其二。我岂不晓得？然我在此，却有益于众反王。哥哥进场，须要小心，场中不怀好意，作速同众王进关，见机而作。"众反王大喜，同伍云召并诸将进关，来到扬州，都扎营在城外安歇，不表。

再说李元霸征西番回来，朝过父王，问道："哥哥秦王哪里去了？"唐王道："他往扬州考武去了。"元霸道："既如此，我也要去考武。"唐王道："你去不可生事。"元霸道："晓得。"遂同家将四名，星夜赶到天昌关。忽见有几家反王来迎接，元霸道："你们为何还在这里？"众王道："千岁有所不知，众王先来，早已进去了。我们来迟了几日，还在这里。如今天昌关有一主考，要进武场，必要在他马前战三合。战得过，算中武举，战不过，性命难保。"元霸道："有这等事！待孤家先考过了，然后列位王兄来考。"言未毕，忽走出一员大将，姓梁名师泰，生得金脸红须，手执双锤，十分猛勇，乃是元霸面前开路将军，上前叫道："千岁爷且慢前往，待末将先与他比个高下，再处。"元霸道："既如此，你先去。"未知此去如何，且听下回分解。

第四十回

罗成力抢状元魁　阔海压死千金闸

当下梁师泰把马一拍，冲到关前，众反王同元霸也到关外。梁师泰叫声："关上军士，快报主试知道，今有众反王到此，要考武举进场。"只见关上放炮三声，关门大开。伍天锡一马跑出，看见梁师泰不是良善之相，不如先下手为妙。就把混金铛劈头盖下，师泰把双锤一架，震得两臂酸麻。天锡又是一铛，师泰又把双锤一架，面上失色。天锡见了，将混金铛又望顶上盖下，师泰躲闪不及，正中头盔，跌下马来，复一铛结果了性命，大叫道："哪一位敢再来考？"李元霸看见大怒，纵马进前道："孤家来了！"伍天锡见是李元霸，大惊失色道："千岁为何也来考试？末将让千岁进关。"元霸大喝道："红面贼，你把孤家开路将打死了，孤家来取你命也。"就把锤打来，伍天锡只得把混金铛一架，震得两手流血，回马就走。元霸一马赶来，伸手照背心一提，提过马来，往空中一抛，又接住脚，双手一撕，分为两开，众反王遂同元霸进关。不料外国兴兵来犯边庭，兵势甚锐，唐王差官来召元霸，回去迎敌。元霸闻召，即辞众王回去，此话不表。

再说众反王齐集，同到扬州，有封德仪出城招接，请到教场安歇。次日，众王与外邦烟尘，齐到演武场，分列两行，等候演武。不多时，三声炮响，监军官封德仪升堂，各邦众将上前打拱。只有白御王高谈圣的元帅雄阔海未到。那雄阔海因武林公干，闻知这个信息，也连夜赶来，不表。

再说封德仪与众将打拱过，各归本位，就吩咐取武状元盔甲袍带，摆在演武厅上，遂传令道："有人能夺此状元盔甲袍带者，称为国首，汝等有本事的，进前来取。"这令一下，早有山后定阳王刘武周先锋甄翟儿，把斧出马，大叫道："待我取状元，谁敢与俺比武？"早有洛阳东镇王王世充元帅段达，持戟出马，大叫一声："我来与你比武。"二人战了数合，被甄翟儿砍作两段。又有知世王王溥的大将彭虎，用竹节钢鞭来战，未及三合，亦被甄翟儿砍了。又有净秦王徐元朗的元帅暴天虎，出马交战，又被他砍了，遂大叫道："谁人敢来夺俺的状元？"忽见金墉虎将王伯当，手执银枪，出马交战数合。伯当放下银枪，取出弓箭射去，正中甄翟儿咽喉，翻身坠落马下。

王伯当大叫道："谁敢来抢状元？"有突厥老英王的大将铁木金，使一条铁棒，大喝道："我来也！"两下交锋，不及三四合，伯当抵敌不住，败回本阵。又有寿州王李子通的元帅伍云召，拿一条枪出马，大叫道："待我来抢状元。"举枪刺来，铁木金将棒一架，云召把枪逼开棒，又是一枪，把铁木金刺落马下，却有高丽国的大将左雄，手执板斧，骑一匹异马，没有尾巴，名为"没尾驹"，大叫道："留下状元，我来也。"就与伍云召交战，左雄不能敌，回马便走。云召拍马赶来，左雄把没尾驹头上连打几下，那马前蹄一低，后蹄一立，屁股内一声响，撒出一丈多长的尾巴来，向后一扫，把云召的头打得粉碎，死于马下。叔宝大怒，催开呼雷豹来战左雄。战了数合，左雄回马就走，叔宝赶来，左雄又将没尾驹连拍几拍，又撒出尾巴来。叔宝叫声："不好！"把身往后一侧，一尾打中呼雷豹的头，那呼雷豹十分疼痛，吼叫一声，口中吐出黑烟，那没尾驹扑地跌倒了，尿屁直流。叔宝一枪先刺倒没尾驹，后刺死左雄。有楚国雷大鹏的大将金德明拿起大刀来战叔宝。未及三合，见叔宝本事高强，难以取胜。一手举刀招架，一手暗扯铜锤，闪的一锤，正中叔宝左手，叔宝回马便走。罗成大怒，挺枪来战，耍的一声，刺中金德明咽喉，死于马下。

那罗成算是第七条好汉。第一条好汉李元霸，第二条好汉宇文成都，皆不在此。第三条好汉裴元庆已死了，第四条好汉雄阔海还未到。第五条好汉伍云召，第六条好汉伍天锡，亦皆死了。除了这六人，哪个是罗成的对手？纵有众王将官来夺，被他把枪连挑四十二将下马，其余一个也不敢来，竟取了状元盔甲袍带。

忽听得演武厅后三声炮响，原来这小炮一响，然后点着大炮的药线。岂知竹筒内药线湿了，再也不响，众反王都有些知觉，防有不测之变，便一起上马，飞奔到城下，忽听得一声炮响，城上放下千斤闸来。那雄阔海刚刚来到城门口，只见上边放下闸来，忙下马来，一手托住，大叫道："众王爷，里面有变么？"众王爷道："正是。"阔海道："既然有变，趁我托住千斤闸在此,你们快走出城去。"那十八家王子,与各路烟尘,一起争出城来,刚刚都走脱了。雄阔海因跑了一日一夜,肚子饥饿,身子已乏。跑到这里,就托了这半日千斤闸,上边又有许多人狠命的推下来。他头一晕,手一松,扑挞一声,压死在城下。

这里众王子望前取路而行,奔到龙鳞山,忽听得一声炮响,伏兵齐出。当先一将,正是杨林,手提囚龙棒打来。罗成挺枪相迎,两下交战,未及三合,罗成回马便走。杨林拍马赶来,看看赶到,罗成反身把枪一举,杨林把囚龙棒往下一按。不料枪不及架,往上一举,正中咽喉,杨林跌下马来,死于地下。叔宝道:"兄弟,好回马枪呵!"那时殷岳大怒,拍马把狼牙棒杀来,叔宝举提炉枪迎敌,大战三十余合,不分胜负。叔宝回马便走,殷岳随后赶来。叔宝左手执枪,右手举锏,见殷岳一棒打来,叔宝把枪折在后背一架,扭回身来,耍的一锏,把殷岳打下马来。复一枪,呜呼哀哉。罗成道:"哥哥好杀手锏呵!"二人大笑,把伏兵杀退,众反王各自回国不表。

且说炀帝见计不成,杨林又死,料必灭亡,便与萧后众美人道:"朕大事去矣!快共饮酒,趁早快活。"酒后,取镜自照道:"好头颈,谁来砍之?"萧后道:"陛下何出此不利之言!为今之计,奈何?"炀帝道:"中原已乱,无心北归,欲保江东,以听天命。"遂下旨整治丹阳宫不表。

且说宇文化及见天意丧隋,英雄四起,遂与诸将共谋篡位,令宇文成都连夜领兵入宫。有虎卫将军独孤盛,领兵前来拦住,被成都把流金铛结果掉,众人惧怕,一起归服。炀帝闻变,逃于东阁,被校尉令狐行达扶出。帝见成都道:"朕有何罪?"成都道:"你弑父酖[1]兄,纳娘图嫂,又兼穷奢极欲,以致盗贼四起,何谓无罪?"遂进前欲杀炀帝。炀帝道:"天子死自有法,何得加以锋刃?"成都就把炀帝缢死,又将皇室宗亲,尽皆杀戮。是日化及登基,即皇帝位,国号大许,封成都为武安王,智及、士及为左右丞相。欲知化及后来如何,且听下回分解。

----

[1] 酖(zhèn):同"鸩",用毒酒害人。

第四十一回

甘泉关众王聚会　李元霸玉玺独收

却说唐王李渊，闻知宇文化及杀了炀帝，放声大哭，遥祭炀帝灵魂，开丧挂白。诸将皆劝李渊即皇帝位，李渊犹豫未决，适恭帝侑知天意在唐，遂禅位于李渊。李渊再拜受命，戴冕冠，披黄袍，升大殿，即皇帝位，是为高祖神尧皇帝。众臣朝贺毕，高祖下旨，国号大唐，改元武德。封世子建成为殷王，立为太子。次子世民为秦王，三子元吉为齐王，四子元霸为赵王，李靖为魏国公，马三保为开国公，殷开山为定国公，长孙无忌为楚国公。其余文武百官，各加封赏。废恭帝侑为谯国公。众臣一起谢恩。李靖拜辞高祖，云游海外，此话不表。

再说西魏王李密，闻炀帝被宇文化及所弑，自立为许帝，心中大怒。即与军师徐茂公商议，发下十八道矫旨[1]，差十八员官，遍约各家反王，兴兵征讨反贼。俱齐集在甘泉关相会，如不到者，以反贼论。这矫旨一传，各路反王，果然兴师到甘泉关。唯有大唐李渊这支兵不见来，他却在宇文化及背后杀来，故此不曾来会。看官要晓得，为什么自背后杀来？原来高祖当日得了李密的矫旨，聚集众官商议，可差何人往扬州去杀宇文化及，抢取传国玉玺来。李淳风出班奏道："陛下欲诛宇文化及，并获得传国玉玺，非赵王李元霸前去不可。"高祖准奏，即着李元霸领三千骁骑[2]，出潼关而来，化及闻报，即差宇文成都到潼关拒敌，成都领旨，提兵前往潼关迎敌，这且慢表。

再说甘泉关众王子会齐，大家计议道："必须举一人为十八邦都元帅，提调人马，方有约束。只是大将无数在此，举得哪个好？"徐茂公道："有个方法在此，凭天吩咐，将甘泉关闭了，一人叫三声，谁叫得关开，就

---

[1] 矫旨：假托圣旨；假圣旨。
[2] 骁骑：勇猛的骑兵。

推他为十八邦都元帅。"众王子齐说道:"有理!"当下闭上关门。先是十八邦的反王,一个个叫过去,然后众将大家各依次序叫去,哪里叫得开?轮到程咬金,他便夸口说道:"我当初做混世魔王,三斧头取了瓦岗,何况这座关门,让我来叫他开。"遂向前大叫道:"关门!关门!你依了老程开了吧!"说也奇怪,才叫得两声,只听得一阵狂风,呼的一声响,两扇关门就大开了。程咬金大笑道:"何如?还要让我当下。"当下众人信服,推他上台,拜了十八邦都元帅之职。十八邦大小将官,一起下拜。当下程咬金令三军杀奔江都而来。

宇文化及在江都闻十八路反王,合兵一百八十万,由甘泉关杀奔前来,心中大惊。只得留兄弟宇文士及守扬州,自己带了萧后与宫娥,连夜逃奔,入淮而去。这里众王子一到城下,宇文士及就开城投降。咬金下令众将官无分昼夜,追赶宇文化及,违令者军法从事。众将只得星夜赶来。这且慢表。

且说宇文成都领兵十万,在潼关紫金山下。不料唐兵杀到,为首的大将就是李元霸,成都看见,吓得魂消魄丧,欲待退走,无奈人已照面了,只得叹口气道:"罢,小畜生,今日与你拼命也!"硬着头皮,举流金镗打来。那元霸的师父紫阳真人叮嘱他,若遇见使流金镗的,不可伤他性命。所以向年比武,就不伤害。今日见他有相害之意,竟忘记了师父之言。就把锤将成都的镗打在半边,扑身上前,一把抓住成都的勒甲绦,提过马来,望空一抛,跌了下来。元霸赶上接住,将他两脚一撕,分为两片。兵士见主将死去,走个干干净净。

再说众王子兵马昼夜赶来,追着化及,已是黄昏时候。大杀一阵,杀得那化及抛下家小,并金银宝贝,望紫金山而逃。萧后被窦建德所获,传国玉玺为李密所得。复又合兵追奔前去。那宇文化及正在逃奔,只见前面灯火照耀,当先一将拦阻,乃李元霸也。化及一见大惊,回身逃命,又撞见窦建德杀到。化及措手不及,被建德一刀,砍为两段。

谁知李元霸又抄出后山,见众王子进了紫金山,他就拒住山口,大叫道:"山上何人得了传国玉玺,快快献过来!"众王齐吃一惊。程咬金大怒道:"我们这里十八家大将甚多,何惧你一个黄毛小厮?"遂令众将一起杀去。那些将官没奈何,一起上前冲杀,高张灯火,喊杀连天。李

第四十一回　甘泉关众王聚会　李元霸玉玺独收

元霸大吼一声，冲入阵中，锤到处纷纷落马，个个身亡。罗成挺枪来战，被元霸一锤打来，罗成当的一架，把枪打做两段，震开虎口，回马逃生。可怜一百八十万人马，遭此一劫，犹如打苍蝇一般。

李密无奈，只得献上玉玺，求放回国。元霸大叫道："玉玺我便收了。你这些狗王若要归国，可写下降表跪献上来。便饶你等狗命，不然便都杀死。"众王无奈，只得写下降表，跪献上去。却有鲁州净秦王徐元朗，不肯跪献。元霸喝道："为何不跪献上来？"徐元朗道："你是王子，俺也是王子，为何要俺跪献？此言甚属放肆！"元霸听了，冷笑一声，就把元朗抓过来，擎起两腿，撕为两片。众王子看了大惊，只得一起跪下，献上降表。轮到窦建德，说道："我是你嫡亲母舅，难道也跪不成？"元霸道："不相干，你若在唐家做臣子，自然与你些名分。如今做了反王，若不跪献，将徐元朗为例。"建德无奈，只得忍气跪下，献上降表。元霸收完降表，竟奔潼关而去。

众王计点兵马一百八十万，只剩得六十二万。程咬金大骂道："这小畜生，愿你前去身死，那时俺杀上长安，叫你老子认得俺的斧便了！"众王各回本国，那西魏王李密在路思想，萧后天姿国色，未知下落。军士报说，夏明王窦老爷获得。李密便对众将道："孤看萧后乃世之活宝，今被窦建德所获，我欲将真珠烈火旗前去易换，未知诸卿哪一位可去？"程咬金道："不才愿去。"李密道："既是程王兄肯去，如若得来，其功不小。"咬金就接了真珠烈火旗而去。未知后事如何，且听下回分解。

第四十二回

遭雷击元霸归天　因射鹿秦王落难

当下咬金上马，赶上夏明王，取出真珠烈火旗送上，细言前事。窦建德笑道："此乃无用之妇，既是真珠烈火旗来换，焉有不肯之理？"遂将萧后送与程咬金，一路保回。李密一见，心中大喜，就回金墉不表。

再说李元霸回到潼关，有驸马柴绍前来接应，二人遂同路而行。只见风云四起，细雨霏霏，少顷雷光闪烁，霹雳交加，大雨倾盆而降。那雷声只在元霸头上响，如打下来的光景。元霸大怒，把锤指天大叫道："天，你为何这般可恶，照我的头上响？"就把锤往空中一撩，抬头一看，那四百斤重的锤坠落下来，扑的一声，正中在元霸脸上，翻身跌下马来。柴绍大惊，连忙来扶，又见一阵怪风，卷得飞沙走石，尘土冲天，霹雳声中，火光乱滚。柴绍与兵将避入人家檐下。少顷，风停雨止，出来看，只见元霸的金冠落地，那双锤与马却在一旁，人已唤不醒了。柴绍放声大哭，只得殓了元霸遗体，连同他的遗物和玉玺降表，回转长安。入朝拜见高祖，哭倒于地。高祖忙问何故，柴绍具奏其事，献上玉玺，并十八邦降表。高祖一闻元霸身亡，大喊："皇儿好苦！"晕倒在龙椅上，文武百官扶起救醒，又大哭一场，下旨遥祭重殓开丧。

这消息传到洛阳，王世充大喜道："此子一死，吾仇可报矣！"就起兵十万，直杀至牢口关下寨。把关守将张方，忙写本章，差官入长安告急。高祖见本大惊，忙问众将谁敢去退敌？闪出秦王奏道："臣儿不才，愿领兵前去。"高祖大喜，发兵十万，秦王带领马三保、殷开山，一干战将，行至牢口关，守将张方接入帅府，摆酒接风。次日秦王领兵出关，与王世充对阵。秦王道："你何故兴兵犯我疆界？"王世充道："唐童，我前次在紫金山，被你兄弟李元霸冲杀一阵，打得俺十八家没了火种，还要跪献降表。我只道他永世不朽，原来如今就死了！今日我兴师复仇，杀上长安，灭你唐家！"秦王背后殷开山大怒，飞马摇斧，冲将过来。王

第四十二回　遭雷击元霸归天　因射鹿秦王落难

世充手下大将程洪，忙举刀敌住，大战二十余合，不分胜败。秦王使定唐刀，同马三保众将一起杀出，王世充抵敌不住，大败而走。秦王领众追赶，直抵洛阳。王世充败入城中，闭门不出，秦王下令安营。

是晚明月皎洁，如同白日，秦王同殷马二将，出营观赏。行上山坡，忽见一只白鹿，慢慢走来。秦王取得弓箭射去，正中白鹿头上，那鹿如飞走去。秦王纵马追赶，赶了许多路，回头一看，不见了殷、马二将。到了一座山上，又不见了白鹿。对面有一座大大的城池，秦王又不知是什么城池。原来这就是金墉城。是夜秦叔宝与程咬金巡城，只听得那边山上有马铃响，二人疑心，下城上马提了兵器出城，奔上山来。秦王看见两马跑来，咬金一马先到，大喝道："山上是何人，敢来私探俺金墉城？"秦王吃了一惊，忙应道："我乃大唐皇帝次子李世民便是。请问王兄，却是何人？"程咬金闻言大怒道："唐童，你来得正好，"即举斧砍来。秦王把定唐刀一架，叫一声："王兄，我与你无仇，为何如此？"咬金道："你不晓得俺程咬金，在紫金山被你兄弟元霸，打得十八家王子没了火种。又抢了俺们的玉玺去，怎说无仇？今日相逢，难逃狗命。"当的又是一斧，秦王抵挡不住，回马败走。咬金紧紧赶来，前边走的，好似猛风吹败叶；后边赶的，犹如骤雨打梅花。赶得秦王上天无路，入地无门，只叫得苦。

叔宝也在后赶来，赶到天色微明，秦王转过山坡，又叫一声苦。原来是一条尽头路[1]，侧边有所古庙，上有匾额，写道"老君堂"三字。秦王下马，悄悄牵马入庙，伏在案桌下。外边咬金、叔宝二人赶到，咬金看道："此间四下无路，一定在庙内。"跳下马，一斧劈开庙门，果然秦王伏在桌下。咬金道："如今没处走了！"便把斧砍来。叔宝将锏架住道："他是重犯，如何擅自杀他？且拿他见主公发落才是。"咬金道："有理。"遂将腰间皮带解下来，把秦王绑在逍遥马上，咬金上前牵着秦王的马，望金墉而来。

再说殷开山、马三保见主人射鹿，随后赶来，转过山坡，忽然不见。二人登高一望，见山下有三人前来，一个执斧，一个提枪，一个捆缚在马上。二人见了。好生疑惑，忙走下山仔细一看，原来绑缚在马上的，就是秦王。二人大惊，忙来抢夺。叔宝心中本要放走秦王，怎奈程咬金牵住秦王的马，

---

[1] 尽头路：绝路；末路。

忽见马三保、殷开山来夺,咬金大怒,举斧交战。早有探军报到金墉城,众将都来接应。殷马二人见人多了,料想寡不敌众,不敢上前抢夺,竟逃回本营,领兵回牢口关,差官飞报入长安去了。

这边叔宝、咬金将秦王拿入金墉见魏王李密,李密见秦王,拍案大怒道:"孤家举义兴兵,追杀宇文化及,乃汝弟元霸毫无情面,自恃凶狠,抢夺皇家玉玺。这也罢了,又要众王写降表,跪送投降。我只道你唐家永远有这小畜生,不料天理难容,短命死了。孤家正要兴兵报仇,你却自投罗网。"吩咐左右绑去砍了。忽见徐茂公出班奏道:"启主公,那世民虽然该斩,但他与主公曾有恩惠,将他暂禁,另寻别故,杀之未迟。"李密道:"孤家与他并无干涉,有何恩惠?"茂公道:"主公未知其详。昔日主公曾被炀帝加罪,虽亏朱灿救出,后来炀帝差世民、元霸追赶,其时若非世民卖情,暗纵逃脱,已被元霸擒杀矣!今日主公骤然杀之,必被诸邦豪杰讥笑。"李密听说,皱眉一想,俄而开言道:"既是军师这等讲,将他发在天牢,留限一年处斩,不必多议。"遂把世民入天牢监禁不表。

且说马三保报入长安,高祖得报大惊,放声大哭。满朝文武,各各下泪,唯有殷、齐二王,暗暗欢喜。忽见当驾官启奏说:"三原李靖现在午门候旨。"高祖闻言,反忧作喜,道:"此人到来,我儿有命矣!"令宣入朝。李靖山呼[1]已毕,高祖问道:"卿向在何处?"李靖道:"臣向在海外访友,今闻秦王被拘在金墉,特来设计相救。恐圣躬忧坏,先来安慰,包管百日之内,秦王安然回国矣。"高祖大喜,忙问何策救取吾儿。李靖道:"臣今密下小策,待秦王回国之时,自然明白。"说罢,辞别高祖出朝,竟往曹州而来。曹州宋义王孟海公,一日坐朝,黄门官启奏:"有一道人,自称三原李靖,要见大王。"孟海公叫宣进来。李靖入朝,参见孟海公,孟海公道:"先生此来,必有高议,乞请赐教。"李靖道:"贫道曾遇异人传授,善于呼风唤雨,算阴阳,先知吉凶。见大王乃是真正帝星,故特来请大王兴师,先取金墉,次取长安,以图一统基业。若天时一失,反为不美,乞大王裁之。"孟海公大喜道:"多承先生指教,不知该何日兴师?"李

---

[1] 山呼:封建时代臣下祝颂皇帝的仪节,三次叩头,三呼万岁。

第四十二回　遭雷击元霸归天　因射鹿秦王落难

靖道："天时已至，不宜迟缓。贫道当保大王，即日兴师，先下金隄，次取金墉，最为上策。"孟海公欣然降旨，亲统大兵十万，直奔金隄而来。

那金隄关守将贾闰甫、柳周臣，引兵出关交战，被宋义王打得大败，入关坚守不出，便差人连夜往金墉告急。孟海公将金隄围住，日夜攻打，李靖道："大王要破此关，不出十日。贫道暂别，与大王往太行山借一件宝贝来。待李密救兵一到，管叫他片甲不存。"孟海公大喜道："速去速来。"李靖应允，竟往海外访道去了。

那金墉李密，得了告急表章，亲自点兵五万，带领五虎大将，来救金隄。其余诸将同徐茂公等守国。兵到金隄关，贾闰甫、柳周臣接入。次日，李密领众将出关对敌，罗成一马冲到阵前，孟海公手下元帅尚义，提刀迎住。战未三合，被罗成拦开刀耍的一枪，打中左肩，伏鞍而走。李密将号旗一展，五虎大将，一起冲杀过来，如砍瓜切菜一般。杀得曹州人马，尸山血海。孟海公率领残兵，奔回曹州去了。

且说李密鸣金收兵，入了金隄关，心中得意，即降旨传修撰官写赦书一道："颁谕金墉众臣知悉。孤家亲救金隄，赖上天之佑，马到成功，合该赏军泽民，赦宥[1]一切罪犯。凡已结案未结案，除十恶大罪外，尽行赦除。预仰朝臣悉行释放，钦此遵依！"修撰官写毕诏书，启读一遍，排在案上。李密暗想："南牢李世民赦不得。"遂拿起笔，在赦书后面，批下二句云："满牢罪人皆赦免，不赦南牢李世民。"批毕，即差官赍[2]诏到金墉。徐茂公、魏征等开读过了，即令职使释放一切罪人。茂公收了诏书，私对魏征道："李世民乃是真命天子，你我日后归唐，俱是殿下之臣。如今监禁南牢，应当及早救他才好，怎奈魏王赦书后面，又批这二句，如何是好？"未知魏征怎说，且听下回分解。

---

[1] 赦宥：依法定程序减轻或免除对罪犯的刑罚。
[2] 赍（lài）：赏赐。

第四十三回

改赦书世民被释　抛彩球雄信成婚

当下魏征接过赦书一看，沉吟半晌，便说道："不难。可将第二句中'不'字上，竖出了头，下添一画，改作'本'字，'本赦南牢李世民'，便可以放他了。"茂公称善。二人随即改了赦书，令从人带了秦王的逍遥马、定唐刀，同到牢中见秦王。将改诏放走之事说知，秦王拜谢。徐、魏二人道："主公，臣等不久亦归辅主公。今事在匆促，请主公作速前去，恐魏王早晚回来，难以脱身矣！"秦王十分感激，提刀上马，拱手辞别而去。

再说魏王班师回来，问起秦王如何，徐茂公道："主公诏书后批语：有'满牢罪人皆赦免，本赦南牢李世民'，故臣已放他去了。"李密闻言，大怒道："取诏书我看。"徐、魏二人连忙取上，李密细细看出改诏的弊端，拍案大喝道："都是你二人弄鬼，侮玩[1]孤家。本当处斩，姑念有功在前，饶你们一死。你们去吧，孤今用你们不着。"喝令廷尉将二人赶出。茂公冷笑，写诗一首，贴在午门上，诗曰：

丧失贤良事可伤，昏君无智太荒唐；
强邻压境谁堪恃，不及当年楚霸王。

茂公将诗贴毕，与魏征出城而去。

这边午门外有值日官连忙报知李密，李密看了诗句大怒，即差秦叔宝、罗成赶走，拿他们回来，以正国法。叔宝、罗成出城，鬼混了一日，进朝回复道："臣等追寻二人，并无踪迹，不知去向。"李密大怒道："好奸党，明明私情卖放[2]，还敢在孤家面前搪塞！"喝左右绑这二人，押出斩首。闪出程咬金大叫道："主公，这个使不得，你不想想，这皇帝是哪里来的？如今怎么无情，动不动就要杀起来。"李密大喝道："好匹夫，焉敢奚落

---

[1] 侮玩：哄骗戏弄。
[2] 卖放：收贿而放脱。

孤家！"吩咐左右，一并把他推出斩首。吓得两班文武，一起跪下道："乞主公息怒，看他三人从前之功，免其一死。"再三保奏，李密怒犹未息，说："既是众卿力保，将三人削去官职，永不复用。"三人勉强谢恩而出。程咬金一路大叫道："有这样可笑的人！我让他做皇帝，如今他倒作威作福起来！"叔宝道："事已如此，说也无益。"咬金道："秦大哥、罗贤弟，我们如今周游列国，到处为家，看有什么机会罢了。"罗成道："说得有理。"

此时秦母、程母俱已去世，只有罗成母亲在堂，三人各各收拾车辆，带了家眷，一同登程，沿路周游去了。当时金墉关七骠八猛十二骑，见魏王如此，渐渐分散。那洛阳王世充听了这消息，心中大喜，即密传将令，暗暗起兵来取金墉不表。

再说李密兵势大衰，手下只有王伯当、张公瑾、贾闰甫、柳周臣保护，心中也有些着急。时值荒年，粮饷均无着落，心中十分着急。一天黄昏时分，忽听炮响连声，军士来报说："王世充来袭金墉，攻打甚急。"李密大惊，连夜与众将计议，都是面面相觑，粮草又无，兵马又少，怎生迎敌？君臣商议，唯有弃了金墉，投奔别国，再作区处[1]。李密道："如今投哪国去好？"王伯当道："若投别国，俱是小邦，未必相容；莫若投唐，庶可苟全。"李密道："我与世民有隙。"伯当道："不妨。向来李渊仁厚，世民宽宏，决不会难为主公的。"李密犹豫未决，忽报王世充人马攻破西城了，李密大惊，伯当道："主公快上马。"张公瑾、贾闰甫、柳周臣都弃了家小，走马出城，望长安而奔。这里王世充入城安民，只斩了萧后，其余各家家小，俱皆赦免，不在话下。

再说李密一行五人，行到长安，在午门外，先自绑缚，送入本章。高祖看了，对世民道："金墉李密，被王世充暗袭，破了城池，今来投顺，我欲杀之，以消你之恨。你意若何？"世民道："乘人之危，杀之不仁，又失人望。望父王怜而赦之，复以恩结之，则天下归心矣！"高祖大悦，即宣进来。李密到金阶，俯伏在地，高祖离坐，亲解其缚，赦其前罪，封为邢国公。又将淮阳王李仁的公主，配与李密为妻。封张公瑾、王伯当、贾闰甫、柳周臣为廷尉。伯当不受，愿为李密幕将，高祖许之。这话休表。

---

[1] 区处：居住的地方。

再说洛阳王世充得胜回国，想起妹子青英公主尚未招驸马，遂下旨在午门搭一彩楼，凭妹子掷球自择。公主遵兄之命，在彩楼上，抛球择婿，对天祝道："姻缘听天由命。"就吩咐宫女，将球掷下，却落在一个青面红须大汉身上。你道那大汉是谁？却就是单雄信。只因他抛弃了李密，来到洛阳，在彩楼边经过，公主一球，正中顶梁。两边宫官太监，邀住雄信，延入午门。王世充见了，心中大悦，立与成亲。过了数日，叔宝、罗成、咬金三人，游到洛阳，闻得单雄信为驸马，同来投他，雄信接见大喜，意欲奏知王世充，封他们官爵。但恐他们与唐家有旧恩，异日反复无常，反为不美，不如且款留在此，再作理会。便奏过王世充，将金亭馆改作三贤馆，供养他三人在内，逍遥安乐，不表。

且说李密虽为驸马富贵，焉能比得前日为魏王时快意？欲要反唐，未得其便。适值山西有变，李密就在高祖面前，讨差出师，愿效微劳。高祖下旨，命他收服山西。李密得旨甚喜，退回府中，意欲公主同去，遂将心思，一一说知，并道："此去成功，公主即为王后。"公主大怒骂道："你这狼心狗肺之人，我家伯伯何等待你，你不思报恩，起此反心，真逆贼也！"李密骂道："你这贱人，如此无礼！"遂拔出宝剑，将公主杀了，即招伯当相商。伯当见杀了公主，大吃一惊道："不好了！还有什么商议？此时不走，等待何时？"李密慌忙与伯当上马，逃出东门而走。

这里邢国公府中家将，飞报入朝，高祖得报大惊，命秦王领兵追赶，碎尸万段。秦王领兵出东门一路赶去，李密回头一看，只见一队人马飞奔赶来。李密与王伯当纵马加鞭，行不上十里，到了艮宫山断密涧，见追兵已到，李密连声叫苦。王伯当把戟向前，大喝道："唐兵休赶，俺王伯当在此。"秦王道："王兄，李世民特来劝你。今日之事，情理皆亏，劝王兄不如降了唐家吧！"伯当道："千岁，不必多言。俺王勇素重纲常，事虽无济，有死而已！"遂勒马挺戟刺来。这里众将一起放箭，伯当恐伤了李密，把身向前挡住。用戟挑拨，叮叮当当，把箭杆都拨在地下。不料旁边一箭，射中李密左腿，李密呵呀一声。伯当回头，才掇[1]得一掇，就着了数箭，手戟一松，万弩射身而死。李密并同行数人，亦被射死。

---

[1] 掇（duō）：收拾。

第四十三回　改赦书世民被释　抛彩球雄信成婚

秦王下令,将王伯当尸首葬在艮[1]宫山,把李密首级斩下,收兵回长安,入朝复旨。高祖命将李密首级,号令午门示众。

不多几日,徐茂公、魏征,行至午门外,见了李密首级,哭拜于地。有守门军人,将二人绑缚,入朝启奏。高祖闻知,叫推进来,军士将二人拿到金阶,秦王一见,忙奏道:"这就是徐勣、魏征,改诏私放臣者。"高祖闻奏,即令秦王下殿解缚。秦王领旨,下阶解缚,谢叙前情,就要二人归唐。二人道:"要臣归辅,必须葬祭了魏王尸首,以尽旧主之谊,然后归附。"秦王将此言奏请高祖,高祖准奏,命秦王前往主祭。秦王就将李密尸首,用天子礼葬于艮宫山。致祭毕,徐勣、魏征,就归唐朝。高祖封徐勣为军师,魏征为洗马[2],按察四方,招集金墉七骠八猛十二骑。那些金墉旧将,闻二人归唐,皆来归附。欲知后事,再听下回分解。

---

[1] 艮(gèn):八卦之一,卦形是"☶",代表山。
[2] 洗马:官名。

第四十四回

尉迟恭抢关劫寨　　徐茂公访友寻朋

却说山后朔州麻衣县,有一人姓尉迟、名恭,字敬德。生得身长一丈,腰大十围,面如锅底,一双虎眼,两道粗眉,腮边一排虎须。善使雌雄两条竹节鞭,有万夫不当之勇。娶妻梅氏。妻舅梅国龙、梅国虎,在麻衣县当马快。他住在城外打铁,务农为业。

一天,梅国龙、梅国虎到尉迟恭家里看姐姐,尉迟恭道:"我闻定阳王刘武周,特差元帅宋金刚,在麻邑募选先锋。要想前去,只因你姐姐有孕在身,如今二位老舅到此,愚兄拜托前行,凡事全赖照顾。我留下雌鞭在此,倘或生下孩儿,取名宝林。日后夫妻父子重逢,可将雌雄二鞭为证。"当下拜别,彼此流泪。

尉迟恭带了盔甲枪鞭,往麻邑而来。到了麻邑,写了投军状,投入帅府。宋金刚唤他进来一看,好像烟熏太岁,火烧金刚。就命他演武,果然十分猛勇。即着他在午门候旨,自己先入朝中启奏,武周即降旨宣他进来。尉迟恭闻宣入朝,到殿下俯伏。武周看他豹头燕颔,虎步熊躯。细问武艺行兵之事,尉迟恭对答如流,武周大喜。下旨封尉迟恭为先锋,宋金刚为元帅,来抢唐家世界。

且说雁门关守将王天化得报,忙写本章,差人上长安求救。高祖见了此本,便问:"哪位卿家可以领兵退敌?"闪出殷齐二王道:"臣儿愿往。"高祖遂命点兵十万,与二王前去退敌。这边尉迟恭前军到了雁门关,守将王天化出关迎敌,尉迟恭把枪冲杀过来。王天化举枪来迎,未及三合,被尉迟恭一枪刺死。抢进雁门关,宋金刚的大队也到,一起进关。尉迟恭即领兵直奔偏台关杀来。关中守将金日虎,领兵出关迎敌。战不上五合,被尉迟恭一鞭打下马去,又占了偏台关。即刻拍马抢先,直奔白璧关。其时殷、齐二王到了,忽报半日工夫,失了两关,又报兵到城下。二王大惊,

第四十四回　尉迟恭抢关劫寨　徐茂公访友寻朋

上城一看，见那尉迟恭犹如灶君[1]一般。二王忙令画工，在城上描了他的形像，随后领兵出城。却被尉迟恭鞭打枪挑，连丧上将数十员，杀败二王，抢了白璧关。宋金刚人马也到，尉迟恭即起身追赶二王。一夜之间，连劫他八寨，赶得二王上天无路，入地无门。幸喜宋金刚有令，着尉迟恭先取太原，尉迟恭只得带马回白璧关去了。

再说高祖驾临早朝，忽报二王大败回来，高祖大怒，叫声："宣进来。"二王到殿下，俯伏奏说："来将凶狠，一日一夜，被他夺了三关，劫了八寨，杀死上将数十员。臣儿画他形像在此，请父王观看。"高祖命挂在殿旁，两班文武见了形像凶恶，齐吃一惊。高祖问道："此人如此厉害，众卿可有良策，退得他否？"闪出徐茂公奏道："此人必须秦王前去，方可收服。"高祖准奏，着秦王领兵前去。秦王奉命同茂公出朝，问茂公道："孤闻金墉五虎大将，王伯当尽义射死，单雄信在洛阳为驸马，俱不必提。还有秦叔宝、罗成、程咬金三人，不知下落，谅军师必知踪迹。孤家一再道及，军师从未实告。如今俺家被黑将杀败，难道军师终不肯与孤家图谋？"徐茂公道："主公不必心焦，几个大将都在洛阳，待臣就去访寻，请他来保驾便了。"秦王大喜，就命茂公前去寻访，自己领兵先行。

且说徐茂公扮做游方道人，带了尉迟恭图影，向洛阳而来。不料洛阳铁冠道人对王世充道："唐家被刘武周大将尉迟恭杀得大败，不敢出战，徐茂公必暗暗来请秦叔宝、罗成、程咬金，前去保护唐家，早晚就到。"王世充闻言大怒道："天下也没有这样便宜，平静时节，我却供养他，如今用人之际，就要来请，理上也难容得去！"铁冠道人道："徐茂公此来，一定扮作游方道人，主公可下旨四门，凡有游方僧道，一概不许入城。"这旨一下，徐茂公哪里知道？敲着渔鼓简板，要入城去。守门军士喝道："你这道人，是瞎眼吗？这里现奉圣旨，挂着榜文，不许游方僧道入城，你何不看看！"茂公见喝，抬头把榜一看，叫声："列位，贫道初来，不知令旨，如今不进去便了。"遂回身走到一个面店门首，化些面吃，就把手中渔鼓简板敲动，唱起道情来。众人围住听唱，见他唱得十分好听，听的人一发多了。忽望见程咬金骑马冲出城来，把众人吓得乱嚷乱

---

[1] 灶君：亦称"灶神""灶王爷"。旧时迷信人供在灶头附近的神。

跌。程咬金见了，哈哈大笑，故意把马连转几个窠罗圈，吓得众人个个跑走，一拥拥进城去。茂公乘此也混入城，把门军士也不由做主，哪里查点得许多？茂公一路访问叔宝住处，有人指引在三贤馆内。茂公听了，即往三贤馆来。忽遇秦安在门首，秦安认得茂公，就引入府，来见叔宝。叔宝看见茂公大喜，行过礼，茂公问："罗成兄弟在哪里？"叔宝道："他有病睡在床上。"就引茂公进房，见了罗成，相叫一声，放下渔鼓简板，坐在床上，与罗成把脉，说道："罗兄弟，你的病，是个烟缠[1]病，过几日就好。"忽见程咬金回来，走进房中，见了茂公，心中大骇。想他做了唐朝军师，为何到这里来？又见他这般打扮，摸不着头路，便叫道："你为何做这般叫化生理？"扯过简板，折为两段，拿起渔鼓，打得粉碎。扑通掉出一轴画来，拾起来打开一看道："呵呀，原来是灶君菩萨！"叔宝一看道："这不是灶君，是个将官的图形。"茂公说道："正是。"咬金听了便大叫道："我晓得了。前日单二哥说：'刘武周有一员大将，叫做尉迟恭，身长面黑，起兵伐唐，日抢三关，夜夺八寨，杀得唐家不敢出战。'目下唐家用人之际，敢是秦王思想我们，故差你来请俺三人么？"茂公道："然也。"咬金道："秦大哥快快收拾，我们就走。"叔宝道："兄弟，你为何说这等话？罗兄弟病尚未愈，我们如何抛了他去？"罗成道："表兄，你老大年纪，不趁此时干些功名，等待何时？你二人快快前去，勿以我为念。"叔宝流泪道："表弟呵，承你好心，倘或我二人一去。单雄信一定要难为你了，如何是好？"罗成道："你放心，快快前去，兄弟自有道理。"叔宝只得收拾二辆车子，载着张氏、裴氏，令秦安先送到长安去，又叫徐茂公远远相等，遂拜别罗成，吩咐守门军士，去报单雄信来城门口相别。未知雄信来别，说出什么话来，且听下回分解。

---

[1] 烟缠：滞留；拖延。

第四十五回

秦王夜探白璧关　叔宝救驾红泥涧

当下单雄信闻军士来报这事，即时上马跑至城门口，跳下马来，双手搦[1]住秦叔宝手，叫声："秦大哥，你就要去，也须到小弟舍下相别一声，小弟也摆酒送行。如何到了这里，方才通知。如今要往哪里去？"叔宝道："小弟在此打搅不当，所以要往别处去，尚未有定着。"雄信道："秦大哥，何必如此相瞒，莫非要去投唐么？"咬金道："然也。你竟是个神仙，我今好好把一个罗成交与你。若是病好了，还我一个人。若是不济事，也要还我一把骨头。"叔宝道："你这匹夫，一些道理都不晓！二哥，你也不必介怀。"雄信叫家将斟酒来，捧与叔宝，叔宝一饮而尽，一连三杯。雄信又来敬咬金，咬金道："谁要吃你的酒？"叔宝与雄信对拜四拜，二人上马而去。

雄信遂上城观看，望见树林内走出徐茂公，同二人而去。雄信见了大怒道："这牛鼻道人，你来勾引了二人前去。那罗成小畜生不病，一定也要去了！"就下城提槊，要来害死罗成。那罗成见二人去了，就叫罗春吩咐道："你立在房门口。若单雄信来，你可咳嗽为号。"罗春立在房门口，只见单雄信提槊走来，罗春高声咳嗽。雄信问道："你主人可在房内？"罗春道："病睡在床上。"雄信走到房门口，听罗成在床上叹气道："秦叔宝、程咬金，你这两个狗男女，忘恩负义的，没处去住，就在此间。如今我病到这个田地，一些也不管，竟自投唐去了！呀，皇天呀！我死了便罢，若有日健好的时节，我不把你唐家踏为平地，也誓不为人了。"雄信听了，即忙弃了槊道："我一时之忿，几乎断送好人！"忙走进来，叫声："罗兄弟，你不必心焦。你若果有此心，俺当保奏吾主，待兄弟病好之日，报仇便了。"罗成道："多谢兄台，如此好心，感恩不尽。"过了

---

[1] 搦（nuò）：持；握；抓。

数日，罗成病好了，雄信保奏，封罗成为"一字并肩王"，按下不表。

再说茂公、叔宝、咬金三人正行之间，咬金大叫道："此去投唐，自有大大前程。"叔宝道："我去不必说，但你去有些不稳便。"咬金道："为什么呢？"叔宝笑道："兄弟，你难道忘怀了斧劈老君堂，月下赶秦王么？"咬金闻言叫声："呵呀，如今我不去，另寻头路[1]罢了！"茂公道："不妨，凡事有我在此，包你无事便了。"咬金道："你包我无事，这千斤担是你一肩挑的。"茂公道："这个自然。"三人行到白璧关寨边，茂公道："二位兄弟，且在此等一等，待我先去通报，再来相请。"咬金道："我的事，须要为我先说一声，不可忘记。"茂公应声："晓得。"走入帐去。

秦王一见，就叫："王兄，三人可来么？"茂公道："罗成有病不来，秦叔宝、程咬金在外候旨。"秦王大喜，就要宣进来。茂公道："且住，那程咬金进来，主公必要拍案大怒，问他斧劈老君堂之罪，把他竟杀便了。"秦王道："王兄此言差矣！那'桀犬吠尧'，各为其主。今日到来，就是孤的臣子，为何又问他罪？"茂公道："这人若不问他以罪，他必认唐家没有大将，才请他来退敌，他就要不遵法度了。主公须要杀他，他方得服服贴贴，那时臣自然竭力保他便了。"秦王依允，下旨宣："叔宝秦恩公入营。"叔宝闻宣，即入营拜伏于地，秦王用手扶起，谢他前日大恩，又下旨："宣程咬金犯人入营。"咬金闻宣入营，俯伏在地，叫道："千岁爷，臣因有罪，原不敢来，是徐茂公力保臣来的。"秦王见了，心中不忍，只得硬了头皮，叫声："绑去砍了！"茂公、叔宝忙道："主公权且赦他前罪，叫他后来立功赎罪便了。"秦王忙令松绑，当下大摆筵席接风。

次日叔宝提枪上马，直到白璧关，单讨尉迟恭交战。探马报入关来，此时尉迟恭往马邑催粮去了，宋金刚便问："哪位将军出去会战？"有大将水生金愿往，提刀上马，冲出城来。战了三合，被叔宝一枪刺落马下。败兵飞报入关，大将魏刁儿大怒，举枪上马，又冲出城来。战了二合，又被叔宝刺死。宋金刚失了二将，打听来将是秦叔宝，便令军士闭关，不许出战。叔宝知尉迟恭不在关内，便收兵回营。秦王闻叔宝得胜，吩咐摆宴庆功。饮到黄昏，茂公、叔宝告辞，回自己帐内安歇。

---

[1] 头路：方言。头发朝不同方向梳时中间露出头皮的一道缝儿。此处指出路。

第四十五回　秦王夜探白璧关　叔宝救驾红泥涧

　　程咬金对秦王道："主公你看，今夜月明如画，臣闻白璧关十分好景，臣保主公去探看如何？"秦王依允，君臣二人，悄悄上马，离了营门。果然月色皎洁，万里无云，走至白璧关下，见得关门十分险峻。君臣二人，正在城下讲话，不料尉迟恭催了五千粮草，入关缴令，宋金刚把日间与叔宝交战事情，说了一遍，并道："你今夜可去巡关。"尉迟恭领了帅令，到关上来巡关。有军士指道："南首月光之下，有二人在那里指手画脚。"尉迟恭一看，见远远一个插野鸡翎的，说道："这一定是唐童。"忙下关来，提矛上马，悄悄开关，把马加鞭跑来，大叫："唐童休走！"咬金道："不好了！主公退后些！"把宣花斧迎上前来，见他如烟熏太岁，火烧金刚，比那画上的更加凶恶。

　　当下尉迟恭大喝道："你这厮却是何人？"咬金道："爷爷就是程咬金。你这黑炭团，可就是尉迟恭么？"尉迟恭道："然也。"咬金把斧砍来，尉迟恭把长矛架住，当的又是一斧，他又架住。一连挡过三斧，到第四斧也没劲了。尉迟恭叫声："匹夫，原来是虎头蛇尾！"即把蛇矛刺来，咬金把斧乱架，尉迟恭拦开斧，扯出钢鞭，耍的一鞭，正中左臂，跌下马来。秦王叫声："动不得！"尉迟恭即把长矛来刺秦王，秦王把定唐刀架住，尉迟恭又把蛇矛劈面刺来。秦王看看遮架不住，想不到程咬金跌在地上，并未身死，他拾斧在手，跳上马，叫声："尉迟恭，勿伤我主。"尉迟恭回身来战咬金。咬金道："尉迟恭听着，我有话说。"尉迟恭遂道："咬金，你有何话？快快说来。"咬金道："我君臣二人，都是没用的。你就打死，也不为好汉。我那边有个秦叔宝，胜你十倍，你若有本事对得他过，才算是好汉。你今不要伤我主公，待我去到营中，请了叔宝来，与你对敌。若是怕他，不肯放我去，竟将我君臣或是拿去，或是打死，明日他来问你，你却也活不成了。"尉迟恭听了，气得三尸直爆，七窍生烟，叫声："快去叫他来，我有本事，在他面前拿你们，你快去叫他来。"咬金道："我不放心，万一我去了，你把我主公打死了，如何是好？"尉迟恭道："大丈夫一言既出，驷马难追。我有本事，等那秦叔宝来，一并拿你三人。去，你快去！不必多言！"咬金道："我只是不放心，你可赌个咒与我，我好放心前去。"尉迟恭道："你去之后，我若动手杀唐童，日后不得好死！"咬金道："如此我便放心前去。主公，你在此等一等，等臣去叫他来便了。"

当下咬金奔回营中,擂起鼓来。茂公起来,问有何事?咬金道:"不好了,快叫秦大哥去救驾!"就把前事说了一遍。茂公听了大惊,忙问道:"主公如今在哪里?"咬金道:"主公,我交与尉迟恭了。"茂公喝道:"你这该死的人,怎么把主公交与敌人,自家却走了!"叫一声:"拿起锁了,跪在辕门,若救主公不得,把你万割千刀。"左右将咬金绑出。一边忙请秦叔宝起来,说出情由。叔宝遂顶盔贯甲,提枪上马赶去。这边尉迟恭果然一些不动,那秦王却倒去引他,劝他投降。尉迟恭听了大怒道:"唐童,你说这话,我也顾不得了。"就提起蛇矛刺来,秦王回马便走,敬德纵马赶来,看看赶近,忽听后面大叫:"尉迟恭勿伤我主,俺秦叔宝来了!"尉迟恭回头一看,见叔宝果然人材出众。叔宝把尉迟恭一看,真正好像黑煞神[1],忙提枪迎面刺去。尉迟恭举矛相迎,二人武艺,不相上下。

二人正在交战,忽听得秦王叫声:"秦王兄,下不得绝手,这人孤家要他投降的。"尉迟恭听了大怒,回马竟奔秦王,秦王回马便走,尉迟恭紧紧赶去,叔宝却也追来。此时天色微明,追到美良川,却是一条极狭极小的弯路。尉迟恭追过山弯,就想要打叔宝一个不防备,遂左手举鞭,右手提矛等着。叔宝追到这个弯边,心中一想:"这黑贼若躲在那面,我若走去,他一鞭打来,怎样的招架?"便按下了枪,取出双锏,上下拿着。一过弯来,尉迟恭大喝一声,将鞭打下。叔宝把左手的锏架开鞭,右手的锏打去。尉迟恭把右手的矛一架,左手鞭又打来了。叔宝架开鞭,又打一锏。尉迟恭一矛架开锏,又是一鞭,叔宝架开鞭,却待要打,尉迟恭回马就跑了。这名为"三鞭换两锏",尉迟恭打出三鞭,叔宝只换得两锏。

当下尉迟恭追赶秦王,到了一个所在,秦王只叫一声苦,原来是一条大涧,名为红泥涧,约有四丈阔,水势甚急。秦王把马加上几鞭,叫声:"过去!"那马一声嘶吼,从空一跃,即跳过岸去。尉迟恭赶来,把马一夹,叫声:"宝驹,你也过去。"那马扑通一响,也跳过去。叔宝见了,便心下着急,把马鞭在呼雷豹头上乱打。此马着急,吼叫一声,那尉迟恭幸也是宝驹,不致跌倒,叔宝的马也跳过去。三人一路赶到一山,未知后事如何,且听下回分解。

---

[1] 煞神:迷信的人指凶神。

第四十六回

献军粮咬金落草　复三关叔宝扬威

　　当下尉迟恭赶秦王到一山，名为黑雅山，茂公早已算定，差下马三保、殷开山、刘洪基、段志贤、盛彦师、丁天庆、王君起、鲁明月八将，在此等候。见尉迟恭追来，一起出战。尉迟恭挺起蛇矛，逼得那八将如走马灯一般。忽有宋金刚传令到来，叫尉迟恭即刻回关听差，不得有误。尉迟恭得令，只得去了。

　　叔宝遂保秦王回营，见咬金绑缚，跪在辕门首。咬金看见秦王，就叫道："主公，你见了军师，求主公认是自己要去探白璧关，令臣保驾，臣方有几分活命。不然，臣的性命一笔勾了。"秦王应允，遂入营来，茂公迎入帐中，说道："主公受惊了！"秦王道："这是孤家自取其祸，要程王兄保驾，去看白璧关，不意撞见尉迟恭。"茂公微笑道："主公不必瞒臣，臣已知道了。"吩咐把程咬金推进来。左右答应一声，即把程咬金推入。茂公喝道："你这匹夫，怎么劝主公夜探白璧关，几乎丧了性命？"咬金大叫道："屈天屈地，只是主公要我保驾，去探白璧关，故此我同去的。"秦王道："军师，果然是孤家要他同去的。"茂公道："既是主公认了，臣怎么好杀他？但此人这里用他不着，吩咐册上除名，速速赶出去。"咬金尚欲再言，茂公拍案大喝道："你这匹夫，还不快去，在这里怎么样？"咬金没光没采，只得向秦王道："主公呀，军师要赶我出去，还求主公劝解军师一声。"秦王道："凡事只可一，不可再，孤家说过一遭，难以再讲。"咬金看看茂公道："军师，你当真不用我么？"茂公喝道："你这匹夫，还不快走，若稍迟延，吩咐左右看棍。"咬金道："罢罢罢，此处不留人，自有留人处！"叫声："主公，臣去了！"秦王见茂公认了真，不好多言。

　　咬金走出营外，跳上马，招齐家将说："军师不用我，我们去吧。"一路走了二十余里，到一个所在。地名言商道。只听得一声锣响，跳出五六个强人来，挡住去路。为首的二人，一个叫毛三，一个叫勾四，大叫："留下买路钱,饶你性命!"咬金大笑道:"原来是我子孙在这里!"勾四听了这话,就问道:"你是什么人,说我们是你的子孙,难道你不怕死么?"咬金道:"你这狗头,人也认不得,爷爷就是瓦岗寨混世魔王程咬金便是!"那一班强人听说,皆跪下道:"果然是前辈宗亲!不知老爷因何在这里?"咬金道:"我因与唐朝的军师不和,因此出来,去向尚未有定。"众人道:"既是老爷去向未定,何不同小人们在这言商道中东岳庙居住?"咬金道:"如此甚妙。"就同众人到庙中来,坐在公案上,众人一起拜倒,山呼千岁。咬金就封毛三为丞相,勾四为阁老。令大小喽啰,凡有孤单客商,不许抢劫。越是大凤,越是夺他。众人一起答应。

且说秦王见茂公赶了咬金出营,便问道:"军师今日因何这般认真?"茂公道:"臣岂认真逐他,不过激他去与主公干立一件功劳,使他将功折罪,不过六七日内,他即来了也。"秦王道:"原来如此,孤实不知,今可放心了。"

再说,过了几天,毛丞相来告咬金道:"今喽啰来报说:介休县解了粮草十万,打从此处经过,我们去夺取来,不知可否?"咬金道:"妙甚!妙甚!"勾阁老道:"主公,臣有一计,包管容易成功。如今主公可穿出大路,挡住解粮将官,臣等往斜路上抢了就走,不怕不成功。"咬金道:"倘被他们追杀而来。又费力了。"毛丞相道:"主公放心,这言商道中,路径最杂。凡活路上都有圈儿暗号,死路上没有圈儿暗号,我们这班人认得明白,若外来的人,哪里晓得?凭他走来走去,没处旋转。纵有千军万马,亦是无用。"

咬金听了大喜,即提斧上马,抄出言商道,远远望见粮草来了,一马上前喝道:"你们留下买路钱来!"众兵见了,连忙退后,报知尉迟恭。尉迟恭挺枪上前,两人一看,各各认得。尉迟恭便问:"你这匹夫,在此做什么勾当?"咬金道:"奉军师将令,在此候你。你今把粮草送我,我便饶你的狗命。"尉迟恭大怒,挺矛刺来。咬金把斧架住,战了几合,那边毛三、勾四、一班喽啰,杀散众兵,推了粮草,拥入言商道中去了。咬金把斧一按,叫声:"承惠,改日相谢。"回马一溜,也进言商道中去了。尉迟恭回头,见失了粮草,拍马追来,见咬金跑过两弯,忽然不见。尉迟恭大叫程咬金,又不见答应,催马追前一步,兜转去,是这个所在,兜转来,又是这个所在,心内无法,暗想:"没有粮草,如何缴令?我今

第四十六回　献军粮咬金落草　复三关叔宝扬威

再往介休去见张士贵,告诉此事,要他再发粮草一万,以应军需便了。"遂领众人往介休去,不表。

再说程咬金打听得尉迟恭去了,遂劝众人将这粮草投送秦王去,秦王自然重用。若在此,终非了局。毛三道:"主公议论虽是,倘然军师照前不用主公,那时岂不进退两难?"咬金道:"这有何难,若是不用,我们依旧再来。"众人听了,只得从命。咬金令五百余人推了粮草,竟往唐营。军士报知秦王,秦王大喜,吩咐摆酒伺候。咬金进营,先拜见秦王,后参见军师。秦王问咬金道:"这几日在哪里安身?"咬金道:"臣前日被军师赶出,来到言商道,降伏了一班喽啰,封了几个臣子,做了草头王。不料尉迟恭在介休县解来十万粮草,被臣尽数劫来,献与主公。军师若肯收用,依旧归保主公,若一定不收,臣带了粮草,自去图王立业,日后兵精粮足,抢州夺县,成了气候,那时主公不要怪我。"

茂公微笑道:"你要我收你,且吃了酒,再到一处去,成了一桩功劳,即便收你。"秦王遂赐坐与众将饮宴。及饮罢,咬金就问:"军师发令,要到哪里去干甚功劳?"茂公道:"你可带领原来的人,我再差马三保等八将,点兵一千帮你,仍到言商道去。那尉迟恭又解一万粮草来了,再劫了他的,便算你一大功劳。"咬金欣然领命,同八将与原来的一班喽啰,齐到言商道扎住。

再说尉迟恭又往介休县,来见张士贵,说出粮草被劫,如今要乞贵职,再发兵粮一万,以济军需。张士贵没奈何,又发粮草一万,交尉迟恭解去。尉迟恭领了粮草,起解而来,到了言商道。程咬金望见粮草到了,就哈哈大笑,横开宣花斧,出马拦在路口。尉迟恭趱行到此,一见咬金,便问道:"你这狗头,又在此做什么?"咬金道:"我家军师叫我来致谢你,你如今一发把粮草送我,改日一总奉谢。"尉迟恭大怒道:"好狗匹夫,前日不曾提防,被你劫去,今日又来,看爷爷的枪,送你命吧!"遂把枪刺来,咬金又会跳纵法,如猴跳圈一般,窜来窜去。尉迟恭在这边,他便跳到那边;尉迟恭赶到那边,他又闪在这里。正在躲来躲去,那边马三保等一起杀上,冲散军士,抢了粮草就走。程咬金战了些时,料粮草已到手了,就说道:"多谢你今日的粮草,另日一并总谢。"回马一溜,竟往言商道去了。尉迟恭大怒,拍马赶来,这一路兜转去,依然是这个所在,那一路抄出去,又是这个所在,心中又气又恼,没奈何,只得又往介休县去。这里程咬金与马三保一千人,推了粮草,竟往营中,来见秦王,细言其事。徐茂公道:"你们不必停留,再往言商道中去。那尉迟恭还有粮草来,如今可如此如此,就算你的功劳。"咬金等得令,又来言商道中等候,不表。

再说尉迟恭又到介休县,来见张士贵,细述复失粮草之事,张士贵大惊道:"呵呀,将军失事二次,非同小可,如今粮草实在没有了。"尉迟恭道:"实是小将不识路径之罪,如今万望贵县周全,随多随少,付我前去应用也罢。"张士贵只得又凑齐五千粮草,交与尉迟恭。尉迟恭道:"贵县如今可把车辆内用铁环搭扭,搭做一连,使他抢劫不动。再差人到白璧关通知宋金刚,领兵接应。"申发了文书,然后起解而行。

再说徐茂公时刻算计,那日令秦叔宝带领一千人马,往白璧关西首埋伏,如此如此。叔宝得令,领兵去了。再说宋金刚得了尉迟恭文书,心中着急,连夜点齐一万人马,悄悄出关,往介休接应。正行之间,一声炮响,叔宝当先拦住,大喝:"宋金刚,往哪里走?"宋金刚见是叔宝,吃了一惊,战未三合,被叔宝拦开刀,耍的一枪,刺落马下。枭了首级,杀散众军,竟奔白璧关来。那关中不曾提防,被叔宝杀入关中,接了秦王兵马进城。叔宝又往偏台关、雁门关来,一夜复了三关,按下不表。

且说尉迟恭解粮到了言商道上,程咬金拦住大叫道:"好军师,料得到,果然又来了。你今快快送过来,不然,大家得不成,就放火烧了吧。"尉迟恭大怒,拍马使矛刺过来,咬金遮拦招架,又跳来纵去。后面马三保一千人马过来,抛上干柴烈火,竟把车辆烧着。程咬金道:"如何,你不会做人情,如今大家得不成了,我也要告别了。"尉迟恭回头一看,好似火焰山一般,心中大怒,拍马追来,咬金又两三转弯,竟不见了。尉迟恭气得目瞪口呆,只得回介休县去。这里程咬金一千人马回来,见了秦王复命,秦王就令起兵到介休县下寨。不知又做了何事,且听下回分解。

第四十七回

乔公山奉命招降　尉迟恭无心背主

当下秦王安营事毕，便问茂公道："孤再遣一人去劝尉迟恭，未知何人可使？"茂公道："臣闻此处有一隐士，名唤乔公山，与尉迟恭十分情厚。若得此人前去便好，主公可差人以礼聘来，必有商处。"秦王遂令秦叔宝备礼往聘。不一日，叔宝聘取乔公山来。秦王宣公山进帐，公山见秦王生得龙眉凤目，实乃帝王之相，心中暗喜，口称："山野农民乔公山参见。"秦王亲手扶起。吩咐看坐，问道："孤家闻长者与尉迟恭交情甚厚，不知真否？"公山道："臣昔日在麻衣县务农，尉迟恭打铁营生，十分穷苦。臣见他生得豹头环眼，燕颔虎须，必是国家栋梁。因他时运未来，臣不时周济。近闻他在刘武周处为将，可惜误投其主。"秦王道："孤家闻刘武周拜宋金刚为元帅，封尉迟恭为先锋，日抢三关，夜劫八寨。今孤家复夺三关，宋金刚已死。那尉迟恭现围在介休城内，今欲烦长者往彼说降此人，不知可否？"乔公山道："臣蒙主公委命，敢不愿效微劳？"秦王大喜，遂封乔公山为参军之职。

乔公山辞别，当即到介休城下，叫城上军士，相烦通报尉迟将军，说有故人乔公山相访。城上军士将此言报知尉迟恭，尉迟恭命军士开城，请入帅府相见。行礼叙坐，拜谢往日大恩。乔公山谦逊一回，尉迟恭道："我亏了定阳王封我为先锋，日抢三关，夜劫八寨，杀得唐家亡魂丧胆。目今在此运粮，谁想在言商道上，被程咬金劫去了粮草三次。又闻得秦叔宝杀了俺元帅，恢复了三关。俺今独守介休，进退两难，不知老员外到此，有何贵干？"乔公山道："老夫此来，专为将军而来。"尉迟恭道："有何见教？"乔公山道："老夫闻良禽择木而栖，贤臣择主而仕。将军有这一身本事，可惜误投其主。老夫承秦王相召，封我为参军之职。今我奉令旨，来劝将军归降，将军可念老夫昔日交情，降了唐家吧。"尉迟恭大叫道："老乔，你此言差矣！我尝闻烈女不更二夫，忠臣不事二主。你这些不忠言语，不须提起。若不看昔日交情，就要一刀两段。"吩咐摆酒，道："老乔，你快吃了酒去吧，休再多言。"

乔公山无可奈何，只得坐下吃酒。正饮之时，忽闻得城外炮响连天，喊声不绝。军士忙报进来说："唐兵攻城，四围架起云梯，团团围住，攻打甚急，请令定夺。"尉迟恭拱拱手别了乔公山，提矛上城，往外一看，见城下程咬金、秦叔宝一班战将，在城下指手画脚道："尉迟恭，你此时不降，更待何时？"尉迟恭大怒，把箭射下，正中程咬金坐骑。那马前脚一低，后脚一起，把程咬金一个筋头，跌在地上，忙爬起来上了马，也取了弓箭追到城下道："黑面贼，降不降由你，为何射我一箭？难道我不会射你么？"也把一箭射上城去。尉迟恭大怒，吩咐军士，一起放箭射下去，秦叔宝也令军士一起放箭射上去。那里徐茂公、秦王出营观看，只见一边射上去，一边射下来。秦王因见自家的兵将多，恐伤了尉迟恭，忙令军士不许放箭，只把介休团团围住。

尉迟恭在城上，督守了半日，见唐兵不十分攻打，心下宽了三分。过了下午，下城回县，见乔公山还在堂上，尉迟恭道："你怎么不去？"乔公山道："老夫没有将军号令，不敢擅自回去。"尉迟恭道："你今快些回去，上复你家主公，说我尉迟恭宁死不降。若要归降，除非我主公死了，我便归顺。"这话尉迟恭是说差的。他心里要说断绝的话：除非我与主公都死了，然后降你。意思是来生才肯归降你，不料说差了。那乔公山道："将军既然如此说，日后不可失信。"尉迟恭也不开口。乔公山又道："不可失信！"尉迟恭只说："死了便罢。"乔公山作别出城，回营缴令道："他说主人死了方肯归唐。"秦王道："刘武周年尚未老，怎么能死？他明明把这句话难我。"茂公道："主公放心。臣有一计，可在众军中觅一个像刘武周面貌的，封他子孙万户侯，赠千金，将他杀了，把他首级送去，只说是刘武周是我们杀了送来，他一见了，自然认是真的，决来归降。"

秦王就令将数十万兵一一选过，有一个生得面貌与刘武周无二。秦王见了大喜，问道："你姓甚名谁？年纪多少，可有妻子？孤家今日要借你一件宝贝，即封你子为万户侯。"那人听了不胜欢喜道："小的名唤孟童，妻子死了，养了三个儿子，大的今年十岁，两个小的还小。小人的妻子死后，将三个儿子寄在外婆家里。小人今年四十二岁，若要小人有的东西，

第四十七回　乔公山奉命招降　尉迟恭无心背主

无有不肯借与千岁的。"秦王道："孤家见你相貌与刘武周一样，故此要借你的首级，前去招抚尉迟恭来降。孤家即封你子为万户侯，赐以千金。"那人道："呵呀，这事真正使不得！"咬金道："只此一遭，下次不可。"那人大哭道："小人死了，千岁爷方才的话，切不可失信。小的住在太原东门外，青布桥西首，有一个王阿奶，就是小人的丈母，三个儿子都在那里。"程咬金道："知道了，莫要累赘！"就把那人的头砍下，茂公取木桶盛了，付与乔公山，令他再往介休去。

乔公山奉令，到了城下，大叫："城上的，快报进去！那刘武周已死，特送首级在此。"军士忙报与尉迟恭知道，尉迟恭令开城门放入。乔公山来至堂上，尉迟恭道："老乔，俺主公首级在那里？"乔公山道："这木桶内就是。"尉迟恭把本桶盖一开，只见鲜血淋漓，一个刘武周的首级在内，即放声大哭，双手把首级提起来一看，便大哭道："我想俺主公部下还有强兵十万，战将千员，焉能就取得他的首级？"便叫一声："老乔，我问你，这首级果是谁的？你好生欺俺！"将首级照着乔公山劈面打来，乔公山慌忙闪过，便道："将军，一言既出，驷马难追。将军有言在先，说主公死了，即便归唐，而今你主公首级在此，如何你悔却前言，岂是大丈夫的气概？我说你悔却前言，便为不信，抛掷主公首级，又为不忠。不忠不信，何以为人？我家主公非无良策擒你，今苦苦劝你，无非要你投降，故不加毒害，你只管越抚越醉，觉得太过了！"

尉迟恭闻言大怒道："你这老头子学这些鬼话，只好骗三岁孩童，俺尉迟恭岂是为你所骗得信的！你去对你主公说，有本事的前来厮杀，不要用这些诡计！"乔公山道："将军怎见得不是你主公的首级？"尉迟恭道："老乔，俺主公鼻生三窍，脑后鸡冠，你岂不知鸡冠刘武周？俺的主公若果真死，俺不会失信于你。"乔公山道："将军既不失信，管教取鸡冠刘武周首级来。"遂出城，将此言回复秦王。徐茂公道："要真的也不难。武周手下有一人，姓刘名文静，官拜兵部尚书。他心向主公久矣。待臣修书一封与他，管叫将刘武周首级来献。"秦王大喜，茂公遂修书差乔公山领五百人，用尉迟恭旗号，如此如此，公山领命前去。未知后事如何，且听下回分解。

第四十八回

程咬金抱病战王龙　　刘文静甘心弑旧主

当下徐茂公见乔公山领兵去了，又令秦叔宝带领一千人马，埋伏在白璧关之南，地名"多树村"。吩咐说："或见刘武周兵马来时，不可拦阻，让他过去。他若复回，方可阻截，不许放他回兵，须要他首级回来缴令。"叔宝得令，领兵去了。茂公又令程咬金也带兵马一千，慢慢而行。可迎着刘武周之兵，只许胜，不许败，违令者斩。咬金道："禀军师，小将昨夜受了风寒，肚里作痛，难以交战。须要带个帮手同去，才可放胆。"茂公道："你自前去，少不得自有兵来接应，不必帮手得的。"咬金道："小将实是有病，若能取胜，就不必言；倘然败了，请军师念昔日之情，莫要认真。"茂公道："自有公论，不必多言，快些前去。"咬金皱着双眉，捧着肚子，走出营来，叫家将扶他上马，勉强提了斧头，领兵前去，从军师吩咐，慢慢而行，按下不表。

再说乔公山奉了将令，领五百人马，打着尉迟恭旗号，行近马邑地方，忽见定阳王刘武周带了人马，在前面扎下大营。你道刘武周为甚扎这大营？因他闻秦王复了三关，元帅已死，又闻介休被困，恐尉迟恭有失，故此起兵前来接应。为因出兵日子不利，扎营在此。乔公山来至营前，叫军士报进去，说有先锋尉迟恭差人到此求救。定阳王闻报，就令宣进来。乔公山走进营来，双膝下跪，口称："山野农民，朝见千岁。"武周就问："卿何方人氏？有何话说？"乔公山道："臣乔公山乃朔州麻衣县人，务农为生，与尉迟将军同乡。自幼相交，因往介休访尉迟将军，正遇唐兵围城，十分危急。今特奉尉迟将军之令，前来求救，望我王早起救兵。"刘武周道："贤卿请起，孤家恨唐童复了三关，杀了元帅，正要统兵前去救应，只为起兵性急，遇了黑道红沙[1]，故此扎营在此。"乔公山道："今日乃是黄道

---

[1] 红沙：阴阳家的迷信说法，认为是恶星当值，不吉利。

第四十八回　程咬金抱病战王龙　刘文静甘心弑旧主

吉日,何不发兵?"武周大喜,吩咐大小三军,即日起兵。乔公山奏道:"臣乃农民,不谙[1]武事,但闻厮杀之声,就惊得半死。望大王放臣回去,自耕自种,以终天年,臣之愿也。"武周道:"卿不愿为官,孤家也不好相强,赐你回乡去。"公山谢恩,竟往马邑而去。

刘武周兴兵起行,来至白璧关,过了许多树林,就是秦叔宝埋伏之处。他见武周兵马过去,方才出来,绝他归路。那刘武周又引兵前进,不多时,忽见程咬金兵马扎住,不能前进。武周遂下令扎寨,便问:"哪一位将军出去战一阵?"有大将王龙上前道:"臣愿往。"就提一柄月牙铲,上马直抵唐营讨战,此时程咬金有病在营,闻军士来报,营外有人讨战。心内好不惊慌,遂吩咐小军道:"老爷我肚痛得紧,挂了免战牌吧!"小军就把免战牌挂出。王龙一见大怒,一马来至营前,把免战牌打得粉碎,高声大叫道:"我闻得唐家大将甚多,今日正要会战,为何把免战牌挂出?今日我若不冲你的营,也不为上将!"把手中月牙铲摆一摆,一马冲来。这边军士把箭乱射,他进来不得,只在营前讨战。

军士将这事报知程咬金,咬金道:"呵呀,我肚中疼痛,如何是好?待我解一解手去战他吧。"忽旁边走出一个家将,叫道:"老爷,真正是'急惊风遇了个慢郎中'。战与不战,速速定夺。若再停一会,被他杀进营来,这叫做'滚汤泡老鼠,一窝都要死'。"咬金听说,心中无奈,手也不解,心中想道:"'丑媳妇少不得要见公姑[2]。'况我程咬金也是一个好汉,不管死活,出去战他一战吧。"遂走至营门,家将扶他上马,咬金把斧一提,比平日重了许多。没奈何,把斧双手拿了,来至营前,抬头一看,见不是刘武周,心中放下几分。两将各通姓名,王龙道:"程咬金,俺一向闻你也有小小的声名,今日遇俺,只怕你难逃狗命了。"说罢,就是一月牙铲铲过来。咬金双手把宣花斧往上一架,叫声:"住着,俺程爷爷一时害了肚泻病,你略等一等,我前去解一个手,再来与你交战。"王龙大怒道:"你这狗头,戏弄我王爷么!"又是月牙铲铲过来。程咬金见他连铲二铲,心头火起,提起宣花斧,照着王龙一连三四斧,把王龙杀得盔歪甲散,

---

[1] 谙(ān):熟悉。
[2] 公姑:公婆。

倒拖兵器，回马便跑。

咬金见他去了，意欲下马出恭，在战场上不好意思。看西边一带大树，不免到那里解一解手吧。一马来至树林边，下了马，拿了斧头，走出一株松树背后。正撒得畅快，王龙回马一看，见咬金往西边树林内去了，他却回马轻轻走来。看见咬金的马拴在树上，转过树林一看，又见咬金在那里解手，心中大喜。想这狗头该死了，便轻轻走至树边。咬金见有人走来，只道是乡民在那里砍柴，遂叫一声："砍柴的，有草纸送一张来与我。"王龙应道："有，送你一铲。"突的一铲过来。咬金吃惊一看，见是王龙，叫声："不好！"立起身来，一只手提着裤子，一只手提着斧头，只拣树多的所在就走，却去躲在一株大树背后。王龙欺他无马，放心追来。不防咬金提斧等候，王龙才到树边，被咬金狠命一斧，砍着马头。王龙跌下马来。咬金又是一斧，结果了性命，把王龙首级砍下来，上马回营，将首级号令示众，自此咬金的肚泻痛也好了。

再说刘武周探子飞报进营说："王将军被程咬金杀了！把首级号令营前了！"武周大怒，亲自出马，直抵营前讨战。这边军士连忙报进，咬金道："说不得了！伸头一刀，缩头也是一刀，怕不得许多。"就提了斧头出营。来至阵前，只见刘武周金盔金甲，身坐嘶风马，手执大砍刀，赤面黄须，好似天神下降。咬金叫道："定阳王请了。"武周骂道："唉，卖柴扒的匹夫，谁与你打拱？"咬金笑道："你这人不识抬举，我好意与你打拱，你缘何开口便骂？难道我不会骂人么？你这变不完的畜生！"武周举刀劈面就砍，咬金把斧急架，大战十余合。咬金哪里是武周的对手？因奉军师将令在身，只许胜，不许败。故勉强支持几个回合。况又水泻病方好，如何支持得来，那武周把大砍刀夹头夹脑砍下来，咬金无法抵挡，只得回马往白璧关南首败下来。

后面武周阵内，又转出四个大将：一个姓薛名花，一个姓柏名祥，一个姓符名大用，一个复姓太叔名原，随武周在后赶来。程咬金心惊胆战，向前乱跑。忽见前面树林中闪出一员大将，大叫："秦叔宝在此！"咬金大喜，勒住马看叔宝交战。那武周一见叔宝，大骂道："黄脸贼，你杀孤元帅宋金刚，今日相逢，决难饶命！"即把大砍刀砍来，叔宝举枪交战，武周后面四个大将，一起杀上前来。咬金看见，也杀入阵。叔宝一枪刺

第四十八回　程咬金抱病战王龙　刘文静甘心弑旧主

中太叔原，咬金也一斧砍死柏祥，武周见损了二将，无心恋战，回马便走。叔宝、咬金随后追赶，直至武周营前，那营内闪出十数员将官，救驾进营去了。这边叔宝、咬金合兵一处，按下不表。

再说乔公山来到马邑，寻至兵部尚书衙门，就烦门上通报一声，说："有紧急军情的，要见你家老爷。"门上人遂进内通报，这老爷就是刘文静，乃京兆[1]人，与李靖同窗，胸藏韬略，文武全才。数日前接得李靖锦囊一封，说他误投其主，今应归唐，世子秦王，乃真主也，故而有意归唐，但未有便。那日闻报有紧急军情的来人求见，即吩咐叫他进来。门上人传话出来，乔公山来至里边，双膝跪下，将书呈上。文静拆书一看，原来是徐茂公的书，只见上面写道：

> 大唐皇帝驾前军师徐勣，致书定阳王驾前兵部尚书刘老先生台下：勣闻识时务者为俊杰。目今兵困介休，尉迟恭不日归唐，你主刘武周已入我牢笼之计，犹如网中之鱼耳。先生岂未识天时而恋恋在彼耶！今念先生与李药师系同窗好友，故特差参军一员，致达先生。请先生通权达变[2]，速取刘武周首级，以作归唐计，不失公侯之位。书不尽言。徐勣顿首。

文静看了书，忙离座请乔公山起来见礼，问了姓名，留在内署，款待酒饭。次日领了三千人马，只说解粮为由，同公山带了夫人马氏，妻舅马伯良，往介休而来。到了武周营前，军士忙报入营，武周命宣进来。文静进营参拜道："臣闻唐童害了元帅宋金刚，又兵困介休，特解粮草，带领兵马三千，亲来保驾，共破唐兵。"武周大喜，吩咐排宴共饮，至晚方散。是夜刘文静手提宝剑，来到帐中，守兵见是自家人，不甚提防，被文静闪入帐中，举剑刺死，斩了首级，带出营去，招呼军士道："有愿投唐者同去；如不愿投唐者，大家散去。"斯时兵将一半散去，一半随刘文静来唐营投顺。叔宝、咬金接着，见了武周首级，不胜之喜。合兵一处，同往介休，来见秦王。一起俯伏在地，各献功劳。刘文静献上刘武周首级，

---

[1] 京兆：府名，即今西安市。
[2] 通权达变：为了应付当前的情势，不按常规做事，采取符合实际需要的灵活办法。

秦王大喜道："列位王兄请起，吩咐记上功劳簿，命排宴贺功。"

次日就差刘文静，往长安朝见高祖，又差乔公山进介休城，将刘武周首级送去，招降尉迟恭，使他心死。乔公山领令走到城下，叫守城军士通报说："乔公山来见将军。"军士连忙报进，尉迟恭令开城门放入。军士奉令，即放公山进城，背着木桶，走至堂上，说道："将军，老夫不敢失信，今取得真正鸡冠刘武周的首级在此。"就把桶放在桌上。尉迟恭把桶盖一掀，将首级仔细一看，果是刘武周的真头，不觉大哭道："呵呀，主公呵，倒是臣害了你了！老乔，你这狗头，如何杀我主公？"遂拔出腰刀，不由分说，把公山砍做两段，吩咐大小三军，一起戴孝，自己换了白盔白甲，点兵出城，要与主公报仇。

尉迟恭来到唐营，怒叫："唐童出来会俺。"秦王闻报，领了三十六员上将，分为左右，来至阵前。秦王叫道："尉迟王兄，今日可该归顺孤家了吧！"尉迟恭见了一班英雄俱在面前，遂心生一计道："唐童，我主已死，本该归顺，但要依俺三件事。"秦王道："王兄愿降，莫说三件，就是三十件也依你。"尉迟恭道："第一件，要你同程咬金在我鞭下钻过去；第二件，要把俺主公的首级合尸一处，归葬入土；第三件，要你披麻戴孝，还要程咬金那厮拿哭丧棒。这三件，可依得么？"众将听了，多有不平之色。秦王道："都依！都依！"

尉迟恭道："今日就要钻鞭。"将乌骓[1]马一纵在正中，把手中竹节钻鞭举起，叫声："唐童，快来钻鞭，才见你的真心用俺。"秦王便叫："程王兄，同孤家去走一遭。"程咬金听见秦王之命，心中畏惧，没奈何，只得应承，又想："这黑脸贼若是打了我，主公定然不依；若不打下来，就显得我是不怕死的好汉了。"即叫："尉迟恭，俺来了！"竟往鞭下钻过来。尉迟恭正要举鞭打下，忽又想道："且住，若打了这狗头，唐童一定不来了，且饶他过去吧。"咬金在鞭底下弯着腰逼近尉迟恭身边，忽将身一跃，托住尉迟恭双鞭，大喊："主公快走。"秦王一马上前，就如飞似的冲了过去。程咬金也舍了尉迟恭，随在秦王马后溜去。尉迟恭见打秦王不着，叹口气回马入城去了。

---

[1] 骓（zhuī）：毛色青白相杂的马。

第四十八回　程咬金抱病战王龙　刘文静甘心弑旧主

　　秦王令人入城，取出武周首级，又令军士取出武周尸骸，凑成一处，结起孝堂。秦王穿了孝服，咬金手拿哭丧棒，把武周首级尸骸，用硃红棺木盛殓。灵前供献全猪全羊，秦王先举行哀礼，咬金在地下叩头，众官一起拜吊。尉迟恭在城上，望见秦王如此诚心，又想，今日主公死了，莫若乘此机会，投降也罢，遂令三军开了城门，插了降旗，一马出城，至唐营下马，俯伏在地，口称："尉迟恭愿降。"秦王出营，亲手扶起，挽手同行，来至营内，与众官见礼，吩咐摆宴接风。欲知后事如何，且听下回分解。

第四十九回

刘文静惊心噩梦　程咬金戏战罗成

当下秦王见尉迟恭投降，就移兵进城，清查府库钱粮；把刘武周葬于介休城北，那张士贵也归顺唐家，遂起兵回长安不表。

再说刘文静奉秦王命，往长安朝见高祖，在路行了五日。是晚在客店安歇，睡到三更时分，忽听门外一阵阴风过处，闪出一个头戴金盔、身穿黄袍、满身流血的人，大叫："刘文静奸贼，还孤家性命来！你这奸贼，孤家不曾亏负你，你何故残害孤家？我今在阴司告准，前来索命。"刘文静此时吓得半死，自知无理，只得跪下，口称："大王饶命，臣自知罪了，乞大王放臣，见了唐王，若得一官半职，就将檀香雕成大王龙体，每日五更三点，先来朝见大王，然后去朝唐王。若有虚情，死于刀剑之下。"那阴魂欲要上前来擒文静，幸亏文静阳气尚盛，阴魂不能近身，手指骂道："你这奸贼，少不得恶贯满盈，我在阴司等你。"又起一阵阴风，忽然不见。文静惊醒，却是南柯一梦[1]，吓得一身冷汗。夜间不便对夫人说明，次日早饭后起行，往长安而来。不一日，到了长安，朝见高祖，进上得胜表章。高祖大喜，就封为兵部尚书。文静即日进府，用檀香刻成刘武周形像，每日五更三点，朝拜不表。

再说秦王一路回兵，对徐茂公道："孤想金墉大将，尚有罗成、单雄信，不知此二人可得归降否？"徐茂公道："主公，那罗成要他归降容易；那单雄信要他投降实难。"秦王忙问何故。茂公道："单雄信与主公有仇。昔日圣上在楂树岗，射死他的兄长单雄忠，他誓死不投唐。那洛阳王世充招单雄信为驸马，封罗成为一字并肩王，此二人俱在洛阳。主公既想念二人，何不发兵竟取洛阳？单雄信虽不能得，罗成决然可以招来。倘或打破洛阳，得其土地，亦是美事。"秦王大喜，吩咐三军取路往洛阳进发。

不一日，兵到洛阳，扎下营寨。秦王问众将道："哪一位王兄出马，以建头功？"

---

[1] 南柯一梦：梦境。《南柯太守传》，写淳于棼做梦当太守。

第四十九回　刘文静惊心噩梦　程咬金戏战罗成

闪出尉迟恭道："臣归主公，未有尺寸之功，待臣出马取这洛阳，献与主公。"秦王大喜。尉迟恭提枪上马，领了三千铁骑，直抵洛阳城下，高叫："城上军士，报与王世充知道，快挑有本事的将官出来会俺。"军士忙报入朝，王世充即集众将商议退敌。单雄信道："待臣出马，以观其势。"世充大喜道："驸马愿出，定能成功。"雄信提槊上马，出了城门，直抵阵前。看见对阵将官，一张黑脸，两道浓眉，好似烟熏的太岁，浑如铁铸的金刚，十分难看，雄信便叫："丑鬼通名。"尉迟恭一看，见他青面獠牙，红发赤须，就像玉帝殿内的温元帅，又似阎王面前的小鬼，就说道："我是丑的，你的尊容也整齐得有限。"单雄信反觉羞颜，举枣阳槊劈面就打，尉迟恭将矛一架，叫道："住着，俺尉迟恭的长矛，不挑无名之将，你快通个名来。"单雄信被他架得一架，知他厉害，也不通名，回马就走入城。

尉迟恭一团高兴，没处发泄，只在城外叫骂半日，方才回营。次日又来讨战，这单雄信当日来请罗成说："有唐将讨战，甚是凶勇，望乞贤弟退得唐兵，不枉愚兄昔日拜盟交情。"罗成道："单二哥，说哪里话？自古道：'食君之禄，必当分君之忧。'今兵临城下，自然出去退敌。"雄信大喜。罗成提枪上马，出了城门，来至阵前。只见尉迟恭威风凛凛，罗成问道："这黑鬼，可是尉迟恭么？"尉迟恭道："然也。你也通个名来。"罗成道："俺是燕山罗元帅的公子罗成便是。"尉迟恭道："原来你就是罗成。你来得正好，俺专待拿你去请功。"就把长矛刺来，罗成把枪隔过，回手也是一枪。尉迟恭未曾招架，耍的又是一枪，连忙隔住。罗成一连三四枪，尉迟恭手忙脚乱，哪里来得及隔，叫声："不好。"回马就走。单雄信在城上看见，提兵杀出，那三千铁骑，杀得唐兵人乏马倦，打着得胜鼓回城去了。

尉迟恭杀得喘吁吁的败回营中，见了秦王，叫声："厉害！"程咬金道："想是你得胜回来了！"尉迟恭道："程将军休得取笑，这罗成我是战他不过的，请程将军明日出去，自然得胜。"咬金道："不敢相瞒，若是我去，不但得胜，还要降服他来投顺。"尉迟恭心想："他口出大言，待我明日去掠阵，看他光景，说他几句，以消今日讥诮之恨。"次日单雄信又请罗成出阵，那程咬金没处推托，只得出阵。尉迟恭奏道："主公，末将今日愿去军前掠阵。"咬金道："甚妙，你不跟来看看，也不见我的手段！"秦王道："王兄肯去掠阵，亦可助威。"二人随即出营。尉迟恭在后看咬金交手，谁料程咬金心中早有成算，必须如此如此，方可安妥。他打马来到阵前，先丢一个眼色，又对罗成把嘴张来噜[1]这么两噜，然后叫道："你为何昨日欺侮我的尉迟恭？"又把眼睛向罗成霎霎，那尉迟恭在背后哪里晓得他做鬼？罗成看见咬金做出许多嘴脸，不知何意。咬金一马上前，轻轻说道："罗兄弟，你今日长我些威风，这一遭儿，我感激你不尽了。"罗成笑了一笑，两边会意。咬金举爷就砍，罗成假意回手。战了二十余合，罗成虚闪一枪，回马就走。咬金大叫小呼，随后追赶，追至城外，见他进城去，方才转来。

尉迟恭哪里晓得他们是相好的兄弟？见了他今日交锋，这般威风，心内不解，就问道："程兄，前日在言商道上，你的本领也只平常。为何今日大不相同了？"咬金道："难道是假的么？你若不信，就与你试试。"尉迟恭道："这有什么要紧，何必如此？"咬金道："料你也不敢。"二人回营，见秦王说明战胜之事，秦王大喜。茂公心中明白，微笑道："今日果然有功。明日可再去，须要罗成归顺，如不能说得他来，军法从事。"咬金闻言，暗想："这是难题目来了！我是与黑炭团说耍儿的话，谁知今番军师弄假成真起来。"没奈何，只得领令，此言不表。

再说罗成进城回府，单雄信在城上坐看，见他两个眉来眼去，说了多少鬼话，又见罗成败了回去，心中疑惑，遂下城来见罗成道："兄弟，愚兄有一句不怕人怪的话，要与你讲。"罗成道："二哥有话，但说何妨。"雄信道："方才我在城上，见你同咬金交头接耳。他的本事，我岂不知，如何胜得你来？俺单某待你不薄，莫非你欲投唐，来灭我洛阳么？"罗成道："二哥，只知其一，不知其二。昨日与尉迟恭交锋，只消三枪，杀得他大败。今日程咬金来，小弟正要拿他，不知他见了兄弟，鬼头鬼脑。小弟猜他不出，只道他有意归降洛阳，故此假败一阵。此言句句是真，怎敢欺瞒二哥？"

雄信道："原来如此。我还放心不下，你果有真心，明日再去出战，须要生擒程咬金进来，才显得你是真心为了洛阳。"罗成道："是。"雄信别了回去，罗成心中想道："好没来由，被他絮絮叨叨这一番啰嗦。俺生平性直，耳内何曾听得这些话？"遂闷闷坐在椅上，长吁短叹。被一个丫环看见，忙进去报与老夫人得知。老夫人道："既如此，你去请大老爷进来。"丫环领命，叫声："大老爷，老太太有请。"未知说出什么话来，且听下回分解。

---

[1] 噜：同撸。

第五十回

对虎峪咬金说罗成　御果园秦王遇雄信

当下罗成闻母亲呼唤，遂走到里边，深深作揖，就问："母亲唤孩儿进来，有何吩咐？"老夫人道："我闻你心上不快，特唤你来问，是为什么事？"罗成道："母亲，孩儿因秦王起兵，攻打洛阳，那秦王帐下，却有表兄秦叔宝，并程咬金一班朋友，都在那里为将。今日出战，恰遇程咬金。孩儿想起昔日在山东贾柳店拜盟情况，一时之间，不好动手。那程咬金又对孩儿做了些手势，孩儿一时不明白，只得假败回来。谁想单雄信疑心于我，将孩儿噜噜苏苏了一番，为此孩儿闷闷不悦。"老夫人闻言说道："我儿呀，做娘的为了你表兄，连你父亲也要拗他的。再没有今番为了单雄信，倒要与表兄为难的道理。况且那边朋友多，这里只有一个单雄信。依我主意，不如归唐吧！"罗成道："孩儿闻秦王好贤爱士，有人君之度，投唐果是。只是单雄信面上，过意不去。"老夫人道："这有何难，只是将计就计，瞒他便了。日后遇见他避了开去，不与他交战，就是你周旋朋友之情了。"罗成道："母亲所言有理。"

到了次日，程咬金又来到城下讨战，尉迟恭照前掠阵。单雄信闻知，即来对罗成说："罗兄弟，今日该把程咬金拿进城来，方算你与单通是个知心朋友。不可又被他杀败了。若再杀败回来，那时你罗家的名色[1]都无了。说你一个程咬金也战不过，岂不被人取笑么？"罗成听了，又气又恼，只得提枪上马，开了城门，来至阵前。只见咬金又做出鬼脸，丢了眼色。那罗成又好气，又好笑。只听咬金说道："罗兄弟，昨日承你盛情让我，今日我有一句好话，对你讲。但此处不是讲话的所在，你略略让我三分，我与你战到没人处，细细对你说明。"罗成点头，二人就假意杀起来。战了七八合，咬金虚闪一斧，回马向北落荒而走。罗成随后赶去。

---

[1] 名色：名声，名誉。

尉迟恭道:"程咬金这狗头,今番输了。想他追去,决然无命。俺奉命掠阵,岂可袖手旁观?主公知道,岂不有罪?不免前去帮他一帮。"就纵马往后追来。

再说罗成同程咬金到了一个所在,离洛阳二十里,地名"对虎峪",并无人家。咬金道:"罗兄弟,我看这里无人来往,正好说话。"罗成道:"有什么话,快快说来。"咬金道:"罗兄弟,你家舅母一向对我说:'我家并无至亲,只有罗成外甥,我欢喜他,但愿他时刻与我叔宝孩儿聚在一处。自从那年来拜我寿,不知为甚把一个青面獠牙的人打了一顿,他就使性走了,使我放心不下。我想罗兄弟如今与那青面獠牙的人同住,岂不使你舅母之心不安?况且他做事未必妥当,兄弟何苦与他为伴?"罗成道:"汝言是也!我昨日为你,受了他一肚子的臭气,实是难忍。"咬金道:"既然如此,罗兄弟何不投唐?况且又不负令舅母之心,得与表兄叔宝时刻相亲,同为一殿之臣,有何不可?你今回去,与令堂太夫人商量,是在洛阳好,还是投唐的好。"罗成道:"何用商量,自是投唐好。但我母亲妻子,在洛阳城内,待我设法送他们出城,那时就来归唐,同保秦王便了。我去也!"程咬金道:"我还有一句话对你说。今日我与你在此说了半日,还有尉迟恭在那里掠阵。就是单雄信想必也在城上观看,他不见了我两个,岂不生了疑心?我今与你杀出去,若遇见尉迟恭,须要把他一个辣手段看看,日后使他不敢在我朋友面前放肆。"罗成道:"说得有理。"

两个重新杀转来,罗成拖枪败走。咬金在后追来。恰好遇着尉迟恭。尉迟恭哪里晓得底细?心中想道:"他前日卖弄手段,今日待我报仇。"就大叫:"罗成,你前日的威风哪里去了?今日不要走,吃我一枪。"遂把枪刺来。罗成正为单雄信在城上观看,正没有计较解他疑心,一见尉迟恭,十分欢喜。又听了咬金一番言语,把枪一隔,就回一枪。尉迟恭连忙招架,罗成又连耍了三四枪。尉迟恭招应不下,指望咬金来帮助,回头一看,不见咬金,手一松,腿上先着了一枪,叫声:"呵唷,不好了!"回马就走。罗成紧紧追来,追到一株大树边,尉迟恭就往大树后要走。被罗成耍的一枪,又正中着。不防树后闪出一员大将,用两根金装铜把枪架住,叫声:"不要动手。"罗成一看,原来是叔宝表兄。秦叔宝进树后,把手一招,罗成点头会意,回马往洛阳去了。原来这大树离城不远,恐

第五十回　对虎峪咬金说罗成　御果园秦王遇雄信

怕单雄信看见,故此罗成去了。那徐茂公事先料定,故预先差秦叔宝在此等候。

闲话休讲,那程咬金先来缴令道:"今日大战罗成,被臣一番言语,他已依允,明日准来归顺。"秦王大喜,重赏咬金。随后叔宝同尉迟恭亦来缴令,这话不表。

再说罗成进城,雄信下城相见,叫道:"罗兄弟,今日辛苦了!方才愚兄在城上看战,虽不能生擒程咬金,这尉迟恭被你杀得大败,躲入林内,兄弟正好拿他,为何又放走了?"罗成道:"二哥,那树后因有埋伏,故此回兵。"雄信道:"原来如此,倒是愚兄多疑了。"二人拱手,各回本府。罗成走入内堂,老夫人道:"你今日开兵,遇见何人?"罗成道:"孩儿遇见程咬金。"遂把他言语说了一遍。老夫人道:"儿呵,那程咬金的言语有理,须当从之。"罗成大喜,连夜把家眷送出城外。

次日,罗成来见单雄信道:"单二哥,家母思乡甚切,弟欲送家母前往燕山,然后再来扶助洛阳。故此特来告诉一声,即时就要起身。"雄信道:"呵呀,罗兄弟,你好薄情!愚兄不曾亏负你,只今兵临城下,正是用人之际,怎么要回燕山?我晓得了,莫非要投唐么?"罗成道:"小弟果回燕山,并不去投唐。"雄信道:"既不投唐,为何如此之速?"罗成道:"家母之命,不敢有违。"雄信吩咐家将,备酒送行。罗成道:"家母在城外等候,不敢久留。"只吃一杯酒,作别起身。雄信送至城外,罗成头也不回,竟自去了。

雄信上城观望,见罗成到那株大树边,忽闪出秦叔宝、程咬金,同罗成家眷入唐营去了。雄信见了,心中大怒,大骂罗成:"你这小贼种,早知你今日忘恩,悔不当初在三贤馆中,将你一椠打死,以免今日之患了。小贼种呵!日后若再相逢,我与你势不两立!"说完,愤恨回府不表。

再说秦叔宝、罗成、程咬金到了唐营,把家眷安顿好了,然后来见秦王。秦王出位迎接,罗成跪下叩见秦王,秦王双手扶起。又与徐茂公一班朋友,各各见了礼。吩咐摆宴接风。秦王在上面一桌,众好汉分列两边。饮了些时,尉迟恭暗想:"罗成小小年纪,怎么在马上如此厉害?想必是在马上操练惯的。他的本事,料也有限,待我假做敬酒为由,抓他一把,擒将出来,与众人笑一笑,有何不可?"就满斟一杯,走上前来,叫道:"罗公子,末将敬奉一杯。"双手将杯送来。

罗成道:"多谢将军。"把手接杯,不曾提防,被尉迟恭伸过大手,抓定了勒甲,叫:"过来吧!"往上一举,把罗成举在半空中。众将齐吃一惊,不知何故。罗成道:"黑子,你放了吧!"尉迟恭道:"不放,如今怕你怎么?"罗成道:"真个不放?"尉迟恭道:"真个不放。我看你在阵上八面威风,如今也被俺燥皮一燥皮。何不把前日的手段拿出来使一使?"罗成道:"待我自放与你们看吧!"遂把两手齐向尉迟恭耳根上一拍,这拳势名为"钟鼓齐鸣",原是罗家的杀手。尉迟恭着了一下,头一晕,把手一松,扑通一跤,跌倒在地。罗成将身一纵,跳下地来。众人扶起尉迟恭,大家笑了一回,依旧吃酒,至晚方散。以后尉迟恭再不敢小觑[1]罗成了。

到了次日,是端阳佳节,秦王令众将各回营闲耍一天,明日开兵。众将领命,各自散去。有去吃酒的,也有去下象棋的。独程咬金、秦叔宝、罗成三人到外边游玩,单剩秦王同徐茂公闲坐在营。秦王道:"孤家同军师出营,观看外面风景如何?"茂公道:"领旨。"同秦王走出营来,一路观看,不觉行到一座花园。原来这座花园,名为"御果园",离洛阳不远,乃王世充起造在此游玩的。只因唐兵在此扎营,故而无人看守。秦王同茂公走进园中,只见那园中奇花异卉,不计其数。中间起造一座假山,八面玲珑,十分精巧。茂公同秦王上了假山观看,望见一座城池,秦王问道:"军师,这个城池,莫非就是洛阳城么?"茂公道:"然也。"

他君臣二人,正在假山上,指手画脚的看,不料单雄信恰在城上巡察,望见御果园假山上,立着二人。一个身穿道袍,一个头戴金冠,身穿大红蟒服,坐下银鬃马,料是秦王,心中大喜,即提槊上马出城,吩咐军士快报大将史仁、薛化前来接应,自己先跑到御果园假山下,大叫:"唐童,俺来取你首级!"这一声喊,犹如晴空起个霹雳。秦王、茂公吃了一惊,回头一看,见是单雄信。茂公道:"主公快走,难星来了!"忙下假山,雄信赶到,举枣阳槊就打。秦王忙往假山背后就跑。

茂公飞奔向前,一把扯住雄信的战袍,大叫道:"单二哥,看小弟薄

---

[1] 觑(qù):看,瞧。

第五十回　对虎峪咬金说罗成　御果园秦王遇雄信

面，饶了我主公吧！"雄信道："茂公兄，你说哪里话来？他父杀俺亲兄，大仇未报，日夜在念。今日狭路相逢，怎教俺饶了他？决难从命。"茂公死命把雄信的战袍扯住，叫声："单二哥，可念贾柳店结义之情，饶俺主公吧！"雄信听了，叫声："徐勣，俺今日若不念旧情，就把你砍为两段。也罢，今日与你割袍断义了吧。"遂拔出佩剑，将袍袂割断，纵马去追秦王。

徐茂公知不能挽回，只得飞马跑出园门，加鞭纵马，要寻救驾将官。忽见面前澄清涧边有一将，赤身在涧中洗马，却是尉迟恭。他见众人都去闲耍，独自一个，到此涧边，见涧水澄清，遂除下乌金盔，卸下乌金甲，把衣服脱得精光，只留得一条裤子，把马卸了鞍鞯，正在涧中洗得高兴，只见军师飞马前来，大叫："敬德兄，主公有难，快快救驾！"尉迟恭闻言，吃了一惊，慌忙走上岸来，一时间心忙意乱，人不及穿甲，马不及披鞍，只得歪带头盔，单鞭上马，同茂公跑到御果园。尉迟恭大叫道："勿伤我主公！"那雄信追赶秦王，秦王只往假山后团团走转，又向一株大梅树下躲了进去。雄信一槊打去，却被树枝抓住，雄信忙把槊抽拔出来，那秦王已飞逃出园门，雄信随后追来。正在危急，忽见尉迟恭赶来，雄信倒吃一惊，大骂："黑脸贼！今日俺与你拼了命吧。"就把槊打来，尉迟恭举鞭相迎。秦王遇见茂公，先回营去了。这单雄信哪里是尉迟恭的对手？战不上三合，雄信一槊打来，被尉迟恭一把接往，回手一鞭打来，单雄信把槊一放，空手逃走。尉迟恭一手举鞭，一手拿槊，飞马紧紧追来，这唤做"尉迟恭单鞭夺槊"。未知单雄信性命如何，且听下回分解。

第五十一回

王世充发书请救　窦建德折将丧师

当下尉迟恭追赶单雄信，直追至澄清涧边，那秦叔宝、罗成、程咬金同在涧边玩耍，忽然看见，吃了一惊。三人一起上前拦住，咬金叫道："黑炭团住着，这青面将是我们的好朋友，不得有伤。"又见他手内拿着雄信的金顶枣阳槊，又叫："黑炭团，这是单二哥的兵器，为什么要你拿了？快些还他！"尉迟恭听了，就把槊往地下一插，不料那槊陷入地中数尺。咬金道："单二哥，你拔了槊回去吧！"那单雄信气忿忿过来拔槊，谁想用尽平生之力，这槊动也不动。咬金道："黑炭团，快快把槊拔起来还单二哥，好叫他回去。"尉迟恭道："这般无用，亏你做了将官！"遂上前轻轻一拔，就拔起来，向单雄信面前一丢。雄信接了槊，满面羞惭而去。

叔宝问道："为何追赶雄信？"尉迟恭把救驾之事，说了一遍，三人听了，与尉迟恭一起回营，来见秦王不表。

再说雄信失意回来，遇着史仁、薛化，二将接住，一起入城回府，闷闷不悦。那王世充闻知消息，摆驾来到驸马府中探望，叫一声："驸马，你为了孤家如此劳心劳力！"雄信道："主公说哪里话来？臣受主公大恩，虽粉身碎骨，难以补报。"

话未毕，忽报铁冠道人来到，大家见过了礼。王世充道："今唐兵临城，十分凶勇，不知军师有何妙计退得唐兵？"铁冠道人道："臣夜观天象，见罡星正明，一时恐未能胜。主公可多请外兵共助洛阳，何愁唐兵不破。"世充道："据军师所见，以请哪些外兵为是？"铁冠道人道："可请曹州宋义王孟海公，相州白御王高谈圣，明州夏明王窦建德，楚州南阳王朱灿，若得此四路兵来，何虑大事不成？"王世充大喜。雄信设席款待，至晚方散。按下不表。

再说秦王回营，大小将官皆来问安，不多时，秦叔宝、罗成、程咬金、尉迟恭等都到。秦王道："孤家今日若没有尉迟恭王兄前来，几乎性

第五十一回　王世充发书请救　窦建德折将丧师

命难保。"吩咐先上了功劳簿,到回朝之日,再奏与父王知道。即下令摆酒,众将同饮。秦王在席上,只管称赞尉迟恭。这尉迟恭大悦,把酒吃得大醉,坐在交椅上,把身子不定的乱摇。秦王见他醉了,命咬金扶他回营。咬金上前扶起。不料尉迟恭把手搭在咬金的颈上,用脚一扫。咬金扑通一声,跌倒在地。咬金起来将要认真,被秦叔宝上前扯住。尉迟恭道:"今晚我不回营,同主公睡了吧。"秦王道:"使得。"打发家人回营,自己同尉迟恭就寝。有服侍秦王的人,先来与尉迟恭脱了衣服,扶他上床,因他酒醉就睡去了。然后秦王也上床来,恐惊醒了尉迟恭,就轻轻睡在他脚后边。谁想尉迟恭是个蠢夫,翻身转来,把一只毛腿搁在秦王身上。秦王因他酒醉,动也不敢动,只得睡下。不料徐茂公因夜静出帐,仰观天象,只见紫微星正明,忽然有黑煞星相欺。徐茂公大惊,忙叫众将速速起来救驾。那些将官都在睡梦中惊醒,各执兵器,打从帐后杀来,大叫救驾。秦王闻叫大惊,忙叫醒尉迟恭说:"王兄,不好了,有兵杀来,快些起来。"尉迟恭闻言,酒都惊醒了,连忙起来,拿了竹节鞭,打出帐来。只见火把照耀,光明如白日。仔细一看,都是自己人马,一时摸不着头路。秦王提了宝剑,也出帐来,问:"贼兵在于何处?"众将道:"没有贼兵,是军师说主公有难,故此臣等前来救驾。"秦王道:"孤家没有难,可散去吧。"众将回营。次日,秦王问徐茂公夜来之事。茂公道:"臣昨夜观天象,见紫微星正明,忽有黑煞星相欺,此系主公有难,故此速传众将前来救驾。"秦王把尉迟恭将毛腿搁在身上的缘故,说了一遍。两边方明,按下不表。再说当下王世充发下四封请书并礼物,差官四员,往请曹州、明州、相州、楚州四家王子起兵,共助洛阳。

先说明州夏明王窦建德,是日驾坐早朝,见有洛阳王王世充差官下书。窦建德拆开一看,上写:

洛阳王王世充,拜书于夏明王窦王兄驾下:自从紫金山一别几载,群雄四起,各霸一方。前唐王遣李元霸击我众将,又辱我各邦,今又兴兵犯我小国,弟因将寡兵微,不能对敌。特此差官,谨具黄金万两,彩缎万匹,伏乞鉴纳,敢乞王兄速速起兵,救弟之厄,实为幸事。

小弟王世充顿首

窦建德看罢来书，即大怒道："唐童这小畜生，前在紫金山，他兄弟李元霸恃强凌弱，孤家是他母舅，也要跪献降书。如今幸遇王世充之便，正好起兵问罪。"即打发差官去回复，就于次日领兵五万，带领大将苏定方、梁廷方、杜明方、蔡建方四员，往洛阳进发。留大元帅刘黑闼守国，此话不表。

再说曹州宋义王孟海公得王世充来书，带领三个妻子马赛飞与黑白二夫人，起兵五万，来助洛阳。还有相州白御王高谈圣，带了飞钹[1]禅师盖世雄，楚州南阳王朱灿，带了史万宝，各起兵五万，来助洛阳。按下不表。

再说窦建德领兵到洛阳，王世充闻知，同单雄信等一起出城迎接。世充道："窦王兄不远千里而来，扶我小国，此恩此德，真乃天高地厚。"建德道："王兄说哪里话来？济困扶危，乃世之常事。"二人并马入城，带来兵马扎在城外。单雄信也点兵马五万，出城扎营，世充摆宴接风。宴罢，建德出城，在营内安歇。

那边军士探知消息，忙报秦王说："明州窦建德，领兵来助洛阳，现在城外扎营。"秦王道："孤家母舅，难道要与外甥交兵么？"茂公道："他前日在紫金山，被赵王元霸，要他跪献降书，故而结下冤仇。"秦王道："这也未必。"秦叔宝道："明日待臣去探他一二，便知端的。"次日，叔宝提枪上马，跑到阵前讨战。小军飞报进营，窦建德闻报，领了四将，齐出营来，横刀立马于阵前。叔宝上前，叫声："大王请了。秦琼闻大王乃我主公之母舅，因何反助他人？"建德道："秦琼，你可记得紫金山之事么？你回去可叫世民出来，孤自有话对他讲。"叔宝道："自家至亲，何必认真，认真乃禽兽也。"建德大怒道："你敢骂孤家么？"回顾四将道："快与我拿来！"后面苏定方、梁廷方、杜明方、蔡建方四将齐出，叔宝大战四将，全无惧怯，窦建德也提刀来助阵。战了三十余合，叔宝大吼一声，把杜明方刺落马下。建德大怒，举刀就砍叔宝，叔宝拦开刀，取锏打来，正中建德肩膀，建德回马败走。蔡建方举锤望着叔宝打来，叔宝拦开锤，耍的一枪，正中咽喉，跌下马去。只有梁苏二人，保了建德回营。点算人马，

---

[1] 钹（bó）：打击乐器，是两个圆铜片，中间突起成半球形，正中有孔。

损失不少。叔宝也回营，备言交战之事，秦王大悦。

那单雄信看见窦建德战败，心中大怒。到次日，带了史仁、薛化、符大用三将出营讨战，徐茂公叫罗成出去会战。罗成道："我不好出去。"叔宝道："我也不好出去。"程咬金道："单雄信与他们二人有恩，他自然不好出去，只我程咬金可以去得。一则本事对他过得，二则我来得明，去得白，三则功劳大家得些。"秦王大喜道："程王兄，那单雄信是孤家所爱的，不可伤他性命。"咬金道："晓得！"说罢，提斧上马，来至阵前，大叫："单二哥，你今可好么？"雄信见是咬金，即应道："托庇[1]平安。你可叫那黄面贼出来，俺要与他拼命。"咬金道："嗄，那秦叔宝是个没良心的，他惶恐得紧，不好见你。"雄信道："你来何干？"咬金道："我与你是好朋友，今日要与你厮杀，如何杀起？"雄信道："好个老实人！就让你先动手吧。"咬金道："不敢，还是二哥先动手。"雄信道："俺怎么好先动手，伤了情分？"回顾三将道："与俺拿来。"史仁、薛化、符大用三将齐出。咬金叫声得罪，扑秃一斧，把史仁砍为两段。二将死命来战，咬金又把薛化砍死，符大用见势头不好，回马就走，咬金赶去，又一斧砍死。雄信看见，叫声："罢了！"回营而去。未知后事如何，且听下回分解。

---

[1] 托庇：依赖长辈或有权势者的庇护。

第五十二回

尉迟恭双纳二女　马赛飞独擒咬金

当下雄信回营，王世充见三将被杀，闷闷不乐。忽军士来报，说曹州宋义王孟海公领兵来到，王世充即同窦建德、单雄信出营来接，挽手入营，见礼坐下。王世充道："有劳王兄大驾。"孟海公道："小弟来迟，望乞恕罪。请问王兄与唐童见过几阵了？"世充就将昨日今日连败二阵，细说一遍。孟海公道："既如此，待小弟明日擒他便了。"世充忙摆酒接风。

次日，世充、建德、海公一起升帐，世充便问："哪一位将军前去讨战？"忽闪出一员女将道："大王，妾身愿往。"原来是孟海公二夫人黑氏，世充大喜。黑夫人手提两口刀，上马出营，来到阵前讨战。军士飞报进营说："有员女将讨战，请令定夺。"咬金听见是女将，就说道："小将愿去擒来。"茂公道："女将出战，须要小心在意。"咬金道："不妨。"即提斧上马，来至阵前，果见一员女将，即大叫道："你是来寻老么么？"黑夫人大怒道："咦！油嘴的匹夫，照俺手中的宝刀。"说罢，双刀并起，直取咬金。咬金举斧相迎，大战三十余合，黑氏回马就走。咬金道："正好与你玩耍，为何就走？"随后赶来。看看赶近，黑氏取出流星锤，回身一锤打来。咬金一闪，正中右臂。叫声："不好！"回马走回营中。

黑氏又来讨战，军士又报入营，茂公道："如今何人前去出阵？"尉迟恭道："小将愿往。"遂提枪上马，跑至阵前，看见女将，一张俏脸，黑得有趣，一时不觉动火，便大叫道："娘子，你是女流之辈，晓得什么行兵？不如归了唐家，与我结为夫妇，包你凤冠有分。"黑氏闻言大怒道："我闻你唐家是堂堂之师，不料是一班油嘴匹夫。"就把双刀杀来。尉迟恭举枪相迎。两下交战，未及五合，黑氏就走。尉迟恭赶来，黑氏又取流星锤打来，尉迟恭眼快，把枪一扫，那锤索就缠在枪上。尉迟恭用力一扯，就把黑氏提过马来，回营缴令。茂公问道："胜败如何？"尉迟恭道："那女将擒在营外。"说罢回营。咬金道："要杀竟杀，不必停留，待末将去监斩。"茂公道:"监斩用你不着。如今有大大功劳,要你去做。"咬金道:"什么大大功劳?"茂公道:"就是尉迟恭擒来的女将,与尉迟恭有姻缘之分。如今只要你去劝他顺从,就算你大大功劳。"咬金道:"末将就去。"秦王道:"程王兄去做媒人,孤家就做主婚,着尉迟王兄即日成亲。"咬金奉令,走出营来,叫家将把黑夫人送到尉迟恭将军帐下去。家将一声答应,将黑夫人解了绑缚,随程咬金送到尉迟恭帐中来。尉迟恭道:"程将军,今日什么风,吹你到此来?"咬金道:"黑炭团,真正馒头落地狗造化。主公着我与你做媒,将黑夫人赏你做老婆,你好受用么?"尉迟恭笑道:"承主公好意,将军盛情,但不知此女意下如何?烦程将军为我道达[1]其情,若肯顺从,你的大恩,我没齿也不敢忘。"咬金笑道:"亏你如此老脸,说出这样话来,你自去办酒。"尉迟恭道:"晓得!"自入帐后去了。

　　程咬金就叫手下把女将推进来,手下答应一声,便将黑夫人推到里面。咬金道:"你可晓得我这里规矩?大凡擒来的将官都是要杀的。今番也是你造化,我军师有好生之心,道那尉迟恭是个独头光棍,故要把你赏他。着我来做媒人,我主公做个主婚。你们黑对黑,是一对绝好夫妻。"话未说完,黑夫人大怒,照定咬金面上打了一个大巴掌。咬金不曾提防,大叫:"呵呀!好打!"骂道:"你这贼婆娘,为何把我媒人打起来?岂不失了做新娘的体面!"黑夫人骂道:"你这油嘴的匹夫,把老娘当什么人看待?奴家也是主子的爱姬,虽然不幸,被你擒了,要杀就杀,何出此无礼之言?"回转头来,看见帐上有口宝刀,走上前面,就要去抢刀。程咬金同家将一起拿住,依旧把黑夫人绑缚。

　　尉迟恭在帐后听得喧嚷,走出来说道:"程将军,他既不肯成亲,不必相强。"咬金道:"放你娘的狗臭屁!我这媒人是断断要做的,你快把酒来我吃,你推他往后面去做亲。就是一块生铁,落了炉,也要打他软来。况你是打铁出身,难道做不得这事?快推进去!"尉迟恭欢喜,叫手下摆酒出来,与程将军吃,遂将黑夫人推到后帐来。黑氏道:"你推我到这所在做什么?"尉迟恭道:"我要与你成亲。"黑氏道:"既然如此,难道

---

[1] 道达:传达;说清楚,讲明白。

做亲是绑了做的么？"尉迟恭道："也说得是。"连忙把夫人放了。

那黑氏一放了绑，就叫："尉迟恭，我老娘是有丈夫的。你不要差了念头，好好送我出营去。若说这件事，老娘断断不从。你若要动手，老娘也是不怕人的。"尉迟恭道："我尉迟将军就是山中老虎，也要捉他回来。何况你这小小女娘，怕你怎么？"就趁势赶上前来。黑氏也摆过势子抢过来，你推我扯，扯了一回；那黑氏被尉迟恭拿住，竟往床上一丢，趁势压在身上。黑氏将拳乱打，尉迟恭一手将黑氏双拳捏住，一手解他衣裙。黑氏将身乱扭，终是力小，哪里躲得过？到了此时，只得顺从。

黑夫人道："呵，将军，我们姊妹三个，奴家是孟海公第二位夫人。还有第三位夫人白氏，也有手段，与奴家最好的。明日将军一发捉来，一同服侍将军。还有大夫人，名唤马赛飞，有二十四把飞刀，十分厉害。将军与他交锋之时，不可上了他当。"尉迟恭大喜道："娘子说得有理。但那程咬金你方才得罪了他，如今该去赔他一个罪，日后好与他相见。"黑氏道："今日害羞，叫我如何去见他？"尉迟恭道："不妨，他是极喜欢人奉承的。我们如今拿了酒走出去，大家吃杯儿就丢开手了。"

二人算计已定，就拿一壶酒走出来，见咬金正在低头吃酒，叫声："程将军。"那咬金抬起头来，见尉迟恭拿着一壶酒，黑氏把袖遮口而笑。咬金知他是来赔罪，有些害羞，因说道："你在阵上时，我说你要来寻老公，你骂我油嘴匹夫。今我好意与你做媒人，又把我夹面乱打，如今来做什么？"尉迟恭笑道："如今做过亲了。"咬金道："不许你来开口，要他自来告诉我听。"尉迟恭便对黑氏道："娘子，你支吾他两句吧！"黑氏无奈，只得掩口微笑，低声说道："奴家方才得罪程将军，如今不敢违命，已做了亲，前来请罪，谢谢大媒。"说罢，就道了四个万福。咬金连忙回礼，叫声："不敢，你方才不肯，为何一时没了主意？"黑氏听了，面色变红。咬金笑道："不要害羞，大家来吃喜酒吧。"三人共饮，直吃到月转花梢，咬金方大醉辞去。

次日天明，秦王升帐，二人谢恩。徐茂公道："今日还有一个女将前来，尉迟恭一发捉了，一总赏你。"话未完，忽见军士报来，外面又有一员女将讨战。秦王道："尉迟王兄，快去擒来，一发赐你成亲。"尉迟恭大喜，提枪上马，来至阵前。看见女将生得千娇百媚，比黑氏更觉好些。原来那白氏,因黑氏被擒,不见首级号令,放心不下,就来打听消息,因叫道:"你这黑脸贼,好好送还我家姊姊黑夫人,万事全休,若道半个不字,教你性命难保。"尉迟恭道:"不要开口。你姊姊黑夫人,已嫁了我,你也嫁了我,来配合成双吧。"白氏大怒,把枪刺来。尉迟恭举枪相战,战不上十合,被尉迟恭拦开枪,活擒过马,回营缴令。秦王大喜,又赐与尉迟恭完婚。军士得令,送至尉迟恭营中,黑夫人迎进后帐。白夫人初时不从,被黑夫人再三相劝,只得依允,遂与尉迟恭成亲。按下不表。

再说孟海公闻此消息,不胜愤恨,大叫一声:"罢了!"忽见大夫人马赛飞过来道:"大王不消发怒,待妾明日出阵,擒拿尉迟恭来,千刀万剐,与大王消恨便了。"孟海公道:"御妻,你须小心。"马赛飞道:"晓得了。"到了次日,就提起绣鸾刀,肩上系一个硃红竹筒,筒内藏二十四把神刀,一马当先,直抵唐营讨战。小军飞报,又有女将讨战。秦王道:"为什么他们女将这样多?"咬金道:"主公,如今这个赐了臣吧。"茂公道:"你擒得来,就赐你。"咬金大喜,提斧上马,直至阵前,看见女将,比前日两个还胜百倍,心中大喜,大喊道:"娘子,你今年青春[1]多少?我要与你做亲,你道快活么?"马赛飞听了这话,便问道:"你莫非是尉迟恭么?"咬金道:"正是,你要嫁他么?"马赛飞大怒,把刀砍来,咬金举斧相迎。战了三合,马赛飞忙将肩上的竹筒拿下,揭开了盖,叫声:"来将看俺的宝贝!"咬金抬头一看,见一刀飞起,咤的一响,正中咬金肩上,翻下马来,被马赛飞擒住,用索绑缚,活捉回营。未知后事如何,且听下回分解。

---

[1] 青春:指青年人的年龄(多见于早期白话)。

第五十三回

小罗成力擒女将　马赛飞勘破迷途

　　当下王世充、孟海公见马赛飞得胜回营，不胜欢喜，就令军士把尉迟恭推进来。军士一声答应，就将程咬金推至帐前，咬金立而不跪。孟海公骂道："尉迟恭，你自恃日抢三关，夜劫八寨，英雄无敌，谁想今日被孤家所擒？"咬金道："你们瞎眼的大王，黑炭团弄你的爱姬，却来寻我卖柴扒的出气！"旁边走出单雄信说道："王爷，这不是尉迟恭，他叫程咬金。"孟海公便对马赛飞道："夫人，你人也不认明白，混乱就拿。"赛飞道："既不是尉迟恭，可把这厮监禁后营，待我再去拿尉迟恭来，一并处斩。"众王道："有理。"就把咬金监禁后营，马赛飞又提刀上马而去。
　　再说秦王闻咬金被擒，十分忧闷。茂公道："主公勿忧，臣料他不出三日，自然回来。"言未了，外边又报，女将在营外讨战。茂公道："此番交战，非罗成不可。"就叫罗成说道："外边女将，他有飞刀二十四把，十分厉害。你去出战，只要不放他手空。他手不空，神刀便不能起，快与我拿来。"罗成得令，提枪上马，直到阵前。那马赛飞看见罗成少年美貌，心中暗想："这样俊俏郎君，与他同宿一宵，胜如做皇后了。"因问道："小将，你青春多少？可曾娶妻么？"罗成道："你问俺做什么？"马赛飞道："我看你小小年纪，不知交兵厉害，恐伤你性命，岂不可惜，故此问你。你今与我结为姊弟，共助孟海公，我和你自有好处。"罗成大怒，骂道："不顾脸面的淫妇，你虽生得美貌，奈我罗将军不是好色之徒！"就举枪刺来。马赛飞被他骂了这话，心中大怒，遂举刀交战。罗成抢上一步，借势一提，就把马赛飞擒过来。回营缴令。茂公吩咐，监禁在后营。
　　那洛阳军士，飞报入营说："马娘娘着罗成活擒去了！"孟海公听见，叫声："罢了！孤家献尽丑了！"又叫道："王兄，那马氏是小弟要紧的人，怎生救他回来？"王世充道："如今可将程咬金去换马娘娘回来，谅他必定允许。"孟海公就问："哪位将军押程咬金到唐营去，换马娘娘回来？"

第五十三回　小罗成力擒女将　马赛飞勘破迷途

单雄信应声愿往，遂领命来到后营，见咬金在囚车内。雄信道："程兄弟，我特来放你回去。"咬金道："你既有这般好心，为什么捉到之时，不放我出去？直到如今才放，其中必有缘故，你可对我说明。"雄信道："今因马赛飞被罗成擒去，如今要将你去换来。"咬金道："既然如此，二哥你可把酒肉请我，吃个畅快，我才肯去。"雄信道："容易。"就叫家将取酒肉进来，放咬金出囚车，咬金把酒肉吃个醉饱。雄信道："如今我同你去。"咬金道："二哥，我是直性汉子，若同我去，就没了我的体面。待我自己回去，包管还你马赛飞便了。如若不信，待我罚一咒与你听！我程咬金回去，若不放马赛飞回来，天打木头狗遭瘟！"雄信道："不必罚咒，我是信得过你的，去吧。"

咬金出了营门，一路思想，必须如此如此，方出我心头之气。回到营中，秦王大喜，就问，如何得回来。咬金道："臣被他拿去，他用好酒好肉请我，今日送臣回来，臣说：'承你一片好心，待我回去，放马赛飞还你。'他听了，千谢万谢。主公看臣面上，把这马赛飞还了他吧。若是主公下次要这个人，臣就去拿来。"秦王道："他有随身飞刀，甚是厉害，你日后如何拿他？"咬金道："不难，待臣杀只狗来，将狗血涂在他飞刀上，自然飞不起来。"秦王道："有理。"便吩咐将马氏推出。咬金对马氏说道："你这不中抬举的，我程爷要你做偏房，你却千推万阻，为何今日落在我手里？我不要你做小婆子。"吩咐小军推出去，把宝贝用狗血涂抹了。

那马赛飞又气又恼，来至本营，见孟海公大哭道："奴家被程咬金许多羞辱，又将宝贝弄坏了，好不可恨！"孟海公道："日后再擒这厮，将他千刀万剐，[1]与爱妻出气。但宝贝被他弄坏，怎生是好？"马赛飞道："不妨。待妻前往山中，七日七夜，重炼飞刀二十四把，再来复仇便了。如今辞别王爷前去，不出十日之期，自然回来。"孟海公道："御妻，你早去早回。"马赛飞道："晓得。"遂出营门。

一路前去，来至一山，名叫"杏花山"，忽见一个道人，叫道："马赛飞，你但晓得炼就飞刀害人，却不知自家的死活？那秦王是紫微星君下降，真命天子。这孟海公是奎星降世，以乱隋室，不久就灭。你若炼

---
[1] 剐（guǎ）：割肉离骨。

就飞刀前去,性命决然难保。不若拜我为师,与众仙姑修仙学道,长生不老,你意下若何?"马赛飞听了,惊得毛骨悚然,只得跪下,叫声:"师父,弟子情愿跟随师父出家。"遂同道人修仙学道去了。马赛飞命不该绝,遇道人前来点化他,也是仙缘有分,他从此就留山学道,一去不回。未知孟海公如何记念,且听下回分解。

第五十四回

李药师计败五王　高唐草射破飞钹

却说孟海公自从马后一去十天，音信杳无，心中十分记念。欲待转回曹州，马赛飞又不知下落；欲要进战，又不能取胜。只得闷坐帐中，长吁短叹。

一日，王世充问铁冠道人道："军师，孤家与众王兄同唐兵交战，连折数将，不能取胜，未知军师可有妙计，能退得唐兵，归还孟王兄二位夫人否？"铁冠道人道："主公放心。臣有一个朋友，姓鳌名鱼，乃琉球国王四太子，今在日本国招为驸马。其人有万夫不当之勇，主公可命人多带珍宝，聘请得此人来，何愁唐兵不破？"王世充大喜，即备珍宝玩物，请军师前往。铁冠道人奉命前往日本而去。

忽有军士来报，相州白御王高谈圣，楚州南阳王朱灿，二路人马齐到营前。王世充闻报，同二王众将出营迎接。高谈圣、朱灿来至帐中，各各见礼，吩咐摆宴接风。次日，王世充同四位大王升帐，众将分列两旁。王世充道："小弟蒙诸位王兄不弃，来助弱国。怎奈唐童这厮兵强将勇，几次出战，损兵折将。不知列位王兄，有何妙计，退得唐兵？"白御王高谈圣道："王兄不必忧心，待弟生擒这唐童便了。"遂令盖世雄出营讨战。盖世雄应声得令，遂带随身宝贝飞钹，出营而来。这盖世雄原是头陀打扮，不喜骑马，专喜步战，来至唐营，大叫："唐营军士，快叫有本事的出来会俺法师。"小军飞报进来说："有一和尚，口称法师，前来讨战。"茂公闻报大惊，双眉紧皱，叫声："怎么了！"众将问道："军师几场大战不惧，今日闻一和尚，为何就愁闷起来？"茂公道："列位将军哪里知道，这和尚叫做盖世雄，他的本事高强，又兼有二十四片飞钹，甚是厉害，故此一闻和尚，便知道是随白御王高谈圣来的，洛阳今后将有一场大战，若还出阵必有损伤。"忽有秦叔宝上前道："军师，那盖世雄不过是一个和尚，又非三头六臂，怕他怎的？待末将出马会他一阵。"茂公道："你须小心防他飞钹！"叔宝道："得令！"提枪上马，来至阵前，不通用名，挺枪就刺。盖世雄忙举禅杖相迎，大战二十余合。盖世雄就丢飞钹，叔宝躲避不及，被飞钹打中脊背，负痛回营。其后唐营出马的将官，被飞钹打伤的共有二十余员。秦王看见众将受伤，闷闷不乐，吩咐在后营调养。谁知那飞钹是用毒药炼成的，凡遇着伤者，七日内便要送命，其痛难当，饮食少进。到了次日，盖世雄又往讨战，茂公无计可施，只得挂出免战牌。盖世雄看了，回营就对五王说了，五王大喜。单雄信道："我们今夜暗去劫寨，他必无备，必获全胜。"五王闻言，皆说："有理。"传令三军，准备停当，即晚劫寨不表。

　　再说徐茂公同秦王正在议事，忽报外面三原李靖求见，茂公闻报，大喜道："好了！好了！药师既来，吾无忧矣！"秦王与众将出营相迎，李靖到了里面，见礼毕。李靖道："贫道在海外云游，闻得盖世雄在此用飞钹伤人，故此特来破他。"正在谈论，忽听后营悲苦之声，便问何故，秦王道："是被盖世雄飞钹打伤的将官。"李靖即取一包药，分救众将，众将吃下，立刻打伤之痛都好了，齐出来拜谢。茂公把军师剑印，送与李靖掌管，李靖欣然领受。升帐发令，众将分列两旁。李靖道："贫道方才进营，见洛阳营内有一道杀气冲天，今晚必有人前来劫营，必须杀他片甲不回。"即令秦叔宝领一支兵，往御果园埋伏，又说："待黄昏时分，王世充人马必到此处经过，你可挡住他的去路。"叔宝口称："得令。"李靖又令罗成领一支兵，往西北方埋伏；尉迟恭领一支兵，往东北方埋伏；白夫人领一支兵，往西南方埋伏；黑夫人领一支兵，往东南方埋伏；殷开山领一支兵，往正南方埋伏；马三保领一支兵，往正东方埋伏；史大奈领一支兵，往正西方埋伏；张公瑾领一支兵，往正北方埋伏，便说："你等众将，俱听中军号令，号炮一声，一起杀来，违令者斩！"众将得令而去。李靖又令程咬金到十里之外，取高唐草来，明日准要。咬金口称："得令。"退归本营，叫家将拿了绳索扁担，同他去割马草，家将奉命同去。

　　再讲王世充，到了三更时分，同各家王子大小将官，点起人马一万。不举灯火，马摘鸾铃，悄悄来到唐营，一起动手，呐喊杀入。见是空营，各家王子大叫："不好了！中他计了！"忽营中一声炮响，四面八方，一起杀来。把五王与众将及一万人马，团团围住截杀。那五家王子与众将

第五十四回 李药师计败五王 高唐草射破飞钹

大吃一惊,心慌意乱,东西乱窜。那盖世雄慌慌张张,况是黑夜交兵,又不敢放起飞钹。声声叫苦,正是上天无路,入地无门。此一番交战,杀得五家的兵马,尸积如山,血流成河。那五王只得拼命杀出阵来,看看败至御果园,回头一看,见自己人马,十分去了九分。幸得众王俱在,单单不见了苏定方、梁廷方二将。原来二将见势头不好,已经连夜逃走了。

那王世充只叫:"列位王兄,今番失败,大辱名声,我们休矣!"言未已,忽一声炮响,秦叔宝领军杀出,挡住去路。五王大惊,盖世雄忙举禅杖来战,怎当得叔宝那杆枪,神出鬼没,盖世雄哪里杀得他过?欲想放起飞钹,又恐黑夜之中,误伤五王。那五王杀了半夜,都杀得骨断筋酥,各自躲避。那盖世雄正在难解之时,忽见单雄信领兵杀出来,见是叔宝,大怒骂道:"黄脸贼,俺来与你拼命!"遂举枣阳槊打来。叔宝道:"单二哥,小弟不敢回手。"兜转马,跑回唐营。五王与众将,也只得回营,按下不表。

再说唐营众将,得胜报功已毕,只见程咬金亦来缴令,高唐草取到了。李靖叫取进来,咬金叫小军挑十余担青草进来,李靖道:"不是此草。所要者,高唐草也。速去换来。"咬金道:"小将在绝高的高塘路上割来的,怎么不是?"李靖道:"还要胡说,快去换来。"咬金无奈,只得又到高山之上,割了十余捆草来。李靖骂道:"好匹夫,不善干事,违我军令,本该斩首,姑念你有功在前,饶你一死。如今既不能取高唐草,可去取盖世雄的首级来。限你三日,如三日没有,定行斩首,快去快来。"咬金领令出营,暗想:"这是难事了!那盖世雄岂是当耍的。倘或与他交战,被他飞钹打来,岂不死于非命?若要不去,又违了军令,就要斩首,如何是好?"想了一会说道:"也罢,我且躲在外边,待这道人云游别处去了,那时回来未迟。"就躲在外边不表。

再说李靖又差尉迟恭去取高唐草,尉迟恭领令,往乡村寻觅。忽听见一家户内,有人唤道:"高唐,你可将我身下的草,换些干燥的。"一人应道:"晓得。"少停,见一人拿许多乱草出来,尉迟恭问道:"你叫高唐么?"那人应道:"是。"尉迟恭道:"手中是何物?"那人道:"家中有产妇,此是他身下的草,有了血迹,要去抛在河内。"尉迟恭喜道:"既是这草没用,把与我吧。"那人就将草与他,尉迟恭忙回缴令,李靖见了大喜,吩咐众将,把草分扎箭上,若见盖世雄放起飞钹,一起放箭,众将得令。

　　李靖就唤叔宝出战，叔宝提枪上马，来至阵前讨战。盖世雄闻知，走出营来喝道："你这黄脸贼，昨夜挡俺归路，今日来讨死么？"举起禅杖就打，叔宝把枪相迎，战了二十合，盖世雄就把飞钹放起来。李靖在营门看见，吩咐放箭。罗成把箭放去，正中飞钹，跌下地来，就粉碎无用了。盖世雄看见大怒，索性把二十三片飞钹，一起放起。唐营众将，各各放箭，只听得半空中叮叮当当，把那些飞钹，一起射落地来。盖世雄看见大惊，叫声："罢了，枉费了几载功劳，一旦坏在敌手。"就把禅杖打来。又战十余合，被叔宝将枪拦开禅杖，取出金装锏打来，却好打中背上。盖世雄即时口吐鲜血，心中昏乱，却不逃往本营，反往北方落荒而走。未知盖世雄性命如何，且听下回分解。

第五十五回

斩鳌鱼叔宝建功　踹唐营雄信拼命

　　当下秦叔宝见盖世雄逃走，因穷寇莫追，就回营缴令。那盖世雄一头走，一头想："俺是出家人，有如此法宝，被他破了，如今有何颜面再见各位王子？不若回转天斗山，再炼飞钹，有何不可？"遂走了一日一夜，想起宝贝被他伤坏，心中又气又恼。又被秦叔宝打了一锏，背上又痛，身子又十分狼狈。忽见前头有个土地庙，心中想道："也罢，待我进去瞌睡片时，再作区处。"遂奔进庙门。见一块拜板，倒也干净，就把禅杖做了枕头，睡将下去。因厮杀辛苦，又走了一日一夜，这番一放倒，就睡着了。
　　哪里晓得这程咬金奉了李靖军师将令，三日之内，要取盖世雄的首级，心中想道："此乃掘地寻天，断断做不来的。况且他飞钹厉害，怎敢讨战？"又怕回营，只得逃躲在外。一连二日，又不曾带得干粮，腹中十分饥饿。只得到乡村人家去抢，方才抢得些酒肉吃了，走到这土地庙内，因在拜板上犹恐人来看见，故此钻入神厨底下睡觉。那神座上有黄布桌帏遮护，所以盖世雄进庙，不曾看见他。
　　也是这和尚命数当尽，那咬金一觉睡醒，忽听得雷响，心中想道："我方才进庙，见皎日晴天，哪里来的雷响？"遂起身钻出神厨，往外一看，犹是晓日晴天。再向四下一看，只见拜板上睡着一个和尚，鼻息如雷，仔细一瞧，认得是盖世雄，不觉大喜。忙走到神厨下，取出宣花斧，照大腿上一斧。可怜盖世雄在睡梦中着了这一斧，叫声："呵呀！"醒来一看，原来也认得是程咬金，却把两腿砍得挂下叮当了，遂叫："程咬金呵，你把我头上再砍一斧吧。如今叫我死又不死，活又不活，不如结果了我吧。"咬金道："你且忍耐些时，待我拿你见我军师，那时还你快活吧。"遂走出庙来寻索子。四围一看，只见那边有一个樵夫，拿着扁担索子走过。咬金忙赶上前，把他索子抢了就走。那人大怒，回头一看，见他青面獠牙，凶恶嘴脸，想不是好惹的，只得去了。咬金拿了索子，走进庙内，把盖世雄一把扯起,将索子捆了。把自己宣花斧做了一头,把他的禅杖做了扁担,放在肩上,挑了就走,走到唐营缴令。秦王大喜,就令咬金把盖世雄斩首,号令军前。

那洛阳军士探知这事,飞报入营。众王闻报,大惊失色道:"这却如何是好?"正在惊慌,忽外边又报进来说:"有日本国驸马,带领倭兵三千,现在营前了。"众王齐出迎接,入帐见礼坐定。只见那驸马头戴金冠,耳挂玉环,鼻似鹰嘴,目如流星,身长一丈四尺,使一把长柄金瓜锤,有万夫不当之勇。一口番语,再听他不出的。却带两个通事[1]将官,一个叫王九龙,一个叫王九虎。二人乃嫡亲兄弟,原是山东人,因做了大盗,问成死罪在狱。多亏秦叔宝,与他上下使用,改重为轻,救了他二人性命。后来逃到日本国,做了通事。兄弟二人,时常说起秦叔宝大恩,未曾报答,今有此事,特谋此差到来。众王道:"难得驸马远来!为甚我们军师不同来?"那鳌鱼一些不晓,只张两眼看着。旁边王九龙,便对鳌鱼叽里咕噜,说了一番。鳌鱼方才得知,也叽里咕噜对众王子说,众王子哪里晓得?也是王九龙过来说道:"军师又到别处访游,故驸马先来。"众王大喜,吩咐摆酒与鳌鱼接风。

不料王九龙私对王九虎道:"我闻恩人秦叔宝,在唐营为将,秦王十分重用。今驸马骁勇厉害,恩人岂是对手?我们必须如此如此。"九虎点头道:"是。"到次日,五王来请鳌鱼开兵。问他:"不知可否?"那王九龙代五王回话,叽里咕噜说了两句,鳌鱼点头道:"喕哒喕哒。"九龙又代鳌鱼传话说:"待我就去。"众王闻之大喜,送鳌鱼出兵。那鳌鱼太子要逞威风,提金瓜锤,上白龙马,来至阵前,王九龙、王九虎两骑随侍。那鳌鱼道:"唐营兵卒,快叫有本事的将官出来会战。"小军飞报进营说:"外边有一倭将讨战。"李靖便问:"何人前去会他?"当有程咬金闪出来,说道:"小将愿往。"遂提斧上马,来到阵前,大声喝道:"倭狗通个名来。"那鳌鱼全然不晓,把金瓜锤打来,咬金举斧一架说道:"呵唷,好厉害!把我的虎口都震开了!"回马就走,幸喜跑得快,不然性命难保。咬金回到营中,只叫得好厉害,便将交战之事,诉说一番。外面又报倭将又

---

[1] 通事:旧时指译员。

第五十五回　斩鳌鱼叔宝建功　踹唐营雄信拼命

来讨战，李靖又问众将，谁人敢去出战，秦叔宝应道："末将愿往。"遂提枪上马，来到阵前，果见一员倭将，他的两名通事，甚是面善。那鳌鱼太子问道："木古牙打。"叔宝不晓，便问通事，他说什么话？王九龙道："他问你叫什么名字？将军，我与你有些面善。"叔宝道："我乃山东秦琼。"王九龙道："呵，原来将军就是秦恩公。但此人力大无穷，必须挫他风头，方好挑他。"叔宝大喜，鳌鱼也问通事道："南都由？"他是问那将官说什么。九龙道："他说琉球国王死了，快些回去。"那鳌鱼太子，却是有孝心的，听见这话，把头一侧。叔宝应当胸一枪，翻身落马。王九龙下马，斩了首级，兄弟二人，同叔宝回营。叔宝问道："虽与二位面善，不知曾在何处会过？"九龙道："恩公，我兄弟二人，在山东时，问成死罪，多亏恩公相救。如今在日本国做通事。小人叫王九龙，兄弟叫王九虎。"叔宝道："原来是二位，这也难得。"便一同进营，参见秦王，也封了将官。

李靖又令叔宝，可将空头官诰[1]，前往红桃山，看锦囊上行事，不得有违。叔宝领令上马而去。李靖又令程咬金，你去离红桃山二十里路，在凉亭内，见一个麻面无须的，身背包裹腰刀之人，先斩了首级，回来缴令。咬金亦领令而去。

再说洛阳军士，飞报进营说：琉球国通事官，帮了唐将把鳌鱼杀了，首级号令在营外。五王闻报，大惊失色。单雄信上前道："众位王爷放心，臣还有一处人马，在红桃山，兄弟三人，叫侯君达、薛万彻、薛万春，招此三人来助，也还不怕。待臣修书一封，叫单安前去便了。"五王大喜。单雄信即修书交付单安。单安领命而去，行至凉亭，看见程咬金，两人是相识的。咬金不忍就杀，对他说了，单安明知不对，便自刎了。咬金砍了首级，回营缴令。再说叔宝奉令，往红桃山，打开锦囊一看，却是要他招安三位英雄。这事且放下不表。

当下单雄信正在营中，忽报唐营已将单安首级取了，号令营门，雄信闻言大怒，想众将都已杀尽，独力难支，遂叫一声："罢了！"即来见世充道："臣入城去干一事，就来。"世充道："驸马速去速来。"雄信别了世充，入洛阳城，行至府中，公主接着，见礼坐下，吩咐摆酒。雄信

---

[1] 空头官诰：有名无实的授官凭证。

与公主对酌,公主问道:"驸马逐日交锋,今日想是唐兵退去了,故回来见妾?"雄信道:"公主,你还不知唐童的厉害!他帐下兵强将勇,把我们借来的将士,杀得干干净净,只留得五位王子。眼见大势已去,将来必至玉石俱焚。为此回来与公主吃杯离别酒,只怕明日就不能与公主相见了!"说罢,不觉流下泪来。公主道:"驸马呵,我哥哥出兵城外,他身边无人,你快去保护他。倘退得唐兵,万分之福;若有不测,妾愿死节,以报驸马,决不受辱偷生耳!"

雄信道:"说得好爽快,公主,你真有此心么?"公主含泪道:"妾真有此心。"雄信大笑道:"妙呵,这才是我单通的妻子,如今说不得了。"便往身边拔出佩剑一柄,付与公主道:"我将宝剑赠你,若城一破,单通就在阴司等你。"公主接剑道:"晓得。但驸马此去,意欲何为?"雄信道:"我受你哥哥大恩,未曾报答。我今此去,情愿独踹唐营,死在战场,也得瞑目。死后做鬼,也必杀唐童,以雪仇恨。公主呵,我今此去,若有不测,不可忘了方才此言。我去也!"说完往外就跑。公主含泪扯住道:"驸马,妾身与你说话不上两个时辰,怎么就去?"雄信喊道:"公主不要扯俺。"把公主一拂,公主跌倒在地,雄信也不回头,竟自去了。众宫女忙把公主扶起,公主放声大哭,众宫女相劝不表。

再说李靖在营对秦王道:"贫道今日交还兵符印信,要往北海去了。"茂公道:"五王未擒,雄信未拿,为何要去?"李靖道:"如今不难。叔宝在红桃山自会招安侯君达的人马。至于五王,我有锦囊留下亦易擒的。雄信一人何足惧哉?"秦王摆酒送行。

众将齐在。李靖把尉迟恭一看,知他到长安,有一番大难,取出一丸丹药,交付与尉迟恭道:"你归长安,十二月初一日,可用烧酒服之。"说罢起身去了,此话慢表。

再说单雄信别了公主,一马出城,叫声:"老天,今日我恩仇两报之日也!"遂跑至唐营,大喝一声,把槊一摆,踹进营来,正是叫做"一人拼命,万夫莫当"。守营军士,见他来得凶勇,把人马开列两边。雄信道:"避我者生,挡我者死!"竟往东营杀来,把枣阳槊乱打,就像害疯癫病的一般。

小军飞报进来说:"启上千岁爷,不好了!单雄信踹进营来!"徐茂

第五十五回　斩鼍鱼叔宝建功　踹唐营雄信拼命

公即差尉迟恭去拿。秦王道："这是孤家心爱之人，待他出出气儿，自然归降，不可阻挡。"又报单雄信杀到北营去了，秦王命人劝他归顺。雄信听了，一发大怒，把枣阳槊乱打。又杀过南营、西营，将近中营。看官：你道单雄信有多大本领，这样大大的唐营，如何东南西北，团团杀得转来？有个缘故。只因他势穷力竭，明知独力难成，不能挽回天意，故此别了公主，来踹唐营。这叫做"一人拼死，万夫莫敌"。及至杀了进来，遇见的都是他往昔结交的朋友，又是秦王一心爱他，不许众将伤他，所以被他团团杀转。

那雄信杀到中营，大叫道："唐童，俺单雄信来取你首级也！"秦王闻言，倒也不在心上，徐茂公忙奏道："主公虽然爱他，他却越扶越醉，万一杀将进来，难以招架。依臣愚见，还须拿住了他，看他降不降，再作理论。"秦王依允。茂公往下一看，那些众将，都是贾柳店结拜的朋友，谅来不肯伤情，只有尉迟恭与他了无干涉，遂叫："尉迟恭，去擒这单雄信。"秦王道："尉迟王兄，那单雄信是孤家心爱之人，切不可伤他性命。"尉迟恭道："得令。"遂上马提枪出营，正遇着雄信，雄信一槊打来，尉迟恭把枪敌住。战不上十合，被尉迟恭把枪掀开槊，拿他过来，往地下一掷。众军将他绑缚了，推至秦王面前，尉迟恭上前缴令。雄信大骂道："唐童，我生不能啖汝之肉，死也要吸汝之魂！"秦王满面赔笑，亲解其缚。雄信手松，只见秦王佩剑在身，就夺剑在手，照秦王砍来。两边将士急救，秦王避入后帐。未知后事如何，且听下回分解。

第五十六回

秦琼建祠报雄信　罗成奋勇擒五王

当下茂公见雄信如此，急令用绊马索把他绊倒了，照前绑下。秦王出帐，亲自上前道："单王兄，从前楂树岗之事，实系无心，你在御果园追我一番，亦可消却前仇。孤家今日情愿下你一个全礼，劝你降了吧。"秦王即跪下去。雄信道："唐童，你若要俺降顺，除非西方日出。"秦王再三哀求，雄信只是不睬。茂公道："若是不从，只得斩首。"秦王依允，把雄信绑出营门，就差尉迟恭监斩。茂公又奏道："臣等与他结义一番，再容臣等活祭，以全朋友之情。"秦王准奏。

茂公便同程咬金等众人，设下香烛纸帛，茂公满斟一杯，送过来道："单二哥，桀犬吠尧[1]，各为其主。可念当初朋友之情，满饮此杯，愿二哥早升仙界。"酒到面前，雄信把酒接来，往茂公面上一喷，骂道："你这牛鼻道人，俺好好一座江山，被你弄得七颠八倒，今日还要说朋友之情！什么交情！谁要你的酒吃？"张公瑾、史大奈、南延平等，个个把酒敬过来，雄信只是不肯饮。咬金道："你们走开，让我来奉敬一杯，他必定吃我的酒。"遂走上前叫道："单二哥，我想你真是个好汉，不降就死，倒也爽快，小弟十分敬服。今奉劝一杯，可看我平昔为人老实，肯吃就吃，不肯吃就罢，再不敢勉强。"说罢，将酒送到口边。雄信道："俺吃你的。"即把酒吃下。咬金道："单二哥，再吃一杯，愿你来生做一个有本事的好汉，来报今日之仇。"雄信道："妙呀，俺也有此心。"把酒又吃下。咬金道："单二哥，这第三杯酒，是要紧的。愿你来世将这些没情的朋友，一刀一个，慢慢的杀他。"雄信道："这话说得更有理。又把酒吃干了。"咬金对众人道："如何！独我老程，能劝二哥吃酒。"众人道："这些肉麻的话，我们说不

---

[1] 桀犬吠尧：《汉书·邹阳传》记载，邹阳从狱中上书"桀犬吠尧"，桀的狗向尧狂吠，比喻走狗一心为宅主子效劳。

出的。"尉迟恭见众人活祭毕,就拔出宝剑,把雄信砍为两段。

再说秦叔宝在红桃山,招安侯君达等,闻得擒了雄信,飞马来救,走到面前,头已落地。叔宝抱住雄信的头,大哭道:"我那雄信兄呀,我秦琼受你大恩,不曾报得。今日不能救你,真乃忘恩负义,日后九泉之下,怎好见你?"跪在地下,哭个不住。众将劝了半日,方才住哭,即忙进营,向秦王哭诉道:"臣受单雄信大恩,欲把他尸首安葬,以报昔日之恩。"秦王允奏。茂公道:"明日可破洛阳,生擒五王。安定天下,在此一举,众将无许懈怠。"即令罗成带领一万人马,埋伏在金锁山,等待五王到来,生擒活捉,不许漏落一人,违令斩首。罗成道:"得令!"茂公又令尉迟恭、程咬金冲他左营,黑白二夫人冲他右营,张公瑾、史大奈、南延平、北延道等,冲他中营。众将得令,连夜点兵不表。

再说洛阳军士,飞报进营道:"王爷,不好了!昨日驸马独踹唐营,被唐将擒住斩首了。"王世充闻言,大叫一声:"天亡我也!"即时倒地,众王慌忙扶起。世充大哭道:"呵呀,驸马,如今叫孤家怎生是好?"窦建德道:"王兄且免悲伤,目今看来,洛阳难保,不若带领兵马,同孤家回转明州。孤处还有元帅刘黑闼,有万夫不当之勇,镇守在那里,还可再来报仇。如今急宜速走,若再迟延,我等休矣!"众王道:"有理。"正在议论,忽闻唐营炮响,小军飞报进来道:"千岁爷,不好了!唐兵杀来了!"众王大惊,一起上马杀出来,只见营盘已乱。众王意欲寻路逃走,见四面都是唐兵,只得拼命杀出。忽遇张公瑾杀至,王世充挡住;史大奈杀来,窦建德对定;南延平杀来,高谈圣抵住;北延道杀来,孟海公敌住;金甲、童环杀来,朱灿敌住;樊虎、连明杀来,史万岁、史万定对敌。一场狠战,杀了些时,世充见势不好,叫声:"众王兄,速往明州去吧!"五王一起杀出,窦建德领头,齐往明州而去。被唐兵追赶三十余里,史万岁、史万定俱已阵亡,不表。

这里徐茂公率众将,破入洛阳,请秦王入城。秦王吩咐:单雄信家小,不可杀害,一面出榜安民,盘清府库。不想公主闻得秦王破了洛阳,即以宝剑自刎而死。叔宝将他夫妻合葬在南门外,又起造一所祠堂,名为"报恩祠",以报他当初潞州之恩。秦王就封他为洛阳土地,至今香火不绝。

再讲五王带了残兵败去,回头见秦王不来,心中方安,一起往明州而来。行到一山，名唤金锁山，忽闻一声炮响，闪出一支人马，当头一员小将，挡住去路，大叫："五王速速自绑，免我动手！"五王抬头一看，见是罗成，惊得魂不附体。窦建德道："列位王兄，罗成虽勇，难道我们大家束手被绑？不若一起拼命，与他交战，倘得过了此山，就有性命了。"众王道："有理。"就一起杀过来。遂把罗成围住在当中，拼命厮杀。罗成把枪一架，指东打西，未及四合，罗成一枪，刺中孟海公腿上，翻身落马，被手下拿去。窦建德大怒来救，不料马失前蹄，跌下马来，也被拿去。王世充、高谈圣、朱灿三人着慌，欲待要走，被罗成赶上，一枪刺中高谈圣右肩，也被拿去。朱灿见高谈圣被拿，心中一发慌张，被罗成照肩一枪，跌下马来，亦被擒住。王世充料不能胜，杀开血路，往前就跑。罗成急急追赶，王世充无处逃避，也被擒了。罗成令军士将五王解往洛阳城中，其余残兵，一半投顺了，一半逃回明州。刘黑闼闻知大怒，即自称为后汉王，封苏定方为元帅，兵镇明州，按下不表。

再说秦王破了洛阳，升坐殿中，专候罗成回来。早有小军飞报道："罗将军生擒五王，现在午门外候旨。"秦王叫："宣进来。"罗成来至里面，朝见秦王，把生擒五王之事，说了一遍。秦王大喜，吩咐摆宴庆功。次日茂公见秦王说道："那五家王子，乃系钦犯，可上了囚车，着人先解往长安，听皇上发落，以显主公之能，众将之功。"秦王道："是。"茂公就吩咐秦琼道："我有锦囊一封，速将五王解往长安，路上须要照锦囊行事，违令者斩。"叔宝得令，将五王上了囚车，解往长安而去。

茂公然后吩咐班师，大小将官三军，一起起身。一路上欢欢喜喜，齐唱凯歌。程咬金大喜道："如今好了！回京朝见圣上，俺有许多功劳，自然蟒袍加体，玉带垂腰。不封王侯，就是国公，我真快活呵！"尉迟恭道："是不枉投唐一番，今日得胜班师，连我也快活了。"茂公道："你不要快活尽了，你两人只道自家功高，还不知自家的大罪。只怕那些功劳，也还抵不过那些罪过哩！"咬金道："我有何罪？"尉迟恭道："我哪有过失？"茂公笑道："程咬金月下赶秦王，斧劈老君堂；尉迟恭夜出白璧关，三跳红泥涧，那两般罪名，就要斩了。圣上谅不肯容情，主公也难讲分上[1]。"咬金一闻此言,不觉失色道:"不好了!你这两句话说得不错,尉迟兄,我与你走吧。"茂公道:"他却还好,曾在御果园救驾,还可保全。你却是难!"咬金道:"大哥呵,你是做军师的人,难道没有什么计较,救我的性命?"茂公道:"我有一计:你见皇上发怒之时,必须如此如此,或者皇上饶你,也未可知。"咬金听了大喜,一路上说说笑笑,竟往长安,按下不表。

再说秦叔宝解着五王,取路先行,来到半路上,打开茂公锦囊一看。原来为窦建德是主公的母舅,若回到长安,定然宽恕,日后恐有更变。故此要在馆驿中,纵火烧死众王,以免后患。叔宝心下明白。是夜五王宿在驿中,叔宝暗令军士,四围堆满干柴,候至黄昏时分,令军士四面放火,一霎时火光腾空,可怜五王数载英雄,今日绝于此地。烧了半夜,把五王性命结果了,叔宝便吩咐军士救灭了四下房屋。次日,秦王大兵已到,叔宝上前认罪,言驿中失火,烧死五王。秦王道:"既死不能复生,只是孤家母舅在内,可认出葬之,以表甥舅之情。"谁想那五王烧做一样颜色,再也认不明白。秦王无奈,就一并葬之。次日,秦王进兵长安,将人马扎在教场上,众将安顿家眷,次日入朝。未知后事如何,且听下回分解。

---

[1] 分上:情面。

第五十七回

众降将金殿封官　尉迟恭御园护主

当下秦王入朝高祖，山呼礼毕，因奏道："臣儿赖父王洪福，所到之处，无有不胜。今有归降众将，共三十六员，俱有莫大功劳，求父王一一加封官爵。"遂把册籍二本呈上，放在龙案。高祖看一本是"众将归降册"，一本是"功劳簿"。高祖观看归降册，第一个是山东秦琼，高祖大喜，传旨宣临潼山救驾人进来。茂公道："这功劳不小。"叔宝来到丹墀，山呼万岁。高祖道："平身。卿家未归唐之前，先有救驾之功，后面功劳，也不必看，封卿为护国公之职。"叔宝谢恩，穿了国公服式，站在一边。高祖又看到罗成功劳甚大，传旨宣上来。罗成来到殿前俯伏，山呼万岁。高祖见他青年秀逸，武艺高强，心中大喜，加封为越国公。披了服式，也站在一旁。高祖又看到徐勣，在金墉时节改诏救驾，有"本赦秦王李世民"这一句，其功不小，以下不必看了，宣进朝中，朝拜已毕，加封为镇国军师英国公之职。披了服式，站在一旁。

高祖看到程咬金名字，想道："程咬金乃是山东的响马，后来又助李密，曾月下赶秦王，斧劈老君堂，这个罪名，却也不小。"传旨绑进来。一声旨下，殿前校尉，如狼似虎，立刻赶出午门，把程咬金夹领皮一把，掀翻在地，将绳索绑了。咬金连声叫苦，被校尉推至金阶，大叫道："万岁呀！人来投主，鸟来投林。大家都有功劳，为何薄我？"高祖骂道："你这贼，可记得月下赶秦王，斧劈老君堂的大罪么？"咬金哭叫道："万岁呀，岂不闻桀犬吠尧，各为其主？昔日做李密的臣子，但知有李密，不知有秦王。如今归顺万岁，就是唐家的臣子，自当要赤心报国。俺这狗性是极有真心，最好相与[1]的。再无一言哄万岁爷。"高祖听他这话也说得有理，忙把功劳簿一看，见他也有许多功劳，即下旨道："看你功劳分上，赦你无罪。

---

[1] 相与：彼此往来；相处。

第五十七回　众降将金殿封官　尉迟恭御园护主

松了绑，封为总管之职。"咬金谢恩，换了服式，犹如死里逃生，快活不过，也立一旁。

高祖又看到尉迟恭名字，就想着日抢三关，夜劫八寨，追逼小秦王，三跳红泥涧，不觉大怒道："此贼来了，不许朝见，速速斩首。"众校尉领旨，将尉迟恭衣衫剥下，立刻绑了，只等行刑旨一下，就要开刀。秦王一见，连忙跪下奏道："父王，抢关劫寨，本该处斩。但此时各为其主，后来投臣儿，御果园独马单鞭，来救臣儿的功劳，也可准折得过。望父王开恩。"高祖闻奏，心中一想道："他既肯赤身露体，不避刀枪，前来救驾，也可饶他一死。"

高祖未曾传旨，只见太子殷王建成，齐王元吉，满面怒色，心怀妒忌，一起上前奏道："父王，莫听世民之言，臣儿细想，尉迟恭之功，其中有假。"高祖便问："如何有假？"建成道："臣儿闻得单雄信名扬四海，有万夫不当之勇。尉迟恭单鞭独马，又不穿衣甲，如何战得他过？"元吉也奏道："父王，臣儿闻得御果园，离澄清涧有五里足路，徐勣虽然马快，往还就是十里路。那单雄信莫说是有名的大将，就是略有小本事的将官，十个世民，也被他结果了。所以知他这功劳是假的。如今世民这般卫护他，实系蓄心不善，故此收罗这些亡命之徒，日后定然扰乱江山，依臣儿之见，不若速斩尉迟恭之首为是。其余众将，速调他方，若留在长安，只恐为祸不小。"

高祖闻言，未曾开口，又见秦王奏道："父王，御果园尉迟恭救臣儿，乃是真的，莫听王兄御弟之言。父王若不信，且叫尉迟恭演这一功，与父王观看。"建成道："如要演，可在御果园中，也要照样离园五里，尉迟恭去洗马，也要徐勣去唤。往还若差了些儿，其功尽假。"高祖准奏，又问："单雄信何人去扮？"元吉道："臣儿手下有一王云，可以去扮。"高祖道："好。"把以下三十余人，尽封总管，明日御果园演功，就此退朝，众官回府。

再说殷齐二王，回到府中，元吉叫声："王兄，你看世民今日回来，这些将官，个个如龙似虎。日后父王归天，这座江山，谅王兄无分。为今之计，欲图日后江山，不如今日先除世民。"建成道："计将安出？"元吉道："趁明日在御果园演功，只叫王云去杀了世民，这天下还怕何人得了去。"建成道:"若杀了世民,父王必定追究,万一王云说出来,如何是好?"元吉道:"待王云成事回来,我们就把王云杀了,这事死无对证了。"建成大喜,吩咐唤王云来。那王云身长一丈,青脸黄须,却与单雄信相貌一般。武艺精强,善使大刀,只因打死了人,逃在殷王府中。一时闻唤,走到面前,就问何事。二王道:"王云,孤家明日有事用你,你敢去么?"王云道:"千岁爷,俺王云要没有二位千岁爷相救,死多时了。虽粉身碎骨,也难报千岁的大恩。今日用俺之处,自当不避水火。"二王道:"好一个王云!明日尉迟恭在御果园演功,先有秦王在园游玩,要你假扮单雄信,可把秦王杀了,我把贵妃赏你为妻。日后孤登九五[1],封你一个大大官职,须要用心前去。"王云听了这话,就应道:"千岁爷要杀那尉迟恭,俺就去;若杀秦王,小人怎敢?"建成道:"王云,你若杀了秦王,有事都在孤身上,包管你无事。孤家日后做了皇帝,你就是大大的开国勋臣了。你可用心前去。"王云只得依允,不表。

再说尉迟恭朝散回来,闷闷不乐,黑白二夫人问其何故,尉迟恭道:"二位夫人有所不知,只为明日十二月初一日,圣上有旨,要演昔日在洛阳御果园救驾的功劳。今当天气寒冷,怎生下水洗马?不要说救驾,就是冻也冻死了,如何是好?"黑氏听了,忽然想起,说道:"相公不必心焦,前日李靖老爷临去时节,曾送你一丸丹药,叫你到十二月初一日,用烧酒服之,可避大难。如今果有大难,服之想来不妨。"敬德闻言大喜。到了次日,先吃酒饭,然后吃药。那药才吃下咽喉,身上好似火烧,心中却像油煎,汗淋如雨,胜如六月炎天。就提鞭上马,来至御河。他就脱下盔甲,把马去了鞍,自己又脱了衫袄,往河中一跳。滚来滚去,好不燥皮,自己洗了一回,然后牵马在河中去洗。岸上立着许多人来看,起初都与尉迟恭担忧,后来看他在水中,好似戏水的一般,大家惊异,不表。

再说高祖这日驾到御果园,登万花楼,聚集文武百官,要看尉迟恭演功。高祖便问:"今日演功,那假单雄信可曾端正[2]了么?"元吉道:"端正多时了。"高祖就令秦王与徐茂公先到御果园游玩,二人领旨,下了万

---

[1] 九五:本为《易经》中的爻卦位名。后以此指帝位。
[2] 端正:(准备)停当;就绪。

花楼，来至下面。茂公道："主公，今日演功，却要带了刀去，须要仔细提防。那王云不是善良之人，小心为是！"秦王道："晓得。"就提了定唐刀，同茂公上马，也往假山上去，指手画脚的观看。

再说那元吉就吩咐王云："不可忘却我的言语。"王云道："晓得。"上马提刀要行，被秦叔宝扯住道："那单雄信用的是枣阳槊，不是用砍刀，你可换了槊去。"云吉道："兵器总是一样的，王云你换了槊去吧。"王云不敢争执，就换了槊，来至假山，大叫："唐童，俺单雄信来也！"那秦王是防备着的，听见一下喊叫，就往山下一跑。王云随后赶来，茂公上前扯住假单雄信的战袍，假作慌忙之状，叫："单二哥不可动手。"王云变着脸道："我与你什么朋友？"说罢，即拔腰间所佩的宝剑，耍的一剑，把袍割断。茂公把手一放，竟拍马出园，飞奔往御河来。离河还有半里路，就叫："救驾！"那尉迟恭是有心等候的，远远一闻徐茂公的声音，就举鞭上马，竟跑往御果园来，大叫一声："勿伤我主！"这一声喊，犹如青天上一个霹雳。

那王云追赶秦王，见秦王往假山后，团团走转，举槊便打。秦王大惊道："不过在此演功，只当玩耍做戏一般，却怎么认起真来？"王云喝道："谁与你玩耍做戏来，当真要来取你命了！"就把槊打来。秦王大怒骂道："好贼子！怎么当真起来！"遂把定唐刀一架，交战起来。秦王哪里是王云的对手，只得又走，王云随后赶来。不料尉迟恭忽然就到。那高祖在万花楼上观看，见尉迟恭人不披甲，马不加鞍，果然单鞭独马，威风凛凛，声如霹雳，心中大喜。又见王云十分无礼，要伤秦王，心中发恼。看见尉迟恭到来，心中放宽。尉迟恭大叫："勿伤吾主！"王云看见尉迟恭赶来，遂弃了秦王，举槊向尉迟恭打来。尉迟恭把鞭往上一架，就乘势把王云一鞭打死。

三人齐来复旨，高祖看见那尉迟恭赤身跑到楼下，一些寒冷也不怕，心内十分惊异。只见建成奏道："尉迟恭无礼，打死王云，望父王正罪。"秦王亦奏道："今日虽只演功，王云却认真要害死臣儿，幸亏尉迟恭前来救驾，望父王开恩。"高祖心下明白，不说出来，遂封尉迟恭为总管，就此回宫。尉迟恭家将取衣服与尉迟恭穿好回衙。未知后事如何，且听下回分解。

第五十八回

挂玉带秦王惹祸　　入天牢敬德施威

当下高祖回宫，君臣相安无事，如此过了一年。不道高祖内苑有二十六宫，内有二宫，一名庆云宫，乃张妃所居，一名彩霞宫，乃尹妃所居。这张、尹二妃，就是昔日炀帝之妃，只因炀帝往扬州不回，他们留住在晋阳宫，甚感寂寞。又闻内监裴寂说李渊是真主，就召李渊入宫，赐宴灌醉，将他抬上龙床，陷以臣奸君妻之罪，李渊无奈，只得纳为妃嫔。但张、尹二妃终是水性杨花，最近因高祖数月不入其宫，心怀怨望。

不久，这张妃、尹妃和建成、元吉发生了暧昧。二王本是好色之徒，不管名分攸关，他们常常在一起饮酒作乐，并做些无耻之事。

再说秦王因出兵日久，记念王姊，这时姊丈柴绍业经病亡，不知王姊如何，遂往后宫相望。公主令侍儿治酒，饮至傍晚，秦王辞出，从彩霞宫走过，听得音乐之声，只道父王驾幸此宫，便问宫人道："万岁爷在内么？"那宫人见是秦王，不敢相瞒，便说道："不是万岁爷，是太子与齐王也。"秦王闻言大惊，吩咐宫人，不要声张，轻轻往宫内一张，果见建成抱住尹妃，元吉抱住张妃，在那里饮酒作乐。秦王望见，惊得半死，叫声："罢了！"欲要冲破，不但扬此臭名出去，而且他性命决然难保，千思万想，想成一计道："呀，有了，不免将玉带挂在宫门，二人出来，定然认得。下次决然不敢，也好戒他们下次便了。"就向腰间解下玉带，挂在宫门，竟自去了。

再说建成、元吉与张、尹二妃戏谑一番，见天色已晚，二王相辞起身。二妃送出宫门，抬头一看，见宫门挂下一条玉带，四人大惊。二王把玉带细细一看，认得是世民腰间所围，即失色道："这却如何是好？"二妃道："太子不必惊慌，事已至此，必须如此如此。"二王大喜去了。

次日高祖临朝，文武朝拜已毕，忽见内宫走出张、尹二妃，跪下哭奏道："昨日臣妾二人，同在彩霞宫闲谈。忽见秦王闯入宫来，遂将臣妾二人，

第五十八回　挂玉带秦王惹祸　入天牢敬德施威

十分调戏,现扯下玉带为证。"就把玉带呈上。高祖一见大怒,叫美人回宫;即宣秦王上殿。秦王来到殿前俯伏,高祖见他腰系金带,便问道:"玉带何在?"秦王道:"昨日往后宫,相望王姊,留在他处。"高祖道:"好畜生,怎敢瞒我?"就命武士拿下,速速斩首。众武士领旨,一起将秦王绑了,推出午门。秦叔宝忙出班奏道:"万岁爷,秦王有罪,可念父子之情,赦其一死。且将他囚在天牢,等待日后有功,将功折罪便了。"高祖道:"本该斩首,今看秦恩公之面,将这畜生,与我下入天牢,永远不许出头。"武士领旨,将秦王押入天牢去了。

建成见了这事,心满意足,上前奏道:"世民下入天牢,众将都是他心腹之人,定然谋反,父王不可不防。"元吉奏道:"父王可将众将调去边方,不得留在朝内,倘有不测,那时悔之晚矣!"高祖怒气未平,因说道:"不须远调,单留秦琼在朝,余者革去官职,任凭他们去吧。"叔宝就启奏,要告假回山东祭祖一番。高祖准奏,钦赐还乡,候祭祖毕,就来供职,叔宝谢恩,高祖退朝入宫。

那些众将,见旨意一下,个个收拾行李,各带家小回乡去了。罗成要与叔宝同往山东,程咬金道:"罗兄弟所见极是,小弟亦要往山东,我们大家共往吧。"叔宝、罗成大喜,各带了家眷,竟往山东去了。那徐茂公依然扮了道人,却躲在兵部尚书刘文静府中住下。独有尉迟恭吩咐黑白二夫人:"前往山后朔州麻衣县致农庄去住,家中还有妻儿。你们一路慢慢而行,等我往天牢拜别秦王,然后一同回去。"白夫人道:"将军速去速来,凡事须要小心,妾在前途相等。"尉迟恭道:"晓得。"黑白二夫人带领车马,竟往山后而行。

那尉迟恭出了寓所,避入冷寺,等到下午,拿了些饭,扮作百姓,来到天牢门首。见一个禁子,尉迟恭把手一招,那禁子看见,便走过来问道:"做什么?"尉迟恭道:"我是殷王差来的,有事要见你家老爷。"禁子道:"什么事?"尉迟恭道:"有一宗大财喜在此,你若做得来,就不通知你家老爷也使得。那财喜我与你对分了。"那禁子道:"有多少财喜?所作何事?"尉迟恭放下酒饭,取出一大包银子来,足有二百两。那禁子见了银子,十分动火,便说道:"此处不是讲话的所在,这里来。"就引尉迟恭到一间小屋内,禁子笑问道:"只不知足下意欲如何?"尉迟恭道:"我乃齐王府中的亲随,早上王爷赏我一百两银子,要我药死秦王,这一百两银子,要送与狱官的。又恐狱官不肯,王爷说:'只要有人做得来,赏了他吧。若做出事来,我王爷一力承当,并不连累他的。'"那禁子听说大喜道:"药在哪里?"尉迟恭道:"药在饭内。"禁子道:"如今你可认我为兄弟,我可认你为哥哥,方可行事。"尉迟恭会意,便叫:"兄弟我来看你。"禁子道:"哥哥,多谢你。"两下一头说话,一头往牢里走来。有几个伴当,见他二人如此称呼,都不来管他。到了一处,禁子开门,推尉迟恭进去,禁子就关门去了。尉迟恭进内,看见秦王坐在椅上,尉迟恭上前跪下,叫声:"主公,臣尉迟恭特来看你。"秦王一见尉迟恭,即抱住尉迟恭大哭。尉迟恭道:"臣不知主公此事,从何而起,众将又革除官职,各回家去。臣今亦要回山后,故此前来拜别主公,特备些酒饭在此,供献主公,以表臣一点丹心。"秦王道:"多谢王兄,此事因玉带而起。"但也不便说明。

君臣正在讲话,忽听门外叫声:"哥哥开门。"尉迟恭开了门,问道:"做什么?"禁子道:"哥哥,事体成了吗?"尉迟恭道:"尚未成。"禁子道:"还好。随我来。"尉迟恭道:"我要在此伺候,不去!不去!"那禁子发怒道:"今有齐王亲自到此,倘齐王看见你,问起根由,岂不连累及我,快些出去。"尉迟恭道:"好弟兄,看银子分上,待我躲在此间,谅他不致看见。"禁子道:"既如此,必须躲在黑暗里才好。"尉迟恭道:"我晓得。"禁子去了,尉迟恭就去躲在黑暗里。

却说齐王同狱官,带领二十余人,来到天牢。齐王叫声:"王兄,做兄弟的特来看你。"秦王道:"足见兄弟盛情。"元吉叫手下看酒过来,秦王知他来意不善,便说:"兄弟,此酒莫非有毒么?"齐王对秦王笑道:"且满饮此杯,愿你直上西天。"秦王大惊,不肯接杯,元吉叫手下道:"他若不饮,与我灌下。"众人齐声答应,正要动手,忽然黑暗里跳出一个人来,大声喝道:"你们做得好事!"大步上前,一把扯住元吉,提起拳头就打。众手下欲待上前救应,见是尉迟恭,各各走散。元吉也把他一看,认得是尉迟恭,惊得魂飞魄散,叫道:"将军放下手,饶了我吧?"尉迟恭道:"你好好实对我说,今日到这里做什么?"元吉道:"孤家念手足之情,特送酒饭来与王兄吃,并无他意。"尉迟恭见他不肯实说,把手一紧,元吉就

第五十八回　挂玉带秦王惹祸　入天牢敬德施威

叫喊起来，一下跌倒在地，痛得一个半死。

尉迟恭道："我问你，你酒内藏什么毒药？若还敢支吾，我就一拳打死。"元吉道："将军，看王兄面上，饶了我吧！"尉迟恭道："要我饶你，你可写一张伏辩[1]与我。"元吉道："孤是写不来的。"尉迟恭见他不写，就将两个指头，向元吉脸上一拨，元吉痛得紧，好似杀猪的一般，忙叫道："待孤写就是了。"尉迟恭问狱官取了纸笔，放了手，付与他道："快快写来。"元吉看来，强他不过，只要性命，没奈何，提起笔来，写了一张伏辩。尉迟恭叫他念与己听，元吉念道：

立伏辩齐王元吉：因王兄世民，遭禁在牢，不念手足之情，反生谋害之心。假以敬酒为名，内藏毒药。不想天理昭彰，忽逢总管尉迟恭，识破奸谋。日后秦王倘有不测，俱系元吉担责，所供是实。

大唐六年四月十三日，立伏辩元吉花押。

元吉念完，敬德接在手中道："饶你去吧。"元吉听说，飞跑去了。尉迟恭道："这伏辩放在主公处，那奸王谅不敢再来相害，臣今要回山后去了。"就拜别秦王，走出牢门，来到外边。

只见十数个大汉，忙走来说道："尉迟老爷，方才的事，万岁爷知道了，说你私入天牢，殴打齐王。如今差官兵拿你，你快快同我们去吧。"尉迟恭问道："你们是哪里来的？"众人道："我等奉程咬金大老爷之命，前来救你。"尉迟恭听了，就同他走。此际已是黄昏时分，尉迟恭心慌意乱，随众人领到一家门首，直到大厅，转到书房。众人道："老爷在此少坐，待我们进去，请家爷出来相会。"说罢，众人入去。又见一人拿酒肴出来，摆在桌上，说道："老爷先饮一杯，家爷就出来了。"那尉迟恭辛苦了一日，一闻酒香，拿来就吃了几杯，头昏眼花，立脚不住，跌倒在地。内里走出二十余人，把尉迟恭用绳绑了。

看官，你道这一家是什么人家？原来就是殷王府中。方才牢中之事，早有细作报知殷王，故设此计，不想尉迟恭误中其谋。当时众人禀知殷王，说："尉迟恭拿下了。"殷王道："将他洗剥干净，绑在柱上，用皮鞭

---

[1] 伏辩：旧时指悔过书。

先打他一顿。"众人领命,即把尉迟恭洗剥,绑上庭柱,将皮鞭乱打一顿。尉迟恭醉迷之人,哪里晓得?受此一顿毒打,直到五更醒来,开眼一看,见身上衣服被剥,赤身绑着,遍身疼痛,不知何故。

少刻天明,建成、元吉出来,同坐在上面,两旁分列一班勇士。建成骂道:"尉迟恭你这狗头,俺父王恐你等助秦王为非,故此打发你等回去。你怎么私入天牢,行凶无忌,该得何罪?"元吉骂道:"你这狗头,好好送还我的伏辩,万事全休。如今放在哪里?实对我说。不然,孤就要用刑了。"尉迟恭道:"要伏辩也容易,到万岁爷殿上就还你便了。"元吉道:"你这狗头,不用刑,料也不怕。"叫左右将牛皮胶化油,用麻皮和钩,搭在他的身上,名为"披麻拷"。若扯一下,就连皮带肉去了一块。左右端正好了,将尉迟恭身上遍搭。元吉问道:"你招也不招?"尉迟恭不知厉害,说道:"招什么?"元吉叫左右扯下去,就把麻皮一扯,连皮带肉去了一大块。可怜尉迟恭疼痛难当。不知性命如何,且听下回分解。

第五十九回

尉迟恭脱祸归农　刘黑闼兴兵犯阙

　　当下尉迟恭大叫："呵呀，好厉害呵！"元吉吩咐左右再扯，一连扯了十五六扯，连皮带肉去了十五六块。那尉迟恭喊叫不休，犹如杀猪的一般，只说："呵唷，痛死我也！"元吉骂道："你这贼，昨日威风，如今安在？我的伏辩，哪里去了？快快说来！"尉迟恭被他摆布得上天无路，入地无门，只说道："呵唷，王爷饶命呀！那一张伏辩，昨夜酒醉，想是失脱了，不知去向。叫我哪里有伏辩还你？"

　　元吉大怒，正要拷问，忽见外边来报说，兵部尚书刘文静，有机密事求见王爷。二王听见说有机密事，只得走出外厅相见。刘文静行礼毕，二王问道："先生有何事见教？"刘文静道："臣因尉迟恭的夫人黑氏、白氏，来到臣府，他们说：'昨日在前途相等，不见丈夫回去，无处寻访。却有一张纸，说是千岁爷的伏辩，要去见驾，特来问臣。'臣一闻此言，弄出来，非同小可，特来告知千岁。"二王大惊道："如今怎么样？"文静道："此事不是当耍，依臣愚见，必须寻出尉迟恭来还他，便讨了伏辩才好。不然，那黑白二氏去见驾起来，万岁一知，千岁爷就不当稳便了，臣去了。"

　　说罢转身就走。二王忙扯住道："此事欲烦先生与孤商量。"文静道："此事如何商量？只要寻得尉迟恭还他，自然不怕他不还这张伏辩。如今尉迟恭不知哪里去了，有什么商量？"建成道："尉迟恭在孤府中，如今还他。但一纸伏辩，要先生身上还我。"刘文静道："实不相瞒，臣已骗他的一纸伏辩在此。若有尉迟恭，方好送还，不然，臣反受黑白二氏之累了。"建成就令放了尉迟恭出来，只见尉迟恭满身是血，只把头摇道："呵唷，死也！死也！"竟往外边去了。文静就取出伏辩，送还道："方才若没有臣，二位千岁几乎弄出事来，如今还了此纸，可放心无事了。"说罢，起身而去。看官，那刘文静这纸伏辩，从何得来？皆因徐茂公躲在他府上，算定阴阳，差人到天牢，问秦王取了此伏辩。故设此计，救了尉迟恭出来，这些闲话不表。

且说尉迟恭得放,好似鳌鱼脱却金钩钓,慌忙奔出城来,一路寻赶家眷,却好黑白二氏正在前途相等,夫妻遇见,说明此事。黑白二夫人倒吓得魂飞魄散,道:"幸亏吉人天相,逢凶化吉。不然,几乎不能会面。"尉迟恭叹道:"俺自投唐以来,指望他封妻[1]荫子,如今反受这样苦楚,倒不如守业终身,做个田舍郎便好。"夫妻三人在路晓行夜宿,非止一日。及回到山后麻衣县致农庄上,寻到家内,方知几遭兵乱,妻子不知去向,田产皆化乌有。尉迟恭叹息了一回,只得重整田园,耕种为活,与乡民饮酒快乐,不表。

再说建成、元吉将秦王这些将官,算计开去,又常常使人进牢,欲害秦王。谁想秦王有徐茂公不时调护,使刘文静刻刻提防,照管得紧,因此下手不得。二王大怒,欲害文静,无奈兵权在他手内,害他不得,只得丢手。

不想唐朝骨肉自相伤残的消息,传到明州刘黑闼那里。那刘黑闼是夏明王窦建德的元帅,因建德被害,国中无主,众将推刘黑闼为主,称后汉王,这日闻报大喜,叫一声:"唐童,孤只道你一班强盗,永远横行天下,不料也有走散的时节!这时若不与孤主公报仇,更待何时?"遂带了元帅苏定方,点兵十万,望陕西长安进发。行到鱼鳞关,离城十里安营,刘黑闼令元帅苏定方前去抢关。定方得令,提枪上马,领兵到城下,大叫:"城上军士,快叫守城将官,速速投降,万事全休。若道一个不字,立即屠城,那时悔之晚矣!"守城军士报进帅府,说:"明州刘黑闼领兵来,与窦建德报仇,有将在城下讨战,请令定夺。"

那守关将军,就是王九龙,他和兄弟王九虎,原系山东人氏,后在日本做通事。那日助秦叔宝灭了鳌鱼太子,降顺唐朝,高祖封他做了鱼鳞关总兵之职。当下王九龙闻报,便问:"众将,谁敢前去会战?"有兄弟王九虎应声道:"小弟愿往。"遂提枪上马,出了城门,来至阵前,就问来将何名?苏定方道:"俺乃明州后汉王驾前大元帅苏定方便是。你是何人?"王九虎道:"原来你就是苏定方,我看你前在洛阳,夜劫唐营,

---

[1] 封妻:君主时代功臣的妻子得到封号。

第五十九回　尉迟恭脱祸归农　刘黑闼兴兵犯阙

后来不见了。只道是砍死，原来是怕死逃走，今日又来送死么？你要问俺的名字，俺乃鱼鳞关总兵大元帅麾下，正印先锋，二老爷王九虎是也。"苏定方道："原来是你。俺闻你与秦琼谋杀鳌鱼太子，背义投唐。谅你本事，非我对手，好好献关，饶你狗命！"九虎大怒，举枪刺来，定方把枪相迎，大战二十余合，不分胜败。定方心生一计，回马就走，九虎随后追来。定方放下枪，取出弓箭射去，正中九虎前心，跌下马来。定方下马，斩了首级，得胜回营，将首级号令营门。那败兵飞报入城说："不好了！二老爷阵亡，首级号令营门了！"王九龙大惊，吩咐闭城坚守，遂差官上本往长安，见高祖告急求救。未知高祖所遣何人。且听下回分解。

第六十回

紫金关二王设计　淤泥河罗成捐躯

再说高祖设朝，文武山呼万岁毕，黄门官奏道："今有鱼鳞关总兵官，有告急本章，奏闻万岁。"把本章递上龙案，高祖看了大惊，便问："众卿计将安出？"殷齐二王，恐怕众臣保奏秦王，忙上前一起奏道："父王，自古道：'兵来将挡，水来土掩。'臣儿不才，愿统大兵前往，务必生擒刘黑闼。如若不胜，甘受其罪。"高祖大喜，就命建成、元吉即日兴师。二王领旨出朝，到教场点兵十万，向鱼鳞关进发。

行到关下，总兵王九龙前来迎接，进了帅府，九龙摆酒接风。次日，二王同王九龙领兵出城，来到阵前，建成叫道："刘黑闼，尔等何故兴兵犯我边界？如今速速退去，万事皆休。倘若不听，悔之晚矣！"黑闼大怒，回顾苏定方道："快与我擒来！"苏定方大吼一声，一马冲出，举枪就刺。王九龙一马上前，举枪来迎，未及十合，被苏定方一枪，刺落马下。建成大怒，拿金背刀来战定方，黑闼见了，使大刀来战建成。元吉摇动金枪，冲将过来，定方接住厮杀。大战十合，建成被黑闼一鞭，打中后心，满口喷红，伏鞍败走。元吉见建成着了一鞭，心中一慌，早被苏定方一枪，刺中了左腿，几乎落马。那建成一战大败，走入城来，闭门不及，被刘黑闼率兵一涌而进，只杀得尸山血海。二王失了鱼鳞关，败往紫金关去了。那刘黑闼得了鱼鳞关，出榜安民，养兵三日，杀奔紫金关来，离关五里安营，不表。

再说建成、元吉，领了败兵来到紫金关下。那把关守将，姓马名伯良，就是兵部尚书刘文静的妻舅，是个酒色之徒。闻知二王兵败回来，出城迎接。到了帅府见礼毕，摆酒接风。马伯良就请两粉头[1]前来陪酒：那粉头一个名叫随地滚，一个名叫软如绵，俱生得十分美貌。建成道："马

---

[1] 粉头：妓女。

第六十回　紫金关二王设计　淤泥河罗成捐躯

将军，你原来是个妙人儿！只是你姊夫做人不好，往往与孤家作对。"马伯良道："千岁，既不喜我姊夫，何不用计除之？"建成道："我欲除之久矣，惜无机会耳！"马伯良道："千岁放心，待臣捉他一个短处，与千岁出气便了。"二王大喜。

忽小军来报，刘黑闼兵马离城五里安营了，二王大惊失色。马伯良道："不要理他，我们今日且吃酒吧。"两个粉头娇声软语，殷勤敬酒，二王大悦，其夜尽欢而睡。次日，马伯良对二王道："千岁爷可速往长安，见万岁说，在未到之前，鱼鳞关已失，如今明州兵扎营紫金关外了。要奏臣马伯良大胜明州兵，只是兵微将寡，还要添兵救应。如此奏法，定然无事，还要千岁寻个有本事的将官，前来帮助。我那姊夫的首级，都在小臣身上就是了。"二王满口应承，起身往长安去了。马伯良闭城坚守，按下不表。

再说秦叔宝同程咬金、罗成一家同住，不料叔宝因少年积受风霜，吃尽劳苦，得了吐血的病症；一日睡在床上，忽想起秦王受罪天牢，不觉流泪哭道："我主公呵，今生只怕不能见你了！未知你近来如何？"罗成道："表兄，你若记念主公，待小弟扮做客商，前往长安，探望主公何如？"叔宝闻言大喜，忙爬起来说道："多谢表弟代我一行。"便写书一封，交与罗成道："你将这书，可往兵部尚书刘文静府中投下，自然得见主公。切不可给两个奸王看破。若被他看破，只恐别生事端，反为不美。"罗成道："晓得，明日就行。"

到了次日，罗成拜别母亲，又别妻子表兄表嫂，并程咬金，带了罗春，扮做客商，往陕西大路而来。及到长安，正要到刘文静府中去，忽然想起表兄一封书，丢在家中，忘记带来，如何去见他？我今日寻旅店住下，再作商议。就寻了一家歇店，主仆二人进店。不料殷齐二王在店门首经过，被他们看见，心中大喜，正好害他。次日，高祖早朝，二王奏道："臣儿奉旨领兵到鱼鳞关，不料其关已失，只得守住紫金关，被臣连败数阵。奈军中无有上将，不能擒拿贼首，望父王再发一员上将，随臣征剿。"高祖道："如今要差哪一位去好？"建成道："今有越国公罗成，现在饭店住下。父王可颁旨一道，赐他原官，挂先锋印，前去灭贼，刘黑闼必被擒矣。"高祖允奏，即发圣旨来召罗成。那罗成在旅店，次早起身，准备去见刘文静。忽有差官捧圣旨来到，召他做先锋，罗成没奈何，领旨谢恩，就有军士来接。

罗成便命罗春往天牢去看秦王，自己上马，往教场演武厅上，参见二王，即挂了先锋印，放炮起身。及行到紫金关，马伯良前来迎接，同入帅府。

次日，二王升帐，众将礼毕。二王令罗成出阵，务要生擒刘黑闼、苏定方，违令者斩。罗成得令，提枪上马，来到阵前讨战。明州军士，飞报进营，说外边有将讨战。刘黑闼道："那守将马伯良，连日任我叫骂，只是不出来。今日想是有救兵到了，不知是谁，待俺亲自去会他。"遂提刀上马，出营一看，认得是罗成，叫一声："罗将军，请了。孤与将军在扬州一别，闻得将军归了唐家，无罪被革。今日我兵杀到，无人抵敌，又来用你。眼见得唐家待人无情无义，日后太平，依然不用。我劝将军不如归了孤家，与你平分土地，有何不美？"罗成大怒，把枪刺来，黑闼举刀迎敌，大战十余合。苏定方看见黑达渐渐招架不住，遂暗放一箭射来。这里罗成一枪，正中刘黑闼，忽闻得弓弦响，罗成将身一闪，刘黑闼就逃回营去了。这苏定方的箭，正中罗成腿上。罗成大怒，拔出腿上的箭，回射苏定方，正中左臂，几乎落马。罗成本欲踹营，拿捉定方，因腿上疼痛，不便再杀上去，只得回营缴令。

二王问道："罗成今日出兵，可拿下刘黑闼么？"罗成道："今日出兵，大败刘黑闼。正要擒他，忽被苏定方暗放冷箭，中在腿上，以此被他逃走。"二王大怒道："你昔日在金锁山，独擒五王，这些本事，到哪里去了？今日要擒一个刘黑闼，为何不能？明明欺我不是你的主公了！这样国贼，违孤军令，吩咐绑去砍了！"武士一声答应，把罗成绑了，推出辕门。当下马伯良道："千岁爷，目今敌兵未退，不若放罗成转来，待他杀退明州兵，那时寻个事端，慢慢杀他未迟。"二王道："既如此，死罪饶了，活罪难免。"吩咐就在军前，捆打四十棍。那罗成被武将推转来，打了四十棍，两腿竟打得皮开肉绽。正遇罗春赶到，忙扶主人至帐中睡下，就把看秦王之事，说了一番，又道："主人呵，你今日落在奸王手里，必遭其害。不若私自回家，也得清闲自在，若再住在此间，定然性命难保。"罗成喝道："胡说，自古道：'忠臣不怕死，怕死不忠臣。'我今奉圣上旨意，岂可不赤心尽力？若然私自回家，岂是忠臣所为？从今以后，不许你多言！"这话按下不表。

再说明州细作，打听罗成被责四十棍之事，前来通报刘黑闼。刘黑

第六十回　紫金关二王设计　淤泥河罗成捐躯

闳闻报大喜道："此天助我也！两个狗王，不会用人，如此一员虎将，无罪受责。眼见得关内无人，此关唾手可得也。"就令大小三军，直抵关下，布起云梯，架起火炮，尽力攻打。众将得令，大家奋勇当先，攻打十分厉害。关内小军，连忙报知二王，二王闻报，即同马伯良上城，亲自督兵紧守。看见明州兵马盔甲，滚滚层层，就像潮水一般，涌将上来。二王看了，大惊失色道："如今怎么好？"马伯良道："现有勇将罗成在此，千岁放心，如今可着他退兵。退得贼兵，将他杀了，退不得贼兵，也将他杀了。岂非一举两得？"二王道："有理。"遂发一支金鞭令箭，着人去召罗成杀退敌兵。

罗成接令箭，跳起身来就走。罗春忙扯住道："主人呵，你棒疮未愈，如何杀得贼？"罗成道："我但知报国杀贼，哪里顾得身躯？就去也不妨。"罗春道："主人既要去，今日不曾吃饭，可用些酒饭去。"罗成自恃骁勇，不听罗春之言，提枪上马，竟奔紫金关来。罗春无奈，只得拿些面饼，藏在怀中，随罗成到了关上。二王道："将军，你速速出城杀贼。若生擒这两个贼首，包管封你为公侯，若误了军令，一定斩首，决不轻恕。"罗成得令，杀出城来，罗春相随而出，那些人马，看见罗成，都退下去。罗成手执长枪，杀入明州营内，如入无人之境。直杀得刘黑闼甲散盔歪，众将一起上前救护。那罗成连挑上将一十八员，明州军抵敌不住，退下四十余里，方才歇息。刘黑闼见这番大败，就要回兵，苏定方忙止住道："主公不可退兵，胜败乃兵家常事。臣有一计，可杀罗成。此处有一地方，名唤淤泥河，必须如此如此，不怕罗成不死在我手里。罗成一死，这紫金关唾手可得也！"黑闼听了大喜，一一准备，依计而行。

再讲罗成追赶明州兵，杀了半日，腹中饥饿，腿上棒疮又痛，只得回至城下叫关。二王在城上问道："刘黑闼与苏定方的首级可曾拿来？"罗成道："不曾。"二王道："既无二人首级回来，又违我的军令了！回来怎么？"罗成道："千岁既要二人首级也不难，且开了城门，待俺吃饱了饭，再去出战，取他首级未迟。"二王大怒，吩咐左右放箭，军士一声答应，城上的箭，一起射下。罗成看见，把马退去。忽见罗春走到马前，怀中取出面饼，与罗成充饥。罗成把饼吃了几个，忽见苏定方一马跑到，大叫："罗成，你有此功劳，殷、齐二王待你如同冤仇。今日大获全胜，饭也没有得吃,我劝你不如归我主公吧?"罗成听了,又气又恼。催马上前,一枪刺来,定方把枪相迎,战了数合,定方回马就走。

罗成随后赶来,赶了廿余里,罗春跟到,大叫:"家主爷,你岂不晓得穷寇莫追?方才明州兵败去,今苏定方又来交战,其中必然有诈,我劝家主爷不要追赶了。况二位奸王,一心要害你,不如早早回家去吧。"罗成听了,就住了马。定方见罗成不追,他又回马,大声骂道:"罗成小贼种,你有能耐取得你爷老子的首级,方为好汉!"罗成大怒,又赶上去。那罗春步行,再也赶不上。苏定方在前,且走且骂,罗成随后紧紧追赶,足足又赶了二十里。到了淤泥河,忽见刘黑闼独自一个,坐在对岸,大笑道:"罗成,你今番却该死了!"罗成一见大怒,弃了苏定方,即奔刘黑闼,一马抢来,哄通一声,陷入淤泥河内。那河内都是淤泥,并无滴水,只道行走得的,谁知陷住了马脚,不得起来。两边芦苇内,埋伏二千弓箭手,一声梆子响,箭如雨下。罗成叫道:"中了苏定方计了!"乱箭齐着,顷刻丧命。欲知后事如何,且听下回分解。

第六十一回

罗成托梦示娇妻　秦王遇赦访将士

当下罗成被乱箭射死在淤泥河内，就像个柴把子一般，一点灵魂，竟往山东来见妻子。是夜罗夫人抱着三岁孩子罗通，睡在床上，时交三更，看见罗成满身鲜血，周围插箭，上前叫道："我的妻呀！我因探望秦王，被建成、元吉设计相害，逼我追赶刘黑闼，中了苏定方奸计，射死淤泥河内。妻呵，你好生看管孩儿，我去也！"罗夫人惊醒，却是南柯一梦。次日，夫人将此梦说与太太知道，太太大惊，连忙说与秦叔宝、程咬金知道，都各各惊疑此梦不祥。按下不表。

再说刘黑闼射死罗成，也不取首级，又统兵来攻紫金关。那罗春见人马去了，因来寻觅主人，寻至淤泥河内，见了主人尸首，放声大哭，便问乡民寻扇板门，放在河上面，然后将身困倒，用手向下去一扯，就将罗成的尸首，扯了起来，遍体乱箭，即一一拔出。罗春身边却有银两，就买了一口棺木，盛殓主人，做了孝子，一路扶棺回来。行到山东，先往家中报信。一进门，看见老太太、夫人，叫道："不好了，老爷没了！"老太太道："怎么讲？"罗春道："老爷没了，棺木即刻就到。"老太太与夫人听了这话，一起大哭，晕倒在地。罗春连忙叫道："太太、夫人苏醒。"叫了数声，婆媳二人，慢慢醒了过来。此时外面棺木已到，停在中堂，婆媳二人，哭得伤心惨目。

此时程咬金闻知，走来大哭，罗春遂把二王相害的始末，细说一遍。咬金说："老伯母与弟媳，不必悲伤。自古道：'既死不能复生。'如今主公禁在天牢，我们又走散了，少不得几处反王杀来。这两个奸王，少不得死在眼前了。那时若再来寻我们，待我做程咬金的，哗也哗他十七八哗。你太平时节，将我们打发回家，自耕自种；反乱之际，又要来寻我们，今日不管你唐家事了！"话未完，忽见家将来报道："程爷不好了！秦爷闻罗爷消息，大哭一声，就死了。"咬金听了，连忙走来看叔宝。只见他老小惊慌，幸亏咬金叫了数声，叔宝方才醒来，口叫："罗贤弟，都是我害了你也！"便哭个不住。

就与罗成开丧,请僧做道场追荐[1],不表。

再说刘黑闼杀到了关下,奋勇攻打,军士飞报进关,二王大惊,忙问马伯良道:"罗成被他射死,贼兵又来,如何是好?"马伯良道:"事急矣!为今之计,千岁爷可再往长安求救,臣在此依旧守关,须要速去速来。如若迟延日期,失了紫金关,不干臣事。"建成、元吉见此关难保,只得且回长安,遂离了紫金关,来到长安,朝见父王,言:"罗成阵亡,明州兵凶勇,紫金关危在顷刻。望父王再遣能战将官,前去救应。"高祖大惊,便问群臣计将安出?只见兵部尚书刘文静出班奏道:"陛下,我国人才空虚,难以交兵。为今之计,可赦出秦王,往山东寻访秦琼到来,方可退得。刘黑闼目下在紫金关,无人救护,臣虽不才,愿统雄兵救应。"高祖闻言大喜道:"依卿所奏。"即下旨赦秦王之罪,速往山东,寻访秦恩公到来,将功折罪。

秦王从天牢出来,进朝奏道:"臣儿不敢前去。"高祖便问何故。这秦王道:"臣儿一人往山东,秦琼若肯来,实为万幸。万一不肯来,岂非徒然?"元吉道:"秦琼不来,可叫尉迟恭来,亦可战退贼兵矣。"秦王道:"贤弟差矣,你还要提尉迟恭怎的?他往日在御果园救驾,有了这样功劳,不能封妻荫子,反革他的官职,受你披麻拷之苦。今日他还肯来帮助么?"

高祖道:"昔日都是这两个畜生,起妒忌之心,将众人散去。如今秦琼、尉迟恭,不是不肯来,只怕两个畜生又要算计他。朕今降旨一道,着秦王将秦琼、尉迟恭与其余众将,招抚回来,官还原职。敕赐秦琼、尉迟恭铜鞭,可上打昏君,下打奸臣,不论王亲国戚,先打后奏。这两个畜生,就不敢算计了!"秦王大喜,又奏道:"今有徐勣在午门候旨。"高祖道:"宣进来。"原来徐茂公算定这事可成,故使刘文静奏赦秦王,秦王上奏高祖,敕封二将,方好制伏两奸王。那时茂公宣至金阶,朝见毕,高祖即着茂公同秦王往请秦琼、尉迟恭,并寻众将回来。秦王领旨,同茂公带了五百兵,向山东进发。及到山东,徐茂公令人马扎在幽僻之处,与秦王换了便服,步行而来。行到秦琼门首,咬金看见茂公,就问茂公一向躲在那里,如今到此何干。茂公道:"同主公特来访你。"咬金出见秦王,大喜,请到里面去坐。未知说出什么话来,且听下回分解。

---

[1] 追荐:迷信者请僧道为死者诵经礼忏,祈祷祝福。

第六十二回

尉迟恭诈称疯魔　唐高祖敕赐鞭锏

却说程咬金请秦王同徐茂公到里面，见礼毕，坐下。秦王道："孤闻罗王兄阵亡，他灵柩却在何处？"咬金道："在后堂。"秦王道："烦程王兄端正祭礼，待孤家祭奠一番。"程咬金领旨，忙去整顿祭礼完备，即引秦王、茂公，来到后堂。秦王看见孝帏[1]，不觉泪如雨下，上香行礼，哭一声："罗王兄呵！孤家怎生舍得你？你有天大的功劳，不能享太平之福，为孤家死于战场之上。是孤家之罪也。今日孤家在此祭奠你，你英灵不爽，可来飨[2]此微馨[3]！"说罢大哭起来。

里面罗夫人知秦王在此祭奠，心酸痛切，哭声甚哀。老太太见媳妇悲哭，想着丈夫身亡，全靠这个儿子，今又为国捐躯，也是哭个不了。徐茂公看见，也掉下泪来。程咬金见他们哭得伤心，也就哭起来道："呵呀！我那罗兄弟呵！唐家是没良心的，太平时不用我们，如今又不知哪里杀来，又同牛鼻道人在此'猫儿哭老鼠'，假慈悲。想来骗我们前去与他争天下，夺地方。我想罗兄弟英雄无敌，白白误中殷齐二王诡计，死于万弩之下。呵唷！我那罗兄弟呀！"

那一片哭声甚响，早惊动了秦叔宝。他因患病在床，听得一片哭声，便问道："今日为什么有此哭声？"家将道："是秦王同徐茂公老爷，在此祭奠罗爷，故有此一片哭声。"叔宝一闻此言，双手将两眼一擦，说："秦王来了么？我正要去见他。"忙爬起来，那病不知不觉就好了三分，走到后堂，叫："主公在哪里？"秦王道："秦王兄，孤家在此访你。"叔宝一见秦王，即忙行礼，便问："主公今日焉能到此？使臣得见主公，喜出望外。

---

[1] 帏：同"帷"，指帐子。
[2] 飨：享受。
[3] 馨：芳香。比喻好名声。

但此来必有所谕。"秦王道："王兄，你还不知道，那明州刘黑闼，自称后汉王，声言要与夏明王窦建德报仇，拜苏定方为元帅，起兵杀来，把总兵官王九龙和他兄弟王九虎杀死，夺取鱼鳞关，现在兵临紫金关。父王命殷齐二王出战，杀得大败，回来请救，正遇罗王兄入京，探望孤家，被二王瞧见，保他去做先锋。因二王不能用贤，以致罗王兄被贼暗算。如今紫金关危在旦夕，父王因赦孤家出牢，立功折罪。孤今奉圣旨前来，请秦王兄前去破敌立功。"

叔宝闻言便叫："主公呵，罗家兄弟为国亡身，可怜他母亲妻子，无人看管。臣因中表至亲，理当留家替他照管。主公要退明州之兵，可另寻别人去吧！"徐茂公道："今日特奉圣旨前来相召，还要去召尉迟敬德。圣上有旨在先，仍恐殷齐二王相欺，敕赐你二人铜鞭，上打昏君，下打奸臣。不论王亲国戚，皆先打后奏。劝你去吧！"程咬金接口道："论理原是不该去，若封了铜鞭，令先打后奏，这两个奸王，如照旧作怪，我就先打死他。圣上若敕封了我的斧头，我就砍他十七八段。秦大哥就去吧！"叔宝不应。

又见里面走出一个小厮，约有三四岁，满身穿白，走到秦王面前，叫声："皇帝老子，我家爹爹为你死了，要你偿命！"秦王便问："此是何人？"程咬金说道："就是罗成的儿子，叫做罗通。年纪虽小，甚有气力，真是将门之子，后来定是一员勇将。"秦王欢喜，伸手把罗通抱起，放在膝上，叫一声："王儿，果是孤家害了你的父亲，孤家永不忘你父亲一片忠心！"便对叔宝、咬金道："孤欲过继罗通为子，二卿意下如何？"叔宝道："主公，这就是贵人抬眼看了！"即唤罗通走下来，拜了主公，叔宝扶定罗通，向秦王拜了八拜，里面罗夫人摆出酒来，请秦王上坐，下面众位挨次坐着。秦王说起往长安之事，叔宝咬金只得应承。

次日，叔宝与咬金拜别秦氏太太、罗夫人，及自己家小，同秦王出门。到僻静处，招抚兵丁，一起望山后进发。不一日，已到朔州致农庄，将人马依先拣僻静处扎伏，四人换了便服，一路望敬德家中步行而来。早有一班同敬德日日吃酒的父老，看见四人威风凛凛，相貌堂堂，知是唐朝大贵人，慌忙前来报与尉迟恭，说道："今有长安来的四位贵人，带有五百人马，扎在僻静处。那四位贵人换了便服，步行而来，一路问将军住处，不知何故？"尉迟恭听了，心中一想道："此必是唐王有事，差四位公卿，领兵前来请我了。但我想唐家的官,岂是做得的。我前日几番把性命去换了功劳,还要受两个奸王如此欺侮,若非尚书刘文静相救,几乎被他披麻拷活活处死。如今回归田里,自耕自吃,倒也无忧无虑,何苦要去做官?他今来寻我,我自有道理。"

遂入里面,吩咐黑白二夫人道:"少停若有唐王差人到此寻我,你只说我害了疯癫之症,连人也认不出的。你们不可忘记。"两位夫人应声:"晓得。"尉迟恭就走到厨房下,将灶锅上黑煤取来,搽了满面,将身上的衣服扯碎,好像十二月廿四跳灶王的花子一般。二位夫人见他形像,几乎笑倒。霎时秦王与茂公、叔宝、咬金访问,来到尉迟恭门首,即走进里面坐下。咬金高声叫道:"黑炭团在家么?"内面黑夫人问道:"是哪个?"咬金道:"是与你做媒人的程咬金。"黑夫人听见程咬金三字,即同白夫人走出外厅一看,见秦王、叔宝、茂公都在此,叫声:"呵呀!原来千岁爷也在此!"即见过了礼,又与叔宝、咬金、茂公一起见礼。里面丫环送出茶来,吃罢,二位夫人问道:"不知千岁爷驾到,有何贵干?"秦王就将一番言语,细说一遍。二位夫人道:"千岁爷还不知道,我家丈夫数日前,不知怎么害了疯癫病,日日大呼小叫,连人也认不得了。如何可以出兵交战?岂不枉费了千岁爷一番龙驾?"秦王闻言,只是跌足叹息。

茂公冷笑问道:"今在何处?"话未毕,忽听得里面大呼小叫起来,秦王等三人忙抬头一看,只见尉迟恭跑将出来,大叫道:"不好了!不好了!原来是鬼怪妖魔都来拜我生日。"指着秦叔宝道:"你是海龙王。"看定秦王道:"你是刘武周。"对着茂公道:"你是乔公山。"一把扯住咬金的手道:"你是柳树精,偷了仙桃,结交四海龙王,合了虾兵蟹将,来抢我的宝贝,如今被我捉住在这里了。"把咬金一扯,自己反跌倒在地。滚来滚去,忽又爬起来,说道:"我如今要变一个老虎,去吃人了。"一声叫,就翻一个筋斗进去了。秦王看了,心中很是难受,知他不能前去,只得吩咐众人,作别去吧。众人答应一声,遂作别起身。二位夫人相送出门,见四人去了,黑夫人对白夫人道:"今日相公诈为疯癫,如此形状,连那未卜先知的军师,也都骗信了。"二位夫人大笑不表。

再说秦王君臣四人,依旧来到僻静之处,叫五百军士回长安去。秦王在路,嗟叹可惜。茂公笑道:"主公,你还不知其细。如今可差程咬金前去,如此如此,包管尉迟恭就不疯癫了。"秦王大喜,暗令咬金领二百兵,前去行事。咬金领旨,将二百人扮作喽啰,自己扮做大王,复到致农庄,把庄门团团围住。口称:"我乃虬[1]石山都天大王,闻得庄上有孟海公的黑白二夫人,生得齐整。快快送出与我做压寨夫人,万事全休。若有半声不肯,把那尉迟恭的狗头,砍为两段!"

那庄中乡邻朋友,听了这话,个个惊慌,连忙来报尉迟恭。那尉迟恭正假装疯癫,打发秦王君臣去了,自为得计,与黑白二位夫人饮酒快乐,一闻邻友来报这事,顿时大怒骂道:"何处毛贼,敢来放肆!"遂提鞭上马,跑出庄门。果见有一个大王,是个圆硃砂脸,原是颜色画的,手执长枪,再也认他不出。咬金见尉迟恭出来,大声喝道:"你这黑鬼,快将夺来的两个老婆送来,与我都天大王做压寨夫人,我便饶你这黑贼一死。若道半个不字,定将你砍为两段!"尉迟恭听了大怒,举起钢鞭打来,咬金把枪一架,回马就走。尉迟恭大喝道:"你这毛贼,走哪里去!"随后赶来,忽见树林内走出三个人来,却是秦王与叔宝、茂公,一起大笑道:"尉迟将军,你害得好疯病也!"咬金道:"媒人也认不得,竟杀起来!"尉迟恭看见秦王,叫声:"罢了,中了军师之计了!"连忙下马赔罪,请到家中,摆酒接风。秦王将从前之事,细叙始末,尉迟恭无奈,只得同两个夫人,别了邻里,随秦王起身,往长安进发。

在路不上数日,到了长安,朝见高祖。高祖大悦,立刻降旨道:"今有刘黑闼兵犯紫金关,损兵折将,难以拒敌。朕思非卿二人,不能取胜,故特遣世民召卿前来,望卿等莫记从前之过。今朕赐卿铜鞭,不论王亲国戚,如有不法者,先打后奏"。就令叔宝、敬德,取铜鞭上殿,高祖提起御笔写道:

御赐钢鞭付敬德,不论王亲与国戚,

若遇不法奸伪事,即行打死无停歇。

写毕,付与尉迟恭,尉迟恭叩头谢恩。高祖又提起御笔写道:

敕赐恩公铜二根,专打朝中奸佞臣,

不论王亲并国戚,任从此铜去施行。

---

[1] 虬(qiú):虬龙,拳曲。

第六十二回　尉迟恭诈称疯魔　唐高祖敕赐鞭锏

写毕，将字付与叔宝，叔宝叩头谢恩。高祖道："二位爱卿，请即往教场点齐人马，督同众将，前去破敌立功，另有升赏。"叔宝、敬德奏道："臣启陛下，此行必须要秦王同去，以振军威。"高祖准奏，就命秦王同去，即日兴师，前往紫金关而去。那殷齐二王，看见父王御笔亲书，敕赐二人铜鞭，暗暗叫苦，恐尉迟日后报仇，又是恐惧，无可奈何，按下不表。

再讲刘文静领兵到紫金关，即着马伯良为先锋，连败数阵。文静大怒道："如此无用将官，怎生镇守此关？"便上本入朝，把马伯良削职回家去了。谁想马伯良哭诉姊姊刘夫人，刘夫人不知大义，便发起恼来，对马伯良说道："你姊夫这等无情！我父母双亡，只有你这个兄弟，怎么就下这等毒手，将你削职赶回。也罢，兄弟呵，你姊夫现塑刘武周身像在家内，只将此事去出首，看他的官做得成也做不成！"马伯良大喜，即将刘武周身上的衣服剥下来，取了衣服，次早入朝出首。高祖不察其事，一时大怒，忙点兵围住府门，先将刘夫人一刀杀了，又把一门老幼尽杀，一面差官调回文静，即在路上将他处斩。

再说秦王到了紫金关，不见刘文静，问起情由，方知其事。秦王大惊，连夜写本，将刘武周作祟前事，细细叙明，差官往长安启奏。及到长安，差官入朝，将本章呈上，高祖展开一看，方知屈杀刘文静。龙颜大怒，即传旨将马伯良碎割凌迟[1]，一门皆斩。正是"害人终害己，报应最公平"。此话不表。

再说秦王兵马来到关中，你道刘黑闼为何不来攻打？只因领兵十万前来，被罗成杀了将近一半，心中懦怯，也要学王世充故事，差官聘请四家王子，共破唐兵。你道是哪四家王子？一个是南阳朱登，就是南阳侯伍云召之子，当初承继与朱灿扶育的，故称朱登；一个是苏州沈法兴；一个是山东唐璧；一个是河北寿州王李子通；俱约即日兴师到来。未知何日可到，且听下回分解。

---

[1] 凌迟：古代一种残酷的死刑，零割碎剐犯人的肢体。

第六十三回

报唐璧叔宝让刀　战朱登咬金逞斧

却说山东唐璧以楚德为元帅，统兵五万先到，小军飞报入营，刘黑闼接进营中，见过了礼，刘黑闼道："有劳王爷兴兵来助，若灭唐家，愿与王爷平分天下，共掌山河。"唐璧道："不敢，弟念昔日与窦千岁情谊，恨被唐家所灭，难得刘王爷与主报仇，兴兵到此，故尔拔刀相助。"刘黑闼连声相谢，即摆酒接风。

次日，唐璧与刘黑闼、楚德、苏定方等出阵，独有唐璧来到关下讨战。小军飞报进营。秦王便问众将道："哪一位王兄出去会他？"叔宝道："小将愿往。"遂提枪上马，开了关门，来到阵前，认得是唐璧，即欠身施礼道："故主唐爷，小将甲胄在身，不能全礼，马上打拱了。"唐璧见是叔宝，叫一声："秦琼，孤家往日待你也不薄，你今日怎敢与孤家会战呢？"叔宝答道："唐爷差矣！我主唐王，与你素无仇隙，你今起兵到来，出于无名。我劝唐爷不如归顺唐家，也不失王侯之位。若执迷不悟，那时悔之晚矣！"唐璧听了，大喝道："胡说，自古道：'天下者，乃人人之天下，非一人之天下也。'孤家争取江山，管什么有仇无仇？你这个马快手，晓得什么？照爷爷的刀吧！"言罢举刀就砍。叔宝使枪架住道："唐爷不必发怒，还要三思。"唐璧又将刀砍来，叔宝又使枪架住，一连架过三刀。叔宝道："唐爷，小将曾在你标下一番，故此让你三刀。如今要还枪了。"唐璧又举刀砍来，叔宝把枪架住，往上一枭，那唐璧的刀几乎枭脱，叫声："好厉害！"自料不是对手，回马就走。

后面楚德看见主公输了，便拍马上前，大喝道："勿伤我主，俺楚爷来了。"摆动神钢叉，来战叔宝，战了八九合，被叔宝刺落马下，取了首级，回营缴令。秦王大喜，即摆酒贺功。小军飞报进来说："昔日众将俱在关外，求见千岁爷。"秦王听了，吩咐开关迎接。那一干众将，闻得秦王赦出天牢，又封了铜鞭，不惧奸王，故此各各都来。那时众将见开关迎接，一起进关，朝见毕,秦王大喜,吩咐摆酒接风,俱留在关内听用。

再说刘黑闼见唐璧输了,又折元帅楚德,心中不快。忽见小军报进道:"启王爷,今有南阳王朱登,上梁王沈法兴,寿州王李子通三处人马,一起到了。"二王大喜,出来接进营中,见礼已毕。刘黑闼道:"多承列位王爷,不辞跋涉而来,弟心甚觉不安。"三位王爷道:"辱[1]承相召,本欲早候,乃羁迟时日,有负见招之意,望乞恕罪。"刘黑闼道:"不敢。"即将战败之事,一一说明,吩咐摆酒接风。

到了次日,众位王子升帐,刘黑闼道:"请问今日哪位王爷出阵?"南阳王朱登应道:"小侄愿往。"四位王爷大喜。朱登提枪上马,杀气腾腾,威风凛凛,来到关下讨战。小军飞报进来:"启千岁爷,外边有一员小将讨战。"秦王问道:"哪位王兄出去会他?"闪出程咬金道:"小将愿往。"遂提斧上马,开了关门,一马冲出。来到阵前,看见朱登面如满月,眼若流星,年纪不上十八九岁,叫声:"好一个小将,快通名来,或者你是故交之子,我好留情饶恕,若是野贼种,我就一斧砍为两段。"朱登喝道:"你这丑鬼,休得多言,孤乃南阳王朱登是也。"咬金道:"呀,你叫朱登,乃是野贼种,不要走,照爷爷的斧吧。"当头就是一斧劈下,朱登把枪一架,咬金又一斧砍来。朱登大叫一声:"呵呀,好一员勇将!"说未完,扑的又一斧,一连三斧,把朱登劈得汗流脊背,说声:"好厉害!"却待要走,不料第四斧就没力了。朱登笑道:"原来是个虎头蛇尾的丑鬼!"就把枪劈面来迎。连战几个回合,战得程咬金只有招架,并无回兵。朱登趁势拦开斧头,扯出鞭来一打,正中咬金左臂。咬金便大叫道:"呵唷,小贼种,打得你爷老子好厉害!"回马便走,大败进关,来见秦王,连称厉害。

秦王又问,谁去迎敌?闪出齐国远道:"小将愿往。"遂一马冲出,与朱登交战,不上十合,也大败进关。次后史大奈出战,也败了。此时四王正在掠阵,见朱登少年英雄,不胜欢喜。末后尉迟恭出战,与他交手,有百十余合,不分胜败。直杀得日色西沉,各各收兵。朱登回进营中,四王迎接,俱皆称贺,吩咐摆酒庆功。

这边尉迟恭回进关中说:"朱登年纪虽小,本事高强,一时难胜。待

---

[1] 辱:谦辞。表示承蒙。

明日俺出去，必要擒他，才见手段。"叔宝道："尉迟将军不可，我知他非别人，乃南阳侯伍云召之子。只因炀帝无道，伊祖与父，忠心不昧，祖遭荼毒，父被逼迫，继与朱灿抚养成人，故名朱登。待末将明日出去会他，说他归降主公便了。"秦王大喜。

次日，朱登又在关外讨战，叔宝提枪上马，来到阵前，看见朱登，就叫道："贤侄，你叔父秦叔宝在此，对你讲话。"朱登大怒道："放狗屁，你这匹夫，孤家何曾认得你？擅敢妄自尊大，称侄道叔！"提枪就刺。叔宝也怒道："不中抬举的小畜生！"也把枪相迎。正是棋逢敌手，将遇良才，两人大战三十余合。叔宝见朱登枪法并无破绽，又把枪挡住道："贤侄，你还有所不知，我对你说明始末，方知我叔父不差。当年你父伍云召在扬州，曾与我有八拜之交，结为异姓兄弟，情同手足。曾对我言及贤侄，寄托朱灿收养，他日长大相逢，当以正言指教。不意你令尊去世，贤侄如此英雄。目今[1]唐朝堂堂天命，岂比那刘黑闼卑卑小寇？劝贤侄不如归顺唐朝，一则不失封侯，二则弃小就大，不使英雄耻笑，以成豪杰之名。贤侄以为何如？"朱登听了这番言语，心中省悟，只因四家王子在后掠阵，恐他识破，反为不美。只得变脸道："不必多言，照孤家的枪吧！"一枪刺来，又战数合，暗想："他方才所言，十分有理，我既有归顺之心，与他交战何益。"就虚刺一枪，回马就走。叔宝随后追来。四家王子见朱登败走，恐防有失，忙令众将放箭射去，叔宝只得退回关中，不表。

再说朱登回营，就道："列位王爷，那秦琼果然厉害，小侄不能及他，故被杀败而回。"四位王子道："胜败乃兵家之常，何必介意？明日再出兵去战吧。"未知次日交战如何，且听下回分解。

---

[1] 目今：现今，如今。

第六十四回

四王洒血紫金关　　高祖庆功麒麟阁

　　次日刘黑闼招齐人马，向紫金关前搦战，早有苏定方一马冲出来，那秦王也在那里掠阵，看见苏定方一表人才，心中欢喜，叫一声："苏王兄，投顺了孤家吧。"定方大叫："唐童休走！"劈面一枪刺来，秦王大惊，忙把定唐刀要来招架，后面众将一拥而上，把苏定方团团围住。秦王道："苏王兄，你们大势已去，如投顺孤家，不失公侯之赏。"苏定方料想刘黑闼兵微将寡，不能成事，不如归顺唐朝，就放下手中枪，下马投降，跪拜马前，秦王大喜，下马扶起。那边唐璧见苏定方投顺唐朝，不觉大怒，拿金背刀杀过来。这里程咬金举起宣花斧，上前架住。朱登见四王不能成事，料想后来天下必为秦王所得，也要投唐，遂拍马上前。却逢秦叔宝拦住，叫声："贤侄，你可知天命有归，休要执迷不悟，快快投顺了唐家吧。"朱登道："谨从叔父之命。"叔宝就引朱登降了，秦王大悦。

　　当下寿州王李子通，见苏定方、朱登两人归唐，心中大怒，把托天叉杀过来，尉迟恭接住厮杀。上梁王沈法兴使宝剑杀来，张公瑾、史大奈接住厮杀。刘黑闼领众将杀来，徐茂公招呼殷开山、马三保、段志贤、刘洪基等，一起战住。那一场狠战，非同小可。直杀得阴风惨惨，怪雾腾腾，这话不表。

　　再讲南阳王朱登叫一声："秦叔父，待小侄去招呼本部人马，斩了刘黑闼，作进见之功。"叔宝大悦道："贤侄之言极是。"那朱登遂一马杀去，招齐了自家人马，去归唐朝，复翻身杀入刘黑闼阵内，这一条枪，好不厉害，犹如白龙取水，空中飞舞一般。那苏定方看见朱登入阵逞能，他也高兴起来，即忙向前叫声："主公，待臣也去助一臂之力，以破明州兵献功。"秦王大喜。定方遂一马冲入阵去，把一条枪东挑西刺，直杀到上梁王阵里。这边张公瑾与沈法兴交战，史大奈连忙相助。只杀得沈法兴大汗直淋，恰好苏定方一马冲到，向沈法兴后心一枪，翻身落马，定方便下马割取首级而去。那尉迟恭战住李子通，不上十余合，被尉迟恭的枪刺去，正中咽喉，翻身跌下马来，尉迟恭也便下马，割取首级而去。那程咬金与唐璧交战，唐璧虽做过山东节度使，怎当得这程咬金三斧头的厉害？第一斧砍来，就当不起。那程咬金不由分说，走上前去，把第二斧劈下来；扑通一声，劈个正着，便下马赶过来，割取唐璧首级而去。

那刘黑闼见此光景，大叫一声："罢了，杀的杀了！降的降了！可怜数十万人马，只剩得五万有零，这番料难复仇。"遂领残兵回营而逃，不提防朱登从后追来，一枪刺去，正中刘黑闼后心，翻身跌下马来。朱登上前，取了首级。可怜明州二十五万兵马，一时杀得天昏地暗，尸积如山，血流成河。当下徐茂公鸣金收兵，众将纷纷回营，程咬金献上唐璧首级，尉迟恭献上李子通首级，朱登献上刘黑闼首级，苏定方献上沈法兴首级。其余众将，所献大将首级，不计其数。秦叔宝一一记明，上了功劳簿。秦王吩咐摆酒贺功，众皆大悦。

次日，秦王传旨，留尤俊达为鱼鳞关总兵官，副将金甲、童环佐之；又留刘洪基为紫金关总兵官，副将樊虎、连明佐之；两处分兵丁十万镇守。六将领旨，自行打点守关。秦王带领众将，随即班师，放炮三声，起兵就行，一路上好不得意。及到长安，专等次日入朝，此话不表。

这日，高祖驾坐早朝，百官朝拜毕，忽黄门官启奏："秦王得胜，班师回朝，同众将午门候旨定夺。"高祖大喜，叫："宣他进来。"秦王闻宣，来至金阶，朝拜毕，就把出兵事情，一一奏上，又将功劳簿呈上龙案。高祖道："王儿平身。"将功劳簿细看一遍，龙心大悦。传旨宣徐茂公等三十七人见驾，众将闻宣，进朝朝见。山呼已毕，高祖龙颜大悦，说道："朕有封诰一道。"着黄门官上殿宣读。黄门官领旨，上殿，念道："圣旨到。"众将跪听宣读，诏曰：

> 朕闻有功必赏，尔诸将勤劳王事，赤心报国，今幸班师，宜享太平。所有开国功勋，今当一一敕封。恩臣秦琼，临潼救驾，佐朕扫平宇内，特封护国并肩王、天下都督大元帅，赐双锏，专打奸佞。尉迟恭单鞭救主，封为鄂国公，赐鞭先打后奏。徐茂公封英国公；程咬金封鲁国公；魏征授兵部尚书；朱登复姓伍，封开国公；苏定方封锡国公；马三保、段志贤、殷开山、刘洪基、

第六十四回　四王洒血紫金关　高祖庆功麒麟阁

尤俊达五将，皆封为国公；其余众将，亦皆封总兵。故罗成赠越国公；故刘文静赠太子太傅。建麒麟阁，表扬诸将功勋。钦此。

黄门官读诏毕，众将山呼万岁，叩头谢恩，高祖起驾回宫，不表。

再说程咬金封了鲁国公，头戴金幞头[1]，双龙抢珠扎额，身穿大红蟒袍，腰系白玉带，脚踏粉底靴，摇摇摆摆，好不快活。当日朝廷就有旨意下来，命工部尚书，在府库中支出银一万两，起造麒麟阁，督同该管有司官员，即日兴工起造，钦限三月完工。那些有司官，唤齐各项匠人，不下数千名，纷纷起造。足足忙乱了三个月，完工复旨。早惊动了那长安的百姓，都称麒麟阁千古奇逢，难得看的。大家扶老携幼，男男女女，一起来看，都沸沸扬扬的说道："好齐整一个麒麟阁，你看四围一带，都是玛瑙石砌就的。四边亭柱，都是乌木紫檀。高有十丈，阁造三层。上铺琉璃碧瓦，四面雕龙画凤的纱窗，真个景致非凡。"这些百姓，人人道好，个个夸强，这且慢表。

再讲高祖闻麒麟阁完工，传旨摆齐銮驾，到来游玩。细细观看一遍，龙颜大悦。命秦王写一副对联，挂于阁上，写道：

　　双铜打成唐世界，单鞭撑住李乾坤[2]。

次日，高祖吩咐光禄寺摆宴阁上，命殷王、秦王、齐王，齐赴麒麟阁庆贺诸位功臣。兄弟三人，来到阁上，众将上前各各见礼已毕。那些众将，只与秦王说说笑笑，唯有殷齐二王，却无一人理他。咬金见了暗想："这个狗头，一向大模大样，把我们众朋友百般欺侮，如今幸得高祖明白这个道理，把秦大哥的双铜与尉迟恭的单鞭，一起御笔题诗在上，听他们专打朝中奸佞，不论王亲国戚，先打后奏。故此这两个狗头，好像哑巴子一般，不敢撒野。待我老程去耍他一耍，也好与罗兄弟的阴魂，出出怨气，有何不可？"未知程咬金如何戏耍二王，且听下回分解。

---

[1] 幞（fú）头：一种头巾。
[2] 乾坤：象征天地，阴阳等。

第六十五回

升仙阁奸王逞豪富　太医院冷饮伏阴私

当下程咬金走到殷齐二王面前，开言道："你们两个在这里做什么？我家主公收纳英雄，在此麒麟阁，庆贺我们众功臣功劳，赐宴饮酒，好不光彩。你这两个退时倒运的废物，一出兵就大败而回。看起来，真正是没用的人了！要你们在此做什么？"叔宝见了，忙走过来喝退咬金，羞得殷齐二王，含怒而去。

来到府中，建成与元吉商议道："我们也造一个高阁起来，比麒麟阁更加齐整，也与我们两府的将士，日日饮酒作乐，以出今日被程咬金这狗头羞辱的恶气。贤弟，你道如何？"元吉道："王兄说得有理。"次日，二王就发出两府钱粮，在麒麟阁对面，起造一所高阁。不消数月完工，却也与麒麟阁一般高大。上悬一个金字匾额，名曰："升仙阁"。那殷齐二王，也在那里饮酒作乐。倒造化了这班家将，日日赏赐，吃个醉饱。正因升仙阁造得穷工极巧，十分齐整，那些百姓，都去看升仙阁，这麒麟阁倒没有人来观看，就渐渐冷落了。

众将都不以为意，只有程咬金是好胜的，他看见这光景，心中不服之极，忽然想道："我有个道理在此。"遂买了几百担干面，叫人做起肉馒包子，若百姓来看麒麟阁，每人赏他包子两个。这消息传出去，到了次日，众百姓都来看麒麟阁，领赏包子，去而复来，往复不绝，真正热闹。程咬金得意洋洋，好不快活，那升仙阁也没有人去看了。二王知这消息，便说道："这两个包子何难，明日也做起肉馒包子，每人赏他四个包子。"这些百姓何乐而不为？复一起来看升仙阁了。咬金闻知此事，一时兴发起来道："他们四个，我们这里赏他八个便了。"这消息传出去，到明日，百姓都是贪多，又一起来看麒麟阁了。这边二王道："赏包子有甚稀罕，我明日分赏每人一钱银子。"百姓闻知这事，生意都不去做，扶老携幼，填满街道，都来看升仙阁，领赏一钱银子了。

第六十五回　升仙阁奸王逞豪富　太医院冷饮伏阴私　∥ 261

咬金闻知，不觉大怒，暗想："我因一时赌气，把家中银子都用尽了，哪里及得这两个狗头富？"心中气闷不过。这一日，正逢尉迟恭酒吃得大醉，咬金便问道："老黑，那万岁爷封你的鞭做什么？"尉迟恭道："万岁爷叫我专打朝中不法之臣，你岂不晓得？"咬金道："如今二王私造升仙阁，给每人赏一钱银子，引得百姓不务生理。这等不法，你怎么不去打他？"尉迟恭道："他两个有钱，自去做畅汉，关我甚事？"咬金道："原来你是没用的！当初你被他骗去，受披麻拷打，吃了他的亏。如今趁此机会，何不公报私仇，打他一顿？"尉迟恭是个莽夫，听了这话，不觉大怒，遂拿钢鞭赶至升仙阁来。

咬金暗想："不好了，万一二王被他打死，追究起来，说我老程叫他打的，如何是好？不若我一路叫喊前去，使两个狗头害怕，预先去了。我就哄骗这老黑，拆倒了这升仙阁，岂不是好？"遂一路喊叫道："殷齐二王私造升仙阁，耗费钱粮，尉迟恭打来了，你们大家走开些！"二王正在阁上饮酒，忽听下面喊叫，推开纱窗，望下一看，大惊道："不好了！尉迟黑子来了！"忙奔下阁，逃出后门走了。那尉迟恭抢上阁来，不见了二王，正没处出气，忽见咬金走到，说道："他两个奸王，虽然逃走，打不着，这升仙阁是私造的，在此引诱百姓。何不将他拆毁，也与万岁爷省些钱粮？"尉迟恭正在大怒，今闻这话，就叫数百名家将，立刻把这座升仙阁，不消一日工夫，拆得干干净净。又把家伙玩器之物，件件都打得粉碎，方才住手，转身回府。那二王逃归王府，差人打听回报，不多时，差人来报说，升仙阁被他拆了，家伙玩器，尽行打碎。二王闻言，气得手足冰冷，半响无言。

建成道："三御弟，我们气他不过，不如把此事奏闻父王，说他两个无事生非，欺君灭主的罪吧！"元吉道："不可，这升仙阁原是我们心不甘服他们的麒麟阁，故此私自出银来造的。怎敢奏闻父王？这场亏我与王兄是要吃他的了。"建成听说，又叫："御弟，你的见识虽是，但是秦王手下这些将官，我心里到底恼他不过。全赖御弟再想一个妙计，把这些将官，个个弄死，须要做得干干净净才好。"元吉听了，把眉一皱，顷刻计上心来，说道："有了。"建成忙问何计，元吉向建成耳边，低言如此如此，自然死得个个干净。建成听了大喜道："妙计！妙计！明日就行。"

次早二王入朝，朝见高祖，上殿奏道："臣儿建成、元吉，有事奏闻父王。"高祖道："你所奏何事？"二王道："臣儿想秦王麾下将士，边关立功，享安未久。值此盛暑，父王何不颁赐香茹饮汤，解散炎蒸，以表父王爱士之恩？"高祖道："皇儿之言甚善，依卿所奏。"即着太医院合就香茹饮汤，颁赐秦府众将。医官领旨，高祖散朝入宫。

二王退朝回府，就叫内侍去召太医院来。那太医院闻二王相召，忙来府中参见。二王道："孤家弟兄有一事相烦，不知先生肯依否？"那太医院英盖史道："千岁令旨，臣敢不遵？"二王道："先生，孤因天策府一班将官，个个倚着秦王势力，每事欺侮孤家。今日皇上要赐他香茹饮汤，着先生料理。孤家欲烦先生，于香茹饮汤中，暗藏巴豆大黄发泻等药，待他们吃了，个个泻死，故特请先生到来叮嘱。"英盖史闻言，连忙说道："二位千岁爷，别样事无有不遵，此系险毒之事，臣断断不敢奉命！"殷王道："先生不必推辞，你今日依孤行事，他日孤登九五之位，就封你为并肩王，岂不富贵极矣！"英盖史听了这话，心中动念，想："他是太子，他日皇帝自然是他的，我若依他，这并肩王稳稳做得成。"一时贪慕富贵，就忘了天道好生之德，便依允道："既承二位千岁美意，臣敢不领命？"二王见他允了，便大喜，相送出府。未知后事如何，且听下回分解。

第六十六回

天策府众将敲门　显德殿太宗御极

当下英盖史回归太医院，连忙合好了香茹饮汤，奉旨送去。那天策府众将，因天气炎蒸，大暑逼人，各脱衣冠乘凉。忽见家将飞报进来道："圣旨到了！"众将连忙穿戴衣冠，走出外边来，一起俯伏接旨。那天使即开读诏曰：

朕处深宫，尚且不胜酷暑，想众卿在天策府，必然烦热。特命太医虔合香茹饮汤，一体颁赐，以明朕爱士之心。钦哉！

读罢诏书，众将谢恩，太医院入朝复旨。那程咬金忙走过来，说道："这是皇上赐的香茹饮汤，必定加料，分外透心凉的，我们大家来吃。"先是秦王吃一杯，然后众将各吃一杯，唯有尉迟恭与程咬金，多吃两杯。见滋味又香又甜，两人贪嘴，不觉又吃了十来杯。咬金道："妙呵，果然爽快，透心凉的！少停，我们再来吃吧。"众人各各分开去玩耍了。

看看到晚，众人肚中忽痛起来。咬金道："这也奇了！难道我吃了十来杯香茹饮汤，暑气还不解么？我再去吃吧。"走过去又吃了几杯，谁想愈加痛甚，只叫："呵唷唷唷！不好！不好！要出恭了！"快走到坑上，泻个不住。自此为始，一日最少也有五六十遍。敬德泄泻也是如此。秦王众将，略略少些，却也泻得头昏眼花，手足疲软。这个消息传出去，殷齐二王闻知，暗暗欢喜。高祖在内宫，闻天策府将士，吃了御赐香茹饮汤，一起泻倒，不觉大惊，就传旨叫太医院来医治。二王闻知，又嘱托英盖史，速速送他们上路。英盖史不敢推辞，口称："遵命。"走到天策府中来医治，更把大黄巴豆放在药内，煎将起来，众将吃了，一发泻得不堪。

正在这时，却好救星到了。原来李靖云游四海而归，恰好到长安来见秦王。行礼毕，秦王告知："诸将中毒泄泻，未能痊愈，军师何以治之？"李靖道："不妨。"随将几丸丹药，化在水中，叫众将士吃了。果然妙药，吃下去，就不泻了。当下徐茂公道："我们中了诡计，服下泻药，才会如此。太医院英盖史是和这事有关的，从他身上可以获得水落石出。"众将倒也罢了，只有程咬金、尉迟恭不肯干休，就要出气。无奈泻了几日，两脚疲软，行走不动。将息了数日，方才平复如故。两人私下商议，如此如此，遂同到大理寺府中来。衙役通报本官，大理寺出来迎接，升堂见礼，分宾主坐下。咬金道："我们两个，今日要借这座公堂，审[1]究一事。"大理寺道："遵教。"二人起身到堂中，向南坐下。咬金道："贵寺请便吧。"大理寺道："晓得。"说着里面去了。咬金唤过两名快役道："我要你拿太医院英盖史回话，你可快去拿来。"快手禀道："求老爷出签。"咬金道："怎么要签，你速拿来，不得有违。"快手应道："晓得。"他知程将军的性格，不敢回言，出了府门，一路思想道："这个人是强盗出身，知什么道理？那太医院是朝廷命官，怎么就好去拿？今我写一个帖子，只说请老爷吃酒，他一定肯来的，那时就不关我事了。"算计已定，来到太医院，把帖子投进去。只见一个家丁出来说："你们先去，我老爷就来。"两个快手回去，不表。

再说英盖史不知底细，只道大理寺请，即上马往大理寺来，到了门首，不见来接，心中暗想道："定是他又陪别客在内。"竟自进去。到了仪门下马，走到里边，看见程咬金、尉迟恭坐在堂上，心内大惊，只得上前打拱。咬金见英盖史来，便大声喝道："你这狗官，怎么不下跪？左右与我抓他上来。"两边衙役答应一声，赶过来将他剥去冠带。英盖史大怒道："我是朝廷命官，怎敢如此放肆？"咬金喝道："你既是朝廷的命官，怎敢药死朝廷的将官？快把香茹饮汤之事招来，免受刑法。"英盖史听了，大惊失色，勉强说道："这是万岁爷的主意，与我无干。"尉迟恭见他面上失色，遂叫："程将军，不必与他斗口，夹他起来，不怕他不招。"咬金道："是。"就叫左右把这狗官夹起来，两边答应一声，就把英盖史夹入夹棍内，尽力一夹。那英盖史号呼大哭，几乎痛死，心中想道："今日遇了这两个强盗，招也是死，不招也是死，不若招了，也免一时痛苦。"只得叫声："愿招。"咬金吩咐画供，那英盖史一一写在纸上，呈将上来。程咬金与尉迟恭，看不出是什么字，便叫："大理寺出来，念与我听。"那大理寺躲在

---

[1] 審（shěn）：审查，审讯。

屏门后观看，闻得叫唤，忙走出来，清清白白念与二人听了。二人大怒道："可恨这两个奸王，如此作恶，烦贵寺把英盖史监下，待我奏过朝廷，然后与他讲究。"大理寺道："领教。"就把英盖史收监，二人辞别回府。

次早，二人上朝，细细奏闻。高祖大怒，即着人去召殷齐二王，并传英盖史。不多时，英盖史唤至殿前，叫道："此是殷齐二王的主意，与臣无干。"二王亦到，见事发觉，只得朝见父王。高祖道："又是你们两个！"二王道："臣儿怎敢？这是英盖史妄扳[1]臣儿，希图漏网，待臣儿与他对质。"就走下来，英盖史见了二王，忙叫："千岁，害得臣好苦！"殷王忙拔出宝剑，把英盖史砍为两段。高祖见了大怒道："此事尚未明白，怎么就大胆把他斩了！"二王道："臣儿问他，他言语支吾，一时性起，把他斩了。"高祖见了这事，明知二人同谋，欲要问罪，却是不忍父子之情，遂大气回宫，染成一病，不表。

再说元吉闻知高祖有病，即来与建成商议道："王兄，今乘父王有病，我们只说守护禁宫，假传父王圣旨，兴兵杀入天策府，把他们众人个个结果何如？"建成大喜，准备进行不表。

再说秦王知父王气愤成疾，十分忧惧，众将屡劝秦王早即帝位，秦王不肯。一日，徐茂公来见秦王，说道："主公，臣观天象，那太白经天，现于秦分，应在主公身上。主公可速即大位。"秦王道："军师差矣！自古国家立长不立幼，今长兄建成，现为太子，九五之位，自然是他的。军师如何说出这话来？"

茂公见秦王不允，只得出来与众将商议道："我算阴阳，明日是主公登位吉期。我劝主公即位，主公说是国家立长不立幼，再三推让。如今二王谋害主公，我们不得不自行主张。"咬金道："我们去杀了两个奸王，不怕主公不登宝位。"茂公摇手道："不可，此非善计。今晚你们众将，可如此如此，自然成事。"众将听了道："妙计！妙计！"

商议已定，到了三更时分，众将顶盔贯甲，一起到天策府敲门。秦王明知有变，不肯开门。众将见门不开，就爬上门楼，将绳索拴缚好了，大家用力一扯，把一座门楼，就扯倒了。众将一起拥进，秦王骇然。即

---

[1] 妄扳：胡乱牵连。

忙出来，尚未开口，被咬金扶他上马，拥到玄武门，埋伏要路。殷王闻知这事，急请齐王来，道知此事，元吉道："王兄不必着忙。如今可速领东宫侍卫兵马杀出，说是奉圣旨要诛乱臣贼子，秦王自然不敢抗敌。岂不一举成功？"建成大喜，即出令点齐侍卫兵马，元吉也带侍卫家将。建成赶到玄武门，不料尉迟恭奉军师将令，埋伏在此，看见建成领兵杀来，遂拍马上前，大叫："奸王往哪里走！"建成一见尉迟恭，心下着忙，便大胆喝道："尉迟恭不得无礼，孤奉圣旨在此巡察禁门。你统众到此，敢是要造反么？左右与我拿下。"东宫侍卫还未上前，尉迟恭大喝道："放屁，有什么圣旨？都是你奸王的诡计。今番断不饶情，吃我一鞭。"建成见不是路，回马便走。尉迟恭就把箭射去，正中建成后心，跌下马来。咬金从旁抢出，就一斧砍为两段。

后面元吉带了人马赶来，早有秦叔宝出来，大吼一声，举起双锏，把元吉打死。那侍卫兵将大怒，各各放箭，两边对射。秦王看见大叫道："我们弟兄相残，与你们众将无干，速宜各退，无得自取杀戮。"那众将闻秦王传令，方才散去。时高祖病已小愈，忽见尉迟恭趋入奏道："殷齐二王作乱，秦王率兵诛讨，今已伏诛，恐惊万岁，未敢奏行，遣臣谢罪。"高祖闻言，不觉泪下，乃问裴寂道："此事如何？"裴寂道："建成、元吉，无功于天下，嫉秦王功高望重，共为奸谋。今秦王亲讨而诛之，陛下可委秦王以国务，无复事矣。"高祖道："此朕之夙愿也。"遂传位于秦王。秦王固辞，高祖不许。秦王乃即皇帝位于显德殿，百官朝贺，改为贞观元年，是为太宗。尊高祖为太上皇，立长孙氏为皇后。文武百官，俱升三级，秦府将士，并皆重用。犒赏士卒，大赦天下，四海宁静，万民沾恩。有诗为证：

　　天眷太宗登宝位，近臣传诏赐皇封；
　　唐家景运从兹盛，舜日尧天喜再逢。